Taavi Soininvaara
Das andere Tier

Taavi Soininvaara, geb. 1966, »zählt zu den derzeit politischsten und internationalsten Krimiautoren« (ECHO). Er studierte Jura und arbeitete als Chefanwalt für bedeutende finnische Unternehmen. Mit »Finnisches Requiem« – als bester finnischer Kriminalroman ausgezeichnet – erschien 2004 erstmals eines seiner Bücher auf Deutsch. Es folgten »Finnisches Roulette«, »Finnisches Quartett«, »Finnisches Blut«, »Finnisches Inferno«, »Finnischer Tango« und »Der Finne«.

Außerdem bei atb lieferbar: »Schwarz«, »Weiß«, »Rot«, »Tot«.

In einem stinkenden Keller wird eine schwangere Offizierin von »Aufständischen« hingerichtet. Ihr Mann, John Jarvi, Scharfschütze einer US-Eliteeinheit, wartet hasserfüllt auf den Tag der Rache. Nun, drei Jahre danach, ist die Zeit gekommen. Ratamo kehrt indes nach einem schweren Autounfall zurück in den Dienst. Die Atmosphäre in der SUPO hat sich verschlechtert. Ratamo verliert seinen ihm zustehenden Posten als Abteilungsleiter. Er wird persönlicher Mitarbeiter des Chefs, abgeschoben in ein Kabuff weitab nicht nur vom Kaffeeautomaten. Ihm bleibt jedoch wenig Zeit, um sich zu ärgern, sein erster Fall wartet: Der Mord an einem polnischen Kernphysiker muss aufgeklärt werden. Eine finnische Wissenschaftlerin braucht Personenschutz. Bei den Ermittlungen stößt Ratamo zufällig auf die Geschäfte einer türkischen kriminellen Organisation mit illegalen Einwanderern. Die Spuren führen ihn bis in die oberste Polizeietage und zu John Jarvi. Es stellt sich die Frage: Wem kann er hier noch vertrauen?

Taavi Soininvaara

Das andere Tier

Ratamo ermittelt

Thriller

Aus dem Finnischen
von Peter Uhlmann

Die Originalausgabe unter dem Titel
Toinen peto
erschien 2013 bei Otava, Helsinki.

ISBN 978-3-7466-3094-6

Aufbau Taschenbuch ist eine Marke
der Aufbau Verlag GmbH & Co. KG

1. Auflage 2014

Umschlaggestaltung morgen, Kai Dieterich
unter Verwendung der Motive von
plainpicture/Millennium/Espen Krukhaug und
istockphoto/Renphoto
Druck und Binden CPI - Clausen & Bosse, Leck
Printed in Germany

www.aufbau-verlag.de

Hauptfiguren sowie wichtige Institutionen

Adamski, Marek. Polnischer Kernphysiker.

Aitaoja, Jukka. Hauptkommissar, Chef der Personenschutzeinheit der Verkehrspolizei. In Finnland war der Personenschutz u. a. des Staatspräsidenten bis Ende 2013 Aufgabe einer speziellen Einheit der Verkehrspolizei.

Baranski, Richard. Commander, Special Operations Group der CIA

Botting, Gordon. Vater von Emily Jarvi.

Boyd, Claire. Kriminalkommissarin der National Crime Agency Großbritanniens.

CIA. Central Intelligence Agency der USA.

EXE International. Internationales Recruiting-Unternehmen, Headhunting-Firma.

Hirvonen, Otto. Amtierender Chef der Finnischen Sicherheitspolizei SUPO.

Jarvi, Emily. Hauptmann, Stabsoffizierin. Adjutantin der Kommandeure einer von Großbritannien geführten Division im Irakkrieg. Verheiratet mit John Jarvi.

Jarvi, John. Oberbootsmann, Angehöriger einer Gruppe für spezielle Operationen. Ehemaliger Scharfschütze einer Spezialeinheit der US-Marine. Verheiratet mit Emily Jarvi.

Ketonen, Jussi. Ehemaliger Chef der SUPO. Ehemann von Nelli Ratamos Großmutter.

Kokko, Essi. Freie Journalistin.

KRP (Keskusrikospoliisi). Eigenständige zentrale Behörde der finnischen Kriminalpolizei, deren Hauptaufgabe in der landesweiten Bekämpfung der organisierten und der besonders schweren Kriminalität besteht.

Kujala, Vesa. Leiter des Operativen Bereichs der SUPO.

Lamennais, Daniel (Pater Daniel). Kaplan der Katholischen Gemeinde der Heiligen Maria in Helsinki.

Linden, Elina. Kriminalkommissarin der Abteilung für Gewaltverbrechen der KRP.

Lukander, Arttu. Kriminalhauptkommissar, Leiter der Abteilung für Gewaltverbrechen der Helsinkier Polizei.

Navabi, Aref. Neda Navabis Sohn, illegaler Einwanderer.

Navabi, Neda. Illegale Einwanderin.

Navabi, Shirin (Siiri). Neda Navabis Tochter, Nelli Ratamos Freundin, illegale Einwanderin.

Navy SEALs. Spezialeinheit der US-Marine.

NCA (National Crime Agency). Nationales Kriminalamt Großbritanniens.

ONI. Nachrichtendienst der US-Marine.

Oravisto, Tuula. Kernphysikerin.

Oravisto, Valtteri. Tuula Oravistos Sohn.

Pentagon. Verwaltungsgebäude des US-Verteidigungsministeriums.

Piirala, Mikko. Chef der Abteilung für Informationsmanagement der SUPO.

Ratamo, Arto. Oberinspektor der SUPO.

Ratamo, Nelli. Arto Ratamos Tochter.

Roshan Ali, Serena. Consultantin bei EXE International.

Şentürk, Ercan. Killer der kriminellen Organisation Şentürk.
Siltanen, Pauliina. Kriminalpsychologin, Spezialistin der KRP.

Terpin, Michael. Generalmajor, Befehlshaber der US-Kommandozentrale Europa für Spezialeinsätze.
Toikka, Ville-Veikko. Kriminalhauptwachtmeister in der Aufklärungsabteilung der KRP.
Töre, Hakan. Helfer der kriminellen Organisation Şentürk.
Veräjä, Tiina. Ministerialrätin, Finnische Botschaft in der Türkei.

Virta, Markus. Kriminalinspektor, Chef der Abteilung für Gewaltverbrechen der KRP.

»Jetzt bin ich der Tod geworden, der Zerstörer der Welten.«

Robert Oppenheimer in einem Fernsehinterview 1965.
Der Physiker war der leitende Wissenschaftler des Manhattan-Projekts, in dem die Atomwaffe der Vereinigten Staaten entwickelt wurde.

PROLOG

Die Geburt des Hasses

Irak, 3. August 2010

Die Frau öffnete die Augen, doch sooft sie auch die Lider zusammenkniff und wieder aufriss, die Dunkelheit wollte nicht weichen. Sie lauschte: Nur das Böse war da, sie spürte es um sich herum, es lag schwer wie ein Umhang aus Blei auf ihren Schultern. An den Fußgelenken war sie so straff an einen massiven Metallstuhl gefesselt, dass ihr die Füße einschliefen. Sie hatte schon alles versucht, sich heiser geschrien, an den Stricken gezerrt und sich die Haut blutig gescheuert. Diese Teufel kümmerte das nicht. Die Frau drückte ihre an den Handgelenken zusammengebundenen Hände auf ihren Bauch, obwohl sie wusste, dass sie das Wunder, das in ihr wuchs, nicht schützen konnte.

Sie wollte in die Dunkelheit fliehen, sich in Sicherheit bringen. Nie zuvor hatte sie sich etwas so sehr gewünscht, so intensiv, dass es weh tat. Lähmende Angst wogte durch ihren Körper. Aufständische hatten sie in der Nähe des Stützpunkts Camp Victory gekidnappt und in ihr staubiges Auto geschleppt. Und nun saß sie an einen Stuhl gefesselt in einem Raum, der nach Beton, Waffen und Urin stank, irgendwo im Irak. Sie war in der Gewalt ihrer Feinde, deren Vernichtung seit sechs Jahren ihr Ziel als Angehörige der britischen Armee war. Und sie wusste nur zu genau, was mit den Menschen passierte, die sie entführten.

Sie konnte nicht verhindern, dass die Videos in ihrem Bewusstsein abliefen: Die Aufständischen hatten im Laufe der über sieben Jahre anhaltenden Kämpfe viele von ihnen verschleppte Soldaten und Zivilisten enthauptet. Keiner ihrer Kameraden hatte sich die Hinrichtungsfilme anschauen wollen, und dennoch hatten sie sich die Videos angesehen. Sie alle hatten wissen wollen, was sie im schlimmsten Fall erwartete. Der Ablauf der Ereignisse war fast immer der gleiche: drei bis sechs Männer mit Sturmgewehren und Kapuze, Kommandomütze oder *Kufija*-Tuch, an der Wand ein Laken mit Parolen in Arabisch, das misshandelte und gefesselte Opfer sitzt auf dem Fußboden oder einem Stuhl, das Gesicht zur Kamera. Die Aufständischen stehen hinter dem Opfer, das gezwungen wird, etwas über sich selbst zu sagen. Dann liest einer von ihnen eine Erklärung vor und stellt Forderungen. Und zum Schluss die *Allāhu-akbar*-Rufe, ein riesiges Schwert, der Kopf wird abgeschlagen …

Saß sie jetzt in so einem Raum? Sie und …

Die Frau fühlte, wie sie innerlich zusammenbrach. Ihr wurde übel. Die Angst zerfraß ihre Eingeweide, zerfleischte sie von innen. Alles Schreckliche, was sie in ihren dreißig Jahren erlebt hatte, schien hier in diesem Raum zu lauern, von dem eine Bedrohung ausging, die alles erfasste.

Sie spürte den salzigen Geschmack der Tränen auf ihren Lippen. Der Kopf schmerzte von einem Schlag mit dem Gewehrkolben. Ihr Herz hämmerte. Warum ausgerechnet sie? War sie einfach nur zur falschen Zeit am falschen Ort gewesen, oder hing das mit John zusammen? Es war ihr Geburtstag, und ihr Mann hatte unbedingt gewollt, dass sie zu ihm ins Camp Victory der Yankees kam, damit er ihr sein Geschenk überreichen konnte. Sie war einverstanden gewesen, weil sie sich als Stabsoffizierin freier in Bagdad bewegen konnte als ihr Mann.

John Jarvi, der *Satan von Falludscha*. Was für ein grauenhafter Spitzname. Ihr Mann war still, ruhig und loyal sowohl ihr als auch der US-Marine gegenüber; es war nicht seine Schuld, dass er sich hier im Irak zu einem der besten Scharfschützen aller Zeiten entwickelt hatte.

Die Frau schaute im Dunkeln auf ihren Bauch. Zuweilen bildete sie sich ein, in ihrem Leib Bewegungen zu spüren, obwohl ihre Schwester felsenfest behauptet hatte, man könne die Bewegungen eines drei Monate alten Embryos noch nicht wahrnehmen. Die Erinnerungen brachen ungehemmt über sie herein. Sie schloss die Augen und fand sich sofort in ihrem Elternhaus wieder, im Londoner Stadtteil Shepherd's Bush. Sie sah das Esszimmer und den Tisch, an dem sie sich, sobald es auch nur den geringsten Anlass gab, etwas zu feiern, immer versammelten: Vater, Mutter, die Großeltern und ihre Schwester Helen mit ihren drei allzu lebhaften, aber ungeheuer süßen Kindern und ihrem griesgrämigen Mann. Auf dem Tisch stand eine riesige Geburtstagstorte, und das Geburtstagskind musste die Kerzen ausblasen, obwohl es nie jemandem gelang, alle auf einmal auszupusten. Vater füllte mit der von ihm selbst gemixten Bowle die Gläser der Gäste, am eifrigsten sein eigenes, bis er übers ganze Gesicht strahlte. Sie sah die lachenden Kinder ihrer Schwester und spürte einen schneidenden Schmerz, als sie daran dachte, was ihr alles versagt bleiben würde. Sie bereute ihre Entscheidung, eine Laufbahn in der Armee zu wählen und den Kinderwunsch hinauszuschieben ... Dann schoss ihr durch den Kopf, dass John bestimmt immer noch im Camp Victory auf sie wartete.

Im selben Moment ging die Tür auf, das Licht wurde eingeschaltet, und die Frau drückte ihre Lider noch fester zu. Sie wollte die Männer nicht sehen, sie wollte nicht ihr Schicksal daran ablesen, was sie bei sich hatten, sie wollte die auf dem Boden stehende Videokamera, die Fahne oder das Laken an der Wand nicht sehen ... In dem Raum verbreitete sich der Geruch von Waffen, Zigaretten und Aufständischen. Es waren mehrere Männer, sie redeten auf Arabisch alle durcheinander und wie immer sehr erregt.

Der Schlag mit der flachen Hand traf die Wange der Frau ohne Vorwarnung und voller Wucht, sie öffnete die Augen und sah den Tod.

Es waren drei Männer, die sich schwarzweiß gemusterte *Kufija*-Tücher um den Kopf gewickelt hatten, zwei trugen Sturmgewehre in der Hand und einer ein riesiges Schwert ... Alles war genau so, wie sie es befürchtet hatte.

Die Zeit. Schien. Stehen. Zu. Bleiben. Alles andere verschwand, es blieb nur das lähmende Entsetzen und das abgrundtiefe Böse im Menschen.

Jemand sprach die Frau auf Englisch an und sie hörte sich ihren Namen, ihren Dienstrang, den Namen ihrer Eltern, den Namen ihres Ehemannes, ihre Adresse zu Hause sagen ... es schien so, als spräche jemand anders mit ihrem Mund. Ihr Herz klopfte im ganzen Körper, sie zitterte.

Die Männer stellten sich hinter sie. Sie starrte in das schwarze Auge der Videokamera, die auf einem Dreibein stand, und wünschte, sie wäre fähig, sich in bewegte Bilder zu verwandeln und die Flucht zu ergreifen ... Einer der Männer verlas mit fanatischer Stimme eine Erklärung auf Arabisch, von der sie nicht viel verstand. Geschah das alles wirklich ihr? Hing das damit zusammen, was sie ihrem Mann angetan hatte, würde John die Wahrheit erfahren?

Der Aufständische mit dem Schwert in der Hand trat vor sie hin. Die Frau sprach so leise, dass sie ihre Worte selbst kaum hörte. »Vater unser, der du bist ...«

ERSTER TEIL

Die Titanhüfte

26.–28. August, Gegenwart

1

Montag, 26. August

Ich fahre den VW-Käfer von der Vihdintie auf die Zufahrt zum Ring III und merke, wie der Regen zum Schneetreiben wird. Und das mit Sommerreifen. Bis zum Einrichtungshaus in Petikko sind es noch einige Kilometer. Ich erhöhe die Geschwindigkeit vorsichtig auf siebzig, der Asphalt wirkt glatt, ich werfe einen Blick über die Schulter, um zu sehen, ob der Weg frei ist, und lenke den Käfer dann von der Beschleunigungsspur auf den Ring III. Aus den Lautsprechern erklingt J. J. Cales Titel Fate of the fool *von seinem fünften Album. Ein Schneeschleier legt sich auf die Straße, alles ist weiß; die Fahrbahn kann man nur erahnen. Das ist seit Jahren der schlimmste Schneesturm, in den ich geraten bin. Die Scheibenwischer laufen auf vollen Touren, der Wind ist so heftig, dass der Käfer schaukelt. Achtzig Stundenkilometer sind anscheinend zu viel, durch die Ritze zwischen Dach und Karosserie weht es eisig herein.*

Plötzlich ein gewaltiger, ohrenbetäubender Knall – oh, verdammt. Das Verdeck des Käfers ist weg, der Wind schlägt mir mit voller Wucht ins Gesicht. Ich muss die Lider zusammenkneifen, damit der Schnee nicht in die Augen dringt, wo zum Teufel ist die Straße? Mir bleibt nichts anderes übrig, als auf den Standstreifen zu lenken, Blinker an und bremsen, verflucht, die Vorderräder blockieren, der Wagen gerät ins Schleudern. Fuß runter von der Bremse, gegensteuern, die Bremse pumpen, jetzt gehorcht er wieder, die Geschwindigkeit lässt nach … Herzrasen.

Endlich bleibt das Auto stehen, zum Glück auf dem Standstreifen und nicht auf der Fahrspur, aber die Stelle ist trotzdem gefährlich – direkt neben dem lebhaften Verkehr und bei einer Sicht gleich null. Der Käfer ist in eine Schneewehe gerutscht, wohl oder übel muss ich durch die Tür aussteigen, an der die Autos vorbeirauschen. Ich zucke zusammen, als mir nasser und eiskalter Schneematsch ins Gesicht spritzt, keiner von denen, die vorbeifahren, verringert etwa seine Geschwindigkeit, und Hilfe leistet erst recht niemand. Ich wische mir das Gesicht ab, wende mich dem Käfer zu und fluche, als ich sehe, dass die Halterungen des Stoffdachs versagt haben. Wieder eine teure Reparatur.

Jetzt muss ich den Abschleppdienst und ein Taxi anrufen. Ich stehe zwischen Auto und Straße und will hier weg, und als ich mich dem Verkehr zuwende, sehe ich vor mir eine hohe Metallwand, die mit großer Geschwindigkeit auf mich zurast – ein Lastzug. Es bleibt keine Zeit, ich muss springen, ein Schritt, noch einer …

Arto Ratamo wachte auf. Sein Herz schlug heftig. Den Lastzug mit fünfunddreißig Tonnen Ladung, der ihn vor knapp einem Jahr umgefahren hatte, sah er jede Nacht im Traum.

Morgens war es am schwersten. Da drangen all die schlimmen Folgen seines Unfalls stets so intensiv wie damals in sein Bewusstsein, und er war mit seinen Schatten hilflos allein. Ratamo legte die Hand auf die leere Hälfte seines Doppelbetts, dachte aber nicht an seine ehemalige Lebensgefährtin Riitta Kuurma, sondern an sein Kind, dem das Leben versagt geblieben war. Er würde nie erfahren, ob Riitta die Fehlgeburt letztlich wegen des Schocks über die Nachricht von seinem Unfall gehabt hatte. Sie waren erst einige Monate vor dem Unfall wieder zusammengekommen. Den Stolz, Vater zu werden, hatte er nur fünf Tage genießen können. Bei Riitta hatte sich ein Hormonungleichgewicht entwickelt und das Einwachsen der Plazenta verhindert.

Ratamo ächzte und verzog das Gesicht, als er sich zur Bettkante schob und aufrichtete. Er hatte Kopfschmerzen und musste an die mit Whisky hinuntergespülten Biere denken, die er sich am Vorabend zu Ehren des letzten Tages seiner Krankschreibung mit seinem Freund Timo Aalto gegönnt hatte. Sie trafen sich nur noch äußerst selten, seit Himoaalto im Ausland arbeitete und weggezogen war. An den späten Abend erinnerte sich Ratamo nur lückenhaft, leider fiel ihm auch ein, dass er seiner Kollegin Saara Lukkari von der SUPO über den Weg gelaufen war. Blieb nur zu hoffen, dass er keinen absoluten Schwachsinn geredet hatte.

Er nahm vom Nachttisch die Dose mit dem Snus und schob sich zwei Portionen Tabak unter die Oberlippe. Ein Blick auf die Uhr ließ ihn fluchen, als er die Ziffern 08:41 sah, warum zum Teufel hatte er vergessen, den Wecker zu stellen? Die Abschlussuntersuchung bei der Ärztin würde in zwanzig Minuten beginnen. Ratamo erhob sich und richtete den Rücken langsam auf, aus Angst vor einer Welle des Schmerzes. Zuweilen tat das künstliche Hüftgelenk morgens so weh, dass er auf nüchternen Magen Schmerztabletten nehmen und bewegungslos im Bett liegen bleiben musste, bis ihre Wirkung einsetzte. Nötig wäre das jetzt, aber die Zeit dafür fehlte.

Ratamo biss die Zähne zusammen und humpelte nackt zum Medizinschrank im Badezimmer.

»Zieh dir was an, verdammter Idiot!«, kreischte Nelli so laut und schrill, wie es nur ein vierzehnjähriges Mädchen kann, das von seinem Vater halbnackt überrascht wird.

Ratamo musste tief durchatmen, um nicht die Nerven zu verlieren. »So redest du hier nicht. Und auch nicht irgendwo anders.«

»Haha«, erwiderte Nelli ungehalten, sie hatte ihm den Rücken zugekehrt und zog sich ein T-Shirt über.

»Heute ist Montag, fängt die Schule nicht um acht an?«, fragte Ratamo.

»Ja.«

»Es ist gleich neun.«

»Sag bloß.«

Plötzlich durchfuhr Ratamos Hüfte ein anhaltender stechender Schmerz, der ihn fast in die Knie gehen ließ. Er murmelte ein »Entschuldigung«, schob Nelli vom Medizinschrank weg und suchte aus seiner mittlerweile stattlichen Pillensammlung das Schmerzmedikament heraus, das am schnellsten wirkte. Rasch warf er sich die Tabletten in den Mund und spülte sie mit Wasser runter. Der Mann mit kurzem Haar und unrasiertem Kinn, der ihn im Spiegel anstarrte, sah deutlich älter aus als zweiundvierzig. Er war längst nicht mehr der junge Arzt, schlank und rank, dem einst beim Praktikum in einer Poliklinik die Omas hinterhergeschaut hatten.

»Wenn man wenigstens ein eigenes Klo hätte«, murrte Nelli beim Hinausgehen.

Zum Glück kam das Mädchen nach ihm, sie beruhigte sich genauso schnell wieder, wie sie sich aufregte, dachte Ratamo, während er sich anzog. Aus Nelli war ein ganz normaler Teenager geworden, aufbrausend und rebellisch. Aber immerhin nahm sie keine Drogen und verprügelte keine alten Leute auf dem Narinkkatori im Zentrum. Das war schon ganz gut für ein Mädchen, das mit sechs Jahren seine Mutter verloren hatte und dessen Vater halt so war, wie er war. Ratamo empfand Stolz, in jedem Fall war Nelli das Beste, was er in seinem Leben zustande gebracht hatte. Das Lernen fiel ihr leicht, sie war in der Schule erfolgreich und hatte von klein auf, ohne dass man sie dazu drängen musste, viele der ungeschriebenen Regeln des Lebens verstanden. Wie zum Beispiel die, dass man keine Klamotten trug, die zwei Nummern zu klein waren, wie manche ihrer Freundinnen.

Ratamo ging in die Küche und öffnete den Kühlschrank. Sein Blick fiel auf eine Bierflasche. Das Frühstück ist der wichtigste Drink des Tages, dachte er, begnügte sich dann jedoch mit einem Obstsaft. Er stellte einen Literkarton Joghurt auf den Tisch, legte Müsli, Käse, eine Tomate, Butter und eine Packung Aufschnitt daneben, knallte die Kühlschranktür zu und holte aus dem Brotkasten die Tüte mit Roggenbrot. Ohne seine Tochter und seine Arbeit wäre er nur eine leere Hülle, dachte Ratamo.

»Das Frühstück steht auf dem Tisch!«, rief er im Gehen.

* * *

Arto Ratamo stellte seinen Käfer im Forum-Parkhaus ab und lief, so schnell er konnte, den Verbindungsgang entlang zum Fahrstuhl, der ihn hinauf zum Kukontori bringen sollte. Er kam eine Viertelstunde zu spät und hätte rennen müssen, aber die Titanhüfte erlaubte ihm lediglich, zügig zu gehen, und auch das nur mit zusammengebissenen Zähnen. Im Fahrstuhl drückte er auf den Knopf neben dem Schild »*Mehiläinen. Dienstleistungen für die Arbeitswelt. Außenstelle am Kukontori*« und überlegte, wie oft er schon bei der Arbeitsmedizinerin gewesen war und seine Hüfte vorgezeigt hatte. Zum Glück befand er sich auf dem Wege der Genesung nun schon auf der Zielgeraden. Nach der Operation war er nahe daran gewesen durchzudrehen: endlos lange auf dem Rücken liegen, Gymnastikprogramme, Aufsteh- und Gehübungen, fast täglich bei der Physiotherapeutin antanzen müssen ... Auch für zu Hause hatte man ihm Übungen verordnet; vielleicht ginge es ihm schon wieder besser, wenn er sie irgendwann probiert hätte.

Ratamo traf im Empfangsbereich des Ärztezentrums in der sechsten Etage ein. Die SUPO sicherte ihre betriebliche Gesundheitsversorgung heutzutage über ein privates Unternehmen für Gesundheitsdienstleistungen ab, das dafür bezahlt wurde. Ratamo blieb am Tresen stehen, um sich bei der rothaarigen und stark geschminkten jungen Frau anzumelden, mit der er sich beim Warten auf seinen Termin ein paarmal unterhalten hatte. Die Frau lächelte schadenfroh und zeigte mit dem Finger auf eine offene Tür am Ende des Flurs.

Die Fachärztin für Orthopädie und Traumatologie Sirkka Vuori, bekannt als unverbesserlich humorlos, hob den Blick vom Bildschirm, als Ratamo das Zimmer betrat, und schaute dann verärgert auf die Wanduhr. »Du kommst zu spät.«

»Lieber zu spät als schwanger«, witzelte Ratamo.

Sirkka Vuori lächelte nicht. Sie bedeutete Ratamo, neben ihr Platz zu nehmen, und drehte den großen Bildschirm zu ihrem Patienten hin.

»Auf den Röntgenbildern deiner Hüfte von letzter Woche fanden sich keine Überraschungen. Da ist der Oberschenkelteil zu sehen, da die Gelenkpfanne und dort der auswechselbare Gelenkkopf. Alles aus einer Titanlegierung, wie du weißt.« Sie zeigte mit dem Kugelschreiber die verschiedenen Bereiche auf dem Röntgenbild.

»Ein Mann mit Titanhüfte«, murmelte Ratamo.

»Bei dir wurde eine muskelschonende Operationstechnik gewählt, das heißt, deine Hüftprothese wurde eingesetzt, ohne die Muskeln zu lösen. Eine Oberflächenprothese konnten wir nicht verwenden, weil deine Hüfte zu schwer beschädigt war. Deine Prothese ist zementfrei eingesetzt, weil die erforderliche Nutzungsdauer bei über zwanzig Jahren liegt. Ungefähr so lange wirst du ja hoffentlich noch am Arbeitsleben teilnehmen. Auch die Gleitfläche der Gelenkpfanne besteht aus Titanlegierung, sie dürfte sich also selbst bei starker Beanspruchung nicht so schnell abnutzen. Die Prothese scheint fest im Knochen zu sitzen, das heißt, der Knochen ist schon an der Oberfläche der Prothese angewachsen.«

Nur im Kopf ist noch alles wund, dachte Ratamo, sagte aber: »Das hört sich gut an.« Er fragte sich, ob Sirkka Vuori überhaupt wusste, dass er ausgebildeter Arzt war. Oder hörte sich die Frau immer so an, als würde sie einem Vorschulkind das Abc-Buch vorlesen?

»Hast du die Erkrankung der Herzkranzgefäße und den Blutdruck weiter im Griff?«

»Die Medikamente wirken«, sagte Ratamo, und ihm wurde plötzlich auf beängstigende Weise bewusst, was für ein kranker Mann er war. »Allerdings liegen im Medikamentenschrank jetzt schon so viele Pillen, dass ich mir bald so ein Dosierding besorgen muss. Vier Fächer für jeden Tag, die Morgenmedizin, die Tagesmedizin, die Entwurmungsmedizin ...«

Sirkka Vuori unterbrach ihn: »Und du gehst weiter zur Physiotherapeutin?«

Ja, ich gehe mit der Physiotherapeutin ein Bier trinken, dachte Ratamo, sagte aber nur das erste Wort.

Sirkka Vuori zuckte die Achseln. »Gibt es mit der Hüfte irgendwelche Probleme, starke Schmerzen ...«

Ratamo schüttelte den Kopf. »Leichte Schmerzen und so ein Klopfen gehören vermutlich dazu.«

Sirkka Vuori schrieb etwas in ihre Unterlagen. »Der Prozess der

Knochenbildung müsste schon abgeschlossen sein, also melde dich sofort, wenn die Schmerzen zunehmen«, sagte die Ärztin und schlug die Mappe auf ihrem Schreibtisch zu.

»Ist das alles?«

»Alles ist in Ordnung. Die nächste Kontrollaufnahme wird erst in zwei, drei Jahren gemacht, wenn alles gut verläuft, und warum sollte es das nicht. Du bist in ausreichendem Maße arbeitsfähig, um deine Aufgaben als Vorgesetzter wahrzunehmen, von mir aus kannst du auch sofort wieder zur Sicherheitspolizei zurückkehren.«

* * *

Arto Ratamo saß in einer Loge des Traditionsrestaurants *Sea Horse* in der Kapteeninkatu ganz in der Nähe seiner Wohnung und starrte abwesend auf die Seepferdchen des Gemäldes, das im Hauptsaal die ganze hintere Wand einnahm. Er hatte zu Mittag gegrillte Leber gegessen, weil er die nicht selbst zu Hause zubereiten konnte, und dazu ein großes Bier getrunken. In einer Hand bewegte er routiniert zwei Eisenkugeln mit einem Durchmesser von fünf Zentimetern. Er konnte die schweren Kugeln nun schon so schnell drehen, ohne dass sie sich berührten. Die Chinesen verwendeten Baodingkugeln bereits seit Hunderten, wenn nicht Tausenden Jahren, um Stress abzubauen – man glaubte, dass sie die Akupunkturpunkte der Hand aktivierten. Bei dem Unfall waren zwei Knochen in Ratamos linker Hand gebrochen, und nach dem Abnehmen des Gipses wirkte die Hand schwach und wie verkümmert, deshalb hatte Riitta Kuurma ihm die Baodingkugeln geschenkt in der Hoffnung, dass die Handmuskeln gekräftigt wurden, wenn er mit ihnen hantierte. Ratamo wusste nicht, ob er sie wegen ihrer therapeutischen Wirkung in der Hosentasche mit sich herumtrug oder als Erinnerung an Riitta.

Er schaute auf seine Uhr, runzelte die Stirn, leerte sein Glas und verließ das Lokal, das auch bekannt war unter dem Namen »Schweinestall«. Bis zur Zentrale des Finnischen Roten Kreuzes in der Tehtaankatu am Kaivopuisto-Park waren es nur ein paar hundert

Meter, die er zu Fuß zurücklegte. Er war auf dem Weg zu Meri Jaakkola, der Leiterin der Krisenpsychologengruppe des Finnischen Roten Kreuzes, einer Frau, die ihm vielleicht mehr geholfen hatte als jeder andere Mensch zuvor. Nach seiner Entlassung aus dem Krankenhaus hatten sie mehrmals stundenlang über den Unfall geredet, über sein Privatleben und die Gefühle, die damit einhergingen, und über die Methoden, mit denen er künftig alles bewältigen könnte. Meri Jaakkola nannte diese Treffen psychologische Debriefings, Ratamo nannte sie seine Rettung.

Er ging am massiven, wuchtigen Gebäude der russischen Botschaft vorbei und bemerkte erst jetzt, dass die Möwen schrien. Der Tag war heiter, im Gegensatz zu seinem Gemüt.

Als Ratamo das rote Ziegelgebäude erreichte, in dem das Finnische Rote Kreuz SPR seinen Hauptsitz hatte, drückte er auf den Knopf der Sprechanlage am Aufgang A, gelangte in die Räume des SPR-Zentralbüros und suchte sich selbst den Weg zum Arbeitszimmer der Krisenpsychologin.

Die Tür stand offen. Meri Jaakkola hielt eine lange Holzstange mit beiden Händen im Nacken und bog ihren Oberkörper nach links und nach rechts.

»Stabgymnastik ist gut für den Rücken«, erklärte die etwa fünfzigjährige, leicht übergewichtige Psychologin und lächelte verlegen. »Du kommst zu früh.«

Ratamo setzte sich. »Ich war gerade bei der Arbeitsmedizinerin. Ich will die beiden Nachuntersuchungen an einem Tag erledigt haben.«

»Das ist eine Folgesitzung. Und zwar die letzte«, erwiderte Meri Jaakkola und setzte sich an ihren Schreibtisch. Sie betrachtete Ratamo in aller Ruhe, als könnte sie von seiner äußeren Erscheinung seinen psychischen Zustand ablesen.

»Die SUPO wird vermutlich deine Meinung über meine Arbeitsfähigkeit hören wollen?«, sagte Ratamo.

Meri Jaakkola schnupperte hörbar, bemerkte eine leichte Bierfahne und lächelte. »Was denkst du? Bist du in Ordnung?«

Ratamo verzog den Mund. »Angstzustände habe ich noch, aber selten. Meist in Alpträumen und im Straßenverkehr.«

»Ängste beherrschen und mit ihnen umgehen kann nur, wer sich seine Ängste eingesteht und fähig ist, mit jemandem über sie zu reden. Du kannst beides. Angstzustände zu verneinen und zu unterdrücken wäre der schlimmste aller möglichen Fehler.«

Ratamo schwieg.

»Hast du angefangen, Situationen zu meiden, in denen Ängste auftreten?«

»Im Gegenteil.«

»Gut, das würde auch nur dazu führen, dass die Angstzustände zunehmen«, sagte Meri Jaakkola. »Und wie sieht es mit dem Privatleben aus, mit dem Alleinsein und ... Riittas Fehlgeburt? Wie bist du nach deinem Empfinden mit all dem fertig geworden?«

Ratamo wandte den Blick von der Krisenpsychologin ab und beobachtete eine Bachstelze, die auf dem Fensterbrett mit dem Schwanz wackelte.

Meri Jaakkola musterte Ratamo erneut. »Du willst nicht mehr so offen wie bei unseren ersten Treffen über deine Privatangelegenheiten reden. Ich kann daraus nur nicht so recht ableiten, ob das ein gutes oder ein schlechtes Zeichen ist. Kommt allmählich wieder deine alte, zurückhaltende Art zum Vorschein, oder bist du dabei, deine Traumata tief in dir drin einzukapseln?«

»Wir haben doch schon alles durchgesprochen.«

»Man würde dich, falls du es wünschst, problemlos noch weiter krankschreiben. Du hast schließlich genug Schlimmes durchgemacht. Ein fast verhängnisvoller Verkehrsunfall, eine äußerst schwere Verletzung, der Verlust deines ungeborenen Kindes, das Ende einer Partnerschaft ...«

»Ich will arbeiten«, verkündete Ratamo mit fester Stimme.

2

Montag, 26. August

Der Mann war bereit. Er fühlte eine überirdische Kraft, als das Fadenkreuz des Zielfernrohrs seiner Armbrust auf dem Herzen des Opfers lag. Mitten in der ostfinnischen Wildnis hörte man nur das Seufzen der Nadelbäume und in der Ferne das Kullern eines Birkhahns. Im Morgendunst roch es nach Harz und Heidekraut. Das Opfer stand fünfzig Meter entfernt am Rand des Sumpfes und ahnte nicht im mindesten, dass es schon sehr bald sterben würde. Der Mann, der sein Gesicht mit zerdrückten Pflanzen grün gefärbt hatte, lag gegen die Windrichtung unter Moosbüscheln zwischen zwei Steinen und atmete die drückend warme Luft des Spätsommers langsam und ruhig ein. Er fühlte sich eins mit diesem Wald, weil er schon seit drei Jahren in dessen Rhythmus lebte, sich von all dem, was er zu bieten hatte, ernährte und mit ihm den Sauerstoff teilte. Jetzt gab es nur den Mann, die Waffe und das Opfer.

Der Kohlefaserbolzen der tarnfarbenen Armbrust vom Typ Barnett Predator zischte mit einer Geschwindigkeit von hundertvierzehn Metern pro Sekunde los, durchschlug die dicke Haut des fünfhundert Kilo schweren Elchbullen und drang in den Herzmuskel ein. Das Tier zuckte zusammen wie durch einen Elektroschock und raste dann in vollem Galopp in das Gehölz zwischen Kiefern und abgestorbenen Föhren des Urwalds.

John Jarvi schloss die Augen und versuchte, sich an Stelle des Elches jene Männer vorzustellen, die für den Tod seiner Frau und des Würmchens verantwortlich waren. Für einen flüchtigen Augenblick empfand er eine überirdisch wohltuende Befriedigung. Er tötete Tiere, um seinen Hass abreagieren zu können. Jarvi sprang in seinem Versteck auf, schüttelte sich die meisten Moosbüschel ab und stürmte dem Elch hinterher. Er fluchte innerlich, als er sah, dass der Bulle in die falsche Richtung abgebogen war: Wenn das zwei Meter hohe und fast drei Meter lange Tier es bis zum Sumpf schaffte, könnte es einsinken, und er wäre auf keinen Fall imstande, es allein rauszuzerren.

Nach gut hundert Metern wurde der Elch langsamer, schließlich blieb er keuchend stehen und senkte sein Geweih mit neunzehn Enden. Es dröhnte dumpf, als der massige Körper des Tieres am Rande des Sumpfes zusammenbrach. Dann zog am Nordufer des Koiterejärvi-Sees im Nationalpark Patvinsuo wieder Stille ein, eine so vollkommene Stille, wie sie nur in einem unbewohnten Einödwald an einem sonnigen Morgen möglich war, wenn sich kein Lüftchen regte.

Jarvi blieb vor seiner Beute stehen, er bewunderte den majestätischen Anblick des Tiers und wartete – er wollte sichergehen, dass der Bulle tot war. Schon ein einziger Stoß mit dem Geweih würde ihn durchlöchern wie ein Sieb. Er zog ein Elchmesser aus der Scheide an seinem Gürtel und statt eines Gnadenschusses stieß er die zehn Zentimeter lange Klinge in den Nacken des Tieres. Nun musste er den Elch abstechen. Er suchte mit den Fingern eine Vertiefung an der Brust des Bullen, bohrte das Messer in den Körper und bewegte die Klinge hin und her, bis die großen Blutgefäße rissen. Dann zog er das Messer heraus, und das Blut strömte aus dem Körper. Das Abziehen, Ausweiden und Zerlegen des Tieres nahmen sehr viel Zeit in Anspruch. Die Arbeit war wie Medizin für seine Wunden: Er stellte sich dabei vor, einen der Verantwortlichen zu zerschneiden, die an allem schuld waren. Schließlich holte Jarvi seinen Ackja, der neben der Feuerstelle stand, und belud ihn randvoll mit Bratenfleisch. Um den Elchkadaver würden sich die Bären kümmern, die ungehindert über die fünfundzwanzig Kilometer entfernte Staatsgrenze zu Russland kamen und gingen. Für Meister Petz existierte nur eine, ungeteilte Wildnis. Jarvi machte sich auf den Rückweg zu seiner abgelegenen Hütte im Wald, der Schlitten aus Plastik glitt über die Mooshöcker, die feucht vom Morgentau waren.

Der Nationalpark von Patvinsuo war hervorragend geeignet für ein Versteck, solange man im Urwald blieb und sich von den Vogelbeobachtungstürmen und den gekennzeichneten Pfaden fernhielt. Von Jarvis Blockhütte in der Nähe des Koiterejärvi waren es bis zum nächsten Sandweg fünf und bis zum nächsten Lebensmittelladen etwa vierzig Kilometer. Kennengelernt hatte er die Gegend in seiner Kindheit, als er mit dem Großvater hier gewesen war. Die Familie seiner Mutter besaß immer noch einen alten Hof mit Waldwirtschaft nahe am Pielinen-See.

Jarvis Tarnanzug war schweißdurchtränkt. Er öffnete die Tür der Hütte und lächelte beinahe, als er sah, wie sich Lady über seine Rückkehr freute. Er hatte den Rotfuchs als verwaistes Junges gefunden, und am Ende war es ihm gelungen, das Tier zu zähmen. Lady war drei Jahre lang sein einziger Gesprächspartner gewesen, wenn man die Verkäuferinnen im Dorfladen von Uimajärvi nicht mitzählte; mit ihnen konnte Jarvi ein-, zweimal im Monat schwatzen. Wanderern und anderen Naturfreunden war er absichtlich aus dem Weg gegangen. Je weniger von dem Einsiedler am Ufer des Koiterejärvi wussten, desto besser.

Jarvi schnitt das Elchfleisch kleiner, streute grobes Salz auf den Boden großer Holzbottiche, legte die Fleischklumpen hinein und streute eine zweite Schicht Salz darauf. Morgen würde er das Fleisch zum Räuchern auf die Stange in der Rauchsauna hängen. Die Hütte besaß keinen Stromanschluss, und er hatte darauf verzichtet, eine Kühltruhe oder einen Kühlschrank mit einem Generator zu betreiben, dessen Geräusch über das Wasser kilometerweit getragen würde. Jarvi wollte keine Werbung für sein Versteck machen.

Er holte sich aus der Stube einen Emaillebecher mit selbstgebranntem Schnaps und dazu Quellwasser und setzte sich in den Sand am Seeufer. Von dieser Stelle aus pflegte er oft Singschwäne und Gänse zu beobachten und Kraniche, die auf den Uferwiesen umherstelzten. An diesem warmen Morgen sah man draußen auf dem Koiterejärvi nur einen Haubentaucher mit seinem Federbusch.

Heute jährte sich der Tag, an dem er untergetaucht war, er hielt sich jetzt seit genau drei Jahren hier versteckt. Und wartete. Die Gegend erinnerte ihn sehr an seine Heimat in Nord-Minnesota nahe der kanadischen Grenze, er stammte aus dem Zweitausend-Seelen-Dorf Lakewood. Es lag auch direkt am Rand einer Wildnis, in der Nachbarschaft riesiger Naturschutzgebiete und des Lake Superior, den die Finnen Yläjärvi nannten. Der Vater seines Großvaters, Artturi Vuorijärvi, war in den dreißiger Jahren aus Mittel-Österbottnien in diese Region gekommen. Jarvi erinnerte sich, dass sein Großvater erzählt hatte, in den ersten Jahrzehnten des letzten Jahrhunderts seien über eine Viertelmillion Finnen nach Amerika ausgewandert. Im Laufe der Zeit hatte sein Familienname der leichteren Aussprache wegen eine kürzere Form angenommen – Jarvi. Auch John sprach Finnisch, aber nicht aus Interesse daran, die Sprache von seinen Verwandten zu lernen oder in der Hauptstadt von Nord-Minnesota, in Duluth, finnische Sprachkurse zu besuchen, sondern weil sein Großvater ihn gezwungen hatte, schon als kleiner Junge die Sprache des alten Landes zu lernen. Und dem Großvater hatte man gehorchen müssen, der Alte besaß nämlich die Angewohnheit, Meinungsverschiedenheiten mit seinem Ledergürtel beizulegen. Dieser Scheißkerl hatte ihn gezwungen, auf seinem Hof zu schuften wie ein Sklave. Jarvis einzige angenehme Erinnerungen an seine Kindheit hingen ohne Ausnahme mit ihren Jagdausflügen zusammen, mit der Waffe in der Hand waren sie gleichberechtigt gewesen. Er hatte damals nur den Großvater gehabt. Mutter war viel zu jung an Brustkrebs gestorben, und der Vater hatte ihn verlassen. Er war zum Militär gegangen und hatte sich danach nie wieder gemeldet. Seine ganze Kindheit und Jugend hatte John mit dem Großvater verbracht, begraben auf dem Lande.

In Gedanken kehrte er zu Emily zurück, und der kurz eingeschlafene Hass erwachte wieder. Er hatte Lust, auf irgendetwas zu schießen, egal auf was. Das war seit der Zeit als kleiner Junge sein Mittel, sich abzureagieren. Schon sein ganzes Leben lang hatte er gejagt: erst Ratten, Eichhörnchen und Hasen mit einem Gewehr mit Geradezugverschluss von Springfield, das ihm sein Großvater zum achten

Geburtstag geschenkt hatte, danach Flugwild mit der Schrotflinte und später Elche und wilde Rentiere mit dem Gewehr. Nie hätte er als Junge geahnt, dass seine Jagdleidenschaft einmal für sein ganzes Leben richtungsweisend sein würde.

Jarvi erhob sich abrupt, er ging mit der Hacke in den Gemüsegarten, erntete eine Schüssel voll Kartoffeln und ein halbes Dutzend Möhren und schnitt sich dann vom Elchfleisch ein reichliches Stück für ein Steak ab. Im Keller unter den Dielenbrettern der Stube fand sich eine Büchse Sahne. Er setzte die Kartoffeln für sein Festessen auf, goss sich erneut Selbstgebrannten und Wasser in den Emaillebecher, ging zurück ans Ufer und ließ die Gedanken wieder in seine Kindheit wandern.

Seine Leistungen in der Schule waren eher schlecht gewesen, hauptsächlich deshalb, weil er das Herumsitzen in geschlossenen Räumen und den Zwang, sich ständig an der gleichen Stelle aufzuhalten, nicht ertragen konnte. Er war es gewöhnt, seine Zeit in der Natur zu verbringen. Zur Überraschung des Großvaters – und in gewisser Weise auch zu seiner eigenen – ließ er sich sofort nach dem Ende der Schulzeit von der Marine anwerben. Vermutlich hatte er sich eingebildet, dort in aller Ruhe über seine Zukunft nachdenken zu können. Es erschien unbegreiflich, dass seitdem erst elf Jahre vergangen waren. Frustriert vom gemächlichen Rhythmus bei der Marine, hatte er sich nach einem knappen Jahr mit Erfolg für den Basistrainingskurs der Spezialeinheit SEALs beworben und das begehrte Dreizackabzeichen der Truppe erhalten, und natürlich war er bei der Scharfschützenausbildung gelandet. Damit fing die Hölle an. Er hatte an fast allen Kämpfen der Operation Iraqi Freedom in den Jahren 2003–2010 teilgenommen und hundertsechs bestätigte Tötungen auf seinem Konto. Er bereute sie nicht – das Töten war sein Job gewesen –, mit einer Ausnahme, vielleicht. Am 16. Oktober 2005 hatte er am Stadtrand von Falludscha eine schwangere Frau erschossen. Sie war mit einer Granate in der Hand auf die Stellung der Marineinfanterie zugegangen, die tödliche Kugel war in einer Entfernung von tausendvierhundert Metern abgefeuert worden. Wegen dieser

Tötung hatten die Aufständischen ihm den Namen *Al-Shaitan Falluja* gegeben, der Teufel von Falludscha, und eine Prämie von 20 000 Dollar auf seinen Kopf ausgesetzt.

Ende 2005, nach den Ereignissen in Falludscha, hatte er die Nase voll gehabt vom Krieg und seine Versetzung aus der Scharfschützeneinheit beantragt – und war beim Nachrichtendienst CIA gelandet. Er hatte Häftlinge verhört oder besser gesagt gefoltert. Die CIA hatte in Europa, im Nahen Osten, in Asien und Nordafrika etwa dreißig geheime Antiterror-Aufklärungszentren, CTI-Zentren und viele geheime Gefängnisse besessen.

Schon nach einem Jahr hatte Jarvi das Foltern sattgehabt, aber diese kurze Zeit reichte aus, alles kaputtzumachen. Die Ereignisse dieses Jahres hatten ihm Emily und sein Kleines genommen und ihn gezwungen, sich hier zu verstecken. Ein gesichtsloser Apparat hatte sich sein Leben angeeignet, es nach seinem Gutdünken ausgenutzt und ihn schließlich aufs Abstellgleis geschoben und warten lassen, wie einen Weihnachtsschmuck, der nicht verkauft worden war.

Plötzlich spitzte Jarvi die Ohren. Das Geräusch war schwach und kam aus der Hütte, hatte er vergessen, das Transistorradio auszuschalten? Er ging zur Tür des Blockhauses und begriff, woher das Surren kam – es war der Piepser des Satellitentelefons. Es kündigte mit seinem Alarm einen bevorstehenden Anruf an. Das erste Mal seit drei Jahren.

Jarvi holte das Telefon aus einer Holzkiste unterm Bett hervor, zog die Antenne heraus und ging vor der Hütte zu der Stelle mit dem besten Empfang. Je länger er auf das Klingeln des Telefons warten musste, umso nervöser wurde er.

Endlich erklang der Rufton des Telefons, und Jarvi meldete sich.

»Ich habe sie gefunden«, verkündete der amerikanisches Englisch sprechende Anrufer sehr ruhig, aber stolz.

Jarvi erkannte die Stimme von Commander Rick Baranski, seinem Vorgesetzten, sofort, obwohl er sie drei Jahre lang nicht gehört hatte. Es schien so, als wären die letzten Jahre auf einen Schlag gelöscht. Er dürfte unter die Lebenden zurückkehren.

»Es sind sieben, und du darfst sie alle erledigen. Die zwei ersten sind derzeit aus beruflichen Gründen in Finnland, deswegen wurde dieser Zeitpunkt gewählt«, erklärte Commander Baranski und nannte Jarvi den Namen der ersten Zielperson.

»Auf dem Hinrichtungsvideo waren nur drei Männer zu sehen«, erwiderte Jarvi.

Es dauerte eine Weile, bis Baranski antwortete. »Diese beiden haben die Aufständischen für die Hinrichtung Emilys bezahlt. Deswegen wurde für sie nie eine Lösegeldforderung gestellt. Genauere Informationen habe ich auch nicht. Mach dich auf den Weg, geh wieder unter die Leute und melde dich«, sagte Baranski und brach die Verbindung ab.

Auf diesen Tag hatte Jarvi seit langem gewartet. Diese Hoffnung war für ihn Anreiz gewesen, weiterzuleben. Er hatte seinen Hass gepflegt und gehegt wie sein Kind; der Hass hatte ihn am Leben gehalten.

Jarvi ging in seine Blockhütte, öffnete den Laptop, der Strom aus dem Autoakku bekam, und startete das Hinrichtungsvideo der Aufständischen. Er hatte es sich in den drei Jahren kein einziges Mal angesehen, und auch damals nicht richtig. Jetzt zwang er sich, das vor Entsetzen bleiche Gesicht seiner Ehefrau anzuschauen, stellte das Bild schärfer ... Der Hass drang in seinen Kopf spitz wie ein Eispickel. Jarvi kannte die Redewendung, Rache würde kalt am besten schmecken, aber diese Lebensweisheit könnte er nicht auf ihren Wahrheitsgehalt prüfen. Sein Hass war im Laufe der Zeit keinen Deut abgekühlt. Es war seine Schuld, dass Emily entführt und getötet worden war – und mit ihr das Kind, das Ungeborene, das nur ein Zukunftsversprechen war. Wenn er nicht von Emily verlangt hätte, zu ihm ins Camp Victory zu kommen ... Er war genauso schuld wie diese drei Scharfrichter mit ihren schwarzweißen Tüchern.

Aber jetzt wollte er das alles sühnen.

3

Montag, 26. August

Arto Ratamo stand im K-Market Pietari in Ullanlinna an der Kasse und packte seine Einkäufe in eine Plastiktüte. Er selbst wäre mit Konserven und indischer Gewürzpaste ausgekommen, aber Nelli musste etwas Richtiges essen. Er schaute verstohlen zu einer etwa siebzigjährigen Frau, die mit einem irren Glanz in den Augen Münzen in Spielautomaten stopfte. Sie spielte gleichzeitig an drei verschiedenen Geräten und überwachte ihr Revier mit argwöhnischen Blicken wie eine Wölfin ihren Bau. Es schien so, als hätten die munteren Melodien und die rotierenden Bilder der Automaten die Frau in Trance versetzt. Ganz offensichtlich eine Casino-Oma, überlegte Ratamo, garantiert steckt die ihre ganze Rente in diese Kästen, und wenn das Geld alle ist, dann steht sie da und beobachtet die anderen beim Spielen. Ratamo vermutete, dass die Frau ihren Platz als Diensthabende am Automaten erst räumen würde, wenn die Jungs vom Wachdienst sie mit Gewalt hinausschleppten, sobald der Laden in einer Viertelstunde seine Pforten schloss.

Er trat auf die Straße und ging zu seinem VW, für den ausnahmsweise ein Parkplatz direkt neben dem Geschäft frei gewesen war. Natürlich hatte er seinen Käfer nach dem Unfall reparieren lassen, immerhin waren sie bereits seit Jahrzehnten Weggefährten. Und bei dem Schneesturm im vergangenen Herbst standen sie gemeinsam schon mit einem Bein in der letzten Tiefgarage, der mit dem Leichengeruch und ohne Ausgang. Er würde zusammen mit seinem Käfer rosten, dachte Ratamo, obwohl er wusste, dass Titan nicht rostete. Bei der Reparatur war es nicht mehr gelungen, den VW vom Baujahr 1972 mit seinem Stoffverdeck in Bestform zu bringen, also hatte er den Wagen einer Änderungsprüfung unterziehen und in einen Oldtimer umwidmen lassen. Mit dem Auto durfte man an dreißig Tagen im Jahr fahren, was bei dem Klima in Finnland mehr als genug war – vor allem da die Behörden generell nicht in der Lage wären, Buch darüber zu führen, wann er seinen treuen Gefährten tatsächlich benutzte.

Ratamo stellte den Beutel mit den Lebensmitteln auf den Rücksitz, setzte sich ans Steuer und startete erst den Wagen und dann die Stereoanlage. Aus den Lautsprechern strömten die Töne einer Geige von Guarneri del Gesù, gespielt von einem Spitzenviolinisten, der auf einem Album der Klezmer-Band *Kroke* gastierte. Ratamo schob sich zwei Snusbeutel aus seiner letzten Dose in den Mund. Eine neue Dose *General* wollte er sich nicht mehr holen, es war einfach zu anstrengend, diese Gewohnheit vor Nelli geheim zu halten.

Er beschloss, seinem Auto etwas frische Luft im Grünen zu gönnen und nahm Kurs auf das Meeresufer und die Insel Hernesaari, ohne sich darum zu kümmern, dass sein Tiefkühlgemüse auftaute. Den schönen Abend musste man genießen. Die Sonne war gerade am Horizont verschwunden, aber die offene See glänzte immer noch im rötlichen Licht. Es war kurz vor neun Uhr abends, und Nelli kam nur selten vor der von ihm auf zehn Uhr festgelegten Deadline nach Hause. Ratamo hatte sich immer wohl gefühlt, wenn er für sich war und seine Ruhe hatte, aber nun stellte er fest, dass er sich, seit Riitta weg war, immer öfter davor drückte, in seiner Wohnung allein zu sein. Das war kein gesunder Zug, aber schließlich war er auch kein gesunder Mann. In dieser Wohnung in der Korkeanvuorenkatu hatten er und Riitta von der Schwangerschaft erfahren, fünf Tage waren ihnen geblieben, dort über ihr Kind zu reden, und dort hatte Riitta das Kind auch verloren.

Ratamo stellte den Wagen auf dem Innenhof seines Wohnhauses an der Ecke von Korkeanvuorenkatu und Vuorimiehenkatu ab, stieg die Treppe hinauf bis zu seiner Wohnung. Dass am Namensschild immer noch Riittas Familienname stand, ignorierte er bewusst. Er ließ seine Schuhe in der Flurecke fallen und brachte gerade die Einkäufe in die Küche, als irgendwo ein helles Lachen erklang.

Er ging ins Wohnzimmer und sah Nelli und ein anderes Mädchen, sie standen an den Fenstern des Erkers und schauten hinüber zum kleinen Park an der Vuorimiehenkatu. »Du bist aber früh nach Hause gekommen«, sagte Ratamo zu seiner Tochter, die mit Kopfhörern im Rhythmus der Musik wackelte. Keine Reaktion. Er legte die Hand auf Nellis Schulter.

Das Mädchen zuckte so zusammen, dass sie mit der Hand Lenins Gipsbüste vom Fensterbrett fegte. Ratamo bückte sich instinktiv, fing die herabfallende Büste auf und fluchte, als der Schmerz durch seine Hüfte schoss.

»Warum zum Teufel jagst du mir auch so einen Schreck ein?«, rief Nelli sichtlich wütend.

»Ich habe mich nur gewundert, dass du schon um diese Zeit zu Hause bist«, erwiderte Ratamo zu seiner Verteidigung, er hielt sich das Kreuz und betrachtete neugierig Nellis Freundin. Das Mädchen war dunkel und schön, vielleicht stammte sie aus dem Nahen Osten oder der Türkei. Sie wirkte ein wenig älter als Nelli und schaute ihn selbstbewusst an. Die Arme des Mädchens waren mit Hennatattoos bedeckt und ihre Augen im Gothic-Style geschminkt.

»Shirin Navabi. Man nennt mich Siiri«, sagte das Mädchen auf Finnisch, reichte ihm aber nicht die Hand.

»Arto. Nellis Vater.« Ratamo wandte sich seiner Tochter zu. »Wollt ihr etwas essen?«

»Das bestimmt nicht. Ich hab gedacht, du bist wieder saufen«, antwortete Nelli. Sie nahm ihre Freundin am Arm, und ehe Ratamo etwas sagen konnte, waren beide in Nellis Zimmer verschwunden.

Ratamo wischte den Staub von Lenins kahlem Scheitel und setzte die Gipsbüste wieder zurück aufs Fensterbrett neben die von Elvis und Urho Kekkonen. Die Hüfte schmerzte. Auf dem Weg in die Küche verpasste er dem uralten Sandsack, der neben der Badezimmertür hing, vor Wut einen derart heftigen Schlag, dass die Sägespäne stoben.

Die Wohnungstür wurde gerade in dem Moment zugeknallt, als Ratamo die Einkaufstüte auf den Tisch hob, um sie auszupacken.

»Ist alles in Ordnung?« Der grauhaarige Ex-SUPO-Chef Jussi Ketonen, der in seinem jetzigen Zustand nur knapp zwanzig Kilo Übergewicht hatte, war auf der Schwelle der Küche erschienen.

Ratamo nahm eine Packung mit acht 0,33-Liter-Flaschen aus der Plastiktüte, und Ketonens Miene hellte sich auf. »Ich habe es geahnt, dass man hier den Fußball zu schätzen weiß.«

»Hast du immer noch die Schlüssel?«, raunzte Ratamo. Er hatte schon wer weiß wie oft darum gebeten, dass Ketonen, der ständig ungeladen hier auftauchte, die Ersatzwohnungsschlüssel endlich zurückgab. Ketonens Frau war Nellis Großmutter, und das Rentnerehepaar hatte in den vergangenen Jahren bei ihnen öfter als gesetzlich erlaubt das Kindermädchen gespielt.

»Im Fernsehen kommt eine Zusammenfassung von den gestrigen Spielen aller europäischen Spitzenligen. Marketta lässt mich immer noch nicht diese Sportkanäle im Bezahlfernsehen bestellen«, klagte Ketonen. »Wollen wir nicht die Sauna anheizen? Ich kann zu Hause nicht aufgießen, weil Marketta im Laufe des Sommers aus der Sauna für sich einen neuen Ankleideraum gemacht hat. Für mich würde die Sauna in der Ferienhütte reichen, sagt sie, und die im Haus, einmal in der Woche, wenn wir dran sind. Und beim Zustand meiner Pumpe sowieso. Ich habe übrigens Elchwurst mitgebracht, frisch aus der Markthalle.«

Ratamo antwortete nicht.

»War die Untersuchung beim Arzt unerfreulich?« Ketonen wurde ernst und schob die Hände unter seine Hosenträger.

Ratamo schüttelte den Kopf. »Ich fange morgen an zu arbeiten. Es gibt jetzt nur noch ziemlich viel, worüber ich nachdenken muss.«

Ketonen schob die Elchwurst in den Kühlschrank und setzte sich auf den Hocker. »Bei der SUPO sind während deiner Krankschreibung merkwürdige Dinge passiert. Der Chef wurde ausgetauscht, es gibt den Verdacht des Amtsmissbrauchs, Mobbing, Sex im Auto und das im Dienst ... Alte Bekannte sagen, die Stimmung sei ziemlich chaotisch.«

»Bestimmt nicht so chaotisch wie bei mir«, entgegnete Ratamo schroff. »Und bei der SUPO hat es doch in der letzten Zeit auch interessante Fälle gegeben. Terrorismus, Menschenhandel, die Ermittlungen zu den Flügen des CIA mit Gefangenen …«

»Weißt du schon, ob du an deine alte Arbeit zurückkehren kannst? Wenn jemand krankgeschrieben ist, dürfen seine beruflichen Aufgaben eigentlich nicht geändert werden, aber in der Praxis sieht das natürlich etwas anders aus. Meines Wissens hat die Einheit zur Terrorismusbekämpfung bereits einen neuen Chef.«

»Na ja, zumindest werden sie mich ja schließlich kaum in die Abteilung versetzen, wo ich draußen irgendjemanden überwachen muss. Mit dieser Hüfte macht man nicht allzu viel Sport.« Ratamo klopfte auf seine Titanhüfte, die hohl klang.

»Otto Hirvonen ist jetzt der Chef. Zumindest bis Wrede aus dem EU-Lagezentrum nach Finnland zurückkehrt. Wenn er zurückkehrt. Nimm dich vor dem Mann in Acht.«

Jetzt erwachte Ratamos Interesse. »Vor welchem von beiden?«

»Vor beiden. Aber im Moment vor allem vor Otto Hirvonen. Angeblich mag er dich nicht besonders. Otto Hirvonen ist einer von denen, die auch mit der Dienstvorschrift aufs Scheißhaus gehen. Und dein Ruf ist halt so, wie er ist.«

Ratamo zuckte die Achseln. Er hatte während des vergangenen Jahres so viel Schlimmes erlebt, dass ihn irgendwelches Tauziehen auf seiner Arbeitsstelle nicht sonderlich beunruhigte.

»Hirvonen ist ein machthungriger Mann.« Ketonen sprach wie zu sich selbst. »Und die Machtfülle der SUPO hinter den Kulissen ist in der letzten Zeit erheblich gewachsen. Wir reden jetzt nicht von der Zwangsgewalt der Polizei des Präsidenten, sondern von etwas viel Wertvollerem – vom Einfluss. Die SUPO berichtet heutzutage den höchsten Entscheidungsträgern des Staates, dazu den Ministern und weiteren wichtigen Politikern mehr als je zuvor. Für die Machthaber werden pro Jahr weit über hundert geheime Berichte ausgearbeitet und ihnen zugeschickt, und das Tempo nimmt weiter zu. Der Präsident, der Ministerpräsident, der Außenminister und der Innenminister erhalten natürlich fast täglich einen Aufklärungsbericht der SUPO, aber heute werden die Berichte schon viel umfassender an Politiker verteilt. Die Botschaft der SUPO, die von ihr gezeichneten Bedrohungsbilder insbesondere in Hinsicht auf Russland und den Terrorismus, breiten sich schon in den politischen Reden und in den Medien aus. Du solltest im Bilde sein, Junge, da du nun wieder arbeiten gehen willst.«

»Na, dann heizen wir mal die Sauna an.«

4

Montag, 26. August – Dienstag, 27. August

Das zur artenreichen Unterordnung der Mücken gehörende Stechmückenweibchen besaß zwei Flügel, ein Paar Schwenkkölbchen, einen schlanken Leib, einen Saugrüssel und etwas längere Beine als ihre Artgenossen. Das Individuum war eine Waldmücke *(Aedes cantans)* und genau einen Zentimeter lang, sie wog in ihrem jetzigen Zustand 2,1 Milligramm, war zwei Wochen alt und hatte damit so gut wie die Hälfte ihres Lebens hinter sich. Das Mückenweibchen saugte bei jedem beliebigen Lebewesen Blut, das es brauchte, um Nachwuchs zu entwickeln. Sich selbst ernährte die Mücke mit Blütennektar. Das schrille Summen verstummte, als sie auf dem behaarten Arm landete. Auch dieses Opfer hatte das Mückenweibchen dank des ausgeatmeten Kohlendioxids, des Schweißgeruchs und der Wärmeausstrahlung der Haut gefunden. Von Milliarden anderer Mücken, die in Finnland herumschwirrten, unterschied sich die Mücke nur insofern, als gerade sie es war, die ihren Saugrüssel in die Haut eines Mannes namens John Jarvi bohrte.

Jarvi erschlug das Insekt auf seinem Bizeps und wünschte sich, er könnte seine Zielperson genauso leicht erledigen. Vierunddreißig Stunden nach dem Satellitentelefonat am Ufer des Koiterejärvi stand Jarvi in neuen Jeans und einem schwarzen Pikeehemd in Espoo am Haupteingang des Kongresszentrums *Dipoli* in Otaniemi, rauchte eine Zigarette und trat unruhig von einem Bein aufs andere. Er hatte Commander Baranski sofort nach seiner Rückkehr ins normale Leben angerufen, von ihm Anweisungen erhalten und war dann mit seinem uralten Renault Mégane nach Helsinki gefahren. Den gestrigen Abend und den ganzen heutigen Tag hatte er seine Zielperson beobachtet, einen etwa vierzigjährigen Polen, den er nie zuvor in seinem Leben gesehen und dessen Namen er seines Wissens nie gehört hatte. Der Mann nahm an einer Konferenz des Technologieforschungszentrums zum Thema »Die Herausforderungen der Renaissance der Kernkraft« teil, auf der laut Programmflyer die Mechanik der Strukturen in der Reaktortechnologie behandelt wurde, was auch immer das bedeutete. Ihm blieb beängstigend wenig Zeit, der Pole würde Finnland schon am nächsten Tag verlassen.

Es ärgerte Jarvi, dass Baranski nicht bereit gewesen war, ihm zu sagen, wieso der Pole damals wollte, dass Emily umgebracht wurde. Vertraute der Commander ihm nicht? Aber er war doch 2005 auf Vorschlag eben von Baranski bei der CIA gelandet. Das war der größte Fehler seines Lebens gewesen; das Jahr in den Antiterror-Aufklärungszentren hätte beinahe seine ganze Menschlichkeit abgetötet. Die CTI-Zentren wurden in Kooperation mit den Aufklärungsbehörden der jeweiligen Gastländer betrieben, aber der Hauptgeldgeber war die CIA, die auch die Entscheidungen traf. Die Mitarbeiter der CTI-Zentren verfolgten, entführten, verhörten und folterten Terrorismusverdächtige und ließen sie mit illegalen Gefangenenflügen und geheimen Gefängnissen überall in der Welt wie durch Zauberkraft verschwinden. Wenn die CIA jemanden mit harten Bandagen verhören wollte, schickte sie den Gefangenen nach Jordanien. Wenn sie foltern wollte, schickte sie den Gefangenen nach Syrien. Wenn sie jemanden verschwinden lassen wollte, schickte sie den Gefangenen nach Ägypten. John Jarvi hatte in all diesen Ländern gearbeitet. Anscheinend war man bei der CIA der Ansicht gewesen, er sei gefühllos oder abgestumpft genug, um alles zu tun, was ihm befohlen wurde.

Jarvi drückte seine Zigarette in einem Säulenaschenbecher aus, als sich die Tore von *Dipoli* öffneten. Laut Programmheft hätte die Abschlusssitzung der Konferenz schon vor einer halben Stunde, um sechs Uhr, enden müssen. Vielleicht fühlten sich die Kernforscher in den Seminaren wohl. Hass und Rachsucht nagten so heftig an Jarvi, dass es für ihn eine noch größere Qual als sonst war, untätig herumzustehen. Er wollte nur noch eins: Vergeltung. Und es war ihm dabei völlig egal, dass er kaum über Erfahrungen im Kampf Mann gegen Mann verfügte. Als Scharfschütze hatte er all seine Opfer aus der Distanz, aus einer Entfernung von Hunderten Metern, getötet. Terrorverdächtige Gefangene der CIA hatte er natürlich mit eigenen Händen gefoltert, aber das war absolut nach seinen Bedingungen und ohne Angst vor Widerstand abgelaufen. Zwar hatte er bei den SEALs eine Nahkampfausbildung erhalten, die zu den weltweit besten gehörte, aber die Praxis neigte nun mal fast ausnahmslos dazu, von der Theorie abzuweichen. Das hatte er in seiner Laufbahn als Scharfschütze gelernt, als er sah, wie der Kopf des ersten Opfers in Stücke zerfetzt wurde.

Nun strömten korrekt gekleidete Männer und Frauen aus dem *Dipoli* heraus. Die meisten steuerten den wenige Meter entfernten Taxistand an. Jarvi wartete, bis er seine Zielperson auf dem Weg zum Ende der Taxischlange sah und ging dann zu seinem Wagen auf dem Parkplatz. Er setzte sich hinein, startete den Motor und fuhr zu einer Stelle am Rand der Ausfahrt, von der er aus nächster Nähe alle *Dipoli* verlassenden Taxis sehen konnte. Als Soldat war es John Jarvi gewöhnt, Befehle auszuführen, aber das hinderte ihn nicht daran, sich zuweilen über sie zu wundern. Natürlich hatte er Baranski gegenüber am Telefon nachdrücklich betont, er sei schließlich Scharfschütze – als wüsste der das nicht –, und nachgefragt, warum er den Polen nicht durch Schüsse umbringen konnte. Die Liquidierungen dürften auf keinen Fall wie geplante Morde aussehen, hatte der Commander geantwortet und dann eine Viertelstunde lang einen Vortrag gehalten, wie man einen Mord wie eine Tötung im Affekt aussehen ließ.

Jarvi gab Gas und beschleunigte seinen Renault auf den Otakaari, als er den polnischen Physiker auf dem Rücksitz eines vorbeifahrenden Audi-Taxis erkannte. Er lauerte schon entnervend lange auf eine günstige Gelegenheit. Am Vorabend hatte der Pole sein Zimmer im Hotel *Torni* nur für einen kurzen Abstecher in die Foyerbar verlassen, und heute im *Dipoli* waren einfach zu viele Leute gewesen, um unbemerkt zuschlagen zu können. Jarvi wollte den Polen nicht in dessen Hotelzimmer töten, das Risiko, auf frischer Tat ertappt zu werden, war zu groß. Und hochentwickelte, tödliche und im Organismus schwer nachweisbare Chemikalien konnte er sich in der kurzen Zeit nicht beschaffen.

Vor dem Eingang des Hotels *Torni* auf der Yrjönkatu stieg die Zielperson aus. Jarvi wusste schon, dass man in der näheren Umgebung keinen freien Parkplatz fand, also ließ er seinen Wagen ungeniert auf dem Fußweg vor dem Lilla Theater und dem Einrichtungsgeschäft stehen. Jarvi betrat das Hotel, nahm sich von einem kleinen Tisch eine Zeitung und setzte sich in einen Sessel an der Wand des Raumes neben dem Foyer. Von hier aus sah man ungehindert den Aufzug und das Treppenhaus. Es war allerdings äußerst unwahrscheinlich, dass der Pole zu Fuß in die siebente Etage ging. Jarvi hatte unter falschem Namen selbst ein Zimmer genommen, um sich frei im Hotel bewegen zu können.

Marek Adamski, der Name ging Jarvi durch den Kopf. Warum hatte der polnische Physiker gewollt, dass Emily starb, in wessen Auftrag hatte der Mann gehandelt? Reue, Sehnsucht, Scham und Hass überkamen ihn, wie immer, wenn er an seine Frau dachte. Sie hatten sich im April 2003 in Bagdad kennengelernt, kurz nach Kriegsbeginn, und noch im selben Sommer in der Kaserne des 26. Regiments der Königlichen Artillerie der Briten in Gütersloh in Deutschland geheiratet. Über ihre Hochzeit war in England sogar in den Zeitungen berichtet worden. Gleich am Anfang hatten sie vereinbart, so lange im Irak zu dienen, wie der Krieg dauern würde, und dabei finanziell das Fundament zu legen, um nach dem Krieg eine Familie gründen und sich niederlassen zu können. Plötzlich hielt der Fahrstuhl im Foyer des Hotels an und Jarvis Gedankengänge brachen ab. Ein junges Pärchen kam Hand in Hand aus dem Aufzug heraus, und Jarvi warf frustriert einen Blick auf seine Uhr. Die Zeit lief ihm davon. Die Zielperson musste doch irgendwo zu Abend essen; blieb nur zu hoffen, dass der Pole nicht ins Hotelrestaurant ging.

Jarvi lehnte sich in seinem Sessel zurück und konnte die Bitterkeit seiner Selbstvorwürfe fast auf der Zunge schmecken. Emily war seinetwegen gestorben. Im August 2005 hatte er in Haditha mit einem tollen Schuss aus einer Entfernung von über einem Kilometer einen Aufständischen getötet, doch der war, wie sich dann herausstellte, der Schwager von Muktada al-Sadr, dem einflussreichsten irakischen Schiitenführer. Und als wäre das nicht schon genug gewesen, hatte er ein Jahr später in einem gemeinsamen Aufklärungszentrum der CIA und des thailändischen Nachrichtendienstes NIA einen Kommandeur der von al-Sadr gegründeten Mahdi-Armee verhört. Er hatte den Mann zwölf Tage lang wach gehalten und zehn Tage an einen Stuhl gefesselt, er hatte sein Opfer an die Wand geworfen und seinen Kopf unter Wasser gedrückt, gerade so lange, dass er nicht ertrinken konnte ... Es war schlimm, sich an den Gestank in der Zelle des Gefangenen, der in seinem eigenen Kot lag, zu erinnern. Am Ende hatte man den Mann in das Gefangenenlager Guantánamo auf Kuba geschickt, und durch irgendeinen freigelassenen Häftling war al-Sadr zu Ohren gekommen, was Jarvi getan hatte. Von da an war er gebrandmarkt. Jarvi war sich absolut sicher, dass Emilys Hinrichtung die Rache für seine Taten war.

Er legte die Zeitung auf seinen Schoß, als der uralte Fahrstuhl wieder polternd im Foyer ankam. Adrenalin strömte durch seinen Körper, als er die Zielperson erblickte, aber zugleich erlebte er eine Enttäuschung – der Pole steuerte zielstrebig die Tür zum Hotelrestaurant an. Jarvi schluckte seinen Fluch hinunter, wartete einen Augenblick, folgte Marek Adamski dann ein Stockwerk hinunter und sah, wie er an einem Ecktisch der Gaststätte eine dunkelhaarige Frau umarmte, die aufgestanden war. Jarvi ging hinaus auf die Kalevankatu, um wieder klar denken zu können. Der Verkehrslärm wirkte berauschend, er merkte, dass er sich zurück nach der Stille der Wildnis sehnte. Er stand lange da, spürte den Geschmack der Abgase und war frustriert. Was würde er tun, wenn er sich an all denen gerächt hatte?

Jarvi ging ins Hotel zurück, bestellte an der American Bar eine Cola und setzte sich auf ein Sofa, von dem er freie Sicht auf die Türen des Restaurants hatte. Wie zum Teufel brachte er den Polen nur dazu, das Hotel zu verlassen? Es war kurz vor acht Uhr abends und

Adamskis Maschine flog am nächsten Mittag. Es konnte gut sein, dass sich der Physiker nach dem Abendbrot in sein Zimmer zurückzog. Womit könnte er Adamski aus seinem Zimmer hinausekeln? Alles, was ihm einfiel, waren nur Ideen aus der Verzweiflung geboren: Feueralarm, eine anonyme Nachricht an der Rezeption ...

Commander Baranski hatte ihm unmissverständlich zu verstehen gegeben, dass der Anschlag nicht wie ein geplanter Mord aussehen durfte. Einen Grund dafür hatte man ihm natürlich nicht genannt, er war bloß einer, der Befehle ausführte, vollstreckte. Das war er immer gewesen. Zu Hause hatte er nach der Pfeife des Großvaters getanzt und bei der Marine und der CIA nach der seiner Vorgesetzten.

Die Wut verwandelte sich in Hass, als ihm plötzlich wieder das Video der Scharfrichter in den Sinn kam: Drei Männer in Zivilkleidung und mit einem *Kufija*-Tuch um den Kopf stehen vor einer Ziegelwand in einem niedrigen Raum, der wie ein Keller aussieht. Emilys gefesselte Gliedmaßen und ihre vor Entsetzen geweiteten Augen. Die Hoffnung, die sie in ihrem Schoß trägt. Der Hieb mit dem riesigen Schwert, die *Allāhu-akbar*-Rufe und die ewige Dunkelheit. Jarvi wollte, dass den Polen das gleiche furchtbare Entsetzen befiel, wie es Emily gefühlt haben musste.

Wutentbrannt stand er auf, erstarrte aber im selben Augenblick, als er seine Zielperson erblickte. Der Pole kam mit der dunkelhaarigen Frau am Arm aus dem Restaurant heraus und steuerte die Tür an, die zum Hotelfoyer führte.

Jarvi verbrachte die Nacht damit, in der Umgebung des Hotels *Torni*, auf der Yrjönkatu und der Kalevankatu herumzuspazieren. Es gelang ihm problemlos, wach zu bleiben, auch ohne Amphetamine; er hatte während der letzten drei Jahre in seiner Waldhütte mehr als genug geschlafen. Die Begleiterin des Polen verließ das Hotel gegen elf Uhr abends, und der Mann war danach nicht mehr aufgetaucht.

Gegen halb sieben Uhr betraten bereits Gäste das Frühstückslokal im Erdgeschoss des Hotels, und zu Jarvis großer Freude erschien der polnische Physiker als einer der Ersten. Marek Adamski setzte sich mit einem voll beladenen Teller und einer Zeitung an einen Tisch. Falls die Zielperson nach dem Frühstück nicht in die Stadt ging, würde Jarvi vor dem Hotelzimmer des Mannes zuschlagen, sobald der zum Flughafen aufbrach, das nahm er sich vor. Er ging auf der Yrjönkatu hin und her und warf von Zeit zu Zeit einen Blick hinein durch die großen Fenster des Raumes im Erdgeschoss, bis der Teller des Polen fast leer war, dann kehrte er in die American Bar zurück.

Jarvi hatte sich noch gar nicht richtig hingesetzt, da verließ die Zielperson schon das Restaurant, ging zum Hotelausgang und trat hinaus auf die Kalevankatu. Jetzt würde es geschehen, jetzt musste es geschehen, dachte Jarvi voller Erregung. Er musste sofort zuschlagen, sobald sich eine Gelegenheit ergab. Rasch holte er dünne Lederhandschuhe aus seiner Hosentasche und zog sie an. Ihm musste etwas einfallen, verdammt noch mal, aber was? Natürlich kannte er etliche Arten, wie man einen Menschen schnell mit bloßen Händen umbrachte, aber keine von ihnen könnte er anwenden.

Der polnische Physiker ging zügig die Yrjönkatu entlang und bog nach links in die Eerikinkatu ab. Jarvi musste losrennen. In seinem Kopf schrillten die Alarmglocken: Die Straße wurde von Wohnhäusern gesäumt, man sah ein Restaurant und Geschäfte, die Straßenränder waren mit Autos vollgestellt, überall gab es neugierige Blicke. Doch der Damm des angestauten Hasses begann zu brechen, er wollte den Polen zu fassen kriegen ...

Jarvi sprintete los, packte sein Opfer am Arm und riss es zu einer Hauseinfahrt und in den Torweg. Der Physiker wurde zu Boden geschleudert und fiel bäuchlings auf den Asphalt. Jarvi schaute sich hastig um, er musste jetzt sofort eine Waffe finden, mit der er den Mann töten konnte ... Er griff nach einem Halteverbotsschild und riss es mit solcher Wucht aus dem offenen Eisentor heraus, dass die Schrauben durch die Gegend flogen. Der Pole hatte sich gedreht und aufgesetzt. Jarvi wartete, bis er sich aufrichtete und stand. Er sah, wie in Marek Adamskis Gesicht Angst, Erstaunen und Wut miteinander kämpften – das war das erste Mal, dass Jarvi einem seiner Opfer aus Nahdistanz in die Augen schaute.

»*What the hell are you …*«, konnte der Pole noch sagen, dann sah er das wutverzerrte Gesicht des Angreifers.

Jarvi seinerseits sah das Schwert, wie es ins Genick seiner Frau eindrang, und vor sich einen der Schuldigen. Er trat nach vorn und schlug dem Polen mit der scharfen Kante des Metallschildes ins Gesicht. Man hörte einen Schmerzensschrei, und der Mann fiel auf die Knie. Ein zweiter Schlag warf ihn rücklings auf den Asphalt. Jarvi stellte sich über den Polen und schlug zu, noch einmal, ein drittes Mal … Er hämmerte weiter auf das Gesicht seines Opfers ein und spürte, wie der Hass aus ihm herausströmte, es musste so aussehen, als wäre der Täter rasend vor Wut gewesen …

Schließlich hörte er auf und warf die Mordwaffe stöhnend auf den Asphalt des Torwegs. Das Gesicht des Polen sah grauenhaft aus – Kugeln konnten einen Menschen nicht so zurichten. Jarvi schaute zur Seite, als er dem Mann die Lider zudrückte. Dann nahm er die goldene Halskette seines Opfers und legte das Kruzifix, das daran hing, sichtbar auf seine Brust. Während Jarvi die Hände des Toten auf der Brust faltete, entdeckte er am Ringfinger der rechten Hand einen Ring. Er musste sich eine ganze Weile abmühen, ehe er den Ring vom schlaffen Finger abgezogen hatte. Dann steckte er ihn dem toten Polen in den Mund. Zum Schluss band er die Seidenkrawatte des Mannes ab, legte sie der Leiche aufs Gesicht und bedeckte damit Augen, Nase und Mund. Jetzt war er fertig.

Er stand auf und erstarrte: Am Ende des Innenhofes, hinter der Tür zum Treppenhaus des Aufgangs A, schaute ihn ein Mensch an. Die Frau hatte graues Haar, ein faltiges Gesicht und stand vor Entsetzen wie versteinert da. Verdammt, wie lange hatte die Alte ihn schon beobachtet?

Jarvi rief ihr etwas zu, stürmte los und erreichte die Tür, bevor die Frau auch nur eine Bewegung machen konnte. Er griff nach der Klinke und wollte die Tür mit einem Ruck öffnen – abgeschlossen. Die Frau starrte ihn mit weit aufgerissenen Augen an. Jarvi schlug mit der Faust gegen das Sicherheitsglas, und die Frau wandte sich um zur Treppe. Man hörte ein Knirschen, als jemand über Jarvi das

Fenster öffnete. Gedanken schwirrten in seinem Kopf hin und her. Sollte er versuchen ins Treppenhaus zu gelangen ... Jarvi schaute sich um und erkannte, dass der geschlossene Innenhof ganz von Wohnhäusern umgeben war. In einem der Fenster des Hauses auf der linken Seite sah er eine Mutter mit ihrem Kind auf dem Arm. Es blieb ihm nichts anderes übrig, er musste die alte Frau leben lassen, seine Lage würde sich nur verschlechtern, wenn er noch mehr Augenzeugen an die Fenster lockte.

John Jarvi senkte den Blick auf den Asphalt, verließ den Ort des Mordes und begriff, dass er einen schlimmen Fehler begangen hatte.

5

Dienstag, 27. August

Tuula Oravisto saß mit angezogenen Beinen in einem Sessel ihrer Einzimmerwohnung im Espooer Stadtteil Iivisniemi. Wie in Trance verfolgte sie die bedächtigen Bewegungen von Neda Navabi, die in ihrer Wohnung saubermachte. Sie wusste nicht, warum es sie von klein auf immer beruhigt hatte, wenn sie anderen bei ihren alltäglichen Verrichtungen zuschaute: beim Zeichnen, beim Backen, beim Saubermachen ... Neda war schon morgens um acht gekommen, weil Tuula Oravisto versichert hatte, ihr sei jede Zeit recht. Sie bemühte sich, Neda immer zu helfen, wenn sie dazu imstande war, vielleicht deshalb, weil es um deren Angelegenheiten fast genauso schlecht stand wie um ihre eigenen. Manchmal fragte sie sich allerdings verwundert, warum ihre Freundin so wenig von sich selbst erzählte; sie wusste nur, dass Neda eine iranische Immigrantin und alleinerziehende Mutter von zwei Kindern war, die versuchte, ihre Familie als Putzfrau zu ernähren.

»Du siehst müde aus«, stellte Tuula Oravisto fest, als sie die schwarzen Augenringe ihrer Freundin bemerkte.

Neda Navabi seufzte. »Ich bin vor vier Uhr aufgewacht. Bevor ich hierhergekommen bin, habe ich in einem Restaurant im Zentrum geputzt, so wie jeden Morgen«, antwortete sie in fließendem Finnisch.

»Du musst doch auch irgendwann mal freihaben.«

»Nie, außer wenn ich krank bin. Aber dann bekomme ich kein Gehalt. Abgesehen davon wird auch sonst gezahlt, wie das Geld gerade kommt, manchmal gibt der Chef mir einen Fünfziger, aber zuweilen muss ich tagelang ohne Geld auskommen.«

»Die müssen doch aber ...«

»Der Chef weiß, dass ich auf die Arbeit, die er mir gibt, angewiesen bin. Der muss gar nichts.« Vor Wut wurde Nedas Stimme lauter.

»Wie geht es den Kindern?« Tuula Oravisto bereute ihre Frage, als sie sah, wie sich Nedas Gesichtsausdruck veränderte und gequält wirkte. Tuula selbst hatte das wunderbarste Kind der Welt, den fünfjährigen Valtteri, den sie nur noch unter Aufsicht einer Mitarbeiterin der Sozialbehörde treffen durfte. Valtteris Vater war ein kalter Fisch. Ihre Stimmung verdüsterte sich, als sie die Wangen ihres Sohnes mit den Grübchen vor sich sah. Für eine Weile schwiegen beide Frauen.

Dann unterbrach Neda Navabi die Stille: »Ich bin jetzt allmählich fertig.«

Tuula Oravisto stand auf und ging zu ihrer Handtasche. Sie holte aus dem Portemonnaie einen Fünfzigeuroschein und gab ihn ihrer Freundin. »Reicht das?«

»Das ist ja viel zu viel für eine halbe Stunde Arbeit«, antwortete Neda Navabi, faltete den Schein jedoch zusammen und steckte ihn in die Hosentasche.

»Hast du es eilig, ich könnte Tee kochen und …« Tuula Oravisto schrak zusammen, als sie den Rufton ihres Handys hörte. Sie hatte in der letzten Zeit so oft schlechte Nachrichten erhalten, dass sie das Teil schon richtig fürchtete. Dennoch meldete sie sich, hörte konzentriert zu und wurde kreidebleich. Dann verabschiedete sie sich hastig von dem Anrufer, warf das Handy auf den Couchtisch und sank auf den Sessel. Ihre Welt war im Laufe der letzten zwei Jahre so oft zusammengebrochen, dass sie schon geglaubt hatte, gegen schlechte Nachrichten immun zu sein. Sie ließ ihren Blick die Wände entlangwandern und versuchte vergeblich, etwas zu finden, was sie beruhigen könnte. Nachdem sie krank geworden war, ihre Familie verlassen hatte und in diese trostlose Bude ziehen musste, wollte sie nichts aufhängen oder hinstellen, was sie an die Zeit erinnerte, als alles noch in Ordnung gewesen war. Alles außer ihr. In ihrem Kopf flatterten Gedanken umher, schlimme Ahnungen … Sie hatte Angst. Die Beine fingen an zu zittern, so begannen die Anfälle immer, sie ballte die Fäuste und schloss die Augen.

»Was ist jetzt los? Schlechte Nachrichten?«, fragte Neda Navabi.

Tuula Oravistos Mund entfuhr ein leiser, klagender Laut. Es dauerte lange, bis sie antwortete. »Mein Freund ist tot. Jemand hat ihn brutal zu Tode geprügelt.«

»Wer? Wie? Willst du darüber sprechen?« Navabi trat auf Tuula zu, die ihre Arme wie zur Abwehr auf der Brust verschränkte.

»Oder willst du lieber allein sein?«

Tuula Oravisto nickte.

Sie wartete, bis Neda gegangen war, dann sprang sie auf, zog die Gardinen an allen Fenstern zu und verriegelte die Tür mit dem zusätzlichen Sicherheitsschloss. Aus dem Schubfach des Telefontischchens im Flur holte sie eines der Pfeffersprays, die sie in Tallinn gekauft hatte, steckte es in die Tasche und ging in die Küche. Sie war gezwungen, noch eine halbe Xanor-Tablette zu nehmen, bevor die Panik sie übermannte.

Marek Adamski war tot, sie hatte es eben von Amanda erfahren, einer Kollegin, die an der gestern zu Ende gegangenen Konferenz teilgenommen hatte. Einer der Physiker, die im selben Hotel wie Marek abgestiegen waren, hatte es Amanda mitgeteilt. Tuula Oravisto wollte es nicht glauben. Sie und Marek hatten sich am Vorabend im Hotel *Torni* getroffen, dort im Restaurant gegessen und in der Atelier-Bar noch einen Schlummertrunk genommen. Sie, eine arbeitslose und als Psychiatriepatientin abgestempelte Exwissenschaftlerin, hatte man natürlich nicht zur Konferenz »Die Herausforderungen der Renaissance der Kernkraft« eingeladen. Während der Unterhaltung mit Marek hatte sie sich nach langer Zeit erstmals wieder gesund, fast wie ein normaler Mensch gefühlt. Es war unfassbar, dass Mareks lebhafte Augen sie nie wieder anlächeln würden.

Sie hatten sich vor über zehn Jahren bei einem Seminar in Genf kennengelernt, als junge, frisch promovierte Doktoren der Kerntechnik. Marek hatte sie verführt oder sie ihn, was spielte das schon für eine Rolle. Das Verhältnis war genauso schnell zu Ende gegangen, wie es bei ihren Beziehungen immer passierte, aber aus irgendeinem Grund war die Freundschaft bestehen geblieben und im Laufe der Jahre sogar noch enger geworden. Vielleicht sähe ihr eigenes Leben heute anders aus, wenn sich ihre Beziehung vertieft hätte und mehr geworden wäre als reine Freundschaft. Vielleicht wäre ihr der Schmerz erspart geblieben, dessen Gefangene sie jetzt war. Tuula Oravisto gelang es, die bitteren Gedanken zu unterdrücken, sie spürte, wie das Beruhigungsmittel wirkte, und das war auch gut so.

Sie schloss die Augen. Man hatte Marek ausgeraubt und totgeschlagen! Jetzt gab es auch den letzten Kollegen nicht mehr, den sie als ihren Freund bezeichnen konnte. Alle anderen hatten ihr vor einem Jahr nach der Zuspitzung ihrer Probleme den Rücken gekehrt. Ein angsterregender Verdacht stieg unaufhaltsam in ihr auf. Wenn man Marek nun wegen seiner neuen Stelle in der ägyptischen Kernenergieorganisation ermordet hatte? Sie war selbst auf dem Sprung ins Ausland, in die Türkei, um dort zu arbeiten, ebenfalls auf dem Gebiet der Kernenergie. Marek hatte das astronomisch hohe Gehalt ins Ausland gelockt, sie hingegen ... Vielleicht befand auch sie sich in Gefahr.

Tuula Oravisto hatte plötzlich das Gefühl, dass jemand im Zimmer war, etwas Warmes, Bedrohliches und Unsichtbares. Sie trat an die Fenster zum Einkaufszentrum, öffnete die Gardinen einen Spalt und betrachtete prüfend die Straße und den Hof. Sie würde es auf jeden Fall bemerken, wenn irgendetwas nicht stimmte, sie hatte nicht umsonst Stunden an diesem Fenster verbracht. Tuula Oravisto erkannte sogar die Autos von so gut wie allen Bewohnern in der Nachbarschaft. Durch die Fenster auf der anderen Hausseite sah man nur Felsen und Wald. Sie fürchtete, bald wieder krank zu werden. Jetzt musste sie über all das mit jemandem reden.

Tuula Oravisto fiel nur eine Person ein, die ihre Gefühle ernst nehmen würde, die fähig wäre, über sie zu sprechen und ihr zu helfen, ihre Ängste loszuwerden ... Dazu musste sie sich wohl oder übel aus der Wohnung hinauswagen. Sie beschloss, Pater Daniel sofort anzurufen.

* * *

Seit ihrem Telefonat mit Pater Daniel war erst eine halbe Stunde vergangen, doch Tuula Oravisto stand schon in der Jalavatie im Helsinkier Stadtteil Meilahti vor dem Haus, in dem der französische Pfarrer wohnte. Pater Daniel arbeitete als Kaplan in der katholischen Gemeinde Heilige Maria, deren Kirche sich auf dem Mäntytie befand, nur etwa zweihundert Meter entfernt. Kennengelernt hatten sie sich in der Emmaus-Bewegung. Tuula wollte damals die Welt verbessern, sie hatte deshalb ehrenamtlich auf dem Emmaus-Flohmarkt in der Mäkelänkatu gearbeitet und als Koordinatorin dafür gesorgt, dass die Einnahmen aus dem Verkauf der Erzeugnisse von Nähzirkeln in Entwicklungshilfeprojekte kanalisiert wurden. Zu der Zeit leitete Pater Daniel noch die gesamte Arbeit von Emmaus in Helsinki und wohnte im Obdachlosenheim in der Mäkelänkatu unter ausgegrenzten Männern. Vor gut einem Jahr hatte jedoch sein Rheuma den ersten Etappensieg errungen, Pater Daniel musste in eine eigene Wohnung ziehen. Allerdings war er auch schon über achtzig.

Tuula Oravisto stieg die Treppe hinauf in die erste Etage und klingelte. Drinnen war nichts zu hören. Es fiel ihr schwer, ruhig abzuwarten. Pater Daniel verstand es wie kein anderer, ihre Bedrängnis und ihre Ängste zu zügeln. Wo blieb er nur? Tuula Oravisto begann sich Sorgen zu machen, Pater Daniel hatte gesagt, er sei zu Hause. Sie hob die Hand zum Klingelknopf und zuckte zusammen, als die Tür plötzlich geräuschlos aufging.

Ein alter Mann mit krummem Rücken, grauem Bart und kraftvollem Blick starrte ihr einen Moment unverwandt in die Augen und lächelte dann. »Schön, dich wieder mal zu sehen, Tuula. Tritt ein«, forderte Pater Daniel sie in fehlerlosem Finnisch auf.

Tuula Oravisto fühlte sich schon besser, als sie Pater Daniels Wohnzimmer betrat. Nicht wegen des Zimmers selbst – die abgenutzte Sitzgruppe und die selbst zusammengezimmerten Bücherregale stammten vom Emmaus-Flohmarkt –, sondern weil sie einen Hauch von etwas Gutem spürte: von Ruhe und Frieden, für die in ihrem Leben zuletzt nicht allzu viel Platz geblieben war. Es roch stark nach Weihrauch. An den Wänden hingen Bilder des Gekreuzigten und Ölgemälde zu biblischen Themen so dicht neben- und übereinander, dass dazwischen kaum die Tapete zu sehen war. An einer Wand standen ein kleiner Schreibtisch und ein Bücherregal. Sie las die Wörter auf den Buchrücken der in Leder gebundenen, teilweise mit Patina überzogenen Werke: Monsignore Balducci – *Il Diavolo*, Benedicto Casiano – *Summa Diabolica*, Johann Weyer – *Pseudomonarchia Daemonum*, Gabriele Amorth – *An exorcist tells his story*, Piero Mantero – *Satana e lo stratagemma della coda*, Collin de Plancy – *Dictionnaire Infernal* …

»Du hast den Kerzenständer auf den Fußboden gestellt«, sagte Tuula Oravisto schließlich und nickte in Richtung des schweren Metallständers.

»Sicherheitshalber. Ich halte heutzutage mehr Andachten als früher hier zu Hause, es fällt mir wegen des Rheumas von Tag zu Tag schwerer, mich zu bewegen. Die Zahl der von Geistern besessenen und vom Satan eingekreisten Menschen hingegen nimmt von Jahr zu Jahr zu.«

»Es ist kaum vorstellbar, wie schwierig deine Arbeit ist.«

»Möchtest du etwas essen oder trinken?«, fragte Pater Daniel.

»Ich will Hilfe«, sagte Tuula Oravisto und versuchte zu lächeln. »Oder vielleicht würde mich ein Kaffee aufmuntern, ich musste … Tabletten nehmen.«

Sie setzte sich in einen Sessel und betrachtete die gekonnt kopierten Gemälde an der Wand voller Bewunderung, aber auch mit Zurückhaltung, wie immer, wenn sie hier zu Gast war. Sie alle hatten etwas gemeinsam – den Teufel. Das Gesäß des gehörnten Klauenfußes auf dem von Michael Pacher im fünfzehnten Jahrhundert geschaffenen Gemälde *»Kirchenvater Augustinus und der Teufel«* hatte Augen. Raffaels *»Der heilige Michael tötet den Dämon«* war ein wesentlich klassischeres Werk. Und dieses Gemälde dort, das den ausgezehrten und rotglühenden Teufel darstellte, dürfte eine neue Entdeckung sein. Pater Daniel war der einzige Exorzist der katholischen Diözese Helsinki, er betete für die Besessenen. Die finnische katholische Kirche war von ihrer Mitgliederzahl her so klein, dass der größte Teil der Menschen, denen Pater Daniel geholfen hatte, entweder aus anderen Kirchengemeinschaften kam oder zu keiner von ihnen gehörte. Pater Daniel half jedem, der das Böse loswerden wollte, sowohl Moslems und Juden als auch Lutheranern.

»Das ist ein neues Gemälde«, erklärte der lautlos zurückgekehrte Pater, als er sah, was Tuula Oravisto anschaute. »Eine Kopie eines Reliefs am Altaraufsatz der Kirche von Kalanti. Es heißt *›Jungfrau Maria befreit Ritter Teophilus vom Pakt mit dem Teufel‹*.«

Pater Daniel stellte die Tasse auf dem Couchtisch ab. Seine Hand zitterte ein wenig, die Knöchel wirkten angeschwollen und die Finger krumm. »Möchtest du, dass wir eine Andacht halten?«

»Ich möchte nur reden.«

Der sehnige alte Mann setzte sich mit Mühe aufs Sofa, sein Gesichtsausdruck verriet Neugier.

»Mein Freund ist tot ...« Ihr versagte gleich am Anfang die Stimme. »Er ... Marek wurde heute Morgen in der Nähe seines Hotels gefunden ... Auf der Straße, totgeschlagen. Wir haben uns noch gestern Abend getroffen.«

Pater Daniel richtete sich auf und beugte sich hinüber zu Tuula Oravisto. »Was ist passiert? Was sagt die Polizei?«

»Ein gemeinsamer Bekannter von mir und Marek hat es mir erzählt. Die Polizei gibt zu diesem Zeitpunkt keine Einzelheiten raus, nicht einmal Mareks Angehörigen.«

»Du hast aber sicher den Behörden trotzdem mitgeteilt, dass ihr euch gestern getroffen habt?«

Tuula Oravisto lachte demonstrativ. »Ich habe doch damals, als ich krank war, die Polizei oft und aus allen möglichen Gründen angerufen. Ich habe behauptet, dass ich verfolgt werde, und wer weiß, was noch alles. Mein Name findet sich garantiert auf irgendeiner schwarzen Liste der Polizei.«

»Standet ihr euch nah, du und Marek?«

»Ich habe eine schlimme Ahnung. Ich fürchte, dass ...« Tuula Oravisto schaute den französischen Kaplan hilflos an, der sie mit seinem Lächeln ermutigte.

»Ich fürchte, dass Marek nicht zufällig gestorben ist ..., dass er absichtlich umgebracht wurde. Auch Marek wollte ins Ausland gehen, nächste Woche, er hatte eine neue Arbeitsstelle, in Ägypten. Auch er ist ... war Kernphysiker. Und ich trete in einem Monat meine Arbeit in der Türkei an, wie du weißt. Ich habe Angst, dass auch mir etwas zustößt.«

»Warum glaubst du das? Gibt es einen Anlass für eine solche Angst?« Pater Daniels Gesichtsausdruck war ernst.

Tuula Oravisto konnte nur den Kopf schütteln.

»Und wenn du nun das ganze Projekt absagst, würde das helfen? Die Türkei ist weit weg und ...«

»Ich habe in Finnland seit über einem Jahr keine Arbeit gefunden.« Tuula Oravistos Stimme wurde lauter. »Seit ich in die ... Klinik musste. Wenn jemand als schizophren abgestempelt wird, dann ist das im Denken der anderen eintätowiert. Falls ich aber ein, zwei Jahre in der Kernenergieorganisation der Türkei arbeite, könnte sich die Situation ändern. Vielleicht wagt danach auch hier jemand, mich einzustellen.«

»Du bist dann von deinem Sohn getrennt, das tut bestimmt weh«, sagte Pater Daniel.

»Ich darf Valtteri doch auch jetzt nicht treffen«, entgegnete Tuula Oravisto ungehalten. Ihre Augen röteten sich, als sie an ihr Kind dachte. Valtteris Vater hatte sofort das alleinige Sorgerecht für den Sohn beantragt und erhalten, als sie in stationäre Behandlung musste, und seitdem, über ein Jahr lang, nicht zugelassen, dass sie ihren Sohn allein traf. »Du kannst nicht verstehen, wie man sich fühlt, wenn man sein eigenes Kind ein- oder zweimal im Monat trifft, in der Begegnungsstätte der Kommune, unter den Augen einer Fürsorgerin, eines völlig fremden Menschen.« Tuula Oravisto musste ein paarmal tief durchatmen, um sich zu beruhigen.

»Ich will gerade wegen Valtteri arbeiten«, fuhr Tuula Oravisto fort. »Die Kinderfürsorgerin hat gesagt, ich müsse meine Angelegenheiten in Ordnung bringen. Mir eine feste Wohnung und Arbeit besorgen, bevor ich beim Amtsgericht das normale Besuchsrecht oder das gemeinsame Sorgerecht beantrage.«

Pater Daniel verarbeitete das Gehörte eine ganze Weile. »Und jetzt glaubst du, dass du und deine Zukunftspläne in Gefahr sind.« Der alte Mann beugte sich zu Tuula Oravisto hin und legte seine Hand auf ihr Knie.

Tuula Oravisto blieb still und kaute auf der Lippe.

»Vielleicht hast du nur Angst. Immerhin bist du im Begriff, in einen ganz anderen Kulturkreis zu gehen, weit weg von Finnland, und dort bist du getrennt von deinem Kind.«

Tuula Oravisto schüttelte den Kopf. »Ich bin jetzt nicht in der Lage, klar zu denken.«

»Vielleicht ist es am klügsten, wenn du versuchst, deine Gedanken in aller Ruhe zu ordnen. Danach treffen wir uns wieder und tun das, was getan werden kann.«

Wenn wir noch dazu kommen, bevor die Mörder von Marek wieder zuschlagen, dachte Tuula Oravisto, begnügte sich jedoch damit, zu nicken.

6

Dienstag, 27. August

Daniel Lamennais fühlte sich schwach, als Tuula Oravisto gegangen war. Er schlurfte in sein Wohnzimmer, legte sich aufs Sofa und erinnerte sich aus irgendeinem Grund an Julia, eine seiner ersten Austreibungen. Die Frau mittleren Alters aus Espoo hatte sich Anfang der Neunzigerjahre bei ihm gemeldet, sie war vollkommen überzeugt, Ziel des Angriffes von etwas Bösem geworden zu sein. Man hatte bei Julia sowohl eine medizinische als auch eine psychiatrische Untersuchung vorgenommen und festgestellt, dass sie in jeder Hinsicht gesund war. Die Frau gehörte zur lutherischen Kirche, übte ihren Glauben jedoch nicht aus, sie war überdurchschnittlich intelligent und hatte noch nie unter irgendwelchen psychischen Problemen gelitten.

Gleich bei ihrer ersten Andacht war Julia in eine Art Trance versunken. Sie brüllte Drohungen, Obszönitäten, Schmähungen und auch ganze Sätze: »Sie gehört uns!«, »Lasst die Frau in Ruhe!«. Die Stimme Julias schwankte zwischen einem schrillen und einem tiefen Tonfall. Nach dem Erwachen aus der Trance erinnerte sie sich an nichts, was sie gesagt oder getan hatte. Aber auch in ihrem Normalzustand wusste Julia Dinge, die sie nicht hätte wissen dürfen: Einzelheiten vom Leben, von den Krankheiten und den Verwandten der beiden Katharinenschwestern, die bei der Andacht dabei gewesen waren; detaillierte Informationen über Menschen, die sie niemals zuvor getroffen hatte. Julia war sogar imstande gewesen, die Wohnungseinrichtung der beiden Nonnen zu beschreiben.

Die zweite Teufelsaustreibung hatte an einem Sommertag in Julias Wohnung stattgefunden. Pater Daniel erinnerte sich immer noch, wie das Wohnzimmer zunächst kalt geworden war. Und als Julia mit ihren Schmähungen begann, fühlten sie alle, wie der Raum stickig heiß wurde. Julia gab tierische Laute und ein Knurren von sich, sprach Latein und Spanisch und bekam offenbar gewaltige Kräfte: Während der Austreibung hatten er und die Schwestern es irgendwann auch zu dritt nicht mehr geschafft, die Frau festzuhalten. Als Julia mit normalem Wasser bespritzt wurde, reagierte sie überhaupt nicht, doch bei Taufwasser der Kirche schrie sie vor Schmerz.

Pater Daniel spürte etwas und richtete sich auf: Irgendetwas war anwesend, aber er konnte es merkwürdigerweise nicht benennen. Der Blick des alten Mannes richtete sich wie von allein auf John Quidors Gemälde »*The Devil and Tom Walker*«; auch er hatte das Gefühl, im Dunkeln zu tappen, wo der Teufel mit der Axt in der Hand wartete. Die Heimsuchungen seiner Freundin Tuula schmerzten ihn. Pater Daniel hatte in seinem ganzen Erwachsenenleben leidenden Menschen geholfen und wusste sehr wohl, dass Tuulas Bedrängnis echt war, seine Freundin suchte aus guten Gründen Hilfe. Viele Menschen, die unter psychischen Erkrankungen leiden, haben ähnliche Symptome wie Besessene, und deshalb durchlief jeder Einzelne, bei dem eine Teufelsaustreibung vorgesehen war, genaue Untersuchungen. Eine Austreibung geschah nur bei psychisch gesunden Menschen. Auch Pater Daniel fiel es nicht immer leicht, zu unterscheiden, ob diejenigen, die ihn um Hilfe baten, einen Exorzisten oder einen Arzt brauchten. Gewissheit erlangte er erst nach dem Beginn des Austreibungsritus.

Das Böse hatte Tuula zumindest damals berührt, als sie das erste Mal um seine Hilfe gebeten hatte. Da war sich Pater Daniel sicher, und das Böse erkannte er besser als jeder andere. Er hatte es gesehen, als es lebendig und bei Kräften war. Daniel Lamennais wusste alles über das Böse, er kannte es persönlich. Und jetzt lebte man in Zeiten des Bösen.

Pater Daniel war dank der Vorsehung in Finnland und bei dieser seiner Aufgabe angekommen – das heißt durch Zufall, wie die Laien sagen würden. Er war in der Nähe von Toulouse in Südfrankreich vor fast dreiundachtzig Jahren geboren und unter dem Zwang der

Verhältnisse Pfarrer geworden. Der Vater hatte ihn, den Jüngsten einer achtköpfigen Geschwisterschar, auf das Internat der Brüdergemeinschaft der Maristen nahe bei Marseille geschickt, weil das Essen nicht mehr für die ganze Familie gereicht hatte und weil er als schmächtiger Junge bei der Arbeit auf dem Landgut schnell ermüdete. Während des Zweiten Weltkriegs hatte er Krankheit, Tod und Hunger in einem erschütternden Maße gesehen und seine Berufung gefunden – den Menschen zu helfen. Nach dem Abschluss des Priesterseminars in Paris hatte er eine Weile als Gemeindepfarrer im Bistum Lyon gearbeitet, sich in Rom weitergebildet und war in jugendlicher Abenteuerlust schließlich im Sommer 1955 als Militärseelsorger im Algerienkrieg gelandet.

Nach der Zeit des Grauens in Algerien war Pater Daniel in den Dienst der Emmausbewegung getreten. Er wollte damals Menschen in ihrem alltäglichen Leben helfen, auf greifbare Weise und nicht durch Predigten. Dieser Weg hatte ihn nach Finnland geführt. Nach Ausbruch seiner Rheumaerkrankung war er schließlich von Emmaus zurückgewechselt in die normale Gemeindearbeit, und vor etwa zwanzig Jahren hatte ihn erstmals ein von Dämonen besessener Mensch um Hilfe gebeten. Der damalige Bischof der finnischen katholischen Kirche hatte ihm die Erlaubnis erteilt, seine erste Teufelsaustreibung auszuführen. Den Ritus.

Pater Daniel fühlte sich zutiefst beunruhigt, auch von Angst erfüllt. Nicht der Tod von Tuulas Freund hatte ihn erschüttert, sondern ein größeres Ganzes. Das, was jetzt im Gange war. Tuula Oravisto wollte in die Türkei gehen – auf den Schauplatz der Endzeit.

7

Dienstag, 27. August

Arto Ratamo blieb um 08:26 Uhr morgens vor der unauffälligen hölzernen Haustür stehen. Das viergeschossige Jugendstilgebäude der Sicherheitspolizei befand sich in der Ratakatu 12. Beim Blick in das schwarze Auge der Überwachungskamera zögerte er einen Augenblick. Die Rückkehr an die Arbeit weckte in ihm widersprüchliche Gefühle. Er war froh, dass die lange Untätigkeit zu Ende ging und er endlich auch über etwas anderes als nur über seine eigenen Probleme nachdenken musste. Aber Ratamo erinnerte sich auch gut an das schmutzige Machtspiel innerhalb der SUPO und an den psychischen Druck, den die schwierigsten Ermittlungen mit sich brachten.

Er holte die Kennkarte aus der Tasche, benutzte sie am Lesegerät und betrat den Windfang. Das Schloss der Glastür schnappte auf, und Ratamo ging wieder ein paar Schritte weiter. Der Hauptwachtmeister, den er kannte, zog in der höher gelegenen Wachkabine die Brauen hoch: »Ratamo. Lange nicht gesehen.« Er sagte es in einem Ton, als hätte er sein Beileid ausgesprochen.

Das Schloss der nächsten Glastür knackte, und Arto Ratamo betrat das schöne Treppenhaus aus der Zeit Ende des 19. Jahrhunderts, das bei der Sanierung wieder seinen Originalzustand erhalten hatte. Er öffnete die Tür nach rechts und lief auf dem Mosaikfußboden zu den Fahrstühlen. Man konnte die Traditionen der finnischen Sicherheitspolizei fast riechen. Das knappe Jahr seiner Krankschreibung kam ihm schon vor wie eine ferne Erinnerung. Ratamo schmunzelte bei dem Gedanken, dass die Putzfrau den Boden blitzblank wienerte und glänzen ließ, aber selbst ziemlich matt wirkte.

In der dritten Etage verließ er den Fahrstuhl, wandte sich nach rechts und meldete sich bei der neuen Sekretärin des SUPO-Chefs, die er jetzt das erste Mal sah. Die etwa vierzigjährige Frau in einem hellen Pullover und einem bunten Rock hatte in ihrem fast ungeschminkten Gesicht dunkle Tränensäcke unter den Augen. Ratamo fragte sich, ob die Frau ihre Arbeit, ihr Leben oder ihren Vorgesetzten satthatte. Otto Hirvonen empfing ihn sofort.

Ratamo betrat das Zimmer des Chefs und spürte, wie ihn eine Flut von Erinnerungen überrollte; in diesem Raum hatte er schon mit drei verschiedenen Leitern harte Gespräche geführt. Jetzt schaute er den vierten an. Otto Hirvonen sah wie ein Chef aus. Er war größer als Ratamo, über eins neunzig, wirkte sehnig, hatte silbergraues Haar und trug elegante Kleidung. Hirvonens Amtszeit war befristet, reichte aber über mehrere Jahre; er würde die SUPO leiten, bis Erik Wrede aus dem EU-Lagezentrum in Brüssel zurückkehrte. Ratamo konnte sich schwer vorstellen, mit Hirvonen schlechter auszukommen als mit Wrede.

»Willkommen zurück«, sagte Hirvonen, trat auf Ratamo zu und drückte ihm die Hand, so wie man eine Hand drücken muss. »Ich habe gehört, dass jetzt alles in Ordnung ist.«

Bei weitem nicht, dachte Ratamo, sagte aber: »Das behaupten sie jedenfalls. Sowohl die Ärztin als auch die Seelenklempnerin.«

Hirvonen bedeutete Ratamo, Platz zu nehmen, und kehrte an seinen Schreibtisch zurück. Seine Miene wurde ernst. »Ich bin nicht der Typ, der lange drum herumredet, sondern ich komme lieber gleich zur Sache. Du hast sicher gelesen und gehört, dass es bei uns in der letzten Zeit ziemliche ... interne Probleme gegeben hat. Diskriminierungs- und Mobbingvorwürfe, Untersuchungen der Arbeitsatmosphäre, überraschende Krankschreibungen, den Verdacht des Informationsverrats, Drogenprobleme, beim Innenministerium eingereichte Beschwerden, Berater, die lehren, wie man mit den Medien umgehen muss, Misserfolge bei der Identifizierung der Gefangenenflüge des CIA mit Landungen in Finnland ...«

»Etwas Reibung hat es hier doch immer gegeben. Auch hier«, sagte Ratamo in alltäglichem Tonfall.

»Ich gehöre nicht zu der Sorte von Chefs, die ihren Mitarbeitern Kaffee und Gebäck anbieten, Veranstaltungen organisieren, um die Stimmung zu heben, und versuchen zu verstehen, wie verdammt schwierig das Leben eines SUPO-Mitarbeiters ist. Ich bin der Chef, ich führe den Laden.«

Ratamo schaute Hirvonen verdutzt an.

»Natürlich herrschte hier eine Führungskrise, da es im ganzen Haus keinen einzigen Leiter mit echten Führungsqualitäten gegeben hat. Aber jetzt gibt es ihn!«

Wohin wird das wohl führen, dachte Ratamo und wusste nicht, ob er begeistert oder besorgt sein sollte. Er mochte Menschen, die geradeheraus waren, aber der erste Eindruck, den Hirvonen selbst erweckte, war fast fanatisch. Ratamo begnügte sich damit, zu nicken, und ließ dann den Blick durch das Zimmer wandern. Wie seine Vorgänger hatte auch Hirvonen dafür sorgen wollen, dass es so aussah wie er. Die neuen Möbel waren modern: An glänzendem Metall und schwarzem Leder war nicht gespart worden. Der dunkelrote Tresor hinter dem Schreibtisch des Chefs stand immerhin noch da. An den Wänden hingen Anerkennungen und Diplome, deren Text Ratamo aus der Ferne nicht lesen konnte, und einen Ehrenplatz nahm ein großes Foto von einer Jagdgesellschaft ein, die hinter einem erlegten Elch posierte. Ratamo erkannte neben Otto Hirvonen den Chef der KRP, den Abteilungsleiter Polizei im Innenministerium, den Polizeichef von Helsinki und den jetzigen Innenminister.

»Ich habe von dir sowohl Gutes als auch Schlechtes gehört«, sagte Otto Hirvonen mit gedämpfter Stimme.

Jetzt war Ratamos Interesse geweckt. »Gutes?«

»Du bist angeblich kompetent, einfallsreich und unnachgiebig. Aber auch extrem eigensinnig. Und was das Schlimmste ist, du hast Probleme mit Autoritäten. Du bist kein Teamplayer.«

»Das hängt vom Team ab«, erwiderte Ratamo und erinnerte sich an seine Auseinandersetzungen mit Hirvonens Vorgänger Erik Wrede, dabei musste er sich eingestehen, dass Hirvonens Behauptungen zumindest teilweise zutrafen.

»Wir wissen beide, dass du das Recht hast, an deinen alten Arbeitsplatz zurückzukehren, wenn du willst.«

Ratamo nickte mit hoffnungsvoller Miene. Die Begegnung schien ja überraschend gut zu verlaufen.

Hirvonens Gesichtsausdruck wurde noch ernster. »Aber bei uns wurde in der Zeit deiner Krankschreibung eine Strukturreform durchgeführt, wie du sicher gehört hast. Der amtierende Chef der Einheit zur Terrorismusbekämpfung Pekka Sotamaa hat sich erst in seine Aufgaben eingearbeitet und kommt hervorragend zurecht. Er hat schon etliche Terrorverdächtige vor Gericht gebracht.«

»Pekka ist ein guter Mann«, sagte Ratamo.

»Und Chef des operativen Bereichs ist jetzt Vesa Kujala. Ein Mann, scharf wie ein Skalpell.«

Und du bist dann wohl der Chirurg, fragte Ratamo innerlich, sagte aber: »Kujala ist ja mit dir aus dem Innenministerium hierhergekommen.«

»Das stimmt. Allerdings gab es kaum Alternativen. Die Namensliste der Interessenten war nach allem, was hier passiert ist, wirklich kurz. Und Kujala hat aus seiner Zeit bei der KRP umfangreiche Erfahrungen mit der eigentlichen Ermittlungsarbeit. Der Mann hat Hunderte Ermittlungen geführt im Gegensatz zu allen anderen hier bei der SUPO. Die Ernennung von Kujala hilft uns, die Beziehungen zur sonstigen Polizei zu verbessern.«

Ratamo wartete voller Interesse auf die Vorschläge des Chefs.

»Ich habe beschlossen, dich zu befördern«, konstatierte Hirvonen.

Ratamo zog die Brauen hoch. Die Überraschung war so vollkommen, dass ihm kein Kommentar einfiel.

»Ich bin der Auffassung, dass du wegen deiner Hüftverletzung und deiner ... Einstellung am besten für die Aufgaben geeignet bist, die ein Experte hat. Ich dachte, ich ernenne dich zum Abteilungsleiter, obwohl das in der Regel als Dienstbezeichnung für die Leiter von größeren Bereichen vorgesehen ist. Bei uns ist zufällig eine Stelle frei.«

Jetzt war Ratamo hellwach. Ihn beschlich das unbestimmte Gefühl, dass hier etwas nicht stimmte. »Wie würde man meine Aufgabe bezeichnen?«

Hirvonen lächelte wie ein Mann, der es gewöhnt war, zu bekommen, was er wollte. »Persönlicher Mitarbeiter des Chefs. Ich habe nach der Dienstvorschrift das Recht, Assistenten für eine befristete Zeit zu ernennen. Machen wir daraus einen Job für anderthalb Jahre, genauso lang wie meiner, und schauen wir mal, wie die Lage dann ist, wenn Wrede aus Brüssel zurückkommt. Falls er zurückkommt.«

»Du bietest mir die Arbeit einer Sekretärin mit dem Titel eines Abteilungsleiters an«, erwiderte Ratamo unwirsch und wunderte sich immer mehr, als Hirvonen die Zähne so zusammenbiss, dass die Adern auf seiner Stirn anschwollen.

Der Chef lehnte sich zu Ratamo hin und faltete die Hände auf dem Schreibtisch. »Ich brauche einen erfahrenen Assistenten, eine rechte Hand. Einen Mann, der die SUPO und insbesondere ihre operativen Einheiten wie seine eigene Westentasche kennt. Du wärest der Filter zwischen mir und Kujala. Das ist keineswegs ein Sekretärinnenjob, wir können dein Tätigkeitsbild zusammen ausarbeiten, wenn du willst. Organisatorisch unterstehst du mir, aber du arbeitest äußerst eng mit Kujala zusammen.«

Ratamo entdeckte an dieser Regelung auf die Schnelle keinen einzigen Nachteil, und das ließ ihn weiter misstrauisch bleiben. Wenn sich etwas zu gut anhört, um wahr zu sein, dann ist es zumeist wirklich nicht wahr. Er hielt jedoch den Mund. Hirvonen hatte ganz offensichtlich seine Entscheidung getroffen, und wenn er sich jetzt querstellte, würde das schlimmstenfalls zu einem Stühlerücken führen, mehrere Aufgabenbezeichnungen würden neu verteilt und neben Hirvonen wären auch noch viele andere wütend auf ihn. Er wollte nicht gleich am ersten Tag seine Kollegen und seinen Chef verärgern.

Hirvonen interpretierte das Schweigen als Zustimmung. »Ich wusste, dass du eine solche Chance nicht ausschlagen würdest. Wir wollen die Sache sofort Kujala mitteilen.« Er griff zum Telefon und zitierte den Leiter des operativen Bereichs in Ratamos Büro.

»Es gab übrigens ein paar kleinere Probleme, für dich einen Raum zu finden, aber ich habe eine vorübergehende Lösung organisiert«, sagte Hirvonen und bedeutete Ratamo, ihm auf den Flur zu folgen.

Ratamo wunderte sich, als Hirvonen am Fahrstuhl den Knopf für das Erdgeschoss drückte – alle operativen Einheiten der SUPO befanden sich in der ersten und zweiten Etage. In dem Moment, als der Chef ihn auf den langen und öden Flur des an der Fredrikinkatu gelegenen Gebäudeteils führte, begann Ratamo sich ernsthaft Sorgen zu machen.

Hirvonen holte einen Schlüssel aus seiner Tasche, öffnete die letzte Tür auf dem Flur und tastete an der Wand nach dem Lichtschalter. »Ich habe das für dich einrichten lassen, und deine persönlichen Dinge sind auch schon hier. Du bekommst ein besseres Zimmer, sobald eines frei wird.«

Ratamo hatte das Gefühl, dass man ihn behandelte wie einen Abfalleimer. Die Wände der Bude brauchten dringend einen Anstrich, der Geruch erinnerte an die Katakomben, und die grellen Leuchtstoffröhren zwangen ihn, die Augen zusammenzukneifen. Hatte man das früher als Abstellkammer genutzt?

Plötzlich erschien ein blonder Mann in einem offensichtlich teuren Hemd und umgeben von einer Aftershave-Wolke in der Tür. Er sah aus wie ein Fotomodell.

»Ich habe darauf vertraut, dass du eine kluge Entscheidung triffst, und deswegen Kujala schon im Voraus über diese Regelung informiert«, erklärte Hirvonen, während sich seine Mitarbeiter die Hand gaben.

»Willkommen. Ein guter Mann wird hier immer gebraucht«, sagte der Leiter des operativen Bereichs zur Begrüßung.

Ratamo fiel nichts ein, was er darauf hätte erwidern können.

»Willst du dich jetzt sofort an die Arbeit machen?«, fragte Hirvonen, nahm eine dünne Mappe vom Tisch und reichte sie seinem neuen Assistenten, noch bevor Ratamo den Mund aufmachen konnte.

»In der Eerikinkatu wurde vor ein paar Stunden eine interessante Leiche gefunden. Der Chef der Ermittlungsabteilung der KRP hat angerufen, er vermutet, dass der Fall auch uns interessieren könnte. Das Opfer ist ein polnischer Physiker, der an irgendeiner Kernenergiekonferenz in Otaniemi teilgenommen hat.«

8

Dienstag, 27. August

Im Zentrum von Helsinki nieselte es. Arto Ratamo parkte seinen Käfer auf einem Bußgeldplatz mitten auf dem Fußweg der Eerikinkatu, nur ein paar Minuten nachdem er Otto Hirvonen losgeworden war. Zwei Dienstwagen der KRP mit Polizeikennzeichen und der weiße Transporter des kriminaltechnischen Labors hatten die eine Fahrspur blockiert. Das am Eingang zum Torweg des viergeschossigen Neorenaissancegebäudes gespannte blauweiße Absperrband und ein Wachtmeister in Polizeiweste verhinderten, dass die Passanten, die neugierig stehen blieben, an den Tatort gelangten.

Ratamo nahm vom Rücksitz seines Käfers den Exitus-Koffer, in dem sich alle Utensilien für die Untersuchung von Todesfällen befanden. Diesmal benötigte er nur die Schutzbekleidung.

Dann zeigte er dem Wachtmeister kurz seinen Dienstausweis, bückte sich, ging unter dem Band hindurch und betrat den abgesperrten Bereich. Abfall, der auf dem Asphalt lag, wurde aufgesaugt, Entfernungen wurden gemessen und nummerierte Beutel mit Beweisstücken in einen Karton gelegt. Eine hochgewachsene Polizistin schaltete eine Speziallampe an, um unsichtbare Schuhspuren für die Kamera sichtbar zu machen.

Mitten in dem Torweg war als Sichtschutz ein blauweißes Leichtbauzelt errichtet worden. Ratamo hob den Vorhang am Eingang und ging hinein. In der Mitte des Zeltes um den Toten herum herrschte ein emsiges Treiben: Kriminaltechniker in weißen Schutzanzügen waren mit der Untersuchung der Leiche beschäftigt. An der Bekleidung des Opfers wurden mit Gewebeband und Pinzetten mögliche Beweisstücke eingesammelt. Neonleuchten tauchten den Schauplatz in grelles Licht, und die mit Klebeband an den Händen des Opfers befestigten Plastiktüten knisterten in der Luftströmung.

Ratamo reckte den Kopf, um das Opfer genauer sehen zu können, zuckte aber vor Abscheu zusammen, als er da, wo das Gesicht hätte sein müssen, nur eine blutige Masse erblickte. Dann schaute er sich suchend im Zelt um, entdeckte die Weste mit dem Aufdruck Einsatzleiter und stellte sich der Kriminalkommissarin Elina Linden vor.

»Wie sieht es aus?« Ratamo kam sofort zur Sache.

»Die Notrufzentrale löste den Alarm um 07:11 Uhr aus, fünf Minuten später war das Notarztteam vor Ort und die Polizei kurz danach.«

»Wisst ihr schon, wer der Tote ist?«

»Marek Adamski, ein vierzigjähriger polnischer Staatsbürger. Er hatte sein Portemonnaie und den Personalausweis in der Tasche, die Schlüsselkarte seines Zimmers im Hotel *Torni* und zwei Unterlagen von der Kernenergiekonferenz, die gestern in Espoo zu Ende gegangen ist. Die leichteste Identifizierung, die es je gab.«

»Und der Täter?«

Elina Linden wechselte das Thema. »Warum interessiert das die SUPO?«

Ratamo zuckte die Achseln. »Mein Chef hatte mit eurem Chef gesprochen. Er will wissen, ob die Tat irgendwie mit dieser Konferenz zusammenhängt.«

Die Kommissarin betrachtete Ratamo eine Weile nachdenklich. »Eine Täterbeschreibung werden wir schon sehr bald bekommen. Es gibt für den Totschlag zumindest eine Augenzeugin, eine alte Dame, die auch die Notrufzentrale angerufen hat. Sie wird befragt, sobald sie sich von ihrem Schock erholt hat, und in der Nachbarschaft führen wir derzeit eine Befragung durch.«

»Für den Totschlag?«, hakte Ratamo nach.

»Der Täter hat wahrscheinlich ein Mordwerkzeug benutzt, das er hier am Tatort vorgefunden hat. Das spricht für eine Tat, die aus einer Eingebung des Augenblicks und zufällig begangen wurde. Er hat ein Halteverbotsschild aus dem Tor herausgerissen und benutzt.«

Elina Linden deutete mit der Hand zum Torweg. »Hast du das Gesicht des Opfers gesehen?«

Ratamo nickte. »Leider.«

»Wenn jemand rasend vor Wut einem Menschen das Gesicht so übel zurichtet, spricht das in der Regel dafür, dass der Täter sein Opfer kannte. Davon zeugt auch, dass er das Opfer in eine merkwürdige Position gebracht hat: Die Goldkette mit dem Kruzifix lag auf dem Hemd, die Hände hatte er auf der Brust gekreuzt und den Ehering in den Mund gesteckt. Und das Gesicht des Opfers war mit der Krawatte bedeckt.«

»Um das Schild aus der Pforte rauszureißen, braucht man Kraft. Und um das da fertigzubringen, auch ...« Ratamo nickte in Richtung der Leiche. »Der Mann, der gesucht wird, muss kräftig sein.«

Elina Linden versuchte an Ratamos Gesichtsausdruck abzulesen, ob die Bemerkung chauvinistisch gemeint war.

Ratamo dachte laut nach: »Der Ehering im Mund ... das riecht nach einem Dreiecksdrama.«

»Vielleicht«, sagte Elina Linden leise und zupfte den jungen Arzt vom Rettungsdienst, der am Beistelltisch ein Formular ausfüllte, am Kittel. »Kannst du noch mal wiederholen, was du mir schon gesagt hast.«

Der müde aussehende Arzt wandte sich Ratamo zu. »Das Opfer wurde mit einem schweren, scharfen Gegenstand etliche Male ins Gesicht geschlagen. Der Stirnknochen ist zersplittert, das Opfer hat mehrere Schädelbrüche, in den Augen sind unter der Bindehaut Blutungen, elf Zähne wurden herausgeschlagen ...«

»Diese Augenzeugin kann wahrscheinlich den genauen Todeszeitpunkt benennen«, sagte die Kommissarin zu Ratamo.

Der nickte. Es sah so aus, als hätte Elina Linden die Ermittlungen gut im Griff. »Und die Überwachungskameras?«

»Hier auf dem Innenhof gibt es keine. Das wäre ja nun wirklich zu schön gewesen, wenn die Tat auch noch gefilmt worden wäre. Aber ich habe einen Mitarbeiter beauftragt, die Aufzeichnungen aller Kameras der näheren Umgebung herauszusuchen.«

»Kann ich dabei sein, wenn ihr diese Augenzeugin befragt?«, erkundigte sich Ratamo.

»Wenn du in deiner Rolle bleibst.«

Ratamo lächelte wohlwollend.

»Ich habe vor, die Befragung selbst vorzunehmen. Ich klingle dich an«, fügte Elina Linden hinzu.

Ratamo verabschiedete sich von der Kommissarin und trat aus dem Zelt hinaus. Auf dem Weg zum Absperrband hielt ihn jemand am Ärmel fest.

»Wer ist das Opfer? Ein Mann oder eine Frau? Habt ihr Verdächtige?« Die Fragen stellte eine blonde junge Frau.

»Wer bist du?« Ratamo musterte die schlanke Frau. Jeans, ein enges T-Shirt über strammen Rundungen, jungenhaft gescheiteltes Haar, riesige, mit schwarzem Kajal umrandete Augen und ein Gesicht, dessen Alter sich nicht einschätzen ließ. Und eine Systemkamera!

»Bist du Journalistin? Wie zum Teufel bist du in den abgesperrten Bereich gekommen?«, fragte Ratamo aufgebracht und blickte sich suchend nach dem Wachtmeister um, der am Band Dienst hatte.

»Ich wohne hier«, sagte die Frau hastig und nickte in Richtung des Hauses am anderen Ende des Hofes. »Essi Kokko. Freie Journalistin.« Sie holte aus der hinteren Tasche ihrer Jeans eine zerknitterte Visitenkarte und reichte sie ihm.

Ratamo beruhigte sich schnell wieder. »Im abgesperrten Bereich darf man nicht einfach auf eigene Faust herumspazieren. Die KRP gibt eine Pressekonferenz, wenn sie etwas zu berichten hat. Falls sie eine gibt.«

»Ist der Mörder ein Finne?«, fragte Essi Kokko. »Einer der Nachbarn sagt, dass es ein blonder jüngerer Mann war. Stimmt das?«

»Welcher Nachbar? Hast du das den Polizisten gesagt?«

»Ich habe es ja versucht, aber ...«

Ratamo bedeutete Essi Kokko mit einem Nicken, ihm zu folgen, er hob den Vorhang am Zelt der KRP an und winkte Elina Linden zu sich heran. »Hier treibt sich eine Journalistin rum, die unter Umständen etwas weiß.«

Die beiden Frauen unterhielten sich vor dem Zelt, und Ratamo verließ den Tatort, ohne Essi Kokkos Blick auf seinem Hintern zu spüren.

9

Dienstag, 27. August

John Jarvi trat durch den Ausgang der Schwimmhalle in Töölö auf die Straße und holte aus seinem Rucksack die Sonnenbrille der Marke Wiley X, die er in seinen Jahren als Scharfschütze getragen hatte. Nach dem Mord an Marek Adamski hatte er ein paar Stunden am Badestrand von Hietaniemi geschlafen, war so glücklich wie nie in den letzten drei Jahren aufgewacht, fast in Ekstase, und in die nächstgelegene Schwimmhalle gegangen, um sich zu waschen. Im Café der Halle hatte er zu Mittag Lachssuppe gegessen und fühlte sich nun innerlich und äußerlich rein, ungeachtet dessen, was er am Morgen getan hatte. Oder vielleicht gerade deshalb. Endlich konnte er die Rache genießen, und dieser Racheakt war mehr als berechtigt gewesen.

Jarvi ging zur Straßenbahnhaltestelle am Platz Töölön tulli und lächelte einer Frau mit Sonnenhut zu, die ihm daraufhin den Rücken zuwandte. Die Finnen waren ein ernstes Volk. Er betrachtete die Laubbäume, die jetzt tiefgrün aussahen, den Verkehr auf der Tukholmankatu und die Möwen, die in Richtung Meer schwebten. In Gedanken kehrte er zu den Ereignissen an diesem Morgen und zum ersten Opfer seiner Rache zurück.

Die Straßenbahn fuhr mit quietschenden Bremsen an der Haltestelle vor, Jarvi stieg ein, bestellte per Handy ein Ticket für eine einfache Fahrt und blieb an der Tür stehen. Er hätte den Tod dieses Mannes, des Ersten von denen, die für Emilys Schicksal verantwortlich waren, bedeutend mehr genossen, wenn er wüsste, warum Marek Adamski gewollt hatte, dass seine Frau starb. Adamski war ein polnischer Kernphysiker, und nach Ansicht des Nachrichtendienstes der Marine ONI waren die Männer, die Emily getötet hatten, Araber gewesen, vermutlich Iraker und höchstwahrscheinlich aus Bagdad. So hatte man es ihm vor drei Jahren gesagt. Die Sprachgenies des ONI hatten die Sprache der Männer auf dem Video von Emilys Hinrichtung analysiert, das die Aufständischen dem Kommandeur des Stützpunktes Camp Victory geschickt hatten.

Der Gedanke an Emily weckte automatisch das Schuldgefühl, das seit drei Jahren an Jarvi nagte. Sie hatten Emily und sein Kleines umgebracht, weil sie ihn, den Teufel von Falludscha, nicht zu fassen kriegten. Laut ONI hatte Muktada al-Sadr persönlich seinen Einheiten den Befehl erteilt, ihn und seine Familie zu töten. Schon Monate vor Emilys Tod hatte ihn der Nachrichtendienst gewarnt. Und er war so ein verdammter Idiot gewesen und hatte nichts zum Schutz seiner Angehörigen unternommen.

Jarvi schwankte heftig, als die Tram von der Mannerheimintie scharf in die Aleksanderinkatu abbog. Er redete sich ein, dass er nicht imstande gewesen wäre, Emily zu schützen, selbst wenn er es versucht hätte. Besiegelt hatte er ihr Schicksal, ohne es zu wissen, schon damals, als er auf Vorschlag von Commander Baranski den Job in den Antiterror-Aufklärungszentren des CIA angetreten und die Aufgabe übernommen hatte, Männer zu foltern, die eine erhebliche Macht unter den militanten Islamisten besaßen. Damit hatte er sich und seine Frau schon 2005 zur Zielscheibe gemacht. Und solche Ungeheuer wie al-Sadr vergaßen niemals.

Sofort nach der Hinrichtung seiner Frau hatte Jarvi Rache geschworen. Er wollte mit allen Mitteln herausfinden, wer die Mörder waren, die Männer einen nach dem anderen ausfindig machen und jeden von ihnen zerschmettern. Aber Commander Rick Baranski, der während des Irakkrieges die Aktionen der SEALs koordinierte, hatte ihn davon abgebracht. Baranski war für einen neuen Posten bei der CIA ernannt worden und hatte behauptet, er könne herausfinden, wer alles hinter Emilys Entführung und Hinrichtung steckte. Der Commander hatte ihm einen anderen Job unter seinem Kommando in einer Special Operations Group der CIA angeboten, ihn gebeten, zu warten, und versprochen, er werde seine Rache bekommen. Als Soldat hatte er natürlich gehorcht, fast drei Jahre in der Wildnis Ostfinnlands verbracht und auf Baranskis Nachricht gewartet. Aber jetzt war die Zeit der Rache gekommen. Die Kindesmörder würden büßen müssen. Es schien so, als hätte es sich gelohnt, auf Baranski zu hören.

Jarvi stieg am Senatsplatz aus und ging zwischen japanischen Touristengruppen hindurch in Richtung Dom. Auf dessen Treppen saßen Dutzende Menschen, die lasen, sich unterhielten, auf irgendjemand warteten oder einfach nur den warmen Sommertag genossen.

Er holte sein Handy aus dem Rucksack, schaltete es an und tippte den PIN-Code ein. Er war es gewöhnt, Befehle zu befolgen und sie nicht in Frage zu stellen, aber die große Zahl von Merkwürdigkeiten im Zusammenhang mit Emilys Tod quälte ihn schon lange. Warum hatten die Aufständischen Emilys Hinrichtungsvideo nicht veröffentlicht? Man hatte es nur an den Befehlshaber der US-Truppen im Irak, an General Lloyd Austin, geschickt.

Jarvi tippte die Nummer seines Vorgesetzten ein und musste eine ganze Weile warten, bis sich Rick Baranski meldete.

»Der Erste ist erledigt«, sagte Jarvi.

»Gut. Gab es Probleme?«

»Nein.«

»Wegen dieser Konferenz befindet sich auch deine zweite Zielperson in Finnland.« Baranski buchstabierte Jarvi den Namen und die Adresse.

»Wo ... arbeitest du jetzt so?«, hörte sich Jarvi fragen.

In der Leitung herrschte Schweigen.

»Verlasse Finnland, wenn du den Befehl ausgeführt hast«, sagte Commander Baranski schließlich.

John Jarvi las den Namen, den er auf einen Zettel geschrieben hatte. Er erinnerte sich dunkel, dass er als kleiner Junge einen Tischler namens Oravisto gekannt hatte.

* * *

Tuula Oravisto saß auf dem kleinen Sofa ihrer düsteren Einzimmerwohnung, den Laptop auf dem Schoß, und wischte sich die Augen mit dem Handrücken. Sie hatte die E-Mail der Zuständigen in der Sozialbehörde der Stadt Espoo schon etliche Male gelesen.

Leider will Matti Oravisto immer noch nicht seine Zustimmung erteilen, dass Du Dich mit Valtteri allein treffen kannst, das heißt, die Situation ist unverändert. Er sagt, er werde sich die Angelegenheit noch einmal überlegen, wenn Du Dein Leben in Ordnung gebracht hast, womit er meint, dass Du Dir eine Arbeitsstelle verschaffst. Du kannst natürlich bei Gericht eine Änderung des Besuchsrechts beantragen, aber ich empfehle Dir, noch ein wenig zu warten. Das ist, wie ich gesagt habe, ein langwieriger Prozess, am einfachsten wäre es, wenn ihr euch über diese Dinge einigen könntet. Und wenn Du Arbeit bekämest, würde das zweifellos einen guten Eindruck beim Gericht hinterlassen, vielleicht auch bei Deinem Mann.

Tuula Oravisto drückte ihre Nase an einen Pandabären namens Tutti, Valtteris liebstes Plüschtier und Schlafkameraden. Sie roch den Duft ihres Sohnes und spürte die Sehnsucht wie einen Schmerz in der Brust. Ihrem Exmann gegenüber war sie völlig wehrlos, schon immer gewesen. Lange bevor sie krank wurde, war ihre Beziehung inhaltsleer geworden, sie hatten nur noch zusammen gewohnt und ständig miteinander gestritten. Und als sie dann in die psychiatrische Poliklinik Jorvi in stationäre Behandlung musste, zeigte Matti seinen wahren Charakter: Er hatte das alleinige Sorgerecht für Valtteri beantragt und erhalten, ihre Sachen zusammengepackt und die Scheidung eingereicht. Auch eine neue Frau hatte er innerhalb weniger Monate gefunden. Natürlich hatte Matti das Recht, all das zu tun. Aber zu verhindern, dass sie sich mit Valtteri unter vier Augen treffen konnte, das war reiner Sadismus. Als könnte sie für ihr eigenes Kind irgendeine Gefahr darstellen. Am liebsten hätte sie eine solche Dosis von Beruhigungsmitteln genommen, dass alle Probleme sich in Luft auflösten.

Sie würde schon in vier Wochen in die Türkei reisen und könnte nichts dagegen tun, dass Matti ein Treffen zwischen ihr und Valtteri ohne die Anwesenheit einer Fürsorgerin nicht zuließ. Ihrem Exmann wollte sie brieflich mitteilen, dass sie eine neue Arbeitsstelle hatte. Was würde dieses Schwein tun, wenn er hörte, dass sie im Ausland arbeiten wollte, schon allein der Gedanke daran machte ihr Angst – wahrscheinlich würde er jeden Kontakt zwischen ihr und dem Jungen unterbinden. Ihrem Sohn jedoch wollte sie von Angesicht zu Angesicht ihren Entschluss erklären. Der Junge war schon fünf Jahre alt und verstand möglicherweise sehr gut, dass sie das alles nur tat, damit sie nach ihrer Rückkehr in Finnland Arbeit fand. Und damit sie mit Valtteri so zusammen sein konnte, wie eine Mutter mit ihrem Sohn zusammen sein sollte. Sie musste mit Valtteri unter vier Augen sprechen.

Plötzlich spürte Tuula Oravisto, wie ihre Unruhe stärker wurde, dann legte sich die Angst über sie wie ein Schleier. Sie holte aus dem Schrank das Fernglas, trat an das Fenster zum Einkaufszentrum, öffnete die Gardinen vorsichtig einen Spalt und schaute kurz auf den Hof und den Parkplatz, um etwas zu finden, was vom gewohnten Anblick abwich. Sie fürchtete, dass die Killer von Marek jetzt hinter ihr her waren. Natürlich wusste sie, dass dieser Gedanke nicht gesund war, aber diesmal hatte sie einen Anlass für ihre Ängste.

Plötzlich hörte Tuula Oravisto hinter sich ein Geräusch, ein metallisches Klicken. Es kam aus dem Treppenhaus. Versuchte jemand, ihre Tür mit einem Dietrich zu öffnen? Am liebsten wäre sie in den Flur gerannt, um durch den Spion hinauszuschauen. Sie zögerte lange. Woher zum Teufel sollte sie wissen, ob der Killer nicht vielleicht durch die Wohnungstür schießen wollte? Ihr Herz hämmerte. An der Tür befand sich ein zusätzliches Sicherheitsschloss, das hatte sie als Erstes nach ihrem Einzug einbauen lassen, genau wie die Sicherheitskette, den Schutzbeschlag und den Aushebelschutz. Schließlich schlich sie auf Zehenspitzen an der Wand entlang zur Tür, hielt den Atem an, horchte einen Augenblick und spähte durch den Spion hinaus. Nichts.

Erleichtert setzte sie sich aufs Sofa. Sie wusste nicht, wovor sie mehr Angst hatte: Mareks Schicksal zu erleiden oder wieder eine Psychose zu bekommen, durchzudrehen. Sie gab ihrem Exmann nicht die Schuld an ihrer Erkrankung, dieses Schwein war nur ein Glied in der Kette der Widrigkeiten, die ihre Gesundheit zerstört hatten.

Sie war immer zu empfindlich und gewissenhaft gewesen, beim Studium, in ihrer Arbeit, in ihren menschlichen Beziehungen, bei allem, was sie in Angriff nahm. Ständig hatte sie sich zu viel abverlangt, so wie kaum jemand anders. Sie hatte die Angst vor dem Leben von ihrer Mutter geerbt, einem strengen, in sich gekehrten Nervenbündel, das sie allein aufgezogen hatte. Im reifen Alter von vierzig hatte Mutter sie zur Welt gebracht genau wie sie Valtteri. Mutter hatte an ihr gehangen wie eine Klette und ihre Schauergeschichten von ihrer traurigen Kindheit und ihrem Mann, der sie verraten hatte, indem er früh starb, so oft erzählt, dass Tuula sie nicht mehr hören konnte.

Aber endgültig aus dem Gleichgewicht gebracht hatte Tuulas Verstand erst Mutters Tod. Oder genauer gesagt all das, was sich nach ihrem Tod herausstellte. Mutter hatte seit ihrem dreizehnten Lebensjahr Tagebuch geführt und es per Testament ihrer Tochter hinterlassen. Weit über zehn Bände in Leder, auf deren vergilbten Seiten Mutter erschreckend detailliert ihre Arbeit als siebzehnjährige Sanitäterin in einem Feldlazarett auf der karelischen Landenge beschrieben hatte. Während der Großoffensive der Russen im Juni 1944 war Mutters Verstand erschüttert worden, weil sie Hunderte verstümmelte Soldaten pflegen musste und kaum zum Schlafen kam. Mutter hatte beschlossen, ihren Teil beizutragen, dass der Krieg ein Ende nahm. Sie fing an, verwundeten sowjetischen Kriegsgefangenen, die im Lazarett behandelt wurden, Überdosen von Morphium zu geben; nach ihren eigenen Worten hatte sie Dutzende feindliche Soldaten umgebracht oder ihren Tod zumindest beschleunigt.

Tuula Oravisto schüttelte es. Es war der größte Fehler ihres Lebens gewesen, diese Tagebücher zu lesen. Die Last war schließlich zu schwer geworden. Sie war daran kaputtgegangen, genau wie Mutter im Sommer 1944.

Plötzlich klingelte es an der Tür, Tuula Oravistos Herz blieb fast stehen. Sie erwartete keine Gäste, und heutzutage kam auch niemand mehr unangemeldet auf einen Sprung vorbei. Die Angst, die für einen Augenblick in den Tiefen ihrer Seele versunken war, kehrte in voller Wucht zurück. Tuula Oravisto vermochte sich nicht zu bewegen. Vielleicht brauchte sie das auch gar nicht, vielleicht ging derjenige, der da klingelte, wieder, wenn sie ...

Im selben Augenblick schrillte ihr Handy auf dem Couchtisch. Das Geräusch hörte man sicher bis ins Treppenhaus; jetzt wussten die, dass sie zu Hause war. Sie stand auf und ging an der Wand entlang zur Tür, langsam, und schon voller Panik, was sie gleich durch den Spion sehen würde. Aus dem Schubfach des Telefontischchens holte sie ein Pfefferspray, schaute hinaus und sah eine blonde Frau mit hartem Blick und einen dunkelhaarigen Mann mit Bartstoppeln, der leidend aussah. Sie hatten bemerkt, wie sich ihr Auge gegen den Glasknopf drückte; die Frau hielt eine Plastikkarte hoch und sagte: »Polizei, bitte öffnen Sie.« Was wollten die von ihr? Es würde doch nicht Valtteri etwas zugestoßen sein ... Sie musste die Tür öffnen.

»Man ist also doch zu Hause«, sagte die blonde Frau. »Elina Linden von der KRP.«

»Arto Ratamo, Sicherheitspolizei«, stellte der dunkelhaarige Mann sich vor.

Tuula Oravisto las die Dienstausweise, die ihr die Polizisten zeigten. »Was ist passiert?«

»Dürfen wir einen Moment hineinkommen?«, fragte Linden.

Tuula Oravisto willigte zögernd ein. Sie bemerkte, dass sie nicht nur Angst hatte, sondern sich auch wegen ihrer asketischen Wohnung schämte.

Elina Linden ging in der langgestreckten Einzimmerwohnung von einem Ende zum anderen, warf vom Balkon einen Blick auf den

Hinterhof und schaute dann durch die Fenster am anderen Ende der Wohnung hinüber zum Einkaufszentrum von Iivisniemi. Die Polizisten setzten sich auf das einzige Sofa der Wohnung; es war so schmal, dass sich ihre Schenkel berührten.

»Kennen Sie einen Mann namens Marek Adamski?«, fragte Elina Linden.

»Ich habe heute früh von Mareks Tod gehört. Ein ganz unbegreiflicher furchtbarer Fall«, sagte Tuula Oravisto, die sich vorsichtig auf die Armlehne eines Sessels gesetzt hatte, und runzelte die Stirn. »Haben Sie den Täter gefunden?«

Ratamo erkundigte sich, wer Tuula Oravisto vom Schicksal Adamskis unterrichtet hatte, und schrieb die Information in sein Notizheft.

»Wann haben Sie Adamski das letzte Mal gesehen?«, fragte Linden.

»Gestern Abend im Hotel *Torni*. Wir haben gut gegessen und in der Atelier-Bar einen Schlaftrunk genommen.«

Elina Linden und Ratamo schauten sich an.

»Marek war fröhlich und sorglos, so ist er immer gewesen«, fuhr Tuula Oravisto fort. »Am nächsten Wochenende wollte er seine Arbeit im Ausland antreten. Marek sollte in der ägyptischen Kernenergieorganisation anfangen.«

»Haben Sie in seinem Verhalten etwas Besonderes bemerkt?«, fragte Ratamo. »Hat er erzählt, dass er in Finnland vor seiner Rückkehr nach Hause noch jemanden treffen wollte?«

Tuula Oravisto kaute auf einem Fingernagel und schüttelte den Kopf. »Von so etwas war nicht die Rede. Wir haben uns hauptsächlich über berufliche Dinge unterhalten. Auch ich werde bald ins Ausland gehen und dort arbeiten – in der Türkei. In der Forschungs- und Produktentwicklungsabteilung der türkischen Atomenergieorganisation.«

Elina Linden und Ratamo stellten weitere Fragen. Sie erfassten alles, was Tuula Oravisto nach ihrem Treffen mit Adamski bis zum Tod des Mannes getan hatte, Minute für Minute.

»Nach dem Verlassen des Hotels haben Sie als Nächste also diese Neda ...«, Ratamo überprüfte den Namen in seinen Notizen, »Navabi getroffen, gegen acht Uhr heute Morgen«, fragte er und erinnerte sich, dass der Familienname von Nellis Freundin fast genauso klang wie der von Tuula Oravistos Putzfrau.

»Wie ich sagte, Neda macht hier einmal pro Woche sauber.«

Elina Linden zog die Brauen hoch und schaute sich in der Einzimmerwohnung um. »Ziemlich oft.«

»Neda hat in unserem Eigenheim saubergemacht, damals als ... bevor ich mich von meinem Mann getrennt habe. Ich brauche eigentlich keine Putzfrau mehr, aber ich will Neda helfen. Wir haben uns vor Jahren im Rahmen der Emmaus-Bewegung angefreundet. Neda hat nicht genug Arbeit, und sie muss eine Familie ernähren. Sie sind Iraner.«

»Und sonst noch jemand? Hatten Sie Kontakt zu irgendjemand anders?«, erkundigte sich die Kommissarin, obwohl Tuula Oravisto die Frage schon einmal beantwortet hatte.

Die Hausherrin schüttelte heftig den Kopf. »Wie ich bereits sagte, ich bin aus dem Hotel direkt nach Hause gegangen und habe die Wohnung nicht verlassen, bevor Neda gegen acht Uhr morgens kam und ich hörte ... was mit Marek passiert war. Und sofort danach habe ich Pater Daniel angerufen. Er hat mir im Laufe der Jahre geholfen, wenn ...«

»Könnten Sie uns den ganzen Namen von Pater Daniel und seine und Neda Navabis Telefonnummer und Adresse nennen?«, bat Elina Linden.

»Aber natürlich. Wenn man mal davon absieht, dass ich nicht die geringste Ahnung habe, wie Nedas Adresse lautet«, antwortete Tuula Oravisto.

10

Dienstag, 27. August – Mittwoch, 28. August

Es war kurz vor sieben Uhr abends, als Arto Ratamo den gelben Käfer auf dem Innenhof seines Wohnhauses anhielt, die Autotür öffnete und mit gedämpftem Stöhnen den Fuß auf den Asphalt setzte. Schmerzen zuckten durch die Hüfte, sie plagten ihn schon den ganzen Abend trotz der Tabletten. Er humpelte ins Treppenhaus. Der erste Arbeitstag war geschafft. Nach dem Treffen mit Tuula Oravisto hatten Elina Linden und er noch mit der Augenzeugin gesprochen. Die vierundsiebzigjährige Eila Tulokas hatte dem Täter aus einer Entfernung von knapp einem Meter in die Augen geschaut. Obwohl sie noch sichtlich schockiert war, konnte sie den Mann verblüffend genau beschreiben. Die Frau war noch im Hauptquartier der KRP in Jokiniemi geblieben, um bei der Anfertigung eines Phantombildes zu helfen. Die Überwachungskameras im Hotel *Torni* hatten mit größter Wahrscheinlichkeit den Täter aufgezeichnet, die Ermittlungen kamen also bestens voran. Morgen würde die KRP außerdem vom ABW, der für die polnische Inlandsaufklärung zuständig war, eine Zusammenfassung zu Marek Adamski erhalten.

Ratamo beschloss, in die Sauna zu gehen. Nichts linderte die Hüftschmerzen so wie ein anständiger Aufguss, und in der Sauna ließ es sich auch gut nachdenken. Er öffnete die Tür seiner Wohnung und erblickte im Flur Nelli, die vor Schreck das Gesicht verzog. Das Mädchen versuchte rasch etwas in ihre Schultertasche zu stecken, traf nicht richtig, und ein Smartphone fiel auf den Fußboden.

Ratamo bückte sich, hob das mehrere Hundert Euro teure Handy auf, hielt sich dabei die Hüfte und erahnte, worum es sich handelte, als er Nellis Gesichtsausdruck sah. Das Mädchen war blass geworden und fingerte nervös an der Tasche.

»Wessen Telefon ist das?«

Nelli antwortete nicht. Sie wandte sich um und machte einen Schritt in Richtung ihres Zimmers, aber Ratamo hielt seine Tochter am Riemen der Schultertasche fest.

»Gib das her, das ist meines«, protestierte Nelli kraftlos, aber Ratamo hatte die Tasche schon umgedreht und schüttete den Inhalt auf den Fußboden. Mehrere Handys, Freisprechanlagen, ein Tablet, Schmuckstücke, an denen noch das Preisschild hing …

»Was zum Teufel ist hier los?«, fragte Ratamo.

»Das sind nicht meine. Ich hab versprochen, sie aufzubewahren …« Nellis Stimme klang ängstlich.

»Wem hast du das versprochen?«, drängte Ratamo.

Nelli senkte den Kopf.

Ratamo bemühte sich, ruhig zu bleiben. »Jetzt hör mir mal zu, Mädchen. Das ist Ware im Wert von mehreren Tausend Euro. Du bist jetzt erwischt worden. Das ist eine ernste Geschichte und löst sich garantiert nicht in Luft auf, wenn man auf den Fußboden starrt.«

»Die gehören Siiri.«

»Dem Mädchen, das gestern bei uns zu Besuch war?«, sagte Ratamo. »Woher hat Siiri das Zeug? Habt ihr das gestohlen?«

»Ich hab nichts gestohlen«, antwortete Nelli erschrocken. »Siiri hat mir die Sachen gebracht. Mehr weiß ich nicht.«

Ratamo war etwas erleichtert, als er sah, dass Nelli die Wahrheit sagte. »Die müssen zurückgebracht werden, auch wenn man sie für andere aufbewahrt, ist das eine Straftat.«

Nelli senkte den Blick und nickte.

»Wie war doch gleich Siiris richtiger Name?«, fragte Ratamo.

»Shirin Navabi. Ich glaub, sie ist Iranerin.«

Ratamo holte sein Notizbuch aus der Tasche. »Navabi, Navabi …«, wiederholte er, bis er den Namen der Putzfrau von Tuula Oravisto fand – Neda Navabi. »Als was arbeitet Siiris Mutter?«

Nellis Gesichtsausdruck verriet nun noch mehr Angst. »Woher soll ich das wissen?«, raunzte sie. »Was hast du vor? Wenn du Siiri auffliegen lässt, redet nie wieder eine Freundin mit mir.«

»Diese Sachen müssen unbedingt in die Geschäfte zurückgebracht werden«, erwiderte Ratamo. »Wo wohnt Siiri?«

Nelli zuckte die Achseln. »Sie hat mich noch nie zu sich nach Hause eingeladen. Aber sie ist immer ziemlich schnell im Zentrum, wenn man sie anruft.«

»Ist Siiri in eurer Klasse?«

»Die geht nicht mal in die Schule. Sie hilft ihrer Mutter, die haben wohl irgendeine Firma. Die sind echt arm, deshalb klaut Siiri die Sachen in Geschäften ... Und verkauft sie dann weiter, damit sie an Geld kommt. Manchmal kauft sie was zu essen und nimmt es mit nach Hause.«

Ratamo spürte, wie das Mitleid ihn erwärmte, als er seine Tochter anschaute. Nelli hatte sichtlich Angst. Am liebsten hätte er sie umarmt, aber diese Zeiten dürften wohl vorbei sein. Das vierzehnjährige Mädchen versuchte ständig, die Erwachsene zu spielen, obwohl sie noch ganz und gar ein Kind war. »Ich schiebe eine Pizza in den Ofen, wir reden gleich weiter. Einverstanden?«

Nelli lächelte erleichtert, nickte und verschwand in ihrem Zimmer.

Ratamo zog eine Collegehose an und statt des Hemds ein T-Shirt, auf dem zu lesen stand: »Einfach ist das nicht«. Dann ging er in die Küche, holte aus dem Gefrierschrank eine Fertigpizza, packte sie aus und schob sie in den Ofen. Er war mächtig erschrocken und hatte schon Angst gehabt, Nelly hätte sich darauf eingelassen, zu stehlen. Bisher hatte das Mädchen erstaunlich gut auseinandergehalten, was richtig und was falsch war. Bei ihren schlimmsten Streitigkeiten ging es um die Uhrzeit, wann sie nach Hause kommen musste, um die Tatsache, dass sie Hobbys vernachlässigte, und den Cidre, den sie manchmal trank. Über Jungs redete Nelli nicht mit ihm, auch nicht darüber, wie sie sich anzog. Gott sei Dank hatte ihre Gothic-Phase nur ein paar Monate gedauert. Vielleicht war ihm trotz all seiner Fehler Nellis Erziehung zumindest teilweise geglückt. Allerdings begann ihre Pubertät erst. Er müsste es schaffen, dass sie mit ihm redete, derzeit sprach Nelli am liebsten mit ihrer Großmutter Marketta über ihre Angelegenheiten. Besser als mit gar niemandem.

In Gedanken kehrte er zu den Ereignissen vor acht Jahren zurück. Nelli hatte damals ihre Mutter verloren und war ein Jahr jünger gewesen als er seinerzeit beim Tod seiner Mutter. Doch er hatte sein Möglichstes getan, um ein guter Vater zu sein. Im Gegensatz zu seinem eigenen Vater, Tapani Ratamo, der nach dem Tod seiner Frau sowohl die Welt als auch den eigenen Sohn für Jahrzehnte aus seinem Leben ausgeschlossen hatte. Deshalb war Ratamo vermutlich auch so geworden, psychisch eine Waise. Allerdings war Tapani Ratamo nicht sein biologischer Vater gewesen, das hatte der Mann ihm kurz vor seinem Tod im Jahr 2003 verraten. Ratamo wurde nervös. Er hatte vor Jahren aufgehört, nach seinem biologischen Vater zu suchen, weil er dabei ein ums andere Mal in eine Sackgasse geraten war.

Ratamo holte aus seinem Arbeitszimmer den Laptop, stellte ihn auf den Bauerntisch in der Küche und schaltete ihn ein. Es war ein merkwürdiger Zufall, dass er schon zweimal am selben Tag auf den Namen von Neda Navabi gestoßen war. Nach Aussage von Tuula Oravisto wohnte Neda Navabi bereits seit Jahren in Finnland, vielleicht fand sich ihre Adresse im Internet. Spätestens am nächsten Morgen würden sich die Geheimnisse der Familie Navabi mit Sicherheit aufklären lassen, wenn er von seinem Computer in der SUPO Zugriff auf alle möglichen Datenregister bekäme.

* * *

John Jarvi schaute durch den Feldstecher Steiner Marine, den er in seinen Jahren bei den Navy SEALs benutzt hatte, und wünschte sich, er könnte sein Scharfschützengewehr mit dem Kaliber .300 Winchester Magnum und sein Nachtvisier Litton M-845 verwenden. Er wollte die Frau auf der Stelle umbringen, das Warten hatte seine Rachsucht derart verstärkt, dass sie ihn zerfraß. Die Gardinen in der Wohnung der Frau blieben zu, schwankten jedoch in regelmäßigen Abständen, vermutlich bewegte sich die Zielperson in ihrer Wohnung. Die Frau würde ja wohl kaum ständig durch die Gardinen auf den Hof spähen.

Er hatte sein Versteck so sorgfältig ausgewählt, wie es nur ein Scharfschütze konnte. Bei den SEALs war der Bau eines Verstecks vor allem in der Grundausbildung geübt worden. Sie mussten imstande sein, innerhalb von acht Stunden ein provisorisches Versteck für eine vier- oder fünfköpfige Scharfschützengruppe und ihre Ausrüstung in jeder beliebigen Umgebung zu errichten. Beim Training hatte man sie im Gelände zurückgelassen, ausgestattet mit Hacke, Spaten, Axt und etwa zwanzig Sandsäcken. Doch jetzt lag Jarvi schwarz gekleidet auf dem Dach eines kleinen Einkaufszentrums in Espoo, und Commander Baranski hatte ihm eingeschärft, dass er kein Gewehr benutzen dürfe. Die Jacke bedeckte seinen Körper so, dass man ihn aus der Ferne, von den Wohnhäusern aus, für eines der viereckigen Dachfenster halten musste. In Finnland war es Ende August nur ein paar Stunden lang völlig dunkel, aber auch in der Dämmerung würde ihn kaum jemand auf dem Dach erkennen. Die Sonne würde bald, um sechs Uhr, aufgehen.

Jarvi beobachtete die Wohnung der Frau namens Tuula Oravisto. Er sah sowohl ihre Fenster als auch die Haustür. In dem mehrgeschossigen Gebäude gab es auch auf der anderen Seite Haustüren, durch die man in ein felsiges Stück Wald und zu den Joggingstrecken gelangte. Wenn Tuula Oravisto das Licht in ihrer Wohnung ausschaltete und dann nicht an der vorderen Haustür auftauchte, hätte er noch genug Zeit, ihr in den Wald zu folgen. Allein konnte er unmöglich beide Seiten des Hauses überwachen.

Er machte sich freilich nicht im Geringsten Sorgen, dass die Frau verschwinden könnte oder dass er es nicht schaffte, sie umzubringen. Das Problem bestand wieder darin, dass der Tod wie ein Unfall, ein Unglück oder eine Tötung im Affekt aussehen musste und nicht wie ein Mord. Auch in dieser Hinsicht hatte sich Commander Baranski sehr deutlich ausgedrückt. Hätte er die Frau mehrere Tage beobachten können, dann wäre ihm mühelos eine geeignete Todesart eingefallen – aber die Zeit war knapp. Für den Mord an dem polnischen Physiker gab es eine Augenzeugin, sodass garantiert schon ein Phantombild von ihm angefertigt wurde, das man bald an die Grenzübergangsstellen verteilen würde. Es könnte schon jetzt zu spät sein, Finnland zu verlassen. Er wusste von Tuula Oravisto nur die grundlegenden Daten, die ihm Baranski genannt hatte: Sie war sechsundvierzig Jahre alt, arbeitslos, wohnte allein und litt unter psychischen Problemen.

Jarvi überlegte, welche Todesart sich für sein Opfer am besten eignete. Laut Internet nahmen sich finnische Frauen am häufigsten mit Gift das Leben, aber das kam jetzt nicht in Frage. Er würde nur mit Gewalt erreichen, dass Tuula Oravisto Medikamente schluckte, und das wiederum würde am Opfer Spuren hinterlassen, ebenso wie das gewaltsame Öffnen der Pulsadern. Die zweithäufigste Selbstmordmethode war es, sich zu ertränken; das könnte er vielleicht inszenieren, wenn es in der Wohnung eine Badewanne gab. Die Frauen bevorzugten es auch, sich unter ein fahrendes Auto zu werfen oder vom Dach zu springen; das wäre vielleicht in Frage gekommen, wenn er genug Zeit gehabt hätte, die Abläufe der Frau und die Wege, die sie benutzte, zu beobachten.

Seine Gedanken wurden jäh unterbrochen, als der kleine Transporter des Zeitungsausträgers auf die Straße vor den Wohnhäusern fuhr. Das Timing passte perfekt. Als das Auto vor dem Nachbarhaus von Tuula Oravisto stehen blieb, hatte Jarvi sich schon erhoben. Er ließ sich vor dem Einkaufszentrum aus drei Metern auf den Asphalt fallen und hastete im Laufschritt zu den Häusern. Vor dem Aufgang von Tuula Oravisto blieb er stehen, schwankte hin und her wie ein Betrunkener und tat so, als würde er die Schlüssel in seiner Tasche suchen.

Kurz danach kehrte der Zeitungsausträger zu seinem Fahrzeug zurück, schnappte sich aus dem Laderaum einen neuen Stapel »Helsingin Sanomat« und öffnete die Tür zu Tuula Oravistos Haus, ohne sich auch nur die Spur um den Mann mit Rucksack zu kümmern, der schwankend an der Tür stand.

Jarvi lallte irgendetwas und torkelte hinter dem Zeitungsboten ins Treppenhaus.

Nachdem der Austräger das Haus wieder verlassen hatte, wartete Jarvi einen Augenblick und stieg dann die Treppen möglichst geräuschlos hinauf bis in die dritte Etage zu Tuula Oravistos Tür. Er holte aus seinem Rucksack eine M-Flare-LED-Taschenlampe, die einen Lichtstrom von tausend Lumen ausstrahlte, und hätte beinahe laut geflucht. Die Wohnungstür hatte ein zusätzliches Sicherheitsschloss. Es gab kein Mittel, die Tür aufzubrechen, ohne die ganze Nachbarschaft aufzuwecken. Plötzlich hielt Jarvi den Atem an und schaltete die Taschenlampe aus. Hatte er in der Wohnung etwas gehört – ein Stoffrascheln, einen Schritt auf dem Teppich? Er legte das Ohr an die Wohnungstür, hielt den Atem immer noch an und lauschte. Nichts.

Als Jarvi zurücktrat und seine Taschenlampe wieder einschaltete, wurde die Tür zu seiner Verblüffung aufgerissen. Man hörte das Zischen von Treibgas und dann brannten Jarvis Augen wie Feuer, der Schmerz bohrte sich von den Augenhöhlen aus tief in den Schädel. Er hob die Hände vors Gesicht, da traf ein stechender Schmerz seine Schulter. Jarvi fiel auf die Knie und hörte, wie jemand hinunterrannte. Er öffnete die tränenden Augen, ohne sich um den Schmerz zu kümmern, sah aber nichts; aus seiner Schulter ragte der Griff einer Schere, das ertastete er mit den Fingern. Wie schnell würde die Polizei hier sein?

* * *

Tuula Oravisto rannte buchstäblich um ihr Leben, schneller, als sie es sich zugetraut hätte. Sie stürmte zur Hintertür ihres Wohnhauses hinaus in Richtung Wald, die Stofftasche auf ihrer Schulter schaukelte hin und her. Natürlich hatte sie den Hof die ganze Nacht beobachtet und kein Auge zugetan. Sie hatte es gespürt, gewusst, dass es irgendwo in der Nähe war, dasselbe Böse, dem Marek begegnet war. Selbstverständlich hatten die sie im Auge behalten, wenn sie nun mal mit ihr das Gleiche vorhatten wie mit Marek. Und jetzt wusste sie, was die beabsichtigten. Sie hatte recht gehabt, es war nicht so, dass in ihrem Kopf etwas nicht stimmte.

Im Schutz des Waldes angelangt, blieb sie stehen, um zu verschnaufen, sie hockte sich hin und spitzte die Ohren. Man hörte nur irgendwo weit entfernt einen Hund bellen und die Geräusche der Autos auf der Kaitaantie. Tuula Oravisto hatte den Killer erst bemerkt, als er beim Eintreffen des Zeitungsausträgers vom Dach des Einkaufszentrums herabgesprungen war. Mit Mühe und Not hatte sie es geschafft, ihre wichtigsten Sachen in die Tasche zu stopfen und sich auf das Eintreffen des Mannes vorzubereiten; die Polizei hatte sie nicht anrufen wollen, sie wäre auf keinen Fall rechtzeitig vor Ort gewesen. Und was hätte sie am Telefon sagen sollen, was sollte sie jetzt sagen? Sie würden ihr nie und nimmer glauben. Bei der Polizei gab es garantiert irgendein Register, in das alle verwirrten Anzeigen eingetragen waren, die sie vor einem Jahr gemacht hatte. Außerdem hatte sie dem Angreifer die Schere in die Schulter gerammt. Schlimmstenfalls bekäme sie nur noch zusätzliche Probleme – eine Anklage wegen Körperverletzung oder versuchten Totschlags. Vielleicht würde die Polizei verhindern, dass sie das Land verließ, und all ihre Pläne wären zunichtegemacht.

Tuula Oravisto fühlte sich so bedrängt, dass sie die Dose mit den Xanor-Tabletten aus ihrer Tasche holte. Die Pille würde ein wenig Erleichterung bringen. Sie ging weiter in der Dämmerung den Waldweg entlang, ohne zu wissen, wohin sie unterwegs war oder was sie tun sollte. Die nächstgelegenen Taxistände befanden sich in Soukka und Suomenoja, aber auch dort würde wohl kaum mitten in der Nacht vom Dienstag zum Mittwoch ein Fahrer Dienst haben. Es gab niemanden, an den sie sich wenden könnte, außer von Pater Daniel.

Sie holte das Handy aus der Tasche und wählte mit zitternden Fingern seine Nummer. Sie ließ es lange klingeln und wollte schon fast aufgeben.

»Wer ruft um diese Zeit an?«, fragte Pater Daniel verschlafen.

»Sie haben mich gefunden.« Tuula Oravisto versagte die Stimme.

»Wer? Wovon sprichst du? Ist alles in Ordnung?«

Sie suchte nach Worten und erklärte stockend, was geschehen war.

»Du kommst jetzt mit dem Taxi hierher nach Meilahti. Und ich rufe die Polizei an«, sagte Pater Daniel und spürte, wie die Angst in ihm wuchs.

11

Mittwoch, 28. August

Arto Ratamo saß in seinem Büroraum und gähnte so kräftig, dass er sich fast den Kiefer ausrenkte. Um sieben war er in die Ratakatu gekommen und trank jetzt schon seine vierte Tasse Kaffee. Er hatte Informationen zu Neda Navabi, der Putzfrau von Tuula Oravisto und Mutter von Nellis iranischer Freundin in VITJA, dem neuen gemeinsamen Datensystem der Behörden, im Einwohnermeldeverzeichnis, im Verkehrsdatensystem, in den vielen anderen ihm zur Verfügung stehenden Datenbanken und sogar im Waffenscheinregister HALTI gesucht und dabei lediglich herausgefunden, dass sein Magen nicht mehr dieselben Kaffeemengen vertrug wie früher. Laut all diesen Registern wohnte in Finnland keine einzige Navabi, weder mit dem Vornamen Neda noch irgendeine andere.

Es ärgerte ihn auch, dass er bei seiner Tochter so milde gewesen war. Er hätte der Polizei eine Meldung zu Shirin Navabi machen müssen, aber wegen Nelli wollte er davon absehen. Er hatte ihr nur aufgetragen, die gestohlenen Sachen zu Shirin zu schaffen und ihr auszurichten, dass sie zurückgebracht werden mussten, oder es würde wegen der Diebstähle Anzeige erstattet. Ratamo beabsichtigte natürlich, über den Vorfall mit Shirins Mutter Neda Navabi zu reden, aber dazu müsste er die Frau erst einmal finden.

Es war schon kurz vor neun, der Verkehrslärm auf der Fredrikinkatu drang durch das Fenster. Zu sehen war allerdings nichts, weil die Fenster im Erdgeschoss zu jeder Zeit abgedeckt sein mussten. Ratamo fühlte sich wie im Gefängnis oder zumindest wie im Arrest. In dieser Etage bestand nicht die Gefahr, dass man auch nur einem einzigen alten Bekannten über den Weg lief oder einem SUPO-Mitarbeiter begegnete, der operative Aufgaben erfüllte. Der Chef hatte ihn gewissermaßen eingeweckt und abgestellt wie ein Marmeladenglas im Keller.

Er tippte kurz und knapp eine Zusammenfassung zum Tod Marek Adamskis, stopfte das Material zu den Ermittlungen in eine Plastikmappe und betrachtete den Papierstapel auf dem Tisch, dabei verzog er den Mund, Schreibtischarbeit reizte ihn nicht gerade sonderlich. Er nahm das obenauf liegende Dokument zur Hand.

Nach dem sechshundertseitigen Gutachten eines äußerst angesehenen unabhängigen Braintrusts (The Constitution Project) war es unbestreitbar, dass die Vereinigten Staaten im Laufe des Antiterrorkrieges ihre Gefangenen gefoltert hatten. Die von Präsident Bush dem CIA erteilte Vollmacht zur Anwendung grausamer Methoden überall in der Welt ließ die amerikanischen Verhörbeamten glauben, es wäre alles zulässig, und das Foltern verhörter Personen wurde zur allgemein üblichen Praxis.

Ratamo konnte sich nicht konzentrieren, er warf den Artikel zurück auf den Tisch und beschloss, den Karton in der Ecke mit den Sachen aus seinem ehemaligen Arbeitszimmer auszupacken.

Alte Essenquittungen, Visitenkarten, ein Kalender vom vergangenen Jahr und Zeugnisse von der Polizeischule und den Prüfungen an der Polizeifachhochschule. Die hatte er am Anfang des letzten Jahrzehnts neben der Arbeit absolviert. Zuvor hatte er nach dem gewaltsamen Tod seiner Frau die Tätigkeit als Wissenschaftler aufgegeben und bei der SUPO angefangen. Der Anblick der Fotos von Nelli und der 2001 gestorbenen Oma, der Mutter Tapani Ratamos, wirkte auf ihn beruhigend.

Ratamo fuhr zusammen, als das Telefon schrillte. Er hatte angenommen, das Teil wäre noch nicht angeschlossen.

»Linden von der KRP. Bist du schon wach?«

»Müde, aber glücklich.«

»Tuula Oravisto behauptet, jemand habe sie letzte Nacht angegriffen«, sagte Elina Linden.

»Wer? Wurde jemand verhaftet?«

Die Kommissarin lachte kurz. »Ein Pfarrer namens Pater Daniel hat wegen des Überfalls um 03:21 Uhr die Notrufzentrale angerufen. Die Streife traf 03:38 Uhr an der Wohnung von Tuula Oravisto in Iivisniemi ein und fand nichts. Nicht einmal Blut, obwohl dieser Pfarrer angab, Oravisto habe dem Angreifer eine Schere in die Schulter gestoßen.«

»Was? Verdammt«, entfuhr es Ratamo. »War die Spurensicherung vor Ort?«

»Na, ganz bestimmt nicht.« Elina Lindens Stimme wurde lauter. »Mit unserem Budget kann man die Techniker nicht zur Gespensterjagd schicken. Oravisto leidet unter schweren psychischen Problemen und hat bei der Polizei auch früher schon paranoische Anzeigen erstattet.«

Ratamo ließ Elina Linden weiterreden, um über das Gehörte nachzudenken.

»Ich treffe Oravisto gegen Mittag bei Pater Daniel. Sag mir Bescheid, wenn diese wirre Geschichte die SUPO noch interessiert und du mitkommen willst. Danach haben wir in Jokiniemi eine Besprechung zum Stand der Ermittlungen.«

Ratamo legte den Hörer auf und überlegte, ob er in seinem Bericht für Hirvonen die gerade gehörten Informationen nachtragen sollte. Er schaute kurz auf die Uhr, begriff, dass er nicht mehr dazu käme, und trat mit dem Plastikordner auf den Flur.

»Gibt es hier unten ein Kopiergerät?«, fragte Ratamo eine munter aussehende Frau, der er noch nie begegnet war. An dieses breite Brillengestell und die tiefen Grübchen hätte er sich bestimmt erinnert.

»Was für ein Kopiergerät suchst du denn?«

»Das ist egal.«

Die Frau lachte. »Ein Farbkopierer befindet sich in der zweiten Etage und einer für Schwarzweiß dort«, sagte sie und zeigte mit dem Finger auf eine der Türen.

Nachdem Ratamo zwei Kopien seiner Unterlagen gezogen hatte, fuhr er mit dem Fahrstuhl hinauf in die dritte Etage, obwohl er Lust gehabt hätte, in der operativen Abteilung vorbeizuschauen und

Bekannte zu begrüßen. Er betrat das Zimmer seines Chefs, ohne anzuklopfen, da die Tür nun mal offen war. Hirvonen stand hinter seinem Schreibtisch und untersuchte sein Smartphone, nur um Ratamo eine Weile warten zu lassen.

»Die Tötung von Marek Adamski entwickelt sich zu einem ziemlich speziellen, komplexen Fall«, sagte Ratamo.

Hirvonen schien nicht nur von Ratamos Worten überrascht zu sein, sondern auch davon, dass der Mann einfach in sein Zimmer hereinschneite, als wäre er hier zu Hause, und noch nicht einmal kapierte, dass er zu warten hatte, bis er die Erlaubnis bekam, etwas zu sagen.

Ratamo reichte dem Chef seinen Bericht und fasste kurz die Hauptpunkte und die Neuigkeiten zusammen, die er gerade in Bezug auf Tuula Oravisto erfahren hatte.

Die Überraschung in Hirvonens Gesichtsausdruck verwandelte sich in Verblüffung und dann in Neugier. »Das ist vielleicht gar keine Routinesache. Hängen diese ... Fälle irgendwie damit zusammen, dass beide, Adamski und Oravisto, auf dem Gebiet der Kerntechnologie arbeiten? Ich hatte ja ausdrücklich befohlen, so eine Verbindung zu suchen.«

Ratamo spürte, wie sein Blutdruck stieg. Hirvonen war heute noch überheblicher als gestern. »Die Ermittlungen stehen erst am Anfang. Aber es sieht tatsächlich so aus, als würden der Fall Adamski und Tuula Oravisto irgendwie zusammenhängen. Kurz vor Adamskis Tod haben sie sich getroffen, und sie standen beide vor der Abreise ins Ausland, um dort zu arbeiten – Adamski in Ägypten und Oravisto in der Türkei. Aus Polen kommen heute zusätzliche Informationen über Adamski, und auch alles, was mit Tuula Oravistos Arbeit zusammenhängt, wird überprüft.«

Hirvonen strich über sein Kinn und setzte sich an den Schreibtisch. Er dachte lange nach, bevor er den Mund aufmachte. »Vielleicht wird dieser Komplex zu groß für eine Person. Deine Zeit reicht nicht ...«

»Die reicht sehr wohl«, fuhr Ratamo ihm ins Wort, als ihm klar wurde, was der Chef vorhatte. »Ich bearbeite diesen Case, bis ich genau weiß, wie mein neues Tätigkeitsprofil aussieht. An den Sitzungen der erweiterten Leitung will ich jedenfalls teilnehmen. Sonst stehe ich ganz auf dem Abstellgleis, weit weg von allem. Wer will schon da unten in dem Keller allein vor sich hingammeln.«

Ratamo wusste, als er das Zimmer des Chefs verließ, dass er einen großen Fehler begangen hatte. Aber auch seine Geduld hatte schließlich ihre Grenzen. Hirvonen hatte ihn eiskalt als Leiter der Einheit für die Terrorismusbekämpfung abserviert und versuchte ihm nun einen Routinefall, den er ihm gerade erst übertragen hatte, wieder wegzunehmen, kaum dass die Sache interessant wurde. Wollte der Alte, dass er in seiner Bude im Erdgeschoss saß und Däumchen drehte? Was zum Teufel war hier eigentlich im Gange?

Die Tür des Fahrstuhls in der dritten Etage ging auf, und der wutschnaubende Ratamo wäre fast mit Mikko Piirala zusammengestoßen, der aus dem Aufzug herauskam und genauso zerstreut wirkte wie früher.

»Mensch, Ratamo, altes Haus. Ich habe schon gehört, dass du wieder da bist. Wie geht's?« Piirala wurde bewusst, dass er eine blöde Frage gestellt hatte, er wechselte das Thema, noch bevor Ratamo antworten konnte. »Kehrst du an deine alte Arbeit zurück?«

»Wohl kaum«, antwortete Ratamo und versuchte zu lächeln. Er hatte es schon in Piiralas Blick gesehen, als der kurz auf seine Hüfte schaute – das Mitleid.

»Ich spiele immer noch den Chef in der Abteilung für Informationsmanagement. Du, hier sind im Laufe des letzten Jahres merkwürdige Dinge passiert.« Piirala runzelte die Brauen und schüttelte den Kopf.

Ratamo warf einen Blick zur Tür von Hirvonens Zimmer. Er wollte hier weg, bevor der Chef auf die Idee kam, ihm hinterherzubrüllen, er solle zurückkommen. »Wir gehen abends mal ein Bier trinken, es wäre nett, die Dinge mal auf den aktuellen Stand zu bringen.«

»Auf alle Fälle«, rief Piirala, und Ratamo schlüpfte in den Aufzug, während die Tür schon zuging.

Kurz bevor sie sich schloss, tauchte im Türspalt ein Männerschuh auf, dessen Besitzer Ratamo am Geruch des Rasierwassers erkannte.

Vesa Kujala betrat den Fahrstuhl, als die Tür wieder aufging. »Wie läuft es? Gibt es Fortschritte bei dem Mord an dem Physiker?«

Ratamo zuckte die Achseln. »Die KRP hat eine Augenzeugin«, antwortete er, das musste genügen.

Kujala schaute seinen Kollegen an und wartete vergeblich auf mehr. »Ich habe gehört, dass du deinen eigenen Kopf hast und die Dinge am liebsten so machst, wie du es für richtig hältst«, sagte er schließlich.

Ratamo blieb stumm.

»Ich auch. Am wichtigsten ist das Ergebnis. Alles, wobei man nicht erwischt wird, ist erlaubt. Oder?«

12

Mittwoch, 28. August

Arto Ratamo traf mit seinem offenen VW und fünf Minuten Verspätung auf der Jalavatie in Meilahti ein. Elina Linden erwartete ihn vor Pater Daniels Wohnhaus, die Hände in der Tasche und eine Zigarette im Mundwinkel. Die Kriminalkommissarin der KRP trug Zivil und lehnte an einem Baumstamm. Das Wetter war sommerlich.

Elina Linden drückte ihre Zigarette aus und schaute ungehalten erst auf ihre Uhr und dann auf Ratamo, der vor ihr stehen geblieben war. »Der Mann heißt Daniel Lamennais, ist französischer Staatsbürger, zweiundachtzig. Kaplan der katholischen Gemeinde der Heiligen Maria und Exorzist.«

»Exo ... was?«, fragte Ratamo.

»Teufelsaustreiber.«

Ratamo lachte und nahm an, Elina Linden werde ihm gleich erklären, das sei ein Scherz gewesen, aber sie starrte ihn nur mit hochgezogenen Brauen an.

»Die gibt es anscheinend auch im richtigen Leben«, sagte sie schließlich, zupfte ihren Kollegen am Arm und ging zur Haustür.

Ratamo brannte vor Neugier, als er die Treppe zu Pater Daniels Wohnung hinaufstieg. Kannte Tuula Oravisto den Pfarrer deshalb, weil er ein Teufelsaustreiber war, oder hatte das nichts damit zu tun?

Elina Linden klingelte. Es vergingen zehn Sekunden, dann eine halbe Minute, und gerade als sie noch einmal drücken wollte, öffnete sich die Tür lautlos. Auf der Schwelle stand ein gebeugter alter Mann in einem schwarzen Anzug, sein weißer Bart hatte an manchen Stellen immer noch einen dunklen Farbton. Pater Daniels Gesicht war von Falten zerfurcht, sein bohrender Blick schien jedes

Objekt zu durchdringen, egal, was es war. Die beiden Polizisten stellten sich vor.

Pater Daniel bat die Besucher herein, wartete, bis sie in den Flur getreten waren, und sagte dann seinen Namen. Er streckte die vom Rheuma entstellte Hand aus, zog sie jedoch weg, noch bevor einer der beiden Polizisten sie ergreifen konnte. »Sie sind wegen Tuula gekommen, aber leider ruht sie immer noch. Sie schläft. Nach einer durchwachten Nacht hat sie in den frühen Morgenstunden ein Beruhigungsmittel genommen.«

Elina Linden bemühte sich, teilnahmsvoll zu wirken. »Wir möchten erfahren, was in Iivisniemi gestern wirklich passiert ist.«

Pater Daniel seufzte und deutete mit der Hand in Richtung Wohnzimmer. »Die Schuhe brauchen Sie nicht auszuziehen.«

Ratamo setzte sich auf ein altes Sofa, dessen purpurroter Bezugsstoff irgendwann vor langer Zeit hell und glänzend gewesen sein musste. In der Wohnung hing ein Duft, den er als junger Mann irgendwo im Ausland gerochen hatte, vielleicht auf seinen Reisen nach Israel oder Marokko. Die Wände schmückten Gemälde mit Bibelmotiven und teilweise sehr gewalttätigen Szenen. Erst nach einer Weile stellte er fest, dass auf allen Bildern der Teufel in Erscheinung trat. Er drehte den Kopf so, dass er einige Titel auf Buchrücken im Regal lesen konnte: Renzo Allegri – *Cronista all'inferno*, Ludovico Sinistrari – *De Daemonialitate et Incubis et Succubis*, Johann Weyer – *De praestigiis Daemonum*, Pierre Crespet – *La haine de Satan* …

»Können Sie uns genau, in der zeitlichen Abfolge, berichten, was in der letzten Nacht geschehen ist?«, fragte Elina Linden.

Pater Daniel tat, worum man ihn bat. Sein Gedächtnis funktionierte offensichtlich noch ausgezeichnet, die Polizisten brauchten nur ein paarmal nachzufragen.

»… und am Morgen, kurz nach sieben, war Tuula dann endlich bereit, ein Medikament zu nehmen, um einzuschlafen. Tuula hat es schon lange schwer. Probleme im Privatleben und mit ihrer Gesundheit.«

»Hat sie das schon früher … Ist ihr so etwas schon früher passiert?

In der letzten Zeit?« Ratamo wählte seine Worte mit Bedacht. Er hatte keine Ahnung, wie viel Pater Daniel von Tuula Oravistos Vergangenheit wusste.

Der alte Mann schaute erst Elina Linden, dann Ratamo genau an. »Hat die Polizei den Verdacht, dass sich Tuula die ganze Geschichte ausgedacht hat?«

Elina Linden rückte auf dem Sofa mit betretener Miene ein Stück nach hinten. »Sofort nach Ihrem Anruf in der Notrufzentrale der Polizei war eine Streife an der Wohnung von Tuula Oravisto. Im Hausflur fanden sich keine Blutspuren, und die Tür der Wohnung war zu.«

Pater Daniel schwieg.

»Tuula Oravisto leidet unter psychischen Problemen«, sagte Ratamo. »Sie ist auch in stationärer Behandlung gewesen.«

»Ich kümmere mich seit über einem halben Jahrhundert um die Seelen der Menschen. Zumindest versuche ich es. Ich habe alles gesehen, was man sich vorstellen kann, und noch etwas mehr. Ausgangspunkt meiner Arbeit ist es, Menschen zu finden, die psychiatrische Hilfe benötigen, und sie dorthin zu führen, wo sie medizinische Hilfe erhalten. Jeder tue das, was ihm gegeben ist. Ich bin selbst kein Psychiater, deswegen kann ich Tuulas gegenwärtigen Gesundheitszustand in dieser Hinsicht nicht beurteilen.«

»Aber Sie werden doch wohl trotzdem eine Meinung haben? Ist Tuula Oravisto derzeit in Ordnung ... gesund?«, fragte Ratamo.

»Jeder fünfte Finne leidet in irgendeiner Phase seines Lebens unter psychischen Problemen. Das bedeutet nicht, dass eine Million Finnen dauerhaft verrückt sind. Wir alle können zuweilen an die Grenze unserer Belastbarkeit geraten.«

Die Polizisten vermochten nicht zu widersprechen. Für eine Weile herrschte Schweigen.

»Haben Sie Tuula Oravisto beruflich geholfen ... haben Sie ...« Ratamo brachte es nicht fertig, zu fragen, ob Pater Daniel bei Tuula Oravisto eine Teufelsaustreibung vorgenommen hatte. Der Gedanke erschien ihm zu abwegig, so etwas gab es in Finnland doch nicht.

»Das Austreiben böser Geister beinhaltet nichts Verwunderliches. Das war die erste Vollmacht, die Jesus seinen Aposteln erteilte. *Die Zeichen aber, die da folgen werden denen, die da glauben, sind die: in meinem Namen werden sie Teufel austreiben, mit neuen Zungen reden.* Das Markusevangelium, Kapitel 16, Vers 17«, sagte Pater Daniel. »Vor Beginn der Austreibung unterhalte ich mich ausführlich mit der hilfesuchenden Person und manchmal auch mit ihren Angehörigen, aber endgültig wird die Notwendigkeit einer Austreibung erst bei Beginn des Rituals erkennbar. Für jedes Phänomen, auf das wir stoßen, sei es auch noch so seltsam oder unbegreiflich, kann es eine natürliche Erklärung geben. Erst während der Austreibung wird deutlich, ob es sich um einen besessenen Menschen handelt. Lachen muss ich, wenn die heutigen Theologieexperten und Psychologen als große Neuigkeit verkünden, dass einige psychische Krankheiten mit dem Werk des Teufels verwechselt werden können. Das war der Kirche schon vor langer Zeit bekannt, es wurde bereits 1583 in den Beschlüssen der Synode von Reims vermerkt. Was Tuula angeht, habe ich ziemlich schnell bemerkt, dass sie auch medizinische Hilfe brauchte.«

»Das Austreiben geschieht also nicht nur in Hollywoodfilmen?«, fragte Ratamo aus Neugier.

Pater Daniel lachte trocken auf. »Weltweit werden jedes Jahr unzählige Austreibungen vorgenommen. In allen großen Diözesen der katholischen Kirche gibt es einen Exorzisten, oder es sollte ihn jedenfalls geben. Allein in Italien findet man etwa dreihundert Exorzisten. Der erfahrenste von ihnen, Pater Gabriele Amorth, hat den Austreibungsritus bei über dreißigtausend Menschen durchgeführt. Es ist merkwürdig, wie wenig Finnen von den Exorzisten oder Austreibungen im wirklichen Leben zumindest gehört haben, dabei war der Exorzismus lange auch Teil der Tradition in der lutherischen Kirche. Man glaubt nicht mehr an das Übernatürliche, an das Unerklärliche, selbst wenn die Beweise lückenlos sind.«

»Darf ich fragen, wie Sie Tuula Oravisto kennengelernt haben?«, wollte Elina Linden wissen.

»Wir haben uns vor Jahren in der Emmausbewegung hier in Helsinki angefreundet. Und seitdem habe ich Tuula geholfen und sie unterstützt, so gut ich konnte.«

»In welcher Weise?«

»Das hat wohl kaum etwas mit Ihren Ermittlungen zu tun«, antwortete Pater Daniel energisch, aber freundlich.

»Tuula Oravistos psychischer Zustand hat ganz wesentlich etwas mit diesen Ermittlungen zu tun«, erwiderte Elina Linden.

Pater Daniel schien ungehalten zu werden.

Ratamo beschloss, das Thema zu wechseln, bevor sich die Situation zuspitzte. »Redet Tuula Oravisto mit Ihnen über ihre beruflichen Angelegenheiten? Sie wissen doch, dass sie Kernphysikerin ist und demnächst in der Türkei arbeiten wird. Nun ist es so, dass es in Helsinki gestern noch einen zweiten … Zwischenfall gegeben hat, bei dem das Opfer ein auf die Kerntechnologie spezialisierter Physiker ist. Hat Tuula Oravisto Ihnen gegenüber jemals den Namen Marek Adamski erwähnt?«

Elina Linden schaute Ratamo wütend an.

»Ich weiß nicht recht, inwieweit ich über unsere privaten Gespräche reden will, da …«

»Die Frage steht im Zusammenhang mit den Ermittlungen zu einem Tötungsdelikt«, unterbrach die Kommissarin den Pater forsch.

»Tuula war gestern früh völlig fassungslos und wollte mich treffen. Ich habe sie zu mir eingeladen. Sie hatte gerade vom Tod Marek Adamskis erfahren. Nach meinem Eindruck sind sie gute Freunde gewesen.«

»Hatte der Tod Adamskis … der Schock Tuula Oravisto völlig aus dem Gleichgewicht gebracht?«, formulierte Ratamo vorsichtig.

Pater Daniel schüttelte den Kopf. »Sie war nur tief schockiert. Und mit Blick auf die Situation war das ganz normal, Tuula hatte Adamski doch am Abend vor dessen Tod getroffen.«

Wieder senkte sich Schweigen über das Zimmer, das nur vom Ticken der Wanduhr durchbrochen wurde.

»Wissen Sie, mit wem Tuula Oravisto die meiste Zeit verbringt, wer sie am besten kennt?«, fragte Ratamo schließlich.

Pater Daniel überlegte lange und zuckte dann die Achseln. »Ihre Eltern sind tot, die Beziehungen zum Exmann wurden abgebrochen, und Tuula hat in den letzten Jahren auch keine richtigen Freunde mehr gehabt, soweit ich weiß.«

»Sie haben keine gemeinsamen Bekannten?«

»Doch, zumindest hatten wir welche, durch die Emmausbewegung. Aber wir beteiligen uns beide nicht mehr an deren Aktivitäten. Neda, der Putzfrau von Emmaus, versuchen wir beide zu helfen.«

»Sie kennen Neda Navabi auch?« Ratamos Stimme wurde lauter.

»Wie ich sagte, wir haben Neda bei Emmaus kennengelernt. Sie benötigte Hilfe. Neda hatte Probleme mit dem Lebensunterhalt und hat sie immer noch. Nicht für alle ist das Leben so leicht wie für uns«, sagte Pater Daniel und schaute dabei Elina Linden eindringlich in die Augen.

»Was für Probleme?«, fragte Ratamo.

Pater Daniel antwortete nicht. »Ich halte immer genau um zwölf Uhr eine Mittagsandacht. Daran habe ich mich schon als Junge im Kloster der Maristen-Bruderschaft am Rande von Marseille gewöhnt«, sagte der alte Mann, erhob sich mühsam und ging gebeugt in den Flur.

»Ob Sie uns noch die Adresse von Neda Navabi nennen könnten. Sie antwortet auf unsere Anrufe nicht. Wir möchten auch mit ihr über Tuula Oravisto sprechen«, sagte Ratamo.

»Wenn das weiterhilft.« Pater Daniel ging zum Telefontischchen, kritzelte etwas auf einen Klebezettel und reichte ihn Ratamo.

»In welchem Zimmer schläft Tuula Oravisto?«, fragte Elina Linden.

»Ist es unbedingt erforderlich, sie zu wecken? Ich habe Ihnen schon alles erzählt, was sie weiß«, sagte Pater Daniel, deutete dennoch mit seiner verkrümmten, knorrigen Hand auf eine geschlossene Tür.

Die Kriminalkommissarin klopfte, wartete, klopfte erneut und öffnete dann vorsichtig die Tür des Gästezimmers. Sie tastete nach dem Schalter an der Wand und machte das Licht an. Das Bett war leer.

13

Mittwoch, 28. August

Pater Daniel ging langsam und mühsam in seinem Wohnzimmer auf und ab und vermied es, die Dämonen auf den Gemälden an der Wand anzuschauen. Er zählte schon lange nicht mehr, wie oft er versucht hatte, Tuula telefonisch zu erreichen, das erste Mal sofort als die Polizistin bemerkt hatte, dass sie verschwunden war. Er konnte nichts dagegen tun, dass er das Böse um sich herum spürte – es war dasselbe Gefühl wie in Algerien vor fast sechzig Jahren. Ohne es zu bemerken, presste Pater Daniel das Kruzifix an seine Brust, als er in Gedanken zu dem Augenblick zurückkehrte, in dem er verstanden, mit eigenen Augen gesehen hatte, wie das Böse leibhaftig werden kann. Kurz nach seinem Eintreffen in Algerien im August 1955 hatte er erlebt, was die Freischärler der Nationalen Befreiungsfront FLN, die sich der französischen Kolonialherrschaft widersetzte, in der Stadt Philippeville taten: einhundertdreizehn Menschen wurden ermordet, unter ihnen viele Alte und Kinder.

Das war der erste gegen Zivilisten gerichtete Angriff der FLN, aber das Schlimmste sollte erst noch kommen. Man hatte beschlossen, ihn in Sicherheit zu bringen, weg aus Philippeville, in das kleine Bergarbeiterdorf El-Halia, wo über hundert Europäer und ein paar tausend algerische Muslime lebten. Kurz danach umzingelten knapp hundert Soldaten der FLN zusammen mit einheimischen Muslimen das Wohnviertel der Europäer. Siebenunddreißig Zivilisten wurden ermordet, unter ihnen zehn Kinder. Babys wurden an die Wand geworfen und zerstückelt, während man zur gleichen Zeit ihre Mütter vergewaltigte, köpfte und ihnen die Eingeweide herausriss. Die schwer verwundeten Menschen ließ man auf den Straßen liegen und sterben. Er hatte die Schmerzensschreie immer noch im Ohr.

Drei Stunden später waren französische Fallschirmjäger mit Unterstützung aus der Luft in El-Halia eingetroffen. Die französischen Soldaten trieben die einheimischen Muslime zusammen, die sie als Schuldige verdächtigten, und am nächsten Morgen fand eine Massenhinrichtung statt ... Gefangene wurden nicht gemacht.

Daniel Lamennais schämte sich für diese zwei Tage mehr als für alles andere in seinem Leben. Vor allem schämte er sich für seine Taten am Morgen des 21. August. Hauptmann Prevost hatte ihn gebeten, bei der Massenhinrichtung dabei zu sein, und er hatte eingewilligt – er hatte schweigend zugesehen, wie seine Landsleute mit ihren Schüssen das Leben von hundertfünfzig Menschen auslöschten. Er hatte der Massenhinrichtung der muslimischen Gefangenen stillschweigend seine Zustimmung erteilt. Er hatte bei seiner Arbeit das Tier gesehen, ihm den Rücken zugekehrt, die Augen vor dem Bösen verschlossen und sich selbst verraten. Und die Schuldgefühle hatten ihm in den letzten sechzig Jahren keine Ruhe gegeben, nicht einen einzigen Tag.

Nach den Ereignissen von El-Halia war im Algerienkrieg alles erlaubt gewesen. Bei den Vergeltungsschlägen der Franzosen wurden Tausende Algerier umgebracht und Zehntausende gefoltert. Aber er war nicht geblieben, das zu bezeugen. Er hatte genug gesehen: Das Böse, die Leiden, der Tod und die Hölle waren nicht von Gott geschaffen, sondern vom Tier.

Pater Daniel hatte für seine Fehler, für seine Feigheit bezahlen müssen, jahrzehntelang, und er würde sich selbst und seine Nächsten garantiert kein zweites Mal verraten. Es fiel ihm schwer, sich auch nur vorzustellen, was für ein großes Glück es wäre, die letzten Tage seines Lebens ohne die Schuld zu verbringen, die seit den Tagen des Grauens in Algerien an ihm nagte.

Er betrat sein Arbeitszimmer und schob die düsteren Erinnerungen in den entferntesten Winkel seines Gedächtnisses. Es war ganz sicher kein Zufall, dass Tuula Oravisto für das Atomprogramm der Türkei arbeiten und Marek Adamski eine Stelle im Atomprogramm Ägyptens antreten sollte. Pater Daniel wusste, dass viele Kirchenmänner, die sich mit den Endzeitprophetien beschäftigt hatten, die Türkei als den König des Nordens aus dem Buch Daniel im Alten Testament ansahen und Ägypten als den König des Südens. In den Krieg, den diese beiden Reiche gegeneinander führten, würde Israel in der Endzeit geraten. Aber das Meer der apokalyptischen oder die Endzeit behandelnden Schriften und Prophezeiungen war so tief und so schwierig zu befahren, dass sein Wissen nicht ausreichte, um auf seinen Wellen zu segeln. Er vertraute auf seinen gesunden Menschenverstand. Einen Monat bevor der Kandidat der Muslimbruderschaft Mohammed Mursi im Juni 2012 zum ägyptischen Präsidenten gewählt wurde, schwor ein Imam, der zu den religiösen Führern der Bruderschaft gehört, in einer öffentlichen Rede, dass Jerusalem die ägyptische Hauptstadt sein werde, sofern der Kandidat der Muslimbruderschaft zum Präsidenten Ägyptens gewählt würde. Wir marschieren mit der Stärke von einer Million Märtyrern nach Jerusalem, hatte der Imam gedroht. Die Hauptstadt des islamischen Kalifats wird Jerusalem sein, nach dem Willen von Allah. Das war eine Kriegserklärung gewesen, auch das verstand Pater Daniel.

Er setzte sich an seinen Schreibtisch, der vollgepackt war mit Büchern, Zeitungsausschnitten und Unterlagen. Echte Vorzeichen und Offenbarungen wurden immer Wirklichkeit, die einen früher, die anderen später. Er nahm mit seinen gekrümmten Fingern einen vergilbten Artikel aus der Zeitschrift »National Geographic«, den er vor Jahren ausgeschnitten und aufgehoben hatte. Er brauchte den Text nicht zu lesen, er kannte ihn auswendig. Im Sommer des Jahres 2006, als Israel in seinen nördlichen Teilen Krieg führte gegen die Soldaten der extremistischen Organisation Hisbollah und im Westen gegen die der Hamas, fand ein Bauarbeiter in einem mitteliri-schen Sumpf ein tausend Jahre altes Psalmenbuch. Das Buch war aufgeschlagen, als er es entdeckte, und zwar bei Psalm Nummer 83, dem Vers, in dem Gott von den Versuchen der Staaten hört, Israel zu vernichten. Pater Daniel wusste, dass dieser Psalm noch nicht Wirklichkeit geworden war und dass sich seine Prophezeiung vor der Zeit des Hasses und der Großen Trübsal, jener die Endzeit einleitenden Periode von sieben Jahren, erfüllen musste.

Er fürchtete, dass Marek Adamskis Tod den Beginn von etwas darstellte.

* * *

Tuula Oravisto stand unter einer dichtbelaubten Birke am Metallzaun der Kindertagesstätte von Iivisniemi und schaute auf ihre Uhr. Valtteri und die anderen Kinder würden gleich zum Spielen herauskommen. Sie hatte Angst. Was würden die Erzieherinnen bei ihrem Anblick sagen. Erinnerten sie sich noch, wer sie war? In der Hand hielt sie krampfhaft einen Brief, den Valtteri mit nach Hause nehmen sollte. Darin hatte sie Valtteris Vater, so gut sie konnte, die Gründe für ihren Umzug in die Türkei und außerdem ihren Wunsch erklärt, nach ihrer Rückkehr die Fragen des Sorge- und Besuchsrechtes für den Jungen in normale Bahnen zu bringen.

Sie hatte ihre Entscheidung getroffen. In Finnland war sie nicht sicher. Vor ihrem Verschwinden hatte sie das ganze Gespräch zwischen Pater Daniel und den Polizisten gehört. Es war genau so, wie sie es geahnt hatte: Die Polizei glaubte ihr die Geschichte von dem Mann an ihrer Tür in der letzten Nacht nicht. Alle waren gegen sie. Fehlte nur noch, dass sie sich selbst verdächtigte, einem Unschuldigen, der zufällig im Treppenhaus war, die Schere in die Schulter gestochen zu haben. Ihre Angst nahm noch zu, als ihr einfiel, dass die Polizei, wenn sie wollte, ihre Ausreise aus Finnland verhindern könnte.

Im selben Augenblick flog die Tür der Kindertagesstätte auf, und die Knirpse, die es am eiligsten hatten, stürmten hinaus in die Sonne und zu den Geräten des weiträumigen Spielplatzes, als hätten sie Feuer unterm Hintern. Valtteri kam ganz ruhig mit zerzaustem Haar herausspaziert, er trug sein – von der Mutter gekauftes – Lieblingshemd mit dem Bild eines Aliens und hatte jenen aufrichtigen Gesichtsausdruck, nach dem sich Tuula Oravisto so sehr sehnte. Valtteri erklärte seinem Freund etwas, einem quirligen kleinen Mann, an dessen Hose ein Knieflicken mit dem Bild von Spiderman aufgenäht war.

Tuula Oravisto trat an den niedrigen Zaun heran und wartete, bis Valtteri näher kam, dann sagte sie den Namen ihres Sohnes, erst leise, dann etwas lauter.

»Mutti!« Valtteri freute sich und rannte los zum Zaun. Eine Erzieherin in einem geblümten Sommerkleid hatte sie auch gehört.

Tuula Oravisto stieg über den niedrigen Zaun auf den Hof des Kindergartens und nahm Valtteri in die Arme. Der Junge drückte sie so sehr, dass es weh tat. Tuula Oravisto kniete sich hin und bedeckte Valtteris Gesicht mit Küssen. Sie spürte den Duft des Jungen in der Nase und begriff nicht, wie sie es schaffen sollte, künftig noch länger von ihrem Kind getrennt zu sein.

Schließlich zog Valtteri seinen Kopf etwas zurück und lächelte so, dass die Mundwinkel fast bis zu den Ohren reichten. »Was machst du denn hier in der Kita?«

»Mutti hat etwas Wichtiges zu besprechen. Etwas, worüber sie mit dir allein reden will, nur wir zwei, du und ich«, konnte Tuula noch sagen, bevor die Erzieherin mit besorgter Miene neben ihr auftauchte.

»Was ist denn hier los?«, fragte die Frau im geblümten Kleid mit freundlicher Stimme, aber gerunzelter Stirn.

»Ich bin Valtteris Mutter. Ich wollte dem Jungen nur mal schnell guten Tag sagen, weil ich zufällig hier in der Gegend bin.«

»Es war aber nicht die Rede davon, dass der Junge schon mittags geht. Valtteris Vater hat uns nicht mitgeteilt, dass jemand anders den Jungen abholt.«

»Ich will Valtteri nicht abholen«, erwiderte Tuula Oravisto, und ihre Stimme wurde lauter. Verflixt, durfte sie nicht einmal ein paar Minuten mit ihrem eigenen Sohn allein reden?

Die Erzieherin war misstrauisch geworden, sie machte ein paar Schritte zur Mitte des Hofes und wandte Tuula Oravisto die Seite zu.

»Hör mal, Valtteri. Wäre es nicht schön, wenn wir wieder zusammen sein könnten? Ganz normal«, fragte Tuula Oravisto und versuchte nach besten Kräften, einen fröhlichen Eindruck zu erwecken.

»Ach, wir alle. Auch Vater?«

Die hoffnungsvolle Miene des Jungen tat Tuula weh. »Nein, nur du und ich. Du würdest manchmal bei Vater sein und manchmal bei Mutti. Dann hättest du zwei Zuhause.»

Valtteri nickte verdutzt.

»Ich strenge mich ganz toll an, alles in Ordnung zu bringen. Damit das klappt, muss Mutti jetzt aber für einige Zeit ins Ausland gehen und dort arbeiten.«

»Und wohin?«

Tuula musste sich mit aller Macht zusammenreißen, um ruhig zu bleiben. Sie führte Valtteri ein paar Meter weiter weg, die Erzieherin, die sie wie eine Gefangenenwärterin bewachte, konnte sie nun nicht hören.

»Mutti fährt in die Türkei. Aber ich rufe dich immer an und komme natürlich möglichst oft nach Finnland, um dich zu besuchen. Ich habe das alles in dem Brief erklärt, nimm ihn für Vater mit, damit er ihn lesen kann.« Sie steckte den Brief in Valtteris Jackentasche und zog den Reißverschluss zu.

Valtteri schaute seine Mutter an und konnte sich nicht entscheiden, ob die Neuigkeiten, die er eben erfahren hatte, gut oder schlecht waren.

»Und denk dran, dass Mutti Valtteri ganz liebhat. Wir sind jetzt eine Weile getrennt, damit wir dann so lange, wie wir wollen, zusammen sein können.« Tuula Oravisto drückte ihren Sohn fest an ihre Brust, damit er nicht sah, wie sie weinte.

14

Mittwoch 28. August

Es hatte den Versuch gegeben, das Hauptquartier der KRP im Vantaaer Stadtteil Jokiniemi mit einer Bombe zu zerstören, als es sich noch in Bau befand, am 17. Januar 1994. Die Betonfestung wurde beschädigt, aber Personen kamen nicht zu Schaden. Danach wurden in dem bunkerartigen Funktionsgebäude die Ermittlungen zu allen bedeutenden Kriminalfällen Finnlands geführt, von den Amokläufen an Schulen bis hin zu Serienmorden, und in den Verhörräumen hatten äußerst gewalttätige Verbrecher und psychisch schwer gestörte Kriminelle gesessen, aber auch solche, die gewaltige wirtschaftliche Schäden angerichtet hatten.

Kriminalinspektor Markus Virta saß an der Stirnseite des großen Tisches im Beratungsraum »Niete« in der dritten Etage der KRP. Nach Ansicht der Kriminalkommissarin Elina Linden und der beiden Kriminalhauptwachtmeister, die mit ihr zusammen den Mord an Marek Adamski untersuchten, dürfte Virta nicht der neue Chef der Abteilung für Gewaltverbrechen sein, sondern müsste zu denen gehören, die in Jokiniemi verhört wurden. Diese Meinung hätten mit ziemlicher Sicherheit die meisten Mitarbeiter der KRP geteilt. Auch Arto Ratamo hatte vom schlechten Ruf Virtas gehört, obwohl er jetzt das erste Mal mit ihm zusammenarbeitete. Der erste Teil der Besprechung war unter der Leitung von Elina Linden abgelaufen. Virta hatte sich, obwohl Leiter der Ermittlungen in diesem Fall, mit der Rolle des Beobachters begnügt. Anwesend war auch eine Spezialistin der KRP, die Kriminalpsychologin Pauliina Siltanen.

»Was ist über den Mörder Adamskis bekannt, fasst das mal zusammen«, befahl der pedantisch gekleidete Virta und richtete den Oberkörper in seiner ganzen bescheidenen Größe auf.

Der ältere Kriminalhauptwachtmeister blätterte in seinem Notizblock eine Seite um. »Das mit Hilfe der Augenzeugin erarbeitete Phantombild ist fertig und wird verteilt. Der Tatverdächtige ist blond, etwa 25 bis 35 Jahre alt, ungefähr eins achtzig mit normaler Figur und sprach nach Aussage der Augenzeugin Finnisch. Allerdings hat er nur ein Wort gesagt ...«, der Hauptwachtmeister überprüfte das Detail in seinen Notizen, »›Scheiße‹ hat er gerufen. Auch eine weitere Bewohnerin der Eerikinkatu 4 hat den Tatverdächtigen von ihrem Fenster aus gesehen und eine sehr ähnliche Beschreibung gegeben. Eine der Überwachungskameras im Hotel *Torni* hat ein verschwommenes Bild des Mannes aufgezeichnet, und kurz vor unserer Besprechung habe ich erfahren, dass der Tatverdächtige wahrscheinlich am Vorabend des Mordes am *Dipoli* in Otaniemi herumgestanden hat, wo das Opfer an einem Kurs teilnahm.«

»An einer Konferenz«, korrigierte Elina Linden.

»Vom ABW, der in Polen für die Inlandaufklärung zuständig ist, haben wir eine Zusammenfassung zum Opfer erhalten«, sagte Ratamo und nahm ein Blatt in die Hand. »Marek Jakub Adamski, geboren vor vierzig Jahren in Katowice, der Vater, Bauingenieur, hat den größten Teil seines Lebens als Invalidenrentner verbracht, die Mutter Apothekerin. Keine Geschwister und Junggeselle. Studierte Physik erst an der Warschauer Universität und dann dank eines Stipendiums bei den Yankees an der Staatlichen Universität von Michigan. Promovierte 2003, arbeitete zunächst zwei Jahre an der Universität Krakow und ging dann zum Nationalen Kernforschungszentrum Polens. Keine Einträge in irgendeinem Register, weder in Polen noch in den USA, und auch sonst nichts Interessantes. Mit Ausnahme dieses neuen Arbeitsplatzes in der ägyptischen Kernenergieorganisation, wobei auch daran an sich wohl nichts Besonderes ist.«

Der jüngere Kriminalhauptwachtmeister räusperte sich. »Der Tatverdächtige wird überall in der Hauptstadtregion gesucht, das Phantombild wurde außer zur Polizei auch an den Flughafen, an die Grenzwacht, die Schiffsterminals, die Hotels, die Bahnhöfe geschickt ... Die Aufklärung arbeitet auf Hochtouren. Auch eine

Polizeimitteilung wurde schon herausgegeben. Bedauerlicherweise hat die Spurensicherung am Tatort eigentlich nichts gefunden, was uns weiterhelfen würde, nicht einmal am Mordwerkzeug.«

»Für das Täterprofiling hat man dort allerdings sehr viele Informationen gefunden«, sagte Elina Linden und übergab mit einer Handbewegung der Kriminalpsychologin Pauliina Siltanen das Wort.

»Ich selbst spreche lieber von einer psychologischen Analyse als von Profiling«, erwiderte die untersetzte, schon leicht ergraute Pauliina Siltanen mit ernster Stimme. »Der Täter war rasend vor Wut und hat sein Opfer mit unnötig großer Brutalität getötet, das Gesicht des Opfers war praktisch zerstört. Außerdem wurden seine Hände auf der Brust gekreuzt, das Kruzifix an einer Halskette unter dem Hemd hervorgeholt und sichtbar hingelegt, ein Ring in den Mund des Opfers gesteckt und sein Gesicht zum Teil bedeckt.«

Die Kriminalpsychologin warf einen Blick auf ihren Notizblock. »Es ist ziemlich sicher, dass der Mörder und das Opfer sich kannten. Das trifft fast regelmäßig in den Fällen zu, in denen das Gesicht des Opfers zerstört wurde. Ich halte es für unwahrscheinlich, dass es sich um eine Inszenierung des Tatorts handelt, dass der Täter das Gesicht des Opfers nur zerstört hat, um die Polizei in die Irre zu führen. Ich würde annehmen, dass der Mörder das Gesicht des Opfers mit der Krawatte bedeckte, es in eine Position brachte, die friedlich wirken sollte, und das religiöse Symbol sichtbar hinlegte, weil er seine Tat unmittelbar danach bereute und symbolisch versuchte, sie ungeschehen zu machen. Das ist laut Statistik ein Zeichen dafür, dass entweder zwischen Opfer und Täter ein besonders enges Verhältnis bestand oder das Opfer für den Mörder in irgendeiner Weise ein wichtiger Mensch war.«

»Das heißt, wir sollten in die Untersuchung der Verwandten, Freunde und Bekannten Adamskis investieren«, warf Elina Linden ein.

»Dass der Täter dem Opfer den Ring in den Mund gestopft hat, kann für ihn persönlich eine Bedeutung haben. Oder alles, was der

Täter mit seinem Opfer nach dessen Tod getan hat, ist Teil einer sogenannten Anordnung, aber das glaube ich nicht. So eine Anordnung ist in der Regel die Handschrift eines Serienmörders, und das steht oft im Zusammenhang mit sexueller Gewalt. Andere, ähnliche Fälle findet man in den letzten Jahren weder in Finnland noch anderswo in Europa. Zumindest nicht auf der Grundlage dessen, was ich bis jetzt ausgraben konnte. Fälle mit solch einer Anordnung gibt es allerdings weltweit, von Finnland ganz zu schweigen, so wenige, dass keinerlei allgemeingültige Wahrheiten verfügbar sind.«

»Vielleicht war er das erste Opfer eines Serienmörders«, sagte Elina Linden und dachte an Tuula Oravistos Behauptung, letzte Nacht habe ein Mann versucht, in ihre Wohnung einzudringen.

Die Kriminalpsychologin trank einen Schluck Wasser und fuhr dann fort. »Der Täter geht nicht systematisch vor, aber auch nicht gänzlich unsystematisch. Immerhin war er fähig, das Opfer nach seiner Tat in eine von ihm gewünschte Position zu bringen, und er hat am Tatort keinerlei Beweise hinterlassen, die ihn selbst belasten. Ich würde vermuten, dass der Täter ein gemischter Typ ist, das heißt, er verfügt zumindest in einem bestimmten Grad über die Fähigkeit, die tief in seiner Psyche verwurzelten gewalttätigen Phantasien zu kontrollieren.«

Es herrschte wieder Schweigen, das Kriminalinspektor Virta schließlich beendete. »Gib uns wenigstens einen konkreten Hinweis. Natürlich wird in dieser Phase weiter in alle Richtungen ermittelt, aber worauf sollten wir uns konzentrieren?«

»Ihr müsst die Verbindung zwischen Täter und Opfer finden«, antwortete Pauliina Siltanen mit Nachdruck. »Sie kannten sich, da bin ich mir so sicher, wie man sich bei diesen Dingen überhaupt einer Sache sicher sein kann.«

»Vielleicht ist die Kernphysik oder die Kernkraft das Verbindungsglied zwischen Opfer und Täter«, schlug Elina Linden vor und sah, wie Kriminalinspektor Virta die Stirn runzelte.

»Das Opfer war Kernphysiker und nach Finnland gekommen, um an einer Konferenz teilzunehmen, die vom Technologieforschungszentrum ausgerichtet wurde«, erklärte die Kommissarin Virta. »Der letzte Mensch, den das Opfer getroffen hat, war Tuula Oravisto, auch sie Kernphysikerin. Oravisto ist letzte Nacht aus ihrer Wohnung geflohen und hat behauptet, jemand habe versucht, bei ihr einzubrechen. Und jetzt ist sie verschwunden.«

»Sowohl Adamski als auch Oravisto waren im Begriff, eine neue Tätigkeit aufzunehmen, Adamski in Ägypten und Oravisto in der Türkei. Beide in Kernforschungsinstituten«, ergänzte der ältere Kriminalhauptwachtmeister.

»Ägypten, Türkei, Saudi-Arabien ... Die Nahoststaaten werben Physiker im Ausland an, weil ihre eigenen Universitäten nicht ausreichend Spitzenkräfte auf dem Gebiet der Kernphysik herausbringen«, warf Ratamo ein.

»Ratamo kann sicher die Kontakte ins Ausland übernehmen, und wir suchen den Killer«, sagte Kriminalinspektor Virta.

Der jüngere Kriminalhauptwachtmeister sah nachdenklich aus. »Und wenn nun Tuula Oravisto und das Opfer doch ein Verhältnis hatten, obwohl sie das abstreitet? Vielleicht ist ihr Exmann immer noch eifersüchtig und hatte die Nase voll. Das könnte den Ring im Mund des Opfers erklären.«

Sein älterer Kollege schüttelte den Kopf. »Ich habe gestern Matti Oravisto befragt. Das Paar wurde auf Wunsch des Mannes geschieden, er hat sowohl den ersten als auch den zweiten Scheidungsantrag allein unterschrieben. Das wird auch von der Espooer Kinderfürsorgerin bestätigt, die sich um die Regelung des Sorgerechts bei den Oravistos kümmert. Matti Oravisto wirkte nicht die Bohne überrascht, als ich auftauchte, um ihm Fragen zu seiner Exfrau zu stellen. Es schien so, als hätte der Mann von dieser Tuula die Nase gestrichen voll.«

»Und Tuula Oravisto hat ganz sicher keinen neuen Freund?«, fragte Virta.

»Dafür fand sich nirgendwo ein Hinweis. Oder?« Elina Linden wandte den Blick zur Psychologin.

»Ich bin noch nicht dazu gekommen, alle meine Informationen

über Oravisto zu analysieren«, sagte Pauliina Siltanen. »Es sieht aber so aus, als wäre sie zur Einsiedlerin geworden, nachdem sie wegen ihrer psychischen Probleme vor einem Jahr stationär behandelt werden musste. Im Anschluss an die Behandlung folgten Arbeitslosigkeit, Ehescheidung und Sorgerechtsstreitigkeiten. Alles in ihrem Leben ist zusammengebrochen.«

Der ältere Kriminalhauptwachtmeister blätterte in seinen Unterlagen und nahm das Wort. »Nach den Informationen vom Provider hat Tuula Oravisto in den letzten Tagen Marek Adamski, das Sozialamt, ihren Exmann, die Pizzeria *Metropol* angerufen ... Der einzige interessante Name auf der Liste ist der von Daniel Lamennais.«

»Der schon befragt wurde«, sagte Elina Linden. Sie nickte seinem jüngeren Kollegen zu, der sich mit der Hand meldete.

»Ich habe die Kontaktlisten der Handys von Tuula Oravisto und Marek Adamski verglichen und einen gemeinsamen Kontakt gefunden. EXE International. Ich habe die Firma im Netz gecheckt, das ist ein Internationales Rekrutierungsunternehmen, das heißt eine Headhunting-Firma. Mit dem Hauptsitz in London.«

»Zu der muss Verbindung aufgenommen werden. Und die Strecke Ägypten–Türkei muss sowieso untersucht werden«, verkündete Virta. »Sicher kann Ratamo diese Sache übernehmen.«

Ratamo nickte und räusperte sich. »Dann müsste wohl noch entschieden werden, wie wir im Fall Tuula Oravisto vorgehen. Nehmen wir die Anzeige der Frau wegen der Attacke ernst, suchen wir nach ihr ...« Er schaute Elina Linden fragend an.

»In den Registern belegen zahlreiche Eintragungen eine unbegründete Kontaktaufnahme zur Polizei aus der Zeit, als Oravistos ... Probleme am schlimmsten waren«, erklärte die Psychologin, es klang wie eine Warnung.

In dem Moment klopfte es an der Tür des Beratungsraumes und ein junger, langhaariger Mitarbeiter des kriminaltechnischen Labors trat ein. Sein triumphierendes Lächeln sorgte dafür, dass sich die Mitglieder der Ermittlungsgruppe nach vorn beugten.

»Ich habe die Spurensicherung dann doch zur Wohnung von

Tuula Oravisto geschickt«, sagte Elina Linden zu Ratamo und schien mit sich zufrieden zu sein.

»Der Fußboden vor der Wohnungstür von Tuula Oravisto wurde mit Methanol abgewischt, das Glycerol und Glycerylkokoat enthielt. Also mit Händedesinfektionsmittel«, erklärte der Techniker. »Es sieht nicht so aus, als hätte das jemand versehentlich auf den Fußboden gespritzt – man hat versucht, den ganzen Treppenabsatz zu reinigen.« Der Techniker genoss es für einen Augenblick, dass ihm endlich einmal die ungeteilte Aufmerksamkeit seines Publikums zuteil wurde. »Aber zwei, drei Blutstropfen waren auf die Türschwelle gefallen. Der Täter muss die Wohnungstür geschlossen haben, ehe er die Blutspuren im Treppenhaus wegwischte. Das Blutserum zeigt, dass die Spritzer frisch waren, das heißt weniger als vierundzwanzig Stunden alt.«

»Gut, hoffen wir, dass die DNA-Probe des Mannes, der Oravisto bedrängt hat, in unserem Register vorhanden ist, dann kriegen wir den Kerl zu fassen«, sagte Kriminalinspektor Virta und richtete seinen fast eins siebzig großen Körper auf, so als hätte er gerade den ganzen Fall allein gelöst.

15

Mittwoch, 28. August

Arto Ratamo stand in Hakaniemi auf dem Fußweg an der Hämeentie und spürte im Mund den Geschmack des Straßenstaubs, der von den Autos auf der verkehrsreichen Straße aufgewirbelt wurde. Verwundert betrachtete er die Geschäfte im Erdgeschoss der Häuser. Laut Pater Daniel wohnte Neda Navabi im Aufgang A des Hauses Nummer 12, aber auf dem Namensverzeichnis der Bewohner im Treppenhaus fand sich weder ihr Familienname noch irgendein anderer Name, der iranisch klang. Er hatte sicherheitshalber das Verzeichnis der Hausbewohner in den Nachbarhäusern und auf der anderen Straßenseite überprüft; es konnte ja sein, dass bei dem Exorzisten, einem alten Mann, das Gedächtnis Lücken hatte, was Ratamo freilich stark bezweifelte. Elina Linden hatte nicht mitkommen wollen, Ratamo war das nur recht gewesen; er hoffte auf eine Gelegenheit, mit Neda Navabi auch über die Diebstähle ihrer Tochter zu sprechen.

Seiner Ansicht nach war es noch nicht erforderlich, die Bewohner der Häuser nach Neda Navabi zu fragen. Wenn die Frau in der Hauptstadtregion tatsächlich als Putzfrau arbeitete, würde die Polizei sie auch ausfindig machen. Er beschloss, in das Hauptquartier der SUPO zurückzukehren und machte sich auf den Weg zu seinem Auto, das er an der Markthalle von Hakaniemi abgestellt hatte. An der Ecke Kolmas linja blieb er jedoch abrupt stehen, als ihm etwa zwanzig Meter entfernt im Erdgeschoss ein Laden auffiel, den er seines Wissens bisher nicht gesehen hatte. Er ging näher heran. Das ganze Erdgeschoss des Hauses wurde von ein und derselben Firma genutzt. Die großen Fenster, fast so hoch wie die ganze Etage, waren durchgehend mit roter Klebefolie abgedeckt, auf der in weißen Buchstaben zu lesen war: Turkish Trading Gmbh.

Ratamo griff nach der Klinke und zog – abgeschlossen. Er klingelte, wartete, klingelte erneut, und da immer noch niemand öffnete, drückte er den Klingelknopf bis zum Anschlag und ließ ihn dort. Schließlich steckte er den Finger in den Briefschlitz, schaute hinein und sah, wie die dicken Beine eines Mannes rasch verschwanden. »Sicherheitspolizei. Bitte öffnen Sie!« Ratamo brauchte sich nicht erst zu bemühen, dass seine Stimme wütend klang, es gelang ganz von allein. Er wiederholte seine Bitte sicherheitshalber in Englisch.

Es dauerte einen Augenblick, dann fingerte jemand am Schloss herum und schließlich wurde die Tür einen Spalt geöffnet. Ratamo zeigte seinen Dienstausweis und riss die Tür auf.

Auf der Schwelle stand ein schnurrbärtiger, gedrungener Türke mit hoher Stirn und einer Delle an der Nasenwurzel.

»Ich suche eine Person namens Neda Navabi. Finde ich die hier?«, fragte Ratamo auf Englisch.

Der Türke schaute misstrauisch erst Ratamo an, dann den Dienstausweis, dann wieder Ratamo. »Worum geht es?«, fragte er in schlechtem Englisch.

»Einigen wir uns darauf, dass ich die Fragen stelle. Wo finde ich Neda Navabi?«, erwiderte Ratamo in strengem Ton.

Der Türke schwieg noch einen Augenblick, als würde er seine Alternativen abwägen. Dann holte er ein Handy aus der Tasche, tippte eine Nummer ein und ratterte wie ein Maschinengewehr ein paar Sätze in einem undeutlichen Englisch, bis er sich Ratamo zuwandte.

»Neda will wissen, warum sie gesucht wird.«

Ratamo wollte ihn schon anschnauzen, doch dann wurde ihm klar, wie er am einfachsten ans Ziel käme. »Sag ihr, dass ich mit ihr nur über Tuula Oravisto reden will. Sollte ich aber gezwungen sein, die Helsinkier Polizei um Amtshilfe zu bitten, dann wird das alles schwieriger.«

»Neda kommt gleich, warten Sie einen Moment«, sagte der Türke, kaum dass er der Frau die Nachricht ausgerichtet hatte, und zog im selben Moment die Tür wieder zu, noch bevor Ratamo reagieren konnte.

In Ratamo kochte die Wut hoch. Am liebsten hätte er eine Polizeistreife herbeigerufen, aber es gelang ihm, sich zu beherrschen. Wenn Neda Navabi ihr Versprechen hielt, bekäme er das, weshalb er hierhergekommen war.

Er ging vor dem Türkischen Laden auf und ab und wurde schon ungeduldig, doch schließlich blieb vor der Tür des Geschäfts eine Frau mit schönen Gesichtszügen in einem ausgewaschenen Polohemd und abgetragenen Jeans stehen, in ihren mandelbraunen Augen spiegelte sich Angst.

»Ich bin Neda Navabi. Du wolltest mich treffen«, sagte die Frau in einem Finnisch, das nur einen leichten Akzent erkennen ließ.

Ratamo zeigte erneut seinen Dienstausweis. »Ich möchte mich über Tuula Oravisto unterhalten. Ihr seid doch Bekannte?«

Die Frau nickte besorgt. »Warum? Ist etwas passiert?«

»Können wir hineingehen, um uns zu unterhalten?«

Neda Navabi zeigte mit der Hand hastig in Richtung Hämeentie. »Im Geschäft können wir uns nicht in Ruhe unterhalten. Wir laufen lieber zur Markthalle.«

Ratamo nickte und ging los. »Du sprichst überraschend gut Finnisch«, sagte er.

»Wieso überraschend? Ich bin nicht dumm, auch wenn ich eine Zuwanderin bin. Ich wohne schon drei Jahre hier«, erwiderte Neda Navabi verärgert und murmelte etwas leise vor sich hin.

Die beiden gingen schweigend die hundert Meter bis zur Markthalle auf dem Hakaniemi. In der ersten Etage kaufte Ratamo sich einen Kaffee und für Neda Navabi einen Tee.

»Was ist passiert?«, fragte Neda Navabi, als sie sich an einen abgelegenen Tisch in dem traditionsreichen Hallencafé gesetzt hatten.

»Wir versuchen bestimmte Dinge zu klären, die mit Tuula Oravisto im Zusammenhang stehen. Ihr habt euch doch gestern früh getroffen?«

Neda Navabi nickte. »Tuula will unbedingt, dass ich bei ihr zu Hause saubermache. Die neue Wohnung ist so klein, dass sie die im

Handumdrehen selbst geputzt hätte, und vermutlich kann sich Tuula eine Putzfrau auch gar nicht mehr leisten. Sie ist schon lange arbeitslos und stand nach ihrer Scheidung mit leeren Händen da. Bei euch hier in Finnland gibt es ja diese Gütertrennung und all das. Eine widerliche Geschichte. Aber Tuula will mir helfen, wir haben uns vor Jahren bei der Emmausbewegung angefreundet.«

»Wofür brauchst du Hilfe?«

Neda Navabi antwortete nicht, sondern starrte Ratamo nur wütend an.

»Welchen Eindruck hat Tuula Oravisto das letzte Mal auf dich gemacht? Hat sie sich normal verhalten, hast du etwas Ungewöhnliches bemerkt?«

Neda Navabi pustete in ihren Tee, bevor sie das Getränk kostete. »Tuula war okay ... wirkte ganz normal wie immer, bis zu diesem Telefongespräch. Jemand rief an und erzählte ihr, dass ihr Freund gestorben war, dass man ihn hier in Helsinki umgebracht hatte.«

»Wie hat Tuula Oravisto reagiert?«

Neda Navabi runzelte die Stirn. »Sie war natürlich schockiert, das wäre jeder andere bei so einer Nachricht auch gewesen. Sie hatte schließlich den Mann gerade am Abend vorher getroffen. Aber dann veränderte sich Tuula, sie bekam Angst, als hätte sie in dem Moment begriffen, dass sie selbst in Gefahr ist. Ich habe nachgehakt, aber sie wollte nicht darüber sprechen. Ich bin dann gegangen. Sonst unterhalten wir uns immer lange. Deswegen möchte Tuula wohl auch, dass ich zu ihr komme – damit sie jemanden zum Reden hat.«

»Kennst du jemanden, der Tuula Oravisto schaden möchte?«, fragte Ratamo.

»Nur den Exmann. Das Schwein hat Tuula alles genommen.«

Ratamo überlegte lange, wie er seine nächste Frage formulieren sollte. »Ich habe gestern sowohl mit Tuula Oravisto als auch mit Pater Daniel Lamennais gesprochen. Beide haben erzählt, dass du Schwierigkeiten hast. Willst du darüber reden?«

»Was zum Teufel verstehst du schon von Schwierigkeiten?«, fauchte sie ihn an. »Hat man dich irgendwann Tag für Tag verprügelt, hast du überhaupt jemals Hunger gehabt? Und dann auch noch von der Sicherheitspolizei ...«

Ratamo war von ihrer heftigen Reaktion so überrascht, dass er kein Wort herausbrachte.

Im selben Augenblick schien Neda Navabi etwas klar zu werden. »Untersucht die Polizei etwa auch, was ich mache? Worum geht es hier eigentlich?«

Wenn ich das nur wüsste, dachte Ratamo und tat sein Bestes, um mitfühlend auszusehen. »Es gibt keinen Grund zur Sorge. Im Zusammenhang mit den Ermittlungen zu einem Tötungsdelikt werden Dutzende Menschen befragt. Wie ich bereits sagte, haben sowohl Tuula Oravisto als auch Daniel Lamennais deinen Namen erwähnt, aber deine Personendaten fanden sich in keinem Register.«

Neda Navabi senkte den Blick. »Ich bin aus dem Iran. Du weißt wahrscheinlich sehr gut, wie es uns hier in Finnland geht.«

»Du bist aber doch wohl freiwillig hier?«

Für einen Augenblick sah es so aus, als würde Navabi in die Luft gehen. »Freiwillig! Welcher verdammte Idiot würde freiwillig eine Scheißarbeit ohne Lohn machen, hungern, in kalten Kellern wohnen ...«

Ratamo machte mit den Händen abwehrende Bewegungen. »Du hast also keinen festen Wohnsitz?«

»Glaubst du, ich möchte keinen haben? Wenn du es zufällig nicht bemerkt haben solltest, in Helsinki leben Tausende Zuwanderer, die keinen festen Wohnsitz haben. Ich lebe im Keller eines Hauses, zwischen Sauna und Kesselraum. Das ist bloß ein fensterloses und kaltes Loch, dort geht einem die Luft aus ... »

»Und dein Kind, du hast doch eine Tochter – Shirin.«

»Woher weißt du von Shirin?«, entgegnete Neda Navabi in aggressivem Ton.

»Durch Zufall. Meine Tochter Nelli ist mit Shirin befreundet.« Ratamo zögerte einen Augenblick. »Ich habe bei Nelli gestern eine Schultertasche voll mit gestohlener Ware gefunden, Telefone, Schmuck ... wertvolle Sachen. Sie hatte versprochen, für Shirin auf die Sachen aufzupassen. Du musst dir deine Tochter vorknöpfen. Sonst macht es die Polizei.«

Neda Navabi war nahe daran, eine giftige Antwort zu geben, überlegte es sich jedoch anders, nickte und trank ihren Tee aus.

»Geht deine Tochter nicht zur Schule?«, fragte Ratamo.

»Nein. Das ist nicht möglich. Wir sind nicht ...« Neda Navabi brach mitten im Satz ab und sah so aus, als hätte sie schon mehr als nötig gesagt.

Ratamo begriff allmählich, worum es sich handelte. »Wie lange wohnst du noch mal in Finnland? Du hast doch sicher eine Aufenthaltsgenehmigung. »

Neda Navabis Gesichtsausdruck wurde trotzig. »Untersuchst du den Tod des Freundes von Tuula Oravisto oder das, was ich mache?«

»Du bist eine illegale Immigrantin, oder? In Finnland ohne Aufenthaltsgenehmigung«, sagte Ratamo und sah Neda Navabis Gesicht an, dass er ins Schwarze getroffen hatte. Jetzt verstand er, warum sich von ihr in keinem einzigen Register auch nur eine Spur finden ließ. Neda Navabi war eine im Untergrund lebende illegale Zuwanderin, eine ohne Papiere. Ratamo beschloss jedoch, nicht einzugreifen, zumindest nicht jetzt, obwohl er verpflichtet gewesen wäre, Navabi bei der Ausländerpolizei anzuzeigen. Die Frau könnte bei den Ermittlungen noch von Nutzen sein.

Ratamo holte aus seiner Brusttasche eine Visitenkarte und legte sie vor Neda Navabi auf den Tisch. »Speichere die Nummer in dein Handy ein. Und melde dich immer, wenn ich anrufe.«

Neda Navabi lächelte gezwungen. »Immer, wenn ich dazu imstande bin.«

* * *

Nachdem Neda Navabi den unangenehm neugierigen Mann von der SUPO losgeworden war, hastete sie sofort im Laufschritt zurück zum Türkischen Laden. Ihre Hand zitterte vor Erregung so sehr, dass der Schlüssel ewig nicht ins Schloss passen wollte. Endlich betrat sie den Laden, suchte Hakan und fand ihn zwischen den Regalen, er stank wie üblich nach Alkohol.

Neda Navabi brüllte ihn in Englisch an und hatte dabei den Mund so nahe am Gesicht des schnurrbärtigen Türken, dass er die Augenlider schloss, um sich vor den Speichelspritzern zu schützen. Er musste sich einiges anhören, weil er der Polizei die Tür zum Laden geöffnet hatte.

Als Neda Navabi den Mann zusammengestaucht hatte, öffnete sie die Stahltür zu dem großen Lager; nur ein kleiner Teil der Zimmer im Erdgeschoss des Hauses diente als Geschäftsräume. In dem Lagerraum stank es nach Schweiß, nach Tee und Gewürzen. Die Luft war so stickig, dass man sie fast sehen konnte. Der riesige Raum war vollgestellt mit Dutzenden Doppelstockbetten. Viele der illegalen Einwanderer, die hier wohnten, arbeiteten nachts und schliefen tagsüber, in vielen Betten hörte man ein gedämpftes Schnaufen oder Schnarchen. In der Ecke standen ein schlichtes Waschbecken und ein kleiner Kühlschrank und auf einem Beistelltisch ein Elektroherd mit zwei stark verschmutzten Kochplatten. Unter der Decke hingen Wäscheleinen, auf denen Kleidungsstücke trockneten, die in einer Plastikschüssel mit der Hand gewaschen worden waren. Wer nicht schlief, war mit irgendetwas beschäftigt oder lag einfach auf dem Bett und schlug die Zeit tot, niemand beachtete Neda Navabi. In dem Raum hielten sich derzeit etwa zwanzig Menschen auf.

So hatte auch Neda Navabi mit ihren Kindern das erste Jahr nach der Ankunft in Finnland gelebt. Ihr Herz hämmerte. Sie setzte sich auf den Fußboden und versuchte, sich zu beruhigen. Natürlich war ihr klar, dass sie Menschenschmugglern half, mit unglücklichen Seelen wie ihr selbst Geld zu verdienen. Aber man hatte sie in eine Zwangslage gebracht, in der jeder sich darauf eingelassen hätte. Sie war ausgewählt worden, weil sie Englisch konnte und auch Finnisch gelernt hatte.

Die Türken hatten Informationen über ihre Vergangenheit gesammelt, ihr eine Kopie eines Vordrucks gegeben, in dem alles Wesentliche über ihr Leben aufgelistet war. Sie hatten gedroht, sie und die

Kinder den Behörden zu übergeben, wenn sie nicht tat, was man von ihr verlangte. Falls man sie in den Iran abschieben würde, wäre sie ihrem Ehemann Reza ausgeliefert, diesem sadistischen Schwein, das an alldem schuld war. Die Flucht aus dem Iran war nach einem Kieferbruch, vier gebrochenen Rippen, unzähligen blauen Flecken und Vergewaltigungen die einzige Alternative gewesen.

Sie durfte nicht ohne Genehmigung ihres Mannes ins Ausland reisen, und Reza hätte keinesfalls eingewilligt, dass sie den Iran zusammen mit den Kindern verließ. Im Iran war der Ehemann automatisch der Vormund seiner Kinder; starb er, ging die Vormundschaft an seine männlichen Verwandten über und nicht an die Mutter. Die Frauen waren ihr ganzes Leben lang der Vormundschaft ihres Vaters, ihres Mannes oder eines männlichen Verwandten unterstellt.

Auch eine Scheidung hatte Neda nicht beantragen können. Reza hätte damit einverstanden sein müssen, und sie wäre gezwungen gewesen, eine Entschädigung zu zahlen. Woher hätte sie das Geld nehmen sollen, auch ihre Eltern waren arm. Und selbst wenn sie Geld gehabt hätte, wäre das Ergebnis der Scheidung gewesen, dass sie ihre Kinder verlor: Shirin war damals elf gewesen, und Kinder über sieben Jahre wurden in Scheidungssituationen dem Vater zugesprochen, unabhängig davon, ob der Mann die Fähigkeit besaß, seine Kinder zu erziehen, oder nicht. Aref wäre als Junge natürlich automatisch in die Obhut seines Vater übergeben worden. Das islamische Recht des Iran begünstigte ganz ungeniert die Männer. Auch vor Gericht wurde der Aussage einer Frau nur die Hälfte des Wertes der Aussage eines Mannes beigemessen.

Neda schloss die Augen und traf ihre Entscheidung. Sie konnte nicht das Risiko eingehen, dass die Behörden im Türkischen Laden auftauchten. Das wäre ihr Ende gewesen. Hakan würde garantiert dafür sorgen, er würde den Chefs vom Besuch des Mitarbeiters der Sicherheitspolizei berichten. Neda zählte, wie viele Einwanderer ohne Papiere sich derzeit in dem Raum aufhielten – sechsundzwanzig –, und griff zu ihrem Handy. Eine Männerstimme meldete sich auf Finnisch sofort nach dem ersten Ruf.

»Hier Neda. Im Türkischen Laden war gerade ein Mann, der gesagt hat, er käme von der Sicherheitspolizei. Er hat ziemlich gefährliche Fragen gestellt.«

»Wer?«

Neda Navabi holte die Visitenkarte heraus, die sie in der Markthalle bekommen hatte. »Arto Ratamo, Oberinspektor.«

»Warum ist der ausgerechnet dahin gekommen? Er hat doch wohl nichts gesehen?«

Neda Navabi erklärte kurz, was Ratamo gewollt hatte.

In der Leitung herrschte eine Weile Schweigen, während der Mann nachdachte. »Der Türkische Laden muss geräumt werden. So schnell wie möglich – noch heute.«

16

Mittwoch, 28. August

Arto Ratamo saß in seinem trostlosen Kabuff im Erdgeschoss der SUPO. Er hatte der Rekrutierungsfirma EXE International eine Anfrage zu Tuula Oravisto und Marek Adamski geschickt und schrieb jetzt für den Chef eine Zusammenfassung der Besprechung bei der KRP und der anderen Ereignisse des Tages. Ratamo war sich schmerzlich bewusst, dass er Otto Hirvonen für sein Verhalten am Morgen eine Erklärung schuldete. Sie würden sich in einer Stunde treffen. Die Baodingkugeln lagen neben der Tastatur, er drehte sie immer dann in der Hand, wenn ihm die richtigen Worte fehlten oder die Hüfte schmerzte. Wie würde er selbst sich fühlen, wenn er mit Nelli zusammen in der gleichen Situation wäre wie Neda Navabi und Shirin. Im Untergrund leben, unter erbärmlichen Bedingungen und ständig Angst haben.

Das Klingeln des Telefons ließ Ratamo zusammenfahren. Das Teil war so alt und primitiv, dass man die Lautstärke des Ruftons nicht einstellen konnte.

In der Leitung war erst eine bedrückende Stille zu hören, dann atmete jemand schwer und schließlich erklang die Stimme von Pater Daniel Lamennais.

»Ich habe besorgniserregende Neuigkeiten«, sagte der Kaplan.

»Hat sich Tuula Oravisto gemeldet?«

»Dass jemand am selben Tag, an dem Marek Adamski ermordet wurde, versucht hat, in Tuulas Wohnung einzudringen, war vielleicht kein Zufall«, erklärte Pater Daniel und atmete geräuschvoll ein. »In Europa sind im Laufe des letzten Jahres schon vier Physiker, vier Spezialisten auf dem Gebiet der Kerntechnologie, durch Unfälle oder auf gewaltsame Weise zu Tode gekommen.«

»Wie haben Sie das herausgefunden?«, fragte Ratamo voller Interesse.

»Im Internet. Auch ein alter Affe kann noch neue Grimassen lernen, oder wie heißt diese Wendung auf Finnisch.«

Ratamo bat Pater Daniel, die Namen der gestorbenen Physiker aufzuzählen, und notierte sie sich. »Haben Sie etwas von Tuula Oravisto gehört?«, erkundigte er sich und war nicht überrascht, als der alte Mann verneinte. Ratamo hatte den Verdacht, dass der Kirchenmann Tuula Oravisto schützte.

»Was brachte Sie dazu, sich für diese Physiker zu interessieren?«, fragte Ratamo neugierig. Pater Daniel hatte nun wahrhaftig nicht den Eindruck gemacht, als würde er seine Freizeit damit verbringen, im Internet zu surfen.

»Das Buch Daniel. Und der Psalm 83.«

»Ich fürchte, jetzt kann ich nicht ganz folgen«.

»Das brauchen Sie auch nicht. Finden Sie nur Tuula Oravisto, bevor es zu spät ist.«

Das Gespräch endete, und Ratamo wandte sich verwirrt seinem Computer zu. Er ging die Namen auf seinem Zettel durch, einen nach dem anderen, und mit jedem nahm seine Besorgnis zu: Es konnte gut sein, dass Pater Daniel einer Sache auf die Spur gekommen war. Ein Physiker, der vor einem Monat in Madrid von einem Lkw überfahren wurde, wollte gerade seine Arbeit im Atomprogramm von Saudi-Arabien aufnehmen. Die Physikerin, die man im Mai in einer Berliner Drogenoase im Weinbergspark gefunden hatte, war an einer Überdosis gestorben, obwohl nichts darauf hinwies, dass sie Heroin nahm; die Frau hatte in der pakistanischen Kernenergiekommission gearbeitet. Der in Kairo durch Messerstiche umgekommene französische Physiker war dort beschäftigt gewesen, wo Marek Adamski gerade anfangen wollte – in der ägyptischen Kernenergieorganisation ...

Wenn er etwas fände, was die toten Physiker miteinander in Verbindung brachte, hätte er etwas in den Händen ... etwas Bedeutendes. Ratamo tippte auf der Tastatur schneller, als es seine Schreibkünste erlaubten, für die Korrektur der Tippfehler ging entnervend viel Zeit verloren. Er verfolgte alle Wege, die ihm einfielen, und probierte alle möglichen Wortkombinationen, aber es gelang ihm nicht, in den Tiefen des Netzes etwas Brauchbares zu finden, was die verstorbenen Physiker miteinander verband. Er war gezwungen, Anfragen in alle möglichen Länder zu schicken, an die Behörden, in denen man die Todesfälle der Physiker untersucht hatte, und an die Aufklärungsdienste ihrer Heimatländer. Das Treffen mit Otto Hirvonen begann in einer halben Stunde. Er machte sich an die Arbeit.

Eine Minute nach vier Uhr meldete sich Ratamo in der dritten Etage bei der Sekretärin von Otto Hirvonen, die in Richtung des Chefzimmers nickte.

Ratamo blieb vor Hirvonens Schreibtisch stehen, als wäre er in der Schule zum Direktor bestellt worden. »Was das Treffen heute Morgen angeht. Ich fürchte, ich habe da die Nerven verloren. Es gibt Stress in so gut wie jeder Hinsicht ...« Er legte seinen Bericht über die Adamski-Ermittlungen auf Hirvonens Schreibtisch.

Der SUPO-Chef nahm ihn und begann zu lesen. Das Schweigen wurde drückend. Ratamo tat die Hüfte weh, aber er hatte nicht vor, sich hinzusetzen, bevor er dazu die Erlaubnis erhielt. Es lohnte sich nicht, Hirvonen absichtlich zu ärgern.

»Der Blutfleck vor Oravistos Wohnung könnte die Ermittlungen auf einen Schlag voranbringen«, sagte Hirvonen in strengem Ton, nachdem er das Dokument gelesen hatte. »Meinetwegen kannst du dich um diese Kontakte ins Ausland kümmern, wie du es vorschlägst: die Rekrutierungsfirma, Ägypten, die Türkei ...«

Ratamo war sich nicht sicher, ob der Chef wollte, dass er das Zimmer verließ. Hirvonen starrte ihn so an, als erwartete er, noch etwas zu hören.

»Wen hast du im Zusammenhang mit diesen Ermittlungen befragt? Oder bei welchen Befragungen warst du dabei?«, fragte Otto Hirvonen schließlich.

»Tuula Oravisto, Pfarrer Daniel Lamennais, ihre Bekannte, eine iranische Putzfrau.«

»Putzfrau«, sagte Hirvonen interessiert und beugte sich zu Ratamo hin.

»Ihr Name ist Neda Navabi. Ich weiß nicht, ob sie irgendwie mit dem Tod Adamskis zusammenhängt, aber es sieht so aus, als würde sie sich illegal in Finnland aufhalten. Ich dachte ...«

Auf Hirvonens Gesicht breitete sich ein friedfertiges Lächeln aus. »Illegale Einwanderung, Leute ohne Papiere und die Verbindungen der Roma zur internationalen Kriminalität sind Sache der KRP und teilweise der Helsinkier Polizei. Und die SUPO hilft, soweit sie dazu imstande ist, wenn der Bedarf besteht. Es ist überflüssig, dass du nun auch noch in dieser Suppe herumrührst. Schreib mir eine Zusammenfassung von deinem Gespräch mit dieser Navabi, ich leite die Informationen dann weiter.«

»Ich wollte noch herausfinden, ob die Frau ...«

»Ich verbiete dir, in dieser Richtung weiterzuermitteln. Habe ich mich klar genug ausgedrückt«, sagte Hirvonen mit dröhnender Stimme.

Worum geht es hier eigentlich, verdammt noch mal, dachte Ratamo, begnügte sich jedoch damit, einfach nur zu nicken.

17

Mittwoch, 28. August

Arto Ratamo schaltete seinen Computer aus. Er hatte die von Hirvonen geforderte Zusammenfassung seines Gesprächs mit Neda Navabi geschrieben und trotz des ausdrücklichen Verbots seines Chefs eine Anfrage zu der Frau an das iranische Innen- und Justizministerium geschickt. Ganz wollte er sich denn doch nicht zum Trottel machen lassen, mit dem man nach Belieben umspringen konnte.

Ratamo griff gerade nach seiner Sonnenbrille, da trat Vesa Kujala ein, so als wäre es sein eigenes Büro.

»Ich habe gehört, dass du herumwühlst und Informationen über die illegalen Einwanderer in Helsinki suchst«, sagte Vesa Kujala streitsüchtig.

»Gehört, von wem?«

»In Europa gibt es möglicherweise bis zu zehn Millionen illegale Immigranten, deren Schmuggel und Ausbeutung ein Milliardengeschäft ist. Europol koordiniert die Ermittlungen zu der Kriminalität im Zusammenhang mit Einwanderern ohne Papiere, und in Finnland liegt die Verantwortung bei der KRP. Das ist äußerst sensibel. Deine Fragerei schreckt die Menschenhändler womöglich auf und beeinträchtigt noch das wenige, was man bisher herausfinden konnte.«

Ratamo schmunzelte. »Ich habe mit einer iranischen Putzfrau über laufende Ermittlungen zu einem Tötungsdelikt gesprochen.«

»Und das war alles?«

Ratamo antwortete nicht auf die Frage. »Laut Hirvonen ist auch die SUPO an den Ermittlungen zur illegalen Einwanderung beteiligt. Weißt du etwas darüber?«

»Und ob, verdammt noch mal. Ich bin der Leiter des operativen

Bereichs. Aber du hast mit diesen Dingen nichts zu tun. Ich dachte, der Chef hätte dir das schon klargemacht«, blaffte Kujala ihn an.

Ratamo verstand allmählich, wie eng die Beziehungen zwischen Kujala und Hirvonen tatsächlich waren.

»Ich bin nicht sehr überzeugt von deiner Fähigkeit zur Zusammenarbeit«, fuhr Kujala fort. »In manchen Dingen muss man äußerst flexibel sein. Die großen Linien sehen.«

Jetzt hatte Ratamo genug. Er schaute kurz auf seine Armbanduhr, sagte, er müsse zu einem Treffen und käme schon zu spät, und verließ den Raum. Er trat hinaus auf die Ratakatu, atmete die von Abgasen gewürzte Sommerluft ein und erinnerte sich, dass Nelli gesagt hatte, sie würde heute bei einer Freundin Abendbrot essen. Also brauchte er nicht zu kochen. Entschlossen steuerte er das Nepal-Restaurant am Ende der Ratakatu an.

Er suchte sich einen Zweiertisch in der Ecke, bestellte ein Huhn Kukhura vindaloo und ein finnisches Bier, suchte eine Stellung, die seine Hüfte am wenigsten belastete und saß, in Gedanken versunken, da. Warum war Otto Hirvonen in die Luft gegangen wie eine Propangasflasche, als er von seinem Gespräch mit Neda Navabi hörte? Und was sollte Kujalas Visite bezwecken? Hatte Hirvonen ihn geschickt, um ihn zu warnen?

Ratamos Überlegungen endeten abrupt, als jemand an seinem Tisch stehen blieb. Er drehte den Kopf und sah die freie Journalistin, die ihm schon am Tatort über den Weg gelaufen war. Das schwarze Make-up der Augen, die kurzen blonden und wie bei einem Schuljungen zum Scheitel gekämmten Haare und die legere Kleidung, die alle Kurven des Körpers betonte – die Frau vergaß man nicht so schnell.

»Erinnerst du dich an mich – Essi Kokko? Wir haben uns gestern früh in der Eerikinkatu getroffen. Darf ich ein paar Fragen stellen? Es dauert maximal fünf Minuten. Hier scheint ja auch Platz zu sein«, sagte die Journalistin und drückte ihr Hinterteil auf den Stuhl, bevor Ratamo auch nur den Mund aufmachen konnte.

Ratamo betrachtete sie interessiert. War sie zufällig hier im

Restaurant, oder beobachtete sie ihn? »Du verstehst sicher, dass ich nicht über laufende Ermittlungen sprechen kann.«

»Na, dann gib mir wenigstens ein Bier aus.«

»Bist du immer so aggressiv?«

Essi Kokko lachte. »Mittlerweile bin ich schon ziemlich ruhig. In meiner Jugend litt ich unter ODD.«

Ratamo runzelte die Stirn. »Eine doppelte *Overdose*?«

»ODD, das heißt *Oppositional Defiant Disorder* – eine Störung des Sozialverhaltens mit oppositionellem, aufsässigem Verhalten. Eine neuropsychiatrische Verhaltensstörung, bei der das Kind dazu neigt, den Regeln und Bitten der Erwachsenen die Stirn zu bieten, mit Erwachsenen zu streiten und oft die Geduld zu verlieren. Keineswegs ein seltenes Problem.«

Sie lehnte sich zu Ratamo hin. »Stimmt es, dass man letzte Nacht auch noch einen anderen Physiker angegriffen hat?«

Ratamo lächelte und betrachtete in aller Ruhe die Kellnerin, die im Restaurant geschäftig hin und her eilte.

»Untersucht die SUPO diesen Link zur Kerntechnologie? Ich habe gehört, dass dieser gestorbene Pole eine Arbeit in Ägypten antreten sollte. Und die andere ...«

»Gehört? Wo?«, fragte Ratamo. Essi Kokko schien mehr zu wissen, als sie durfte.

Nun war die Reihe an ihr, zu lächeln. »Ich habe meine Quellen. Das ist ein interessanter Komplex, auf dem Hof des eigenen Hauses stößt man eher selten auf so eine Story. Sei nicht so verspannt, erzähl was.«

Ratamos Huhn wurde serviert. Er brach ein Stück vom Naan-Brot ab und begann zu essen. Über die Ermittlungen konnte er nicht mit der Frau reden, aber ansonsten war sie natürlich eine willkommene Gesellschaft.

»Was ist mit Tuula Oravisto passiert?«, fragte Essi Kokko beharrlich weiter.

Ratamo überlegte, wie er den Eifer der Journalistin ausbremsen könnte. Seine Arbeit und die der KRP würden erschwert, wenn man in den Medien über die Details laufender Ermittlungen spekulierte. Um ein Haar hätte er gelächelt, als ihm etwas Passendes einfiel. »Du scheinst nicht zufällig in das Restaurant gekommen zu sein. Soweit ich mich erinnere, habe ich mich gestern in der Eerikinkatu gar nicht vorgestellt.«

»Kriminalkommissarin Linden hat wohl irgendwann deinen Namen erwähnt.«

»Und nun suchst du mich, weil du aus den Leuten von der KRP nichts herausbekommen hast.«

Essi Kokko zuckte lächelnd die Achseln.

»Ich darf wirklich nichts über die Adamski-Ermittlungen sagen, aber ich kann dir einen Tipp für eine Story geben.« Essi Kokko zog die Brauen hoch.

»Schau mal in der Kolmas linja vorbei, in dem Türkischen Laden da in der Straße. Es wird erzählt, dass diese Firma etwas mit illegalen Einwanderern zu tun hat.«

»Was weiß die SUPO über die Angelegenheit?«

Ratamos Gabel klirrte auf dem Teller. »Die SUPO hat mit dieser Sache nichts zu tun. Wie ich sagte, ich habe nur zufällig ... Gerüchte gehört. Ich versuche dir einen Gefallen zu tun, als Privatperson.«

Essi Kokko saß da und schaute Ratamo mit bettelnder Miene an.

Ratamo aß seine Portion auf und holte dann aus der Brusttasche einen Stift und einen Zettel. Er schrieb Neda Navabis Namen auf, hielt den Zettel Essi Kokko unter die Nase und stopfte ihn wieder in seine Tasche. Er wusste, dass freie Journalisten zuweilen die Angewohnheit hatten, Gespräche, die sie führten, aufzuzeichnen.

»Ruf mich an, wenn du auf irgendetwas Interessantes stößt«, sagte Ratamo und reichte Essi Kokko seine Visitenkarte.

* * *

Essi Kokko wusste genau, wie ein freier Journalist seinen Lebensunterhalt nicht verdienen konnte: Wenn er zu lange zögerte, obwohl sein Gespür ihm sagte, dass er an einer Story dran war, und wenn er die Ohren für verlässliche Tipps verschloss. Ihre Erwartungen waren himmelhoch, sosehr sie auch versuchte, mit beiden Beinen auf dem Boden zu bleiben. Im Jahre 1972 war die größte Nachrichtensensation der Geschichte genau so eingeleitet worden, als nämlich der zweite Mann im FBI, der stellvertretende Leiter Mark Felt, dem Reporter der *Washington Post* Bob Woodward einen Hinweis auf die Mitschuld von Präsident Richard Nixon am Einbruch in das Büro der Demokratischen Partei im Watergate-Gebäude gegeben hatte.

Essi Kokko fühlte sich allerdings nicht als Starreporter, als sie mit der Kapuze auf dem Kopf im Nieselregen an der Ecke von Kolmas linja und Hämeentie stand. Sie war schon viele Male am Türkischen Laden vorbeigegangen, ohne etwas anderes zu sehen als die mit roter Klebefolie bedeckten Fenster. Die Tür war verschlossen, und nirgendwo war etwas von Öffnungszeiten zu lesen. Ein merkwürdiges Geschäft.

Sie wollte sich einen Namen machen, und das klappte am schnellsten, wenn es ihr gelänge, eine anständige Sensationsstory zu schreiben, einen Artikel, über den die Leute reden würden. Im Alleingang arbeiten, das war ihr Ding. Sie hatte es schon ausprobiert, wie es war, sich in einem großen Zeitungshaus abzumühen, und sie wusste ganz genau, wohin dieser Weg führte – zu Überdruss und Langeweile, und in ihrem Fall auch zum Rausschmiss. Der Chef vom Dienst hatte ihre katastrophalen Fähigkeiten auf dem Gebiet der zwischenmenschlichen Beziehungen nicht zu schätzen gewusst, kein Wunder, sie kam sogar mit sich selbst nur selten zurecht.

Der Rausschmiss hatte ihr allerdings nicht im Geringsten Kummer bereitet. In der führenden Zeitung der Region hätte es Jahre gedauert, bis sie an die richtigen Storys herangekommen wäre. Dafür hätte sie nicht die Geduld aufgebracht, und ebenso wenig für Berichte über Anfang und Ende der Liebesbeziehungen von Sternchen und Kurzzeitpromis und für das Wiederkäuen von Gerüchten. Allerdings war sie zuweilen auch heute gezwungen, solchen Mist zu schreiben, um irgendwie über die Runden zu kommen. Für die Umsetzung eigener Ideen reichte das Geld nicht. Es war schweineteuer, auf der Jagd nach einer echten Story ins Ausland zu reisen, und manchmal kauften Zeitungen ihre Geschichte auch nicht, obwohl das Thema vorher vereinbart worden war. Sie brauchte eine Story, mit der sie den Durchbruch schaffte. Das würde mehr Aufträge, mehr Geld und mehr Freiheit mit sich bringen. Dann wäre sie imstande, ihren astronomischen Wohnungskredit abzuzahlen und bekäme vielleicht sogar die Gelegenheit, ihren Roman fertig zu schreiben. Während ihres dreijährigen Einsatzes in dem Zeitungshaus war sie genau zwanzig klägliche Seiten vorangekommen.

Essi Kokko hatte genug davon, im Nieselregen herumstehen. Sie wusste, dass fast alle Häuserblocks im Stadtteil Kallio einen Innenhof hatten – vielleicht käme sie so in den Türkischen Laden. Der Torweg, der zum Innenhof der Hausnummer 3 führte, war mit einer Hebetür verschlossen, aber in der Mitte der Fassade des Nachbarhauses befand sich ein Stahltor, und im oberen Teil könnte eine kleine zierliche Journalistin mühelos zwischen den Eisenstangen hindurchschlüpfen.

Essi Kokko ging zu dem Tor, schaute sich um und kam sich blöd vor. Was sollte ihr schon passieren, selbst wenn man sie erwischte? Die Polizei würde sich kaum die Mühe machen, herzukommen, selbst wenn jemand dort anrief, er hätte gesehen, wie eine Frau durch das Tor in den Innenhof kletterte. Die hatten Wichtigeres zu tun. Sie befestigte ihre Kameratasche an der Hüfte.

Es dauerte nur ein paar Sekunden: Essi Kokko kletterte am Tor hinauf, wand sich zwischen den Stangen hindurch und sprang auf den Asphalt. Dabei verstauchte sie sich das Fußgelenk und musste hinken. Sie fühlte sich noch kompetenter als sonst, als sie sah, dass der Innenhof riesig und offen war: Sie käme mühelos zum Gebäude nebenan.

Essi Kokko ging in Richtung Hintereingang des Türkischen Ladens, hielt aber inne, als sie jemanden laut reden hörte. Bis zu dem Geschäft waren es nur etwa zwanzig Meter. Rasch stellte sie sich so hinter eine dichtbelaubte Eberesche, dass sie freie Sicht auf eine Gruppe von Menschen hatte, die draußen vor der Ladentür standen und sich stritten. Sie zoomte die lautstark diskutierenden Menschen mit ihrer Kamera heran und sah, dass der größte Teil von ihnen Ausländer waren. Sie wirkten erregt, trugen Plastikbeutel, Taschen und Bündel, aus denen Kleidungsstücke heraushingen, und schrien eine dunkelhaarige Frau mit schönen Gesichtszügen auf Englisch an. Essi Kokko konnte es nicht verstehen. Nur ein Mann sah aus wie ein Nordeuropäer: ein blonder, kleingewachsener Typ, der mit seinem Auftreten ein ausgeprägtes Selbstwertgefühl demonstrierte. Er stand neben der Frau, die Zielscheibe des Geschreis war. Essi Kokkos Systemkamera nahm fast lautlos Dutzende Bilder in der Sekunde auf.

Hier war tatsächlich etwas Interessantes im Gange, dachte Essi Kokko voller Begeisterung. Im selben Moment schienen zwei asiatische Frauen von der Streiterei genug zu haben und gingen erhobenen Hauptes zum Torweg. Essi Kokko überlegte fieberhaft, ob sie einem der Ausländer, die den Ort verließen, folgen oder versuchen sollte, herauszufinden, was sich in den Räumen des Türkischen Ladens befand. Sie traf ihre Entscheidung, als sie sah, dass der blonde Mann und die schöne Frau den Innenhof verließen, gefolgt von den letzten schimpfenden Menschen. Jetzt könnte der Laden leer sein.

Essi Kokko wartete noch eine Weile und rannte dann zum Hintereingang des Türkischen Ladens. Sie zerrte an der Klinke – die Tür ließ sich nicht öffnen. Manchmal war man gezwungen, Risiken einzugehen, dachte sie, griff nach einem Stein, der auf dem Asphalt lag, und schlug das kleine Fenster der Tür ein. Die Scherben klirrten eine Ewigkeit lang. Sie wartete nicht ab, ob jemand von den Hausbewohnern auf den Lärm reagierte, sondern entfernte ein paar scharfe Glassplitter aus dem Fensterrahmen, schob die Hand hinein und tastete nach dem Drehknopf des Schlosses. Dann schlüpfte sie in den stockdunklen Laden und ärgerte sich, dass sie nicht daran gedacht hatte, eine Taschenlampe mitzunehmen. Sie war gezwungen, das Licht einzuschalten und tastete mit den Händen die Wand ab, fand den Lichtschalter und begriff im selben Moment, als die matte Lampe aufleuchtete, dass sie an der Quelle der Story für einen Durchbruch war. Der riesige Raum war vollgestellt mit Doppelstockbetten. In der Ecke surrte ein kleiner Kühlschrank, und daneben stand ein ekelhaft schmutziger Herd mit zwei Platten. Das Waschbecken war schwarz vor Dreck, und das Gemisch der Gerüche erinnerte sowohl an einen Gewichthebersaal als auch an einen orientalischen Gewürzladen. Hier mussten Dutzende illegale Immigranten gewohnt haben.

18

Mittwoch, 28. August

Du bist aufgeflogen. Sie wissen, wer du bist. Commander Rick Baranskis Sätze klangen John Jarvi immer noch in den Ohren, als er im Westhafen von Helsinki vor dem Ausgang des Passagierterminals stand, eine Zigarette rauchte und prüfend die Gesichter der männlichen Passagiere betrachtete, die aus Tallinn zurückkehrten. Er trug eine Brille, die er in der Bibliothek auf der Rikhardinkatu gestohlen hatte, und ein Basecap. Die Brillengläser hatte er in den Müll geworfen. Jeder zweite Mann, der jetzt am Abend aus Estland zurückkam, war mehr oder weniger betrunken, die meisten mehr. Jarvis Augen brannten immer noch von dem Pfefferspray und die Schulter schmerzte. Er hatte die Wunde nach Tuula Oravistos Attacke mit der Schere desinfiziert und ohne fremde Hilfe genäht.

Sie haben dein Blut in der Wohnung der Physikerin gefunden und besitzen nun eine DNA-Probe. Jetzt haben sie dich. Jarvi musste Finnland sofort verlassen, aber die Ausreise aus dem Land war riskant, da die Behörden jetzt ein Foto von ihm besaßen. Natürlich käme er in Lappland auch ohne Papiere spielend über die Grenze nach Schweden oder Norwegen, aber wenn er rechtzeitig in London sein wollte, müsste er in Kürze ohnehin mit einer Fähre, mit dem Zug oder dem Flugzeug reisen. Die Fahrt über Lappland würde außerdem etliche Stunden in Anspruch nehmen, und er durfte keine Zeit verlieren.

Laut Commander Baranski war Tuula Oravisto auf dem Weg nach London, um dort den Headhunter zu treffen, der die Frau für die Arbeit in der Türkei rekrutiert hatte. Jarvi verstand nicht, worum es ging. Baranski hatte sich geweigert, ihm für die Ausreise aus Finnland einen Pass zu schicken, aber trotzdem verlangt, dass er die finnische Physikerin ausfindig machte und seinen Auftrag zu Ende führte. Es kam ihm fast so vor, als wollte Baranski, dass man ihn fasste.

Baranskis Verhalten und die Frage, was genau Marek Adamski und Tuula Oravisto mit Emilys Tod zu tun hatten, bereiteten ihm jetzt ernsthaft Kopfschmerzen. Hatte er wieder einen Auftrag übernommen, dessen Folgen er nicht abschätzen konnte? Er wollte in London herausfinden, warum Tuula Oravisto in die Ermordung Emilys verwickelt war.

Plötzlich erschien im Ausgang des Westterminals ein blonder, glatzköpfiger Mann. Er hatte eine runde Nase, ein vom Alkohol aufgedunsenes Gesicht, breite, kräftige Kiefer und keinen Ring am Finger. In der einen Hand trug er eine Stofftasche, in der anderen einen Karton Bierdosen. Jarvi richtete sich auf, sie waren ungefähr gleich groß. Das musste gehen.

Jarvi folgte dem Mann bis zur Haltestelle des Busses 15 A. Sie fuhren ins Zentrum bis zum Elielinaukio, die Zielperson im hinteren Teil des Busses und Jarvi ganz vorn beim Fahrer, dann warteten sie am Bahnhof etwa zehn Minuten auf einen Zug der Linie A. Vierzehn Minuten später stieg der Mann an der Station Mäkkylä aus, und Jarvi tat dasselbe, kurz bevor sich die Tür schloss. Sie gingen beide durch die Unterführung und anschließend in Richtung Norden, Jarvi war bestrebt, den Abstand möglichst groß zu halten.

Er hatte beschlossen, ganz bewusst ein Risiko einzugehen und sich darauf zu verlassen, dass ein Mann mit Bierbauch und ohne Ring, der am Mittwochabend von einer Sauftour aus Tallinn zurückkehrte, allein wohnte.

Jarvi beobachtete aus etwa zwanzig Metern Abstand, wie die Zielperson vom Tapulipolku abbog, den Hof eines Reihenhauses aus roten Ziegeln betrat und an der Haustür stehen blieb. Der Mann stellte Tasche und Bier auf den Boden und kramte in der Seitentasche seines Gepäcks.

Als der Glatzkopf den Schlüssel ins Schloss steckte, sprintete Jarvi los und erreichte den Mann, der schon auf die Schwelle getreten war, bevor er sich umdrehte, weil er hinter sich Schritte hörte. Jarvi schlang den Arm um den Hals des Mannes, legte die andere Hand auf seinen Hinterkopf und drückt ihn nach vorn. Der Transport des sauerstoffreichen Blutes vom Herz in den Kopf sowohl durch die linke als auch durch die rechte gemeinsame Kopfschlagader wurde sofort verhindert. Das war die sicherste Methode, einen groß gewachsenen Mann bewusstlos zu machen. Sieben, acht, neun ... Jarvi zählte bis zehn, dann sackte das Opfer zusammen. Er hielt es noch etwa zehn Sekunden in seinem Griff, damit die Bewusstlosigkeit lange genug andauerte, und ließ den besinnungslosen Mann dann auf den Fußboden fallen. Schnell schnappte er sich den Bierkarton und die Tasche, warf sie in die Wohnung und zog die Tür zu.

Das Wichtigste fehlte aber noch, jetzt musste er den Pass finden. Er beugte sich über sein am Boden liegendes Opfer, öffnete den Reißverschluss der Sommerjacke, fuhr mit der Hand in die Brusttasche und zog die Brieftasche heraus. Kein Pass. Die Wut packte ihn, als ihm einfiel, dass es in Europa möglich war, nur mit dem Personalausweis in der Tasche von einem Land ins andere zu reisen. Aber mit dem Ausweis käme er nicht nach London, denn Großbritannien gehörte nicht zum Schengen-Raum. Er öffnete die Brieftasche und fluchte – ein Dienstausweis der Polizei. Ville-Veikko Toikka. Kriminalhauptwachtmeister. KRP.

Das Arschloch, das den Zufall lenkt, meint es wirklich nicht gut mit mir, dachte Jarvi und öffnete den Reißverschluss an der Seite der Reisetasche des Polizisten. Er spürte die Erleichterung im ganzen Körper, als er den Pass fand. Das Foto sah ihm noch ähnlicher, als er zu hoffen gewagt hatte – Toikka wirkte auf dem Bild kein bisschen aufgedunsen. Er brauchte sich nur eine Glatze zu rasieren und wäre Ville-Veikko Toikka wie aus dem Gesicht geschnitten.

Jarvi warf einen Blick auf die Uhr. Das letzte Schiff nach Tallinn legte halb zehn Uhr abends ab, es blieb noch genug Zeit, Vorkehrungen zu treffen. Er könnte Toikkas Pass zumindest einige Zeit benutzen, ohne dass er befürchten musste, erwischt zu werden; hier würde man den Mann wohl kaum sofort finden. Natürlich fiele in Kürze Toikkas Fehlen auf, und seine Kollegen würden mit absoluter

Sicherheit irgendwann die Wohnung durchsuchen, aber vermutlich nicht sehr gründlich, wenn sie Toikka nicht fanden und alles in Ordnung zu sein schien. Seine Kollegen würden vielleicht glauben, dass der Junggeselle im Suff irgendwo hängengeblieben war.

Jetzt musste er packen und die Wohnung in Ordnung bringen. Jarvi nahm die Tasche und stellte sie auf den Tisch im Wohnzimmer. Nachdem er die Jalousien geschlossen hatte, öffnete er die Tasche und wühlte in den Sachen: Kleidungsstücke, zehn Halbliterflaschen Wodka Viru Valge im Karton ... Plötzlich rutschte aus einem Plastikordner ein Stapel Unterlagen heraus und fiel auf den Fußboden. Jarvi fluchte, bückte sich und war überrascht: Bei den Dokumenten handelte es sich anscheinend um so etwas wie Formulare mit Personendaten und Fotos. Iraner, Türken, Afghanen, Pakistaner, Ukrainer ...

Er nahm Ville-Veikko Toikkas Sachen aus der Tasche und legte sie in Schränke und Schubfächer, dann ging er durch sämtliche Räume und untersuchte alles bis hin zum Inhalt der Gefriertruhe. Anschließend packte er in Toikkas Tasche Kleidungsstücke und Dinge, von denen er annahm, dass er sie in den nächsten Tagen brauchen würde.

Zum Schluss musste Jarvi nur noch entscheiden, was er mit dem bewusstlosen Polizisten machen sollte.

* * *

Arto Ratamo lag in seinem Wohnzimmer auf dem Fußboden, spannte die Bauchmuskeln an und hob die Hüfte vom Perserteppich hoch – zum dreißigsten Mal. Die nächste Übung. Er drehte sich aus der Rückenlage auf die Seite, spannte wieder die Bauchmuskeln an und hob das obere Bein gestreckt, die Ferse hochgezogen. Zum Glück sah ihm keiner zu. Erstmals machte er Übungen des Gymnastikprogramms, das ihm die Physiotherapeutin für zu Hause mitgegeben hatte. Zwei Arbeitstage hatten schon gereicht als Beweis dafür, dass der Zustand seiner Hüfte nicht so war, wie er hätte sein müssen.

Seine Bewegungen wurden unterbrochen, als er die winzigen lilafarbenen Schuhe der Größe 16 erblickte, die mit ihren Schnürsenkeln an einem Nagel hingen. Es war seine Idee gewesen, sie zu kaufen, nachdem er von Riittas Schwangerschaft erfahren hatte. Diese Schuhe würde nie jemand tragen. Ratamo musste wieder an seine eigene Kindheit denken. Er konnte sich nicht erinnern, ob jemand seine ersten Schuhe irgendwohin gehängt hatte. Wohl kaum.

Kurz vor sechs war das Gymnastikprogramm absolviert. Nelli hockte auf dem Sofa im Wohnzimmer und las in ihren Zeitschriften, während sie sich sonst eisern in ihrem Zimmer verschanzte.

»Hast du die gestohlenen Sachen deiner Freundin zurückgegeben?«, fragte Ratamo, der noch auf dem Teppich lag.

»Ja.«

»Und hast du gesagt, dass sie in die Geschäfte zurückgebracht werden müssen, sonst gibt es Ärger?«

»Ja, ja. Dreimal darfst du raten, ob Siiri sauer war. Jetzt halten mich alle für einen Vollidioten«, beklagte sich Nelli kraftlos.

Ratamo schwieg, er war zufrieden. Trotz allem schien Nelli einzusehen, dass es richtig gewesen war, die Sachen zurückzugeben.

»Was willst du jetzt machen?«, fragte sie und schaute ihren Vater besorgt an.

Ratamo tat so, als würde er eine Weile überlegen, um nicht allzu nachsichtig zu wirken. »Wenn du damit Siiri meinst, nichts. Wir belassen es dabei und versuchen, Lehren daraus zu ziehen. Aber wenn wieder mal so etwas passiert, musst du es mir sofort erzählen.«

»Okay«, sagte Nelli sichtlich erleichtert. »Möchtest du, dass ich dir ein Omelett mache?«

Ratamo wollte seinen Ohren nicht trauen. »Vielen Dank, aber ich war nach der Arbeit beim Nepalesen.«

Das Klingeln des Telefons unterbrach ihre Unterhaltung. Elina Linden war in der Leitung.

»Kannst du sofort nach Jokiniemi kommen?« Die Kriminalkommissarin wirkte angespannt.

Ratamo hielt seine Hüfte und ging ins Schlafzimmer. »Was ist passiert?«

Elina Linden schwieg eine Weile. »Etwas, worüber ich nicht am Telefon sprechen möchte. Kommst du oder nicht?«

Ratamo sagte, er gehe sofort los, zog sich um, schnappte sich seine Jacke von der Garderobe und blieb im Flur stehen. Ihm wurde klar, dass dies eine gute Gelegenheit war, Nelli zu zeigen, dass er ihr vertraute.

»Es kann spät werden. Versprichst du mir, vernünftig zu sein, wenn du allein zu Hause bleibst?«

Nelli nickte und lächelte mit zufriedener Miene.

Der schlimmste Berufsverkehr am Nachmittag war schon vorbei, aber die Fahrt nach Tikkurila dauerte dennoch fast eine halbe Stunde. Endlich betrat Ratamo das Besprechungszimmer »Niete« in der dritten Etage des Hauptquartiers der KRP und platzte fast vor Neugier.

»Das hat aber gedauert. Bist du zu Fuß gekommen?«, sagte der Chef der Abteilung für Gewaltverbrechen Markus Virta gewohnt streitsüchtig, er trug ein tadellos sitzendes Sakko, neben ihm war nur Elena Linden anwesend.

Ratamo schaute Virta an wie etwas, was an der Schuhsohle kleben geblieben war, und setzte sich an den Beratungstisch.

Elina Linden drückte auf eine Taste ihres Laptops und auf der Leinwand erschien das Bild eines Soldaten.

Es dauerte nur einen Augenblick, dann begriff Ratamo, dass er ins Gesicht des Mörders von Marek Adamski starrte. Der Mann sah dem Phantombild nach der Beschreibung der Augenzeugin verblüffend ähnlich.

»John Juhani Jarvi, geboren am 4. 8. 1981 in der Stadt Lakewood in Nord-Minnesota. 1999 ging er zur Marine, bewarb sich bei der Spezialeinheit der Navy SEALs und wurde als Scharfschütze ausgebildet. Das ist die Truppe, die in den Bergen von Pakistan Osama bin Laden getötet hat. Jarvi nahm an fast allen großen Schlachten im letzten Irakkrieg teil und hat hundertsechs bestätigte Tötungen auf seinem Konto, einen Haufen Orden und den Rufnamen ›Teufel von

Falludscha‹.« Die Kommissarin machte eine Pause, um ihren folgenden Worten Nachdruck zu verleihen. »Jarvi hat in der irakischen Stadt Falludscha eine schwangere Frau erschossen.«

»Und in den Jahren 2005–2006 hatte man ihn für ein Jahr an eine Gruppe für Spezialoperationen der CIA ausgeliehen«, sagte Virta. »Über diesen Zeitabschnitt steht in den Unterlagen nur: Aufklärungseinsätze.«

»Wie wurde der Mann gefunden?«, fragte Ratamo.

Elina Linden lächelte. »Mit Hilfe der DNA-Datenbank des deutschen Bundeskriminalamtes. Im Jahr 2009 wurde vor einem Nachtclub in der Stadt Ramstein in Deutschland ein amerikanischer Soldat erstochen. Jarvi war zu dem Zeitpunkt in dem Club, weil er in Deutschland auf den Abflug zu seinem letzten Einsatz im Irak wartete. Die Yankees haben ja in Ramstein einen riesigen Luftwaffenstützpunkt. Von Jarvi wurde eine DNA-Probe genommen, genau wie von allen anderen, die in dem Club einen draufgemacht hatten. Der Schuldige wurde allerdings nie gefasst, und deshalb hat man Jarvis Probe auch nie aus dem Register des BKA gelöscht.«

Ratamo wunderte sich, warum Linden und Virta eher erschrocken als freudig aussahen, obwohl man den Mörder von Marek Adamski gefunden hatte. »Das ist doch eine gute Nachricht«, sagte er.

»Die Klärung von Jarvis Identität war erst der Anfang«, entgegnete Elina Linden. »Wir haben natürlich beim US-Verteidigungsministerium um zusätzliche Informationen gebeten und erhielten umgehend eine Aufforderung in scharfem Ton, dem Pentagon alle unsere Informationen über Jarvi zu übermitteln. Und eine halbe Stunde später erhielten wir das hier ...« Elina Linden war aufgestanden und hielt Ratamo ein Dokument unter die Nase, bevor sie weiterredete.

»John Jarvi verschwand am Ende seines letzten Irakeinsatzes im Sommer 2010 wie vom Erdboden. Die Amerikaner suchen den Mann seitdem.«

»Warum?«

»Jarvi hat seine schwangere Frau umgebracht, bevor er untergetaucht ist. Und er steht im Verdacht, auch zwei andere Morde begangen zu haben, die Yankees waren nicht bereit, Genaueres darüber zu berichten. Oder genau genommen wird er nicht nur verdächtigt – Jarvis DNA wurde an beiden Tatorten gefunden.«

»Dieser Verrückte scheint schwangere Frauen nicht zu mögen«, sagte Virta.

»Vielleicht ist Jarvi ein Terrorist vom Typ einsamer Wolf«, schlug Elina Linden vor. »Deren Anzahl wächst doch jetzt enorm, weil man heute imstande ist, die eigentlichen Terrororganisationen ziemlich wirksam zu überwachen. Ich habe neulich den Artikel eines israelischen Professors gelesen. Der Mann war der Ansicht, dass man die einsamen Wölfe am leichtesten in den Datennetzen findet, sie halten über die Chat-Foren im Netz Kontakt zu ihren Gesinnungsgenossen.«

»Es gibt also insgesamt vier Opfer Jarvis«, sagte Ratamo, um zur Hauptsache zurückzukehren. »Bisher.«

»Fünf, wenn man sein ungeborenes Kind mitzählt«, erwiderte Elina Linden und schüttelte den Kopf.

Markus Virta richtete seinen Oberkörper auf. »Nach Ansicht der Yankees beabsichtigt Jarvi, auch weiter zu töten. Mehr wollten sie uns nicht verraten, nur dass der Mann, wenn seine Pläne aufgehen, einen beträchtlichen Schaden anrichten und vielleicht sogar einen internationalen Konflikt auslösen könnte.«

ZWEITER TEIL

Anreicherung

29. – 31. August, Gegenwart

19

Donnerstag, 29. August

Arto Ratamo setzte sich in seinem Arbeitszimmer an den Schreibtisch, hielt sich die Hüfte und startete den Computer. Es war acht Uhr morgens. In der Wache der SUPO hatte ein schläfriger Polizist Dienst, aber der Flur im Erdgeschoss war so leer und verlassen wie vor der Erschaffung der Welt. Er hätte genauso gut einen halben Kilometer entfernt zu Hause arbeiten können.

Ratamo öffnete seinen E-Mail-Ordner und sah überrascht ein Dutzend neue Nachrichten. Er hatte auf fast alle seine Anfragen vom Vortag eine Antwort bekommen. Die erste Nachricht brachte eine Enttäuschung: Das iranische Innen- und Justizministerium teilte mit, ihnen sei keine Neda Navabi bekannt, auf die Ratamos Beschreibung zutraf.

Als Nächstes öffnete Ratamo die Nachricht der spanischen Nationalen Polizei CNP und las die kurze Zusammenfassung der Ermittlungen zum Tod des Physikers, der in Madrid von einem Lkw überfahren worden war. Fast am Ende des Berichts fand er etwas Interessantes: *Über die Arbeitsstelle des Opfers in Saudi-Arabien wurde mit Consultantin Serena Roshan Ali vom Rekrutierungs- und Direktbeschaffungsunternehmen EXE International gesprochen.*

Dieselbe Firma, die auch Marek Adamski und Tuula Oravisto vermittelt hatte. Ratamo überflog die Absender der eingegangenen Nachrichten und fand die Antwort von EXE International auf seine Anfrage. Klick. *Vielen Dank für Ihre Kontaktaufnahme. Leider können wir vertrauliche Daten unserer Kunden nicht auf eine lediglich per E-Mail eingegangene Anfrage hin offenlegen. Falls Ihr Anliegen dringend ist, bitten wir Sie, Kontakt zu unserem Kundenservice aufzunehmen …*

Ratamo holte die Baodingkugeln aus der Tasche, drehte sie in seiner linken Hand und öffnete die nächste Nachricht. Er scrollte die Antwort des deutschen BKA durch, bis er fand, was er suchte: Die Stelle der in Berlin an einer Überdosis Heroin gestorbenen Frau in der pakistanischen Kernenergiekommission hatte niemand anders vermittelt als EXE International.

Now we're getting somewhere, dachte Ratamo und freute sich, als er in der Nachricht des ägyptischen G. I. den vertrauten Namen ebenfalls fand: Auch der in Kairo umgekommene französische Physiker war Kunde von EXE International gewesen.

Ratamo wurde klar, dass er endlich auf den Link gestoßen war, der etwas über die Zusammenhänge zwischen den toten Physikern aussagte. Das laute Schrillen des Festnetztelefons ließ ihn zusammenfahren.

»Linden, Morgen. Du gehst nicht an dein Handy.«

Ratamo fluchte leise, holte sein Mobiltelefon aus der Tasche und schloss das Ladegerät an. Das Ding fing ausgerechnet jetzt an zu streiken, kurz nach Ablauf der Garantiefrist. Typisch.

Elina Linden hatte nicht die Nerven, abzuwarten, bis Ratamo den Mund aufbekam. »Tuula Oravisto ist nach London gereist. Gestern mit dem Flug 14:05 Uhr.«

»Ich glaube, ich weiß, warum.« Ratamo überlegte einen Augenblick. »Oravistos einziger ermittelter Kontakt in London ist die Rekrutierungsfirma EXE International.« Er berichtete der Kommissarin, was er soeben über das Unternehmen herausgefunden hatte.

»Die Firma ist gezwungen, zu kooperieren, wenn du Verbindung zur britischen Polizei aufnimmst. Das Nationale Kriminalamt NCA ist die richtige Adresse«, sagte Elina Linden. »Warum will Tuula Oravisto ihren Headhunter treffen? Was glaubst du?«

»Ich weiß es nicht, aber ich werde es herausfinden. Wir bleiben in Kontakt«, erwiderte Ratamo und brach das Gespräch ab, ohne sich weiter zu verabschieden. Wenn Tuula Oravisto gestern schon nach London geflogen war, dann hieß es, keine Zeit zu verlieren. Er griff erneut nach dem Hörer und tippte die Durchwahl des SUPO-Chefs ein.

* * *

Eine Viertelstunde später stand Arto Ratamo auf dem Sandweg vor dem Restaurant *Talin Kartano* und wartete darauf, dass Otto Hirvonen so gnädig war, am von ihm selbst vorgeschlagenen Treffpunkt zu erscheinen. Das Gebäude des Helsinkier Golfclubs war eine Mischung von Empire und Villenstil des neunzehnten Jahrhunderts – schöne Holzornamente und massiver Stein. Die Stadt Helsinki hatte das einen halben Quadratkilometer große Areal an den privaten Golfclub verpachtet, es befand sich nur sechs Kilometer von der City Helsinkis entfernt, die unter einem chronischen Mangel an Grundstücken litt. Die von der Stadt für das Gelände erhobene Pacht lag allerdings erheblich unter dem marktüblichen Wert. Der Golfclub hatte nur ein paar Handvoll Mitglieder.

Endlich tauchte die sehnige, kräftige Gestalt des SUPO-Chefs am Eingang des Clubs auf. Hirvonen trug eine helle Baumwollhose und ein hellgelbes Pikeehemd, auf seinen Schultern ruhte ein gestrickter Wollschal, dessen Grau mit seiner Haarfarbe harmonierte. Er kam mit großen Schritten auf Ratamo zu.

»Weißt du, wie schwer es ist, hier reinzukommen und wenigstens als Gast spielen zu können? Sonst würde ich ja wohl hier nicht in aller Herrgottsfrühe golfen.«

»Ich weiß es zufällig«, antwortete Ratamo. »Aber es ist ein Problem aufgetaucht, das nicht warten kann.« Er erklärte dem Chef kurz, was er über EXE International in Erfahrung gebracht hatte.

Hirvonens Zorn legte sich. Der Chef sah nachdenklich aus.

»Wenn ich die Briten über die normalen Kanäle um Amtshilfe bitte, dauert es wer weiß, wie lange, bis wir Ergebnisse erhalten«, versicherte Ratamo. »Ich würde in der Rekrutierungsfirma zugleich auch nach diesen anderen toten Physikern fragen. Das könnte für uns ein gutes Mittel sein, aus Sicht der ausländischen Dienste an Profil zu gewinnen.«

Ratamos letzte Worte ließen Hirvonens Augen leuchten. »Und du würdest dafür sorgen, dass wir auch künftig mit von der Partie sind?«

Ratamo nickte.

»Da bekommt man fast Lust, selber nach London zu reisen.« Hirvonen rieb sich das Kinn.

Ratamo fing schon an, sich Sorgen zu machen, da verkündete der Chef sein Urteil.

»Gut, dann fahr. Ruf sofort an, wenn etwas Interessantes passiert, und denk daran, dass du nur Dinge untersuchst, die mit dem Tod von Marek Adamski zusammenhängen. Ist das klar?«

»Ich habe keine Sekretärin«, antwortete Ratamo.

Es dauerte eine Weile, bis Hirvonen verstand, was Ratamo meinte. »Das überlegen wir uns später. Meine Sekretärin Marianne kann die Tickets für dich buchen und die Termine vereinbaren. Ich muss jetzt meine Runde zu Ende spielen.«

Bevor im Golfclub die Mittagszeit beginnt, dachte Ratamo.

Zwei Hemden, Socken, ein paar Boxershorts ... Arto Ratamo packte seine große, uralte Ledertasche. Er hatte keine Ahnung, wie lange die Reise dauern würde. Eines wusste er allerdings genau, lieber würde er sich in London etwas kaufen, als einen Koffer mitzuschleppen, der in den Frachtraum des Flugzeugs gebracht werden musste. Hirvonens Sekretärin hatte eben angerufen und bestätigt, dass sie auf seinen Namen ein Ticket für den Flug 14:05 Uhr gebucht habe, für denselben Linienflug, mit dem Tuula Oravisto am Vortag nach London gereist war. Marianne war es auch gelungen, im Nationalen Kriminalamt Großbritanniens NCA eine Kriminalkommissarin zu finden, die zugesagt hatte, der SUPO zu helfen. Ratamo sollte die Frau anrufen, um mit ihr ein Treffen und die Zusammenarbeit zu vereinbaren.

Im selben Augenblick knallte die Wohnungstür, und Ratamo verschluckte einen Fluch, als er hörte, wie Jussi Ketonen rief, ob jemand zu Hause sei. Der Mann war wieder mit seinem eigenen Schlüssel hereingekommen. Aber das war jetzt nicht der richtige Augenblick, Ketonen aufzufordern, seinen Schlüssel zurückzugeben, Jussi war hier, weil er ihn darum gebeten hatte.

»Eilt es?«, fragte Ketonen auf der Schwelle von Ratamos Schlafzimmer. »Haben wir noch Zeit, zu frühstücken, mein Magen ist leer wie das Grab zu Ostern. Ich könnte dich ins *Succès* einladen, ich habe gestern in Vermo beim Trabrennen fast einen Hunderter gewonnen.«

Ratamo war schockiert, als er Ketonens Hawaiihemd sah. Dabei hatte er sich eingebildet, dass ihn nichts mehr erschüttern könnte, was Ketonen anzog. Das Teil war so schrill wie die Sünde.

»Bin schon auf dem Weg nach London«, sagte Ratamo und versuchte den Eindruck zu machen, als hätte er es sehr eilig, obwohl noch Zeit blieb.

»Willst du erzählen, warum?«

»Gern, aber ich muss noch packen und vor dem Flug zwei lange Telefongespräche führen.«

»Ein Auftrag im Ausland schon am dritten Arbeitstag. Und noch dazu am Wochenende. Da kannst du zu einem Spiel der Premier League gehen«, sagte Ketonen.

»Hast du von Marketta die Erlaubnis bekommen, ein oder zwei Abende hier bei Nelli zu bleiben?«

»In diesem Alter fragt man nicht mehr, ob man die Erlaubnis bekommt«, prahlte Ketonen, obwohl alle wussten, dass er total unter dem Pantoffel seiner Frau stand. »Außerdem mögen Frauen stille Männer, sie glauben, dass die zuhören.«

»Ich rufe Nelli aus dem Taxi an und sage ihr, wie wir das … geregelt haben. Ihr werdet doch zurechtkommen.«

»Ich habe mehr Zeit mit ihr verbracht als du.«

Ratamo hatte Gewissensbisse. »Essen müsste für zwei Tage da sein. Lachs, tiefgefrorene Pizza, Obst, Brot …«

»Kein Brot. Ich bin derzeit Flexitarier, Slow-carb ist ungesund«, sagte Ketonen mit ernster Miene und schob die Hände unter seine Hosenträger.

»Du meinst Low-carb«, korrigierte ihn Ratamo.

»Hab ich doch gesagt«, fuhr Ketonen ihn an. »Ein Flexitarier isst überwiegend Salate und Gemüse, aber auch Fleisch ist zuweilen erlaubt.«

Ratamo spürte, wie der klopfende Schmerz in seiner Hüfte schlimmer wurde. Ketonen war heute noch anstrengender als sonst.

»Hat dich Hirvonen nach London beordert?« Ketonens Miene wurde ernst.

Ratamo legte ein Sakko zusammen und packte es in die Tasche, änderte aber sofort seine Meinung und hängte das Kleidungsstück zurück in den Schrank. »Ich wollte selbst nach London. Hirvonen war nur froh, dass er mich für eine Weile los ist. Wir hatten schon gestern das erste Mal Zoff miteinander.«

»Weshalb?«

»Fragen der Zuständigkeit. Er hat mir verboten, Ermittlungen zu illegal in Helsinki wohnenden Immigranten anzustellen, und ich darf nicht mal mit ihnen reden.«

Es sah so aus, als würde Ketonen genau überlegen, was er sagen sollte. »Nimm dich vor dem in Acht.«

20

Donnerstag, 29. August

In der Geschichte des Bahnhofs Paddington in Westlondon hatten Morde ihre Spuren hinterlassen. Im Januar 1845 wurde John Tawell, der Mörder seiner Geliebten, genau auf diesem Bahnhof gefasst: Der »Quakervergifter« hatte die Ehre, der erste Mörder zu sein, der mit Hilfe der Kommunikationstechnik verhaftet wurde. Die Polizei hatte von dem etwa zwanzig Meilen entfernten Salt Hill, dem Ort des Mordes, ein Telegramm an die Station Paddington geschickt und Tawells Verhaftung angeordnet. Im Jahre 1961 wurde in einem auf dem Bahnhof stehengelassenen Koffer ein verwester Leichnam gefunden: Ein Junge war erstickt worden, indem man ihm Papier in den Mund gestopft hatte. Im Juli 1999 schob ein Mann aus Kuwait namens Youssef Wahid auf dem Bahnhof Paddington seine von ihm getötete und in einem Koffer verstaute Exfreundin, die marokkanische Kabarettsängerin Fatima Kama, mit einer Karre in den Heathrow Express, um später sowohl den Koffer als auch die Leiche im Parkhaus des Flughafens stehen zu lassen. Und im April 2008 erhängte sich der beliebte TV-Moderator Mark Speight auf ebendiesem Bahnhof, nachdem man ihn ein paar Monate vorher von dem Mordverdacht im Zusammenhang mit dem Tod seiner Frau freigesprochen hatte.

John Jarvi saß im Heathrow Express, der etwa zehn Minuten zuvor vom Flughafen abgefahren war, betrachtete die Silhouette der näher kommenden Station Paddington und trank aus einer Flasche Wasser, das nach Plastik schmeckte. Es war halb zehn Uhr am Vormittag. Er hatte sich entschieden, das Risiko einzugehen und mit dem ersten Flug früh von Helsinki nach London zu reisen, obwohl es für einen Mann, den die Behörden suchten, klüger gewesen wäre, Helsinki mit dem Schiff zu verlassen. Aber von Tallinn aus gab es keinen direkten Flug nach London, er wäre erst gegen Mittag angekommen. Dann wäre Tuula Oravisto vielleicht schon in der Rekrutierungsfirma gewesen. Das hätte die Suche nach ihr ganz wesentlich erschwert. Auf dem Flughafen Helsinki-Vantaa war alles gut verlaufen, das verdankte er dem finnischen Polizisten Ville-Veikko Toikka. Durch die Kahlrasur sah er dessen Passfoto so ähnlich, dass sich das Flughafenpersonal täuschen ließ.

Der Zug verlangsamte seine Geschwindigkeit, als er sich dem Bahnhof Paddington näherte. Jarvi spürte ein Kribbeln im Magen, das bedeutete etwas Gutes, ein ähnliches Gefühl hatte er zahllose Male im Irak erlebt, wenn er ein neues Ziel ins Visier bekam. Im Krieg war das Töten seine Arbeit gewesen, aber jetzt besaß er ein persönliches Motiv. Er brannte darauf, sich an den Mördern seiner Frau zu rächen, so sehr, dass er den Hass fast schmecken konnte. Diesmal wäre er allerdings sowohl Jäger als auch Gejagter.

Der Zug ruckte ein paarmal, dann hielt er an. Jarvi schnappte sich seinen Rucksack, stieg aus und blieb auf dem Bahnsteig an einem Reklameschild stehen, um auf seinen Schwiegervater Gordon Botting zu warten. Er betrachtete die uralt aussehenden gusseisernen Bögen, die das gläserne Dach des Gebäudes trugen. Commander Baranski reagierte nicht mehr auf seine Anrufversuche, und das Geld, das er vom Konto Ville-Veikko Toikkas dank der PIN-Nummer in dessen Kalender hatte abheben können, war aufgebraucht. Auch das Kreditlimit von Toikkas Visa-Karte war schon erreicht. Jarvi brauchte Geld, und er kannte in London außer Gordon niemanden so gut, dass er sich trauen würde, ihn anzupumpen. Seine eigenen Konten wagte er nicht zu benutzen. Sie liefen alle auf den Namen von John Jarvi und waren den Behörden garantiert schon bekannt und wurden überwacht.

Zu seiner Überraschung fühlte sich Jarvi unsicher, wenn er an Gordon dachte. Er war zwar routiniert, wenn es darum ging, schwierige Situationen zu meistern, aber das galt nicht für so eine Begegnung. Er hatte sich mit seinem Schwiegervater drei Jahre lang nicht unterhalten, kein einziges Mal nach der Hinrichtung von Gordons Tochter, seiner Frau.

»John.«

Jarvi hörte die vorsichtige Stimme hinter sich, drehte sich um und erblickte Gordon. Um den Mund des Mannes spielte ein betrübtes Lächeln. Der Schwiegervater war mindestens um ein Jahrzehnt gealtert. Das dunkle Haar war grau und dünn geworden, tiefe Falten umgaben die Augen, und sein Bauch wirkte noch dicker als früher. Überrascht registrierte Jarvi, dass Gordon Botting seine ausgebleichte graue Stofftasche auf den Asphalt stellte und ihn umarmte.

Die beiden Männer gingen, ohne ein Wort zu sagen, in das Pub *The Isambard*, wo zwischen den Gleisen 10 und 11 durstige Reisende bedient wurden. Jarvi bestellte für seinen Schwiegervater ein großes Helles und für sich eine Cola.

Sie setzten sich in diesem Monstrum von einer modernen Kneipe an einen Ecktisch und nahmen ein paar Schluck von ihren Getränken. Es gab so viel zu bereden, dass keiner von beiden wusste, wo er anfangen sollte.

»Ich habe drei Jahre im Untergrund gelebt, in Finnland«, sagte Jarvi schließlich. »Sie haben mir verboten, zu irgendjemandem Kontakt aufzunehmen.«

Gordon Botting schaute seinen Schwiegersohn lange an. »Hast du etwas Neues über Emilys Tod erfahren?«

»Nach den Gesprächen mit den Behörden damals vor Jahren habe ich nichts mehr erfahren. Ich habe es allerdings auch nicht versucht.« Jarvi sagte fast die Wahrheit. Über seine jetzige Aufgabe konnte er natürlich nicht mit seinem Schwiegervater reden.

Gordon Botting sah so aus, als habe er sich seinem Schicksal ergeben. Er hob die graue Tasche auf seinen Schoß, öffnete sie ein Stück und zeigte Jarvi den Inhalt. »Hier ist Emilys Nachlass, aus ihrem Zimmer im Irak. Portemonnaie, Telefon, ein Laptop, eine Handtasche, Fotos und ein paar Unterlagen. Ich dachte, dass du sie haben möchtest. Die Sachen wurden uns geschickt, weil man dich nicht erreicht hat. Emilys Kleidung und die des Babys haben wir nicht …« Gordon Botting versagte die Stimme. Er holte ein paarmal tief Luft und trank dann die Hälfte seines Biers in einem Zug.

»Wir müssten uns mal hinsetzen und über alles reden, uns viel Zeit nehmen und alles durchgehen«, sagte Jarvi und warf einen Blick auf seine Uhr. Er müsste Tuula Oravisto suchen, bevor es zu spät war.

»Es passt mir jederzeit. Zeit ist auch das Einzige, was ich habe. Ich bin Invalidenrentner«, erwiderte Gordon Botting und zuckte die Achseln, als hätte er gerade die Qualität seines ganzen Lebens bestimmt.

»Ich war lange weg, drei Jahre. Jetzt muss ich ein paar Dinge erledigen. Ich versuche alles innerhalb von ein, zwei Wochen in Ordnung zu bringen. Dann unterhalten wir uns. Wie klingt das?«

Gordon Botting nickte und lächelte wie ein Mensch, der in seinem Leben gezwungen gewesen war, allzu viele Misserfolge und Schicksalsschläge zu schlucken.

»Hast du das Geld mitgebracht?«, fragte Jarvi.

»Natürlich. Aber ich brauche es möglichst bald zurück. Das hier sind alle meine Ersparnisse«, sagte Gordon Botting mit kraftloser Stimme und reichte Jarvi ein schmales Bündel Pfundscheine.

* * *

In London schien die Sonne, als Tuula Oravisto aus dem Hauptsitz von EXE International in der 64 Baker Street herauskam und auf dem Fußweg stehen blieb. Das Ziegelhaus gegenüber von dem modernen siebengeschossigen Bürogebäude der Rekrutierungsfirma musste mehrere Hundert Jahre alt sein. Sie erinnerte sich, den Namen Baker Street früher schon einmal gehört zu haben, es fiel ihr aber nicht mehr ein, in welchem Zusammenhang.

Tuula Oravisto holte den Stadtplan aus der Tasche und ging in Richtung Norfolk Square, wo sich ihr Hotel *Cardiff* befand. Sie war verwirrt. Während der letzten Jahre hatte in ihrem Leben nichts so funktioniert, wie sie es sich erhofft hatte, aber der Besuch eben bei Consultantin Serena Roshan Ali schien auf einen Schlag den größten Teil ihrer Sorgen zu beseitigen. Sie könnte sofort in die Türkei reisen, obwohl sie erst in einem Monat anfangen würde, dort zu arbeiten, und sie durfte ihre Dienstwohnung auch sofort beziehen. Jetzt musste sie nur Pater Daniel anrufen und ihn bitten, ihr Kleidung und andere Sachen per Post in die Türkei zu schicken.

Überdies hatte sich Serena Roshan Ali bei den Türken erkundigt, ob sie ihre Arbeit schon vor Anfang Oktober beginnen könnte, und es war ihr gelungen, für den nächsten Morgen ein Treffen mit dem Leiter des Kernforschungs- und Testzentrums von Sarayköy zu vereinbaren. Und auch einen Flug hatte Serena für sie gebucht.

Tuula Oravisto überschlug, wie viel Geld sie noch hatte, und nahm an, dass sie damit geradeso bis Anfang Oktober hinkäme, wenn das Preisniveau in der Türkei tatsächlich so niedrig war, wie man ihr gesagt hatte. Das Forschungsinstitut der türkischen Kernenergieorganisation lag im Nordwesten von Ankara in Saray, mitten auf dem Lande. Da brauchte man wohl nicht zu befürchten, dass Touristenmassen die Preise in der Region in schwindelerregende Höhen getrieben hatten.

Die Erleichterung, die sie empfand, war wie weggeblasen, als sie eine Frau sah, die ihr entgegenkam und es eilig hatte, sie zerrte ihr Kind, das ein Eis schleckte, hinter sich her, es sollte schneller gehen. Jetzt hatte sie Valtteri verlassen. Jetzt war es endgültig. Ihre Stimmung sank noch tiefer in den Keller, als sie an die Telefonate dachte, die sie mit der Kinderfürsorgerin und Valtteris Vater führen müsste. Tuula beschloss, ihren ersten Besuch in Finnland zu planen, sobald sie ins Hotel kam, und fühlte sich etwas erleichtert. Sie bereute es, dass sie mit den Türken nicht schon im Voraus ihre Urlaubszeiten und zusätzlichen freien Tage vereinbart hatte. Und dann musste ihr noch etwas einfallen, wie sie von ihrem Exmann die Erlaubnis bekäme, Valtteri in ihrem Urlaub zu sehen.

Tuula Oravisto erreichte die London Street und stand einen Augenblick später vor dem Eingang des kleinen Hotels *Cardiff*. Sie warf einen Blick auf den reichlich hundert Meter entfernten Bahnhof Paddington, ohne zu ahnen, dass dort der Mann saß, der schon bald versuchen würde, sie umzubringen.

21

Donnerstag, 29. August

Essi Kokko stand vor dem Torweg des Hauses in der Kolmas linja, aß einen Energieriegel und wartete darauf, dass einer von denen auftauchte, die sich am Abend vorher auf dem Hinterhof des Türkischen Ladens gestritten hatten. Die Sonne schien, es war ziemlich warm, aber die zwei Stunden Wartezeit zerrten schon an den Nerven der jungen Frau, die es gewöhnt war, zu agieren. Seit früh um acht Uhr wartete sie hier – vielleicht war das schon zu spät gewesen, denn seitdem hatte sich nichts getan, keiner war in den Laden hineingegangen oder herausgekommen. Aber Essi Kokko wollte warten, wenn es sein musste, bis ans Ende aller Tage, um jemanden zu finden, mit dem sie darüber reden konnte, was für Geschäfte in diesen Räumen betrieben wurden. Sie war der wichtigsten Story ihres Lebens auf der Spur.

In diesen Räumen wohnten Dutzende Ausländer oder zumindest hatten sie da gewohnt, das wusste Essi Kokko schon. Und sie wusste auch, dass sich Tausende Menschen illegal, ohne Arbeits- oder Aufenthaltserlaubnis, in Finnland aufhielten, nach den höchsten Schätzungen bis zu zehntausend. Angesichts der Gesamtzahlen verblasste diese Ziffer jedoch: In Europa gab es etwa zehn Millionen Menschen ohne Papiere, doppelt so viel, wie Finnland Einwohner hatte, und in Russland je nach Informationsquelle fünf bis zwölf Millionen. Über fünfzehntausend Menschen hatten beim Versuch, die Grenze illegal zu überschreiten, um auf das Territorium der EU zu gelangen, ihr Leben verloren. In Finnland schliefen die Menschen ohne Papiere in Kellern und Müllcontainern, auf Baustellen, in jedem Loch, das im Winter beheizt wurde, und wuschen sich mit kaltem Wasser. Hilfe leisteten ihnen nur Akteure des Dritten Sektors, Kirchen und gesellschaftliche Organisationen. Medizinische Betreuung erhielten sie durch die Arztstation *Global Clinic*, die mit Freiwilligen arbeitete, und den Prostituierten half auch der Verein *Pro-Tukipiste*. Finnland war für diese Menschen als Wohnort ein besonders schwieriges Land: Hier wurden die Bürger auf höchstem Niveau erfasst und dokumentiert und die Register der Behörden waren erstklassig, zudem gab es an großen Städten, in denen man sich besser verstecken konnte, nur eine.

Essi Kokkos Phantasie war beflügelt, seit sie mit eigenen Augen gesehen hatte, wie die Menschen ohne Papiere aus dem Türkischen Laden vertrieben worden waren. Vielleicht leitete irgendeine türkische kriminelle Organisation die Ausbeutung der illegalen Einwanderer, die in Finnland lebten, vielleicht vermittelte sie diese Menschen zu einem Spottpreis an Arbeitsstellen, zur Prostitution und wer weiß, wohin noch. Wenn sie imstande wäre, nachzuweisen, dass es sich um ein organisiertes internationales Geschäft handelte, würde ihre Enthüllungsstory in ganz Europa für Schlagzeilen sorgen, vielleicht sogar weltweit. Sie würde sich auch im Ausland einen Namen machen. Und womöglich gäbe eine der großen Zeitungen ihr danach die Chance, zu zeigen, was sie konnte: *The Guardian, El Mundo, La Repubblica, The Independent, The New York Times* ...

Irgendetwas ließ Essi Kokko auf die Kolmas linja schauen, die in Richtung Nordwesten ansteigende Straße, vielleicht war es die hektische Zielstrebigkeit der Schritte, die immer näher kamen. Energie schoss durch ihren ganzen Körper, als sie dieselbe Frau mit den schönen Gesichtszügen erblickte, die am Vortag auf dem Hinterhof alle angebrüllt hatten. Das war genau der Mensch, mit dem Essi Kokko jetzt am liebsten sprechen wollte. Sie warf sich den Rucksack auf die Schulter.

Die Frau stand schon an der Ladentür, als Essi Kokko sie erreichte. »Warte. Ich will mit dir reden ...«, bat sie auf Englisch.

Neda Navabi suchte fieberhaft die Schlüssel in ihrer Handtasche.

»Ich möchte mich mit dir über die illegalen Einwanderer unterhalten, die in den Räumen des Türkischen Ladens wohnen«, sagte Essi Kokko und holte aus der Seitentasche ihres Rucksacks Fotos heraus. Neda Navabi blieb mit den Schlüsseln in der Hand wie erstarrt stehen.

»Über welche Einwanderer, zum Teufel«, sagte sie auf Finnisch und sprach dabei ein Zäpfchen-R, wie das Menschen mit Farsi als Muttersprache oft tun. »Und wer bist du?«

»Ich bin Essi Kokko, freie Journalistin«, sagte die junge Frau und reichte Neda Navabi mit selbstsicherer Miene einige Fotos.

Die Iranerin zögerte kurz, warf einen Blick auf den Stoß Bilder und griff danach. Der Journalistin war es gelungen, den Zwischenfall auf dem Hinterhof zu verewigen. Neda Navabi betrachtete die messerscharfen Fotos der von ihr auf die Straße gesetzten illegalen Einwanderer, auf denen auch sie selbst zu sehen war. Nahaufnahmen, mit denen es ein Kinderspiel wäre, die Menschen zu identifizieren ... Sie blätterte den Stapel rasch durch, hielt aber plötzlich inne und verzog das Gesicht, als hätte sie eine Ohrfeige bekommen.

Neda Navabi zerknüllte ein Foto in ihrer Faust, stopfte es in ihre Tasche und trat so nahe an Essi Kokko heran, dass sie die Hautporen im Gesicht der jungen Frau erkennen konnte. »Du Arme kapierst nicht, in was für einen Scheißhaufen du die Hand gesteckt hast. Wenn ich an deiner Stelle wäre, würde ich künftig nachts meine Tür abschließen«, drohte Neda Navabi und drückte der Journalistin die Fotos wieder in die Hand.

»Ich könnte dafür ein Honorar zahlen ...« Essi Kokko machte noch einen Versuch, als Neda Navabi die Tür des Ladens schon zuzog, verstummte aber, als sie ihren Gesichtsausdruck sah, der sowohl Aggressivität als auch Entsetzen zeigte. Das erste Mal seit Jahren fühlte sich Essi Kokko unsicher. Bedroht.

Neda Navabi schmiss die Ladentür hinter sich zu und drehte den Schlüssel des Sicherheitsschlosses um. Sie wünschte sich, Hakan wäre hier. Gerade jetzt hätte sie jemanden gebraucht, den sie anbrüllen konnte, da wäre ihr jeder recht gewesen. Aber Hakan organisierte für die illegalen Einwanderer, die sie hier rausgeworfen hatten, neue Wohnplätze, weiß der Teufel, in was für Kellerlöchern und

Lagerhallen der Mann sich jetzt herumtrieb. Im Sommer konnte man die Menschen ohne Papiere zwingen, sich mit so gut wie jedem Loch als Schlafplatz zufriedenzugeben.

Sie öffnete den Kühlschrank, nahm ein *Dugh* und trank den Joghurtdrink direkt aus der Flasche. Sie setzte sich auf den Fußboden und sank in sich zusammen, ein lautloses Weinen erschütterte ihren ganzen Körper. Warum zum Teufel hatten es plötzlich alle auf sie abgesehen? Sie war doch eine von ihnen, eine von den Ausgenutzten. Nur unter Zwang hatte sie eingewilligt, den türkischen und finnischen Schweinen zu helfen. Weil die Rückkehr in den Iran keine Alternative darstellte.

Sie hatte einen extrem hohen Preis dafür gezahlt, nach Finnland zu gelangen: Die Flucht aus dem Iran hätte sie und die Kinder fast das Leben gekostet. Es verlieh Neda neue Kräfte, als sie daran dachte, wie mutig sie gewesen war. Durch den Tipp eines Bekannten hatte sie Kontakt zu Türken bekommen, die illegale Grenzübertritte organisierten, und ihr ganzes Geld, das eigene und geborgtes, dafür ausgegeben, dass die Türken sie aus dem Iran über die Grenze in die Türkei schmuggelten. Sie waren in der Stadt Urmia im Nordwesten des Iran direkt an der türkischen Grenze aufgebrochen. Man hatte sie auf der Ladefläche eines uralten offenen Lkws ins Grenzgebirge transportiert, versteckt unter gegorenem Obst. In der Hitze fiel das Atmen so schwer, dass die Kinder mehrmals brechen mussten.

Im Gebirge hatte man sie und die Kinder sich selbst überlassen, sie sollten auf einen Reiter warten, der sie über die Berge führen werde. Die Stunden waren dahingekrochen, sie hatten gefroren und gehungert. Als sich schließlich die Dunkelheit über sie senkte, war ein mürrischer alter Türke aufgetaucht, der ihnen befahl, seinem Esel zu Fuß durch das wegen der kurdischen Aufständischen verminte Gebirge zu folgen. Aref war erst sieben Jahre alt gewesen, hatte es aber besser verkraftet als seine Schwester – Neda war gezwungen gewesen, Shirin huckepack zu schleppen, bis zur völligen Erschöpfung. Zum Glück trugen sie anständige Schuhe, das war ihre Rettung gewesen, aber auf die Kälte der Gebirgsregion hatte sie sich nicht gut genug vorbereiten können und deshalb eine ihrer Zehen an den Frost verloren. Schließlich wäre fast alles zu Ende gewesen, als sie Opfer eines Raubüberfalls wurden: Eine Gruppe von Kurden, die sich in den Bergen versteckt hielten, wollte sie umbringen, nachdem ihnen klargeworden war, dass sie kein Geld besaßen. Ihrem türkischen Führer war es jedoch gelungen, die Männer zu beschwichtigen, und sie konnten weiterziehen. Etwas zu essen bekamen sie erst am nächsten Morgen, als sie in einem kleinen Gebirgsdorf eintrafen. Der Führer hatte ihnen etwas Geld gegeben und erklärt, wie sie den Bus nach Ankara fanden. Von da fuhren sie weiter nach Istanbul. Dort angekommen standen sie wieder mit leeren Händen da, irrten durch die Straßen und aßen, was sie zufällig fanden, wie herumstreunende Hunde. Sie schliefen in Parks, oder versuchten es zumindest; die nächtliche Kälte sorgte dafür, dass sie wach blieben, sosehr sie auch versuchten, sich gegenseitig zu wärmen. Am Ende war eine alte gutherzige Frau so gerührt, als sie die halbverhungerten Kinder sah, dass sie ihnen etwas zu essen gab und ihnen erklärte, wo man Arbeit finden könnte.

In der Firma, die illegale Einwanderer für Arbeiten vermittelte, hatte Neda zwei Schicksalsgefährtinnen kennengelernt. Ihr und den beiden afghanischen Frauen Badria und Fariad war klargeworden, dass sie nicht lange in der Türkei überleben würden: In dem Land hielten sich zu der Zeit über eine Million illegale Einwanderer auf, und auf der anderen Seite der Grenze in Griechenland war die Lage genauso schlecht. Sie mussten irgendwo weiter weg etwas finden. Deshalb hatten sie einen Plan gemacht und ein Schlauchboot gekauft.

Neda erhob sich vom Fußboden. An jene Nacht erinnerte sie sich nicht gern: Ihr Leben und das der Kinder hing damals an einem seidenen Faden.

Sie wischte sich mit einem schmutzigen Handtuch, das auf der Wäscheleine hing, die Augen trocken und versuchte sich zusammenzureißen. Sie hatte in diesem kalten und gleichgültigen Land schon drei Jahre überstanden und wollte das auch in Zukunft schaffen. Sie war dazu gezwungen. Wenn sie die Türken und deren finnische Komplizen verriet, würde sie wieder im Iran landen. Das wäre ihr Ende. Reza würde die Kinder nehmen, und Gott allein wusste, was der Verrückte mit ihr anstellte. Falls sie es überlebte, dann käme sie auf alle Fälle ins Gefängnis. Neda musste den türkischen und finnischen Schmarotzern wohl oder übel weiterhelfen, diesen Männern, die ohne Erbarmen mit dem Leid anderer Menschen Geld machten. Lohn bekam sie für ihre Dienste natürlich nicht. Und ihre Wohnung war auch nur ein Kellerloch, und beim Essen herrschte ständiger Mangel. Für die Arbeit als Putzfrau zahlte man ihr aber immerhin ein paar Euro pro Tag. Ohne die Hilfe von Tuula und Pater Daniel wären die Kinder schon längst verhungert.

Schon allein bei dem Gedanken an den finnischen Polizisten, dessen Nummer sie in ihr Handy eintippte, wurde ihr übel. Der Mann nutzte skrupellos junge Mädchen aus, vor allem Asiatinnen und Dunkelhäutige.

Er meldete sich am Telefon.

Neda zögerte eine Weile. Ihr war natürlich klar, dass sie allmählich für die Organisation zu einem Problemfall wurde. Aber wenn sie etwas verheimlichte, würde man sie noch strenger bestrafen als für die Übermittlung schlechter Nachrichten. Das glaubte sie zumindest.

»Hier war eine Journalistin. Eine junge Frau, ihr Name ist Essi Kokko. Sie hatte Fotos von dem gestrigen ... Treffen vor dem Laden.«

»Was für Fotos!«, brüllte der Mann. »Woher hat sie die bekommen?«

»Sie muss vor Ort gewesen sein, dort auf dem Innenhof. Sie hat mich, dich und all jene, die wir weggeschickt haben, fotografiert. Mit ihren Taschen und Beuteln ...«

In der Leitung herrschte für einen Augenblick Schweigen, das war kein gutes Zeichen.

»Das wird jetzt langsam ernst. Wir treffen uns dort um zwei und überlegen gemeinsam, was man am besten tun sollte. Ich rede und du hörst zu«, sagte der Mann und brach das Gespräch ab.

Neda Navabi schloss die Augen. Genau das hatte Reza auch einmal gesagt – kurz bevor er die Nerven verlor und seine Fäuste sprechen ließ.

22

Donnerstag, 29. August

John Jarvi saß im *Caffè Ritazza*. Das mit hohen Werbewänden abgetrennte Café befand sich mitten im modernen Teil des Bahnhofsgebäudes von Paddington, der an ein Einkaufszentrum erinnerte. Er drückte auf seinem Smartphone die Taste mit dem grünen Hörer und wunderte sich, warum in Innenräumen Sonnenschirme als Schutz für die Gäste benötigt wurden. Jarvi hatte das Bahnhofsgebäude nur für einen Augenblick verlassen, um im Eisenwarenladen *Hardware centre* auf der Queensway ein Küchenmesser zu kaufen. Sein Rucksack lag in der Gepäckaufbewahrung des Bahnhofs, im Gegensatz zum Stoffbeutel seines Schwiegervaters.

Plötzlich erklang aus seinem Telefon eine Frauenstimme: »Hotel *The Georgian*. Was kann ich für Sie tun?«

»Können Sie mich mit dem Zimmer von Tuula Oravisto verbinden.« Jarvi buchstabierte den Familiennamen.

Die Rezeptionsangestellte tippte etwas in ihren Computer ein. »Leider haben wir keinen Gast dieses Namens.«

Jarvi brach das Gespräch ab. Die gleiche Antwort hatte er im Verlauf der letzten vier Stunden schon von einer Million Hotels bekommen. Er ärgerte sich immer noch, dass er nicht daran gedacht hatte, vom Flughafen direkt zu der Rekrutierungsfirma zu fahren. Als er seinen Schwiegervater losgeworden war, hatte Tuula Oravisto ihren Besuch bei EXE International schon beendet. Das war alles, was die Mitarbeiterin der Firma ihm am Telefon verraten wollte. Natürlich hatte er als Erstes Oravistos Handy angerufen, aber das Teil war ausgeschaltet. Jarvi hatte nicht die geringste Ahnung, wo sich Oravisto jetzt befand.

Deswegen hatte er sich an dieses hoffnungslose Unterfangen machen müssen, um herauszufinden, wo Tuula Oravisto wohnte oder gewohnt hatte. Etwas anderes war ihm nicht eingefallen. Er hatte den Telefonmarathon mit den Hotels in der Nähe von EXE International begonnen und sich mit jeder negativen Auskunft immer weiter von der Firma entfernt. Die teuren Hotels ließ er von vornherein aus, weil er wusste, dass Tuula Oravisto nicht vermögend war.

Jarvi suchte im Internet die Nummer des nächsten billigen Hotels, des *Cardiff*. Es war genau vier Uhr am Nachmittag, als sich die Frau an der Rezeption in einem ihm schon vertrauten mechanischen Ton meldete. Jarvi bat sie genauso mechanisch, ihn mit dem Zimmer von Tuula Oravisto zu verbinden, er wartete, während die Angestellte etwas in ihren Computer eintippte, und jubelte, als er hörte, dass ein Ruf herausging. Das Hotel von Tuula Oravisto war gefunden! Es klingelt einmal, zweimal, ein drittes Mal ... Jarvi wartete über eine Minute, legte dann auf und rief noch einmal die Rezeption des Hotels an.

»Ich habe versucht, Tuula Oravisto zu erreichen ...«, sagte Jarvi und hoffte, dass die Angestellte verriet, wo die Frau steckte.

In der Leitung hörte man Stoff rascheln. »Sie ist nicht in ihrem Zimmer.«

»Hat sie schon ausgecheckt? Ich hätte eine Sache, die bedauerlicherweise eilig ist.«

Diesmal war die Pause länger. »Sie hat sich nicht abgemeldet.«

»Wissen Sie zufällig, wo sich Tuula Oravisto jetzt befindet? Oder wann sie ins Hotel zurückkehrt?«, fragte Jarvi.

Diesmal kam die Antwort ohne Verzögerung. »Ich weiß es nicht. Und ich dürfte es Ihnen auch nicht sagen, selbst wenn ich es wüsste«, erwiderte die Frau, bedankte sich für den Anruf und beendete das Gespräch.

Jarvi suchte im Kartenservice seines Telefons, wo das Hotel lag, und fluchte, als ihm klar wurde, dass er den ganzen Tag nur etwa zweihundert Meter von Tuula Oravistos Zimmer entfernt gesessen hatte. Er nahm den Beutel seines Schwiegervaters, verließ den Bahnhof Paddington und eilte im Laufschritt die von Gaststätten, Hotels und Fastfoodlokalen gesäumte London Street entlang bis zur Kreuzung am Norfolk Square. Die Lage war perfekt: Zwischen dem Haupteingang des Hotels *Cardiff* und dem begrünten Platz befand sich nur eine schmale Einbahnstraße. Jarvi betrat den Norfolk Square, der eher wie ein Park aussah, und setzte sich an einer Stelle auf den Rasen, von der aus er ungehindert den Eingang des Hotels sah. Auf dem Rasen saßen auch noch andere, ein junges Touristenpärchen trank Bier aus Büchsen und aß Dreieckbrote und Pommes frites.

Er stellte den Beutel seines Schwiegervaters zwischen seine Beine und zögerte einen Augenblick, bevor er ihn öffnete. Jarvi hatte wirklich keine große Lust, sich all das in Erinnerung zu rufen, was die irakischen Scharfrichter ihm genommen hatten. Aber in Emilys Sachen könnte sich etwas finden, was ihm helfen würde, zu verstehen ...

Als Erstes traf seine Hand auf ein Fotoalbum. Emily hatte Computer verabscheut und lieber ein paar Pennys für Fotos auf Papier bezahlt, als digitale Fotos anzustarren.

Jarvi saß gebückt da und blätterte in dem Album, das er auf die Tasche gelegt hatte, und warf dabei in regelmäßigen Abständen einen Blick zum Hotel. Ihm schnürte es die Kehle zusammen, als er sein Hochzeitsfoto sah. Jarvi blätterte hastig weiter: Emily auf dem offiziellen Foto ihrer Einheit, Emily beim Albern mit britischen Soldaten in der Kantine, beim Trösten eines kleinen irakischen Mädchens vor einer zusammengefallenen Ziegelhütte, Emily beim Sonnenbad auf dem Kasernenhof, Emily beim Tragen des Sarges eines Kameraden, beim Billardspielen ... Nichts Neues, nur schmerzliche Erinnerungen. Jarvi wurde nervös.

Er schaute wieder in Richtung Hoteleingang, öffnete die Tasche einen Spalt und beschloss, sich ein andermal mit dem Inhalt von Emilys Laptop zu beschäftigen, zu einem geeigneteren Zeitpunkt. Er nahm das Mobiltelefon, entfernte die Rückseite und den Akku – keine SIM-Karte. Vielleicht fände sich im Telefonspeicher etwas Interessantes, er beschloss, ihn zu überprüfen, sobald er die Gelegenheit dazu bekam. Rasch steckte er ihr Handy wieder in die Tasche und sah etwas schimmern – Emilys Ring. Ein billiger vergoldeter Ring, den ein von weißen Kristallen umgebener roter synthetischer Stein schmückte. Jarvi musste schlucken. Der Ring hatte 77 Dollar gekostet, er war sein erstes Geschenk für Emily gewesen. Aber das war nicht der Grund, warum sie den Ring im Irak getragen hatte. Jarvi drückte den Stein mit Daumen und Zeigefinger nach unten und drehte ihn gleichzeitig nach links. Der hohle Stein löste sich und gab eine kleine Vertiefung frei, die mit weißem Pulver gefüllt war. Dafür würde Jarvi womöglich schon bald Verwendung finden. Er drehte den Stein wieder zurück und steckte den Ring in seine Hosentasche.

Als Nächstes fiel sein Blick auf ein schwarzes, in Leder gebundenes Buch. Jarvi öffnete es, und ihm wurde klar, dass er das Tagebuch seiner Frau in den Händen hielt; er hatte nicht gewusst, dass Emily ihre Gedanken niederschrieb. Gewissensbisse plagten ihn, und so beschloss er, die intimen Stellen zu überspringen, und begann widerwillig zu lesen. Mit Erleichterung stellte er fest, dass seine Frau kaum ihre Gefühle und Gedanken ausbreitete, das Tagebuch war eher ein Kalender von Ereignissen: Zusammenfassungen ihrer Aufträge, Beschreibungen von Kämpfen, in die britische Truppen verwickelt waren ...

Plötzlich läuteten in seinem Kopf die Alarmglocken. Eines der Fotos, die er vorhin gesehen hatte, tauchte aus der Erinnerung wieder auf und drängte ans Licht. Er holte das Fotoalbum aus der Tasche und blätterte rasend schnell um, damit ihm das Bild, das er vor Augen hatte, nicht wieder entglitt, und schließlich fand er, was er suchte. Das Foto war im Juli 2010 in Bagdad vor dem irakischen Verteidigungsministerium aufgenommen worden. Commander Baranskis rechte Hand lag auf Emilys Schulter, sie waren ins Gespräch vertieft, es sah so aus, als würden sie sich gut kennen. Jarvi verstand das einfach nicht, in seinem Kopf setzte etwas aus. »Schade, dass ich nie die Gelegenheit hatte, deine Frau kennenzulernen.« Bei ihrem ersten Treffen nach Emilys Hinrichtung hatte Baranski ihm sein Beileid ausgesprochen und dabei so etwas Ähnliches gesagt. Jarvi erinnerte sich gut an diese Begegnung. Und warum nur hatte Emily nie erwähnt, dass sie Baranski kannte? Er hatte seinen Vorgesetzten Emily gegenüber oft genug gepriesen. Sowohl Baranski als auch Emily hatten ihr Treffen vor ihm geheim halten wollen.

Jarvi ging das Album noch einmal sorgfältig durch, fand aber nichts anderes Interessantes, außer einem Foto, auf dem General Michael Terpin seine Spezialeinheiten inspizierte; es hatte mit den anderen anscheinend nichts zu tun.

Er blickte einmal mehr in Richtung Hotel und zuckte zusammen, als er die Frau sah, die ihm vorgestern Nacht eine Schere in die Schulter gestoßen hatte. Die Zeit der Rache war gekommen.

23

Donnerstag, 29. August

Ratamos Maschine war 15:10 Uhr in Heathrow gelandet, pünktlich, was selten vorkam; und zwölf Minuten später trat er am Terminal 3 ins Freie. Vor der Fahrt zum Flughafen Helsinki-Vantaa hatte er lange mit der Kriminalkommissarin Claire Boyd vom NCA gesprochen und zugesagt, sich sofort nach seiner Ankunft in London zu melden. Er hatte den Eindruck gehabt, dass sich Claire Boyd sehr für John Jarvi und die Todesfälle der Physiker in der letzten Zeit interessierte, so sehr, dass bei ihm der Verdacht aufkam, die Amerikaner könnten auch die britischen Behörden über Jarvis Hintergrund und seine Absichten unterrichtet haben. Er musste an das denken, was er am Vorabend bei der KRP gehört hatte: Jarvi wollte wieder töten, und diesmal könnte der Mann einen internationalen Konflikt auslösen.

Ratamo setzte sich in ein Taxi, ließ seine abgegriffene Ledertasche auf den Boden fallen und holte sein Telefon heraus.

Der Fahrer, ein ruhiger Mann mit Turban, schaute in den Innenspiegel und erkundigte sich nach dem Ziel.

Kurz bevor sich Claire Boyd meldete, konnte Ratamo den Mann noch bitten, einen Augenblick zu warten.

»Ich habe bei EXE International die Person gefunden, bei der Oravisto gewesen ist«, sagte Claire Boyd, die es eilig zu haben schien. »Die Frau ist nur noch eine Stunde in ihrem Büro, wir sollten sie befragen und erst danach zu Oravisto gehen. Wir sehen uns im Büro von EXE in der Bakerstreet. Die Hausnummer ist 64.«

Ratamo wiederholte dem Fahrer die Adresse, streckte sein Bein aus und verzog dabei das Gesicht; vom engen Sitz im Flugzeug schmerzte seine Hüfte. Zu seiner Überraschung bemerkte Ratamo, dass er vor dem Treffen mit der Kollegin vom NCA und der Mitarbeiterin der Rekrutierungsfirma aufgeregt war. Die Verletzung oder besser gesagt die Behinderung hatte anscheinend auch sein Selbstbewusstsein angekratzt. Das überraschte ihn. Auf Schicksalsschläge hatte er immer gelassen und mit Gleichmut reagiert – das, was man nicht beeinflussen konnte, musste man akzeptieren. Schon als Junge hatte er sich in seinem eigenen Leben als unbeteiligter Beobachter gesehen, auch dann, wenn irgendein Ereignis ihn selbst betraf. Nach Ansicht der Krisenpsychologin Jaakkola war das ein Abwehrmechanismus, durch den er das Gefühl hatte, in Sicherheit zu sein. Aber jetzt hatte sich etwas verändert. Die Schmerzen in der Hüfte und die quälende Unsicherheit steckten in ihm drin, es waren seine eigenen Empfindungen, nicht die von irgendjemand anderem. Er spielte in dem, was geschah, die Hauptrolle, und das gefiel ihm nicht.

Eine halbe Stunde später bezahlte Ratamo das Taxi in der Baker Street und überlegte, ob er zwischendurch irgendwann die Zeit hätte, sich das Sherlock-Holmes-Museum anzuschauen, das sich in dieser Straße befand. Er betrat den Glaspalast von EXE International, ließ den Blick durch das Foyer streifen und sah eine Frau mittleren Alters in einem zerknitterten Hosenanzug, die Tränensäcke, eine praktische Pferdeschwanzfrisur, einen strengen Gesichtsausdruck und einen zynischen Blick hatte. Ein Hund erkennt den anderen, dachte Ratamo und ging auf sie zu: »Claire Boyd?«

Die beiden Polizisten unterhielten sich fast zehn Minuten lang über Einzelheiten im Zusammenhang mit Jarvi und den in letzter Zeit ums Leben gekommenen Physikern, bevor sie sich an der Information im Foyer anmeldeten. Sie setzten ihre Unterhaltung fort und mussten fast eine Viertelstunde warten, bis ein Mann im Foyer erschien, der sich als Sekretär von Serena Roshan Ali vorstellte und beide zu einem Panoramalift führte.

Die bis ins letzte Detail elegante Serena Roshan Ali empfing die Polizisten in einem kleinen Beratungszimmer. Claire Boyd und Ratamo zeigten ihre Dienstausweise. Die drei begrüßten sich höflich.

»Ich hatte vor zwei Tagen um Informationen über bestimmte

Kunden Ihrer Firma gebeten, bei denen es sich um Physiker handelt«, sagte Ratamo. »Sie hatten geantwortet, dass Sie vertrauliche Informationen nicht per E-Mail herausgeben können.«

»Sie täten gut daran, die Fragen des NCA zu beantworten. Es geht um Ermittlungen zu einem Tötungsdelikt, der Haupttatverdächtige könnte derzeit gerade versuchen, nach London zu kommen«, fügte Claire Boyd mit Nachdruck hinzu.

»Aber natürlich.« Serena Roshan Ali hob die Hände und bedeutete ihren Gästen, Platz zu nehmen.

Es dauerte einen Augenblick, bis Ratamo seine Hüfte in eine erträgliche Position gebracht hatte. Er vermutete, dass Serena Roshan Ali entweder indischer oder pakistanischer Abstammung war.

Dezenter Schmuck, der wertvoll aussah, glitzerte an ihren Händen, die sie auf dem Beratungstisch faltete. »Es ist schon das zweite Mal heute, dass jemand nach Tuula Oravisto fragt.«

Claire Boyd reagierte schneller als Ratamo. »Wer hat sich noch für sie interessiert?«

Serena Roshan Ali warf einen Blick in ihr mit goldfarbenen Ornamenten verziertes Notizbuch. »Der Mann hat zwar seinen Namen gesagt, aber ich habe ihn nicht notiert.«

»John Jarvi?«, sagte Ratamo.

Serena Roshan Ali lachte. »Wohl kaum. Es war ein viel komplizierterer Name, und er klang auch ganz anders.«

»Was wollte der Mann?«, fragte Claire Boyd.

»Er hat sich erkundigt, ob Tuula Oravisto hier wäre. Ich habe ihm gesagt, unser Treffen sei schon beendet, und da wollte er wissen, wohin sie von hier aus gegangen sein könnte. Ich hatte keine Ahnung und hätte es ihm auch nicht gesagt, wenn ich es gewusst hätte. Das Telefongespräch war irgendwie merkwürdig. Der Mann wirkte ... ungewöhnlich enthusiastisch. Ich bin von meiner Ausbildung her Psychologin und ...«

»Kommen wir zur Sache. Wie gesagt, wir sind deshalb hier, weil Sie nicht bereit waren, der finnischen Sicherheitspolizei Auskünfte über die Arbeitsstellen zu erteilen, die Sie für Marek Adamski und

Tuula Oravisto organisiert haben.« Claire Boyds Feststellung hörte sich wie eine Frage an.

»Und jetzt ist das NCA hier, um den Finnen zu helfen, die gewünschten Informationen zu erhalten«, sagte Serena Roshan Ali und lächelte wie ein Spieler, dem die Regeln vertraut sind. Sie griff nach Mappen, die auf dem Tisch lagen, und reichte sie Claire Boyd.

Ratamo holte aus seiner Brusttasche einen zusammengefalteten Zettel. »Sie haben auch für Ernesto Bardem eine Stelle besorgt, einen spanischen Physiker, der vor einem Monat in Madrid von einem Lkw überfahren wurde, für die Kernphysikerin Renate Haidinger, die kürzlich in Berlin an einer Überdosis Heroin starb, sowie für den französischen Physiker Étienne Renard, der in Kairo erstochen wurde.«

Auf Serena Roshan Alis Stirn erschienen tiefe Falten. Sie lehnte sich auf ihrem Sessel zurück und faltete die Hände auf der Brust. »Ich höre jetzt das erste Mal von ihrem Tod. Sie glauben doch nicht etwa, dass ich mit alldem etwas zu tun hätte?«

»Im Laufe des letzten Jahres sind weltweit vier Physiker umgekommen, allesamt Spezialisten für Kerntechnologie, und für alle haben Sie eine Arbeitsstelle organisiert.« Ratamo bemerkte, dass seine Stimme lauter geworden war.

»Wir möchten auch die Informationen über die drei Physiker einsehen, die mein Kollege soeben erwähnt hat«, sagte Claire Boyd und nickte in Richtung des Zettels, den Ratamo in der Hand hielt.

Serena Roshan Alis Selbstsicherheit geriet offenbar ins Schwanken. »Darauf bin ich nicht vorbereitet ... Ich muss erst mit meinem Vorgesetzten reden.«

»Ich will die Unterlagen noch heute«, sagte Claire Boyd und reichte Serena Roshan Ali ihre Visitenkarte.

»Wissen Sie, wann Tuula Oravisto London verlassen will?«, fragte Ratamo die Beraterin.

Es dauerte einen Augenblick, bis Serena Roshan Ali ihre Gedanken wieder geordnet hatte. »Heute Abend 19:10 Uhr mit dem Flug Heathrow–Istanbul, wir haben das hier bei mir gebucht. Und ich kann auch gleich Ihre nächste Frage beantworten: Tuula Oravisto wollte mich treffen, um zu klären, ob sie schon jetzt, einen Monat früher als geplant, in die Türkei reisen und ihre Arbeit aufnehmen könnte.«

»Und?«, fragte Claire Boyd.

»Was den Arbeitsbeginn angeht, überlegen die Türken noch, aber für ihren Umzug gibt es keine Hindernisse. Oravisto kann ihre Wohnung in Sarayköy jederzeit beziehen.«

Claire Boyd wandte sich Ratamo zu, der sich mühsam von seinem Stuhl erhob. »Tuula Oravisto ist im Hotel *Cardiff* abgestiegen, das ist auf dem Norfolk Square, hier ganz in der Nähe. Wir sollten jetzt sofort dorthin gehen, bevor die Frau zum Flughafen fährt. *Just in case.*«

24

Donnerstag, 29. August

John Jarvi stürmte mit seiner grauen Stofftasche ins Foyer des Hotels *Cardiff* und sah erleichtert, dass Tuula Oravisto noch auf den Fahrstuhl wartete. Er zögerte keinen Augenblick, ging zu der finnischen Physikerin, die nervös von einem Bein aufs andere trat, und lächelte sie an. Die Frau konnte ihn vor ihrer Wohnungstür in dem dunklen Treppenhaus nicht richtig gesehen haben, und außerdem hatte er sich danach die Haare abrasiert. Jarvi hätte die Frau am liebsten auf der Stelle zusammengeschlagen – Tuula Oravisto hatte den Tod von Emily und seinem Kleinen mitorganisiert.

Die Aufzugtüren öffneten sich. Jarvi ließ der Frau höflich den Vortritt und stellte sich dann neben sie, mit dem Rücken zur Spiegelwand. Er wartete, bis Tuula Oravisto den Knopf der ersten Etage gedrückt hatte und tippte dann mit dem Finger auf die Drei. Die Fahrt bis ins erste Stockwerk dauerte nur ein paar Sekunden. Tuula Oravisto wirkte angespannt, Jarvi lächelte ihr zu, obwohl sie ihn keines Blickes würdigte. Der Aufzug hielt, sie trat hinaus, und die Türen glitten zu, doch im letzten Moment schob Jarvi den Schuh dazwischen und lauschte angestrengt, aber die Auslegware auf dem Flur dämpfte die Schritte der Frau, man hörte sie nicht.

Jarvi trat auf den Gang hinaus und sah Tuula Oravisto etwa zwanzig Meter entfernt um die Ecke biegen. Er rannte bis dahin und blieb stehen. Man hörte einen Reißverschluss knistern und dann ein metallisches Knacken …

Mit ein paar großen Sätzen erreichte er Tuula Oravisto und versetzte ihr einen Tritt in den Rücken, genau in dem Moment, als sie die Tür aufstieß. Tuula Oravisto flog in das kleine Zimmer, fiel mit der Seite auf den Fußboden, stieß sich den Kopf am Stuhl und schrie auf vor Schmerz. Jarvi schmiss die Tür zu, warf seine Tasche auf den Tisch und trat über Tuula Oravisto. Er beugte sich vor, drückte ihr mit der Hand die Luft ab und zwang sie, sich aufs Bett zu legen.

»Und jetzt ganz ruhig«, sagte Jarvi auf Finnisch mit hasserfüllter Stimme. Er ließ Oravistos Hals los und stellte den Stuhl neben das Bett. Das Zimmer war nur etwa einen Meter breiter als das Bett, und vor seinem einzigen Fenster zum Norfolk Square stand ein kleiner Schreibtisch. Die verblassten Tapeten und die Tagesdecke waren rotgeblümt.

Aus Tuula Oravistos Mund kam ein klagender Ton. Sie presste ihre gefalteten Hände zusammen und starrte den glatzköpfigen Angreifer mit vor Angst geweiteten Augen an. »Wer bist du?«

Jarvi öffnete die drei obersten Knöpfe seines Hemdes und zeigte ihr seine verbundene Schulter.

Tuula Oravisto schloss die Augen und dann den Mund, aber das Geräusch hörte nicht auf, sondern wurde lauter. Sie zitterte.

Jarvi schaute sie unverwandt an, während er seine Tasche vom Tisch holte. Er setzte sich wieder auf den Stuhl, nahm Emilys Fotoalbum und suchte eine Nahaufnahme seiner verstorbenen Frau. Mit hassverzerrtem Gesicht zeigte er Tuula Oravisto das Bild.

»Warum?«, fragte er.

Tuula Oravisto holte hastig Luft, als wäre sie außer Atem. Sie schaute das Foto an, schob den Kopf näher heran und wirkte, sofern das möglich war, noch verängstigter. »Irgendeine Soldatin. Ich habe diesen Menschen noch nie in meinem Leben gesehen. Das ist die Wahrheit.«

John Jarvi war kein sonderlich guter Menschenkenner, begriff aber sofort, dass die Frau ihn nicht anlog. Er zeigte ihr noch drei andere Fotos von Emily, und sie schüttelte energisch den Kopf.

Einen Augenblick lang fiel Jarvi keine weitere Frage ein. Schließlich holte er das Messer aus seiner Tasche, und Tuula Oravistos Wimmern wurde noch lauter. Jarvi drückte die elf Zentimeter lange Klinge auf seine Lippen und zischte, als wollte er seinen Hund beruhigen.

»Sagt dir der Name Emily Jarvi etwas?«

Tuula Oravisto schüttelte den Kopf.

»John Jarvi?«

Wieder ein Kopfschütteln

»Rick Baranski?«, fragte Jarvi, nahm das Fotoalbum und zeigte Tuula Oravisto mit hoffnungsvoller Miene ein Foto seines Vorgesetzten. Vergeblich. Jarvi verstand gar nichts mehr. Wusste Tuula Oravisto tatsächlich nichts, was mit Emily zusammenhing? Es war unmöglich, in dieser Situation so gekonnt zu schauspielern.

»Warum warst du heute Vormittag in der Rekrutierungsfirma?«, fragte Jarvi.

Tuula Oravisto zögerte einen Augenblick. »Deinetwegen. Ich möchte mich in Sicherheit bringen, ich reise nach Istanbul ... Ich fange in der Türkei an zu arbeiten, sobald ich kann. Die Polizei hat mir nicht geglaubt, als ich gesagt habe, dass du mit mir in Finnland dasselbe machen wolltest wie mit Marek ...«

Jarvi war verwirrt. Er konnte einfach keine Verbindung zwischen dem Tod seiner Frau und Tuula Oravisto erkennen. Warum zum Teufel wollte Baranski, dass die Frau starb? Er beschloss, Tuula Oravisto möglichst schnell und schmerzlos umzubringen und hob das Messer ...

Mitten in der Bewegung hielt er inne, als es an der Tür klopfte. Dann schrie Tuula Oravisto so laut und so hoch, wie nur ein Mensch schreien kann, der um sein Leben fürchtet.

* * *

Arto Ratamo und Claire Boyd, die an der Tür standen, hörten den Schrei und erkannten schlagartig den Ernst der Lage.

»Trägst du eine Waffe?«, fragte Ratamo.

Claire Boyd schüttelte den Kopf, schob Ratamo beiseite, nahm Anlauf und trat gegen die alte und massive Tür. Beim zweiten Versuch wurde der Beschlag aus dem Rahmen gerissen, Holzsplitter schwirrten durch die Luft.

Fast im selben Moment, als die Tür aufflog, traf Jarvi die Polizistin mit einem Fersentritt am Kinn. Die Frau sackte wie ein Wischlappen zu Boden, und er war mit einem Satz hinter Ratamos Rücken, bevor der reagieren konnte. Er drückte Ratamo das Messer an die Kehle und tastete mit der anderen Hand auf der Suche nach Waffen rasch seinen Körper ab. Tuula Oravisto schrie nun noch lauter. Jarvi schob Ratamo vor sich her in das Zimmer, zwang ihn in die Knie und sagte angespannt: »Eine Bewegung, und du bist tot.«

Dann zerrte er die bewusstlose Claire Boyd an den Haaren in den kleinen Flur des Zimmers und schloss die Tür. Tuula Oravisto verstummte erst, als Jarvi ihr die Messerklinge auf die Lippen drückte.

Einen Augenblick dauerte es, bis Ratamo klar wurde, dass John Jarvi vor ihm stand. Der Mann hatte sich den Kopf geschoren. Ratamos Gehirn arbeitete auf Hochtouren: Claire Boyd war bewusstlos, Tuula Oravisto vor Angst verwirrt, er selbst unbewaffnet und ein Hüftinvalide und ihnen gegenüber stand ein ausgebildeter Killer, der ein Messer besaß und vielleicht auch noch andere Waffen. Blieb nur zu hoffen, dass jemand Oravistos Schreie gehört hatte und nachschauen würde, was hier los war.

Jarvi vergewisserte sich, dass Claire Boyd unbewaffnet war, und nahm sich ein paar Kabelbinder, die an ihrem Gürtel steckten. Dann stieß er mit dem Fuß ihr Sprechfunkgerät in die Ecke und wandte sich Ratamo zu. »Fessle deine Handgelenke.«

Ratamo besaß zwei Alternativen: Entweder gehorchen und darauf warten, dass jemand zu Hilfe käme, oder sich auf Jarvi stürzen und mindestens einen Messerstich abbekommen. Er wusste, dass Jarvi das Zimmer betreten hatte, um Tuula Oravisto zu töten; der Mann meinte es ernst, da gab es nicht den geringsten Zweifel. Ratamo legte einen Kabelbinder um seine Handgelenke und zog ihn mit den Zähnen an. »Warum Tuula Oravisto, weshalb bringst du Physiker um?«, fragte Ratamo auf Finnisch.

Jarvi antwortete nicht. Er schaute wütend zu Tuula Oravisto hin, deren Heulen wieder lauter wurde.

Da Jarvi an der Wand des engen Raumes stand, sah er nicht, wie sich Claire Boyd im Flur bewegte. Ratamo hingegen bemerkte, dass seine Kollegin wieder zu Bewusstsein kam. Er ließ sich nichts anmerken und schaute Jarvi unverwandt an.

Plötzlich knisterte der Stoff von Claire Boyds Jacke und verriet, dass sie sich bewegte. Jarvi drehte sich zur Tür hin und stand nun mit dem Rücken zu Ratamo. Claire Boyd hatte ihr Sprechfunkgerät aufgehoben. Als Jarvi auf die Polizistin zuging, erhob sich Ratamo, lud alle Kraft in einen Tritt, der Jarvi am Oberschenkel traf, und stieß den Glatzkopf dann mit aller Wucht gegen die Wand, dabei brüllte er vor Schmerz. Claire Boyd packte Jarvi an den Fußgelenken und zog, der Killer fiel auf die Knie, Ratamo warf sich auf ihn und stöhnte, seine Hüfte tat höllisch weh.

»Renn' raus!«, rief Claire Boyd der Physikerin zu. Sie selbst konnte sich nicht bewegen: Ratamo und Jarvi lagen im engen Flur auf ihren Beinen.

Tuula Oravisto brauchte man das nicht zweimal zu sagen. Sie schnappte sich ihre Handtasche, trat Ratamo auf dem Weg zur Tür einfach auf den Rücken, erreichte den Flur, obwohl Jarvi mit dem Messer nach ihr stach, und rannte zur Treppe, so schnell es ihre vor Angst fast gelähmten Beine zuließen.

Jarvi gelang es, sich trotz Ratamos Gewicht auf die Seite zu drehen. In dem Moment konnte Claire Boyd ihre Beine befreien, stand auf und drückte den Absatz ihres Schuhs auf Jarvis Handgelenk. Sein Griff erschlaffte, und das Messer fiel zu Boden. Während Boyd sich bückte, um es aufzuheben, kam Jarvi auf die Beine und zog sich an die Fensterwand zurück. Immer noch mit schmerzverzerrtem Gesicht schaffte es Ratamo, sich hochzuschrauben. Claire Boyd zerschnitt mit dem Messer rasch seine Fesseln.

»Ich habe die Alarmtaste am Sprechfunkgerät gedrückt«, sagte Claire Boyd zu Jarvi. »In der Zentrale blinken schon die Lichter, du schaffst es nicht mehr rechtzeitig, zu fliehen. Und wir sind zu zweit.« Sie nickte in Ratamos Richtung. »Ich bin Claire Boyd vom NCA, und das ist Arto Ratamo von der finnischen Sicherheitspolizei.«

Ratamo stand neben Claire Boyd an der Tür des Hotelzimmers und dachte fieberhaft nach. Was würde Jarvis nächster Zug sein? Ratamo und Claire Boyd hatten bei ihrer Arbeit Gewalt erlebt und waren fähig, Gewalt anzuwenden, aber ihnen stand ein ausgebildeter Killer gegenüber. Ratamo war sicher, dass Jarvi nicht in aller Ruhe abwarten würde, bis ihre Verstärkung eintraf – schließlich drohte ihm eine langjährige Haftstrafe. Jarvi würde irgendetwas versuchen, das stand fest.

Für einen Augenblick sah es so aus, als hätte sich Jarvi entschlossen, die Polizisten anzugreifen. Am Ende steckte er jedoch eine Hand in die Hosentasche und hob danach beide Hände hoch als Zeichen dafür, dass er aufgab. Er trat einen Schritt näher zu Ratamo und Boyd hin, lächelte, führte eine Hand zum Mund und blies den Polizisten eine weiße Staubwolke ins Gesicht.

Ratamo und Boyd husteten, um den Staub aus ihren Lungen zu bekommen, und Jarvi beobachtete sie. Er warf einen Blick auf seine Uhr.

»Was zum Teufel ...« Claire Boyd atmete tief durch und lehnte sich an die Badezimmertür.

Jarvi wirkte ganz ruhig. »Wie schnell trifft die Metropolitan Police vor Ort ein, wenn sie einen Notruf erhält?«

Claire Boyds Gesichtsausdruck veränderte sich, sie sah nun verdutzt aus. »Die durchschnittliche Reaktionszeit im Gebiet Groß-London beträgt vier Minuten. Aber jetzt ist Rushhour. Warum fragst du?«

Jarvi schwieg eine ganze Weile und sagte dann: »Das reicht.«

»Du steckst in der Klemme, selbst wenn es dir gelingen sollte, aus diesem Raum zu fliehen«, erwiderte Claire Boyd.

»Wirklich?«

»Die Polizeistreife ist schon fast hier. Das Fahndungsgebiet wäre so klein, dass du keinesfalls entkommen könntest.«

»Wenn ich fliehe, hätten deine Kollegen meine Erkennungszeichen nicht. Niemand würde ihnen sagen, wen sie suchen sollen«, erwiderte Jarvi mit einem schiefen Lächeln.

Boyd und Ratamo verstanden die Drohung. Sie gingen beide etwas in die Hocke, bereit, Jarvis Angriff zu begegnen, aber der Mann beobachtete sie nur amüsiert.

Ratamo versuchte, auf Zeit zu spielen, und wollte Jarvi zum Reden bringen. Er erinnerte sich nur zu gut an die Informationen, die er in der KRP über den Mann gehört hatte. In seinem Kopf rauschte es, ihm wurde allmählich übel. »Wie hast du dich gefühlt, als du deine schwangere Frau umgebracht hast? Hat damit alles angefangen? War es damals, als du durchgedreht bist?« Ratamo sprach Finnisch.

John Jarvi starrte Ratamo mit offenem Mund an, als wartete er darauf, zu verstehen, was er gerade gehört hatte. »Sie wurde geköpft. Im Irak. Von Aufständischen ...«

Plötzlich krümmte sich Claire Boyd, klappte ohne Vorwarnung nach vorn und entleerte ihren Mageninhalt auf den Fußboden im Flur. Dann sackte sie zusammen und fiel auf den Bauch mitten in ihr Erbrochenes.

Ratamo, der blass geworden war, warf einen Blick auf Claire Boyd und wollte gerade etwas fragen, als ihn ebenfalls eine Welle der Übelkeit überrollte. Er musste sich an der Wand abstützen.

»Scopolamin ist ein wirksames Gift, oder? Und leicht anzuwenden, man braucht keine Spritzen oder Tabletten«, sagte Jarvi und schaute auf seine Uhr. Dann zog er Claire Boyd das Messer aus der Hand und drückte die Schneide auf Ratamos Kehle, so dass ein dünnes Blutrinnsal unter dessen Hemdkragen lief. Er beugte sich vor und presste seine Lippen fast an Ratamos Ohr: »Wer behauptet, dass ich meine Frau umgebracht habe?«

»Das Pentagon«, antwortete Ratamo und hoffte, dass es nicht das letzte Wort war, das aus seinem Mund kam.

Jarvis Augen weiteten sich erneut, er schaute ihn ungläubig an. »Was behaupten sie sonst noch?«

Ratamo überlegte, ob er antworten oder Zeit gewinnen sollte, dann drückte sich das Messer schmerzhaft tiefer in die Haut an seinem Hals. »Du stehst im Verdacht, schon vor den Ereignissen in

Helsinki zwei Morde begangen zu haben. Deine DNA wurde an den Tatorten gefunden. Und als Nächstes willst du irgendjemanden umbringen, der einen großen Namen hat. Das ist alles, was sie uns nach Finnland geschickt haben.«

Ratamo schloss die Augen, als Jarvi das Messer von seinem Hals wegzog. Er bereitete sich darauf vor, zu spüren, wie das Metall in sein Fleisch eindrang, Nelli tauchte vor ihm auf ... Dann krachte der Fensterrahmen, und er öffnete die Augen: Die graue Stofftasche auf dem Tisch war verschwunden, und die Gardinen flatterten im Wind.

25

Donnerstag, 29. August

Neda Navabi holte tief Luft und schaute auf das stockfinstere Ägäische Meer. Das Getöse der Wellen klang bedrohlicher als alles, was sie in ihrem Leben bisher gehört hatte. Sie und die beiden afghanischen Frauen Badria und Fariad hatten es gerade geschafft, das Schlauchboot aufzupumpen. Die Paddel, die Ersatzpaddel und die Rolle Klebeband, die besorgniserregende Gedanken weckte, lagen auf dem Boden. Rettungswesten waren in dem Ausrüstungspaket nicht zu finden gewesen, obwohl sie dafür einen Wucherpreis gezahlt hatten. Sie befanden sich irgendwo westlich der Stadt Ayvalik. Die Türken hatten diese Stelle empfohlen, weil die Fahrt mit dem Schlauchboot bis zur Insel Lesbos nur zwei Stunden dauerte und die Meeresströmung gerade jetzt günstig sein sollte. Keiner von ihnen hatte je zuvor in einem Gummiboot gesessen, geschweige denn so ein Gefährt mit Paddeln bewegt. Es war stockdunkel, doch bei Tageslicht würde man sie zu leicht entdecken. Neda sah nur die Lichter der vorüberfahrenden Boote und die schmalen Streifen, die ihre Stirnlampen erleuchteten.

Sie umarmte ihre Kinder, erst Aref, dann Shirin. Sie alle zitterten vor Kälte, die Kinder vielleicht auch vor Angst. Die Steine unter ihren nackten Fußsohlen fühlten sich glitschig an, als sie das blauschwarze Schlauchboot ins Meer schoben. Das Boot war zu klein für fünf Menschen, mit Mühe, und Not konnten sie alle sitzen. Neda hatte mehr Angst als je zuvor: Keiner in ihrer Familie konnte schwimmen. Die drei Erwachsenen paddelten oder versuchten es zumindest. Anfangs wirkte alles chaotisch, das Boot drehte sich im Kreis, aber schließlich fanden sie einen Rhythmus, und das Schlauchboot glitt vorwärts und entfernte sich unwiderruflich immer weiter von der türkischen Küste.

Dann wühlte der Wind das Meer auf, und das Boot schluckte Was-

ser. Neda holte aus dem Ausrüstungsbeutel ein Plastikgefäß, gab es Shirin und befahl ihr, zu schöpfen. Der Blick des armen Mädchens war vor Entsetzen ganz starr. Sie hatten das Gefühl, dass ihr Boot nicht vom Fleck kam, sosehr sie auch paddelten, manchmal glitten sie von Naturkräften getrieben zurück in Richtung Türkei. Die Wellen wurden immer größer, das Boot stieg ein ums andere Mal meterhoch und wurde dann wieder nach unten geworfen. Sie waren pitschnass und Aref weinte kläglich. Neda fürchtete, dass sie sterben und ihre Kinder mit in den Tod reißen würde.

Plötzlich stieß das Boot mit aller Wucht irgendwo an und neigte sich so, dass Fariad ins Meer stürzte. Alle schrien, Badria wollte ihre Freundin noch zu fassen bekommen, doch eine riesige Welle packte das Boot und kippte es um.

Neda versank im Wasser, Panik erfasste sie, aber dann trafen ihre Füße auf etwas Festes und Glitschiges – Steine. Sie waren in Ufernähe. Neda erhob sich. Die Stirnlampe funktioniert immer noch: Sie sah Aref einen Meter entfernt, und Shirin stand schon auf ihren Beinen …

Neda Navabi öffnete die Augen. Es dauerte eine Weile, bis sie begriff, wo sie war. Diese verdammten Alpträume. Sie erhob sich aus dem übelriechenden Sessel und lief mit langen Schritten auf und ab, um sich zu beruhigen. Kaum etwas bereute Neda so sehr wie die Gefährdung des Lebens ihrer Kinder bei dem tollkühnen Versuch, mitten in der Nacht mit einem hochseeuntauglichen Schlauchboot von der Türkei nach Griechenland zu paddeln. Sie hatte nicht einmal gewusst, dass die vorbeifahrenden Schiffe ihre Not ignoriert hätten: Für die Rettung der Einwanderer würde der Reederei eine Rechnung von mehreren Tausend Euro drohen, und vielleicht müsste sie auch die Kosten für ihre Abschiebung in den Iran übernehmen. Nach dieser Seereise war Neda gezwungen gewesen, sich an die türkischen Menschenhändler zu wenden. Sie hatte versprochen, alles zu tun, wenn man ihr und den Kindern half, sich in Sicherheit zu bringen.

Neda Navabi wartete, obwohl sie am liebsten geflohen wäre. Es war schon nach zwei. Seit sie ihrem finnischen Kontaktmann von der Journalistin und deren gefährlichen Fragen berichtet hatte, waren Stunden vergangen. Sie hatte Shirin und Aref angerufen und ihnen befohlen, sich vom Türkischen Laden fernzuhalten und ihre Handys auszumachen. Sie wusste, wozu der Finne mit seiner Organisation imstande war.

Sie trat an die Fenster zur Kolmas linja, spähte durch den kleinen Spalt zwischen Klebefolie und Rahmen hinaus und fragte sich, wo zum Teufel der Finne blieb. Die Besorgnis verwandelte sich allmählich in Angst. Es gab nur schlechte Alternativen. Wenn sie die Flucht ergriff, würde man sie binnen kurzer Zeit aufspüren, das war sicher. Sie würde in den Iran abgeschoben werden, und dort bekäme sie wahrscheinlich eine Gefängnisstrafe, sofern sie die Rache ihres Mannes lebend überstand. Neda Navabi würde lieber sterben, als in ein iranisches Gefängnis zu gehen. Sie kannte viele Frauen, die von der iranischen Polizei im Juni und Juli 2009 wahllos verhaftet worden waren, als die Anhänger der Grünen Bewegung, die gesellschaftliche Reformen forderte, auf den Straßen von Teheran demonstriert hatten. Im Gefängnis schlug man die Frauen, schor ihnen die Haare, folterte sie, peitschte sie aus, quälte sie mit brennenden Zigaretten und urinierte auf sie. Vergewaltigungen waren in den iranischen Frauengefängnissen ein Teil des alltäglichen Lebens.

Plötzlich bewegte sich ein Schlüssel im Schloss der Ladentür. Neda Navabi ahnte sofort, dass sie in Gefahr war, als sie das schadenfrohe Gesicht des Finnen sah. Ihre Vermutung bestätigte sich, als der Mann seinen Teleskopschlagstock der Polizei ausfuhr. Dann öffnete sich die Hintertür des Geschäfts, und auf der Schwelle erschien Hakan, so groß wie ein Wal, und verschränkte die behaarten und tätowierten Arme auf der Brust. Neda wusste, dass er sie nur zu gern verprügeln würde, sobald er die Erlaubnis bekam.

»Sorry, dass du warten musstest. Ich wollte jemanden dabeihaben, der weiß, wie man bei einer Frau für Zucht und Ordnung sorgt«, sagte der kleingewachsene Finne auf Englisch und nickte in Hakans Richtung. »Du musst aus Finnland verschwinden. Wir können es uns nicht leisten, mit Journalisten und der Sicherheitspolizei ...«

Neda Navabi hörte sich die Drohungen nicht zu Ende an, sondern rannte urplötzlich los zur Stirnseite der Geschäftsräume. Sie hatte für den Fall, dass es Probleme geben würde, Vorkehrungen getroffen und die andere Tür des Ladens zur Straße aufgeschlossen, die sonst nicht mehr benutzt wurde. Aus dem Augenwinkel sah Neda, wie Hakan ihr hinterherstürmte. Sie riss die Tür auf, stürzte hinaus und sprintete los, als säße ihr der Teufel im Nacken.

»Lass sie gehen!«, rief der Finne Hakan zu. »Die werden wir schon finden. Wir wollen kein großes Spektakel daraus machen. Und so wie du rennst, würdest du nicht mal ein Baby einholen.«

* * *

Essi Kokko hatte nur einen Slip und ein schwarzes, ärmelloses Top an. Sie saß an ihrem Küchentisch in der Eerikinkatu, nahm, obwohl der Nachmittag gerade erst begann, einen Schluck vom herben Weißwein aus dem Elsass, der vom letzten Abend übriggeblieben war, und starrte mit gemischten Gefühlen auf das Foto, das den Finnen an der Hintertür des Türkischen Ladens zeigte. Natürlich hatte sie bemerkt, wie Neda Navabi bei ihrer Begegnung eines der Fotos zerknüllt und in die Tasche gesteckt hatte. Die Suche nach dem fehlenden Foto dauerte auf dem Computer nur einen Augenblick, aber dann brauchte sie mehrere Stunden, um herauszufinden, wer der blonde, kleingewachsene Mann war. Sie hatte das Foto an fast alle ihre verlässlichen Bekannten unter den Kollegen, an ihre Informationsquellen und Kontaktpersonen in den verschiedenen Polizeibehörden geschickt und schließlich einen Treffer gelandet. Ein alter Bekannter, den sie sich früher mal für eine Nacht aufgegabelt hatte, arbeitete bei der Helsinkier Polizei und hatte den Blonden erkannt, dessen Identität Neda Navabi geheim halten wollte. Bei dem für einen Polizisten ungewöhnlich elegant gekleideten Mann handelte es sich um den Chef der Abteilung für Gewaltverbrechen der KRP. Kriminalinspektor Markus Virta war in die Angelegenheiten der im Türkischen Laden untergebrachten illegalen Einwanderer verwickelt.

Essi Kokko hatte einen Durchbruch geschafft, eine echte Mega-Nachricht gefunden. Aber sie vermochte sich nicht so zu freuen, wie es ihrer Meinung nach Bob Woodward getan hatte, als er dem Watergate-Skandal auf die Spur gekommen war. Sie stand mit ihren Informationen ganz allein da. Woodward hatte immerhin die Unterstützung seines Arbeitgebers, der *Washington Post*, und seines erstklassigen Kollegen Carl Bernstein gehabt. Mit Arto Ratamo von der SUPO könnte sie zwar reden, aber nur, wenn der sich mal bequemen würde, an sein Telefon zu gehen. Essi Kokko hoffte, dass die kriminellen Aktivitäten im Zusammenhang mit den illegalen Einwanderern wenigstens nicht von Leuten hinter der Ostgrenze gesteuert wurden. In Russland waren in den letzten zwanzig Jahren über fünfzig Journalisten umgebracht worden.

»Hast du ein Bier? Ich hab verdammte Kopfschmerzen«, fragte ein nackter und tätowierter Mann, der aus dem Schlafzimmer kam und den Kühlschrank öffnete. Es zischte, als er die Dose aufmachte.

»Zieh dich an, während du es trinkst. Ich muss mich allmählich an die Arbeit machen«, sagte Essi Kokko. Hoffentlich kapierte der Typ, dass er verschwinden sollte. Auf der Welt gab es zwei Arten von Männern: jene, bei denen man hoffte, dass der Sex mit ihnen zu etwas führte, und jene, mit denen man nur bumsen wollte. Essi Kokko grauste es allein bei dem Gedanken, was für Nachwuchs dieser unterbelichtete Kerl zeugen würde. Aber mit den Händen war der Typ unheimlich geschickt gewesen.

Das Klingeln des Handys schreckte Essi Kokko auf. Sie griff nach dem Telefon und beschloss, sich zu melden, obwohl sie sah, dass der Anruf von einer unbekannten Nummer kam. In ihrem Beruf versprach das zuweilen etwas Gutes.

»Warum musstest du mich ausfindig machen?«, sagte Neda Navabi mit verweinter Stimme. »Jetzt wollen sie mich und meine Kinder in den Iran zurückschicken. Ist dir klar, was das bedeutet, wie Frauen in den iranischen Gefängnissen behandelt werden …«

Essi Kokko hatte von den Grausamkeiten gelesen, mit denen man die Aktivistinnen der Grünen Bewegung des Iran zum Schweigen bringen wollte. »Es tut mir leid«, sagte sie, um die Spannung abzubauen, etwas anderes fiel ihr nicht ein. Sie musste erreichen, dass Neda Navabi redete, dass sie sich öffnete; die Informationen der Frau wären für sie Gold wert.

Neda Navabi holte unregelmäßig Luft, als wäre sie außer Atem. »Du musst das alles enthüllen, die ganze Organisation, das ganze Geschäft, das in Finnland mit illegalen Einwanderern betrieben wird.«

»Aber natürlich, gern. Genau deshalb habe ich angefangen, in dieser Geschichte Nachforschungen anzustellen.« Essi Kokko versuchte gar nicht erst, ihren Enthusiasmus zu verbergen. »Wo können wir uns treffen?«

»Nirgendwo. Die suchen mich. Und ich weiß nichts weiter als die Namen meiner Kontaktpersonen. Der Türke Hakan Töre ist zusammen mit Ville-Veikko Toikka von der KRP dafür zuständig, die Menschen ohne Papiere nach Finnland zu bringen. Und Markus Virta ist derjenige, der die Entscheidungen trifft. Virta ist irgendein großer Chef bei der KRP.«

Als Essi Kokko Virtas Namen hörte, war sie davon überzeugt, dass Neda Navabi zumindest nicht versuchte, ihr die Taschen vollzuhauen. »Was weißt du sonst noch?«

Neda Navabi schwieg einen Augenblick, allmählich atmete sie ruhiger. »Ich habe Hakan geholfen, Unterkünfte für die Leute ohne Papiere zu finden, die nach Finnland gebracht werden, und ich habe mich um das Wohnheim im Türkischen Laden gekümmert. Es musste vorgestern geräumt werden, weil die Sicherheitspolizei vor dem Haus auftauchte und Fragen stellte.«

»Bringt irgendeine Organisation die Leute ohne Papiere nach Finnland?«, fragte Essi Kokko.

Neda Navabi antwortete nicht.

»Warum muss man für die Leute Wohnungen besorgen? Nutzt jemand die Illegalen aus, als Arbeitskräfte, als Prostituierte ... Warum?«

»Wegen des Geldes natürlich«, fuhr Neda Navabi sie an. »Man

zwingt die Leute ohne Papiere, jede beliebige Arbeit zu machen, praktisch ohne Lohn. Wenn das so weitergeht, dann machen die … wir bald alle beschissenen Arbeiten in Helsinki.« Neda Navabi hörte sich verzweifelt an. »Weiter weiß ich nichts, was dir von Nutzen wäre. Sie wollen nicht, dass irgendjemand von uns zu viel weiß.«

»In welchen Firmen arbeiten am meisten Illegale?«, drängte Essi Kokko.

»Ich will nicht, dass meine Freunde Probleme bekommen. Du darfst selbst herausfinden, worum es bei alldem geht«, erwiderte Neda Navabi.

»Wie kann ich dich erreichen?« Essi Kokko redete blitzschnell, weil sie Angst hatte, Neda Navabi könnte das Gespräch jeden Augenblick beenden.

»Überhaupt nicht. Ich rufe an, wenn mir noch etwas einfällt.«

Essi Kokko hörte, wie die Verbindung abbrach, im selben Augenblick erschien ihr Fuck-Buddy der letzten Nacht in der Küche und schüttete sich die letzten Tropfen aus der Bierdose in den Mund.

»Du hättest nicht vielleicht einen Zwanziger fürs Taxi?«, fragte der Mann.

Essi Kokko schüttelte den Kopf, nahm aus ihrem Portemonnaie einen Fünfer und drückte ihn dem Mann in die Hand. »Fahr mit den Öffentlichen«, sagte sie und dachte, dass Männer an Schneestürme erinnern: Nie weiß man, wann sie kommen, wie viel Zentimeter zu erwarten sind oder wann ihnen die Puste ausgeht.

26

Donnerstag, 29. August

Tuula Oravisto rannte in das Bahnhofsgebäude von Paddington hinein, blieb keuchend und mit rotem Gesicht vor dem Café stehen, schaute hinüber zum Pub *Isambard* und zu den Gleisen und erbebte, als sie die Erleichterung im ganzen Körper fühlte, noch bevor sie die halbe Xanor-Tablette aus ihrer Handtasche geholt und geschluckt hatte. Sie war Mareks Mörder entkommen. Passanten schauten sie neugierig an. Im Menschengewimmel auf dem Bahnhof kam sie sich so himmlisch sicher vor. Dann erblickte sie einen Polizisten in gelber Weste, der etwas in sein Sprechfunkgerät sagte, und die Angst kehrte schlagartig zurück. Sie wusste ja nicht, was am Ende im Hotel *Cardiff* geschehen war. Bei ihrer Flucht aus dem Zimmer hatten dieser Verrückte, der glatzköpfige Killer, und die Polizisten miteinander gekämpft. Es konnte gut sein, dass dieser Wahnsinnige ihr wieder auf den Fersen war ...

Sie sah das Taxisymbol auf einer Informationstafel; mit dem Zug käme sie schneller zum Flughafen, aber in einem Taxi könnte sie allein fahren und sich etwas sicherer fühlen. Es war 17:24 Uhr, bis zum Abflug blieben noch knapp zwei Stunden, das würde sie schaffen. Tuula Oravisto rannte die Rolltreppe hinauf in die nächste Etage und freute sich, als sie eine lange Reihe freier schwarzer Londoner *Hackney-carriage*-Taxis und auch einen Mercedes, ein neueres Modell, erblickte. Sie öffnete die Tür des ersten Taxis und ließ sich keuchend auf den Rücksitz fallen. Der Fahrer fragte, wo es hingehen sollte.

»Zum Flughafen Heathrow«, sagte Tuula Oravisto und schaute, als das Auto losfuhr, ängstlich in Richtung Bahnhof. Erst als Paddington weit hinter ihr lag, sank sie in den harten Sitz zurück, atmete tief durch und versuchte, sich zu beruhigen. Jetzt war sie in Sicherheit, zumindest eine Weile. Sie spürte, wie sich ihr Herzschlag allmählich normalisierte, als die Medizin zu wirken begann. Mehrmals schloss und öffnete sie langsam die Augen, aber das hassverzerrte Gesicht des glatzköpfigen Killers verschwand nicht. Sie fühlte die kräftige Hand immer noch an ihrer Kehle, sah, wie sich das Licht auf der Messerschneide spiegelte, und hatte noch den strengen Schweißgeruch des Mannes in der Nase. Und was sollten diese Fragen.

Tuula Oravisto empfand ein wohltuendes Gefühl der Freiheit, als ihr klarwurde, dass sie gleich im Flugzeug zehntausend Meter über Europa sitzen würde, auf dem Weg zu ihrem Ziel, Tausende Kilometer weit weg von dem glatzköpfigen Killer und ihren Problemen. Sie würde ein neues Leben beginnen. Zurzeit musste sie noch ohne Valtteri auskommen, aber wenn alles gutging – und es würde alles gutgehen –, hätte sie ihren Sohn bald wieder an ihrer Seite. Das musste einfach geschehen.

Es war kurz vor sechs Uhr, Tuula Oravisto sah die Zeit auf dem Display ihres Telefons. Sie hatte nur ihre Handtasche mit, aber das war egal, um anzukommen, brauchte sie nur die Kreditkarte und den Pass. Ein Arbeitsvisum hatte sie sich schon vor Wochen beschafft.

»Welches Terminal?«, fragte der wortkarge Fahrer, als die Gebäude von Heathrow auftauchten.

»Ich fliege mit Turkish Airlines«, antwortete Tuula Oravisto nach kurzem Überlegen. Als das Taxi anhielt, drückte sie dem Fahrer sechzig Pfund in die Hand und wartete nicht auf Wechselgeld.

Sie brauchte eine Weile, bis sie das Ticketbüro der türkischen Fluggesellschaft fand. Es war genau sechs Uhr. Noch über eine Stunde, kein Gepäck für den Frachtraum, sie hatte genug Zeit ... Tuula Oravisto hastete im Laufschritt los, warf dann und wann einen Blick über die Schulter und blieb schließlich am Tresen des Ticketbüros stehen. Außer Atem erklärte sie der jungen, schönen Angestellten ihr Anliegen und schaute dann in Richtung Ausgang. Und wenn der Verrückte immer noch hinter ihr her war?

Die junge Frau, die sich ihrer Schönheit bewusst war, brauchte am

Computer nicht lange, sie war es gewöhnt, Passagiere vor sich zu sehen, die es eilig hatten und ängstlich wirkten. »Zahlen Sie in bar?«, fragte sie. Tuula Oravisto spürte, wie ihr eine Last von den Schultern fiel. Gleich wäre sie in Sicherheit. Als das Ticket bezahlt war, sagte die Angestellte, sie werde jetzt die Bordkarte ausdrucken, und Tuula Oravisto reichte ihr den Pass.

Die junge Frau schob den aufgeschlagenen Pass in ein Gerät, zog die Brauen hoch und wirkte plötzlich angespannt. Tuula Oravisto wusste sofort, dass etwas nicht stimmte, als die Frau mit dem Pass in der Hand aufstand, sie mit einem gekünstelten Lächeln anschaute und bat, sie möge bitte einen Moment warten, und dann ins Büro ging.

Tuula Oravisto hatte nur ein paar Sekunden Zeit, abzuwägen, welche Vor- und Nachteile eine Flucht hätte, dann standen schon zwei Wachmänner in Uniform vor ihr und baten sie, ihnen zu folgen. Sie marschierten an den anderen Passagieren, die ihnen vorwurfsvolle Blicke zuwarfen, zu einer Tür, die nur mit einem Nummernschild gekennzeichnet war. Der größere der beiden Männer öffnete die verschlossene Tür und führte sie in einen unfreundlichen Vorraum, in dem sie warten sollte, der kleinere verschwand.

Es dauerte nur einen kurzen Augenblick quälender Ungewissheit, dann tauchte der Wachmann wieder auf und reichte ihr, ohne ein Wort zu sagen, ein Handy.

»Kriminalkommissarin Claire Boyd vom NCA. Ich bin die Polizistin aus dem Hotel *Cardiff*.«

Das Gefühl der Erleichterung überkam Tuula Oravisto so heftig, dass sie fast das Telefon fallen ließ. »Meine Maschine fliegt in einer Stunde. Sie haben kein Recht, mich zu zwingen, hierzubleiben ...«

»John Jarvi. Der Mann, der dich angegriffen hat, ist geflohen«, sagte Claire Boyd.

Tuula Oravisto bekam für einen Augenblick kein Wort heraus, sie sah das Gesicht des glatzköpfigen Killers wieder vor sich, hatte seinen Geruch wieder in der Nase. »Der Mann hat gefragt, ob mir der Name John Jarvi etwas sagt. So, als müsste ich ihn kennen. Ich habe diesen Wahnsinnigen nie gesehen und nicht einmal von einem John Jarvi gehört.«

»Wir müssen alles erfahren, was im Hotel *Cardiff* passiert ist.«

»Der Verrückte hat mir Fotos gezeigt und wollte hören, was ich von Emily Jarvi weiß. Sucht er seine Frau? Warum glaubt er, dass ich ...«

»Was hat Jarvi sonst noch gesagt?«

Tuula Oravisto überlegte kurz. »Er hat auch nach jemand anderem gefragt, nach einem Mann. Der Name war wohl Baranski, Rick Baranski. Ebenfalls Soldat. Jarvi hatte ein Fotoalbum mit ...«

»Was hast du geantwortet?«

»Die Wahrheit natürlich«, erwiderte Tuula Oravisto ungehalten. »Ich weiß von beiden Jarvis nichts und auch nichts von einem Rick Baranski.«

Claire Boyd schwieg einen Augenblick, aber Tuula Oravisto glaubte in der Leitung ein gedämpftes Gespräch zu hören.

»Ist das alles, was in dem Hotel passiert ist? Wurde nichts anderes gesagt?«, fragte Claire Boyd schließlich.

Tuula Oravisto dachte fieberhaft nach. »Erst war der Mann wie wahnsinnig vor Wut. Ich war sicher, dass er mich auf der Stelle umbringt. Aber dann ist etwas passiert. Jarvi schien überrascht, verwirrt zu sein, als ich niemanden auf diesen Fotos erkannte.«

In der Leitung herrschte wieder Schweigen. »Du stehst nicht im Verdacht, eine Straftat begangen zu haben, also kannst du in die Türkei reisen, wenn du wirklich willst. Aber überlege dir das genau. Hier in London kann ich dir Polizeischutz anbieten. Du könntest in einem Safehouse bleiben, bis Jarvi gefunden ist.«

»Für wie lange? Und wenn der Mann nicht gefasst wird?«

»Die werden alle gefasst. Früher oder später.«

Tuula Oravisto tat der Kopf weh, sie musste sich jetzt sofort entscheiden. Wenn die Polizei Jarvi nicht fand, würde sie monatelang in London festsitzen.

»Ich fliege in die Türkei«, sagte Tuula Oravisto, sie hörte sich aber keineswegs so an, als wäre sie sich ganz sicher.

27

Donnerstag, 29. August

John Jarvi saß auf der Galerie des großen und traditionsreichen Pubs *The World's End* direkt neben der Metrostation Camden Town, er trug ein Basecap und ein gebrauchtes Sakko, das er eben an einem Stand auf der Straße gekauft hatte. Das klassische Lokal war ein äußerst beliebter Treffpunkt, und in dem von Studenten, Obdachlosen und Bohemiens bevorzugten Camden herrschte auch ansonsten ein großes Gedränge, vor allem an Wochenenden, wenn die Straßenmärkte in vollem Gange waren. Jarvi hoffte, hier in Sicherheit zu sein, bis ihm einfiel, was er als Nächstes tun sollte. Bis er endlich verstand, was zum Teufel eigentlich los war. Das Pentagon behauptete, er habe vor dem Mord an dem polnischen Physiker zwei Menschen getötet. Und das Unbegreiflichste: Man glaubte, er habe auch Emily umgebracht, seine eigene Frau! Wie war das möglich, verdammt noch mal? Die Aufständischen hatten doch von der Hinrichtung sogar ein Video gedreht.

Jetzt suchte man ihn in London mit einem Großaufgebot, das war sicher. Er hatte es gerade noch geschafft, vor dem Eintreffen der Polizei im Park neben dem Hotel *Cardiff* zu verschwinden, das war knapp gewesen. Natürlich hätte er die Polizisten im Hotelzimmer umbringen können, aber es war nicht verlockend, Vertreter der Behörden zu töten. Sie standen doch gewissermaßen auf derselben Seite wie er, waren Teil des Staatsapparats, und er war es gewöhnt, nur Feinde des Staates umzubringen. Jarvi hatte den Polizisten Scopolamin ins Gesicht geblasen, eine Droge, die aus dem in Kolumbien weitverbreiteten Borrachero-Baum gewonnen wurde und zu den gefährlichsten der Welt gehörte. Sie war geruch- und geschmacklos, also mischten die kolumbianischen Kriminellen sie in ein Getränk ihrer Opfer oder bliesen sie im Gedränge auf dem Fußweg Entgegenkommenden ins Gesicht. Deshalb wurde der Stoff wohl auch *Atem des Teufels* genannt. Danach brauchten die Kriminellen nur einen Augenblick zu warten, bis die Droge wirkte; das Opfer verwandelte sich in einen gefügigen Zombie, der folgerichtig, aber ohne eigenen Willen handelte und sich steuern ließ wie ein Kind. Es war einfach, einen Menschen in diesem Zustand auszurauben, zu vergewaltigen, ihm innere Organe zu stehlen und seine Bankkonten leerzuräumen. Jarvi hatte das Scopolamin bei seiner Arbeit als Folterer der CIA kennengelernt. Das Mittel war zuweilen bei Verhören als Wahrheitsserum angewendet worden, mit unterschiedlichem Erfolg; das Scopolamin hatte nämlich die Angewohnheit, auch das Gedächtnis zu löschen, Halluzinationen auszulösen und das Opfer manchmal sogar umzubringen.

Jarvi hörte aus dem Saal des Pubs lautes Reden und schaute nach unten: Eine Gruppe Fußballfans in Chelsea-Trikots hatte sich an den falschen Ort verirrt. Er betastete Emilys Ring durch den Stoff der Hosentasche. Es war seine Idee gewesen, den Ring mit Scopolamin zu füllen. Am meisten Angst hatte Emily im Irak davor gehabt, den Aufständischen in die Hände zu fallen, alle wussten, was die mit Frauen machten.

Mit Emilys Laptop hatte er nichts anfangen können, die Festplatte war kaputt, das Display blieb dunkel, egal, was er versuchte. Nun war das Telefon an der Reihe. Jarvi holte aus der Tasche seines Schwiegervaters das finnische Handy, das er Emily vor vier Jahren geschenkt hatte, schloss das Ladegerät an, schaltete es ein und stellte überrascht fest, dass alle Gesprächsdaten gelöscht waren. Die Bildergalerie … die Mitteilungen … das Adressbuch … die Audioaufnahmen – alles war weg. Wer hatte die Informationen vernichtet? Auch das Telefon würde ihn nicht weiterbringen … Oder vielleicht doch?

Jarvi hob den Rucksack, den er aus der Gepäckaufbewahrung auf dem Bahnhof Paddington geholt hatte, auf den Schoß und stellte seinen Laptop auf den Tisch. Er schloss Emilys Telefon an den Computer an und öffnete das Online-Updateprogramm des Telefonherstellers. Auf die Frage nach dem Passwort gab er *Em1ly10* ein, er wusste, dass seine Frau das immer verwendet hatte. Die Seiten öffneten sich, und Jarvi freute sich so, dass er um ein Haar laut gejubelt hätte. Emily hatte Sicherheitskopien von den Fotos, SMS und Gesprächsdaten ihres Handys gemacht. Die letzte Speicherung stammte vom 24. Juli 2010, nur eine reichliche Woche vor ... ihrem Tod.

Jarvi trank seine abgestandene Cola aus und machte sich an die Arbeit. Der größte Teil der angenommenen Anrufe und der gewählten Nummern enthielt die Namen von Emilys Verwandten und Kameraden, von ihren gemeinsamen Bekannten und seinen eigenen Namen, aber auch zwei andere Telefonnummern wiederholten sich in regelmäßigen Abständen. Die eine gehörte General Michael Terpin, der am Ende des Irakkriegs die Kommandozentrale für Spezialeinsätze geführt hatte. Und die andere Nummer gehörte ...

Jarvi schloss die Augen, strengte sein Gehirn an und überprüfte die Nummer noch zweimal, obwohl die Privatnummer von Commander Rick Baranski mit feurigen Buchstaben in sein Gedächtnis eintätowiert war. Emily und Rick Baranski hatten im Juli 2010 fast täglich Kontakt gehabt. Erst das Foto und nun das – die Sache war absolut sicher: Emily hatte Baranski gut gekannt, es aber vor ihm, ihrem eigenen Mann und Baranskis Untergebenem, geheim halten wollen. Warum?

Pechschwarze Ängste übermannten ihn. Das Pentagon behauptete, er habe Emily und alle möglichen anderen umgebracht, und Baranski meldete sich nicht mehr, wenn er ihn anrief. Man hatte ihn seinem Schicksal überlassen, und er konnte nicht beweisen, dass er den Befehl zur Tötung der Physiker von Baranski erhalten hatte. In den Augen Außenstehender war er nichts weiter als ein zum Einsiedler gewordener ehemaliger Scharfschütze, der angefangen hatte, Menschen zu töten. Aber er besaß immerhin das Video von Emilys Hinrichtung. Das würde zumindest beweisen, dass er seine Frau nicht umgebracht hatte.

Jarvi begriff, dass es keine Alternative gab: Er musste Baranski sehen, ihm von Angesicht zu Angesicht gegenüberstehen. Niemand anders wusste von dem, was er tat. Die Lügen, die das Pentagon verbreitete, konnten nur von Baranski stammen. Dessen gegenwärtiger Standort war Incirlik in der Türkei, per E-Mail war es Jarvi gelungen, das von einem ehemaligen Kameraden bei den SEALs in Erfahrung zu bringen. Niemand anders als Baranski wäre imstande, ihm zu erklären, worum es bei alldem ging. Und es wäre für den Commander besser, wenn er eine sehr gute Erklärung dafür hatte, denn in gewisser Weise war Baranski an allem schuld. Er war es gewesen, der ihm 2005 den Job in einer SOG, einer Special Operations Group, der CIA angeboten hatte, und Baranski war es auch gewesen, auf dessen Befehl hin er Folterer in den Antiterror-Aufklärungszentren geworden war.

Er senkte den Kopf und hatte Angst vor dem, was da kommen würde. Commander Rick Baranski war einer der beiden Offiziere, denen Verteidigungsminister Rumsfeld 2004 befohlen hatte, im Irak geheime Verhaftungszentren aufzubauen, gestützt auf Mittel in Millionenhöhe. Baranski hatte natürlich von allem gewusst, was in ihnen geschah – auch von den brutalsten Folterungen. Wenn er Baranski verriet und dabei erwischt wurde, würde der Commander keine Gnade kennen.

28

Donnerstag, 29. August

Essi Kokko saß am Ufer des Kaivopuisto am abgelegensten Tisch des Terrassenrestaurants Mattolaituri und betrachtete die Inseln vor Helsinki: Puolimatkansaari, Pormestarinhepo, Limppu, Pormestarinluodot, Särkkä, Vanha-Räntty, Harakka ... Sie hatte vor etwa zwei Jahren etwas über die Chemische Versuchsanstalt des Verteidigungsministeriums gelesen, die von den zwanziger Jahren bis 1988 auf der Insel Harakka in Betrieb gewesen war, und dabei eine ihrer Ansicht nach unschlagbare Idee für einen Thriller gehabt, der in den Jahren vor dem Zweiten Weltkrieg spielte. Sie hatte das Boot eines Kumpels ausgeliehen und war mit ihrem damaligen Freund zusammen auf den Inseln vor Helsinki gewesen, angeblich um die Orte der Handlung ihres Buchs kennenzulernen. Zustande gebracht hatte sie jedoch nichts weiter als einen kurzen Entwurf. Mehr nicht.

Sie war wütend auf sich selbst, und zugleich regte sich ihr Kampfgeist. Weil sie zu genau plante und ewig herumspekulierte, verspielte sie all ihre Chancen, dabei bestand ihre Stärke doch gerade darin, aktiv zu werden, etwas zu tun. Das Leben war kurz, man wusste nie, wann einen der platzende Reifen eines vorbeifahrenden Lkws am Kopf traf und tötete, wie es in ihrer Kindheit einem Nachbarn auf einer Urlaubsreise in Uusikaupunki passiert war.

Kurzentschlossen stand sie auf, ging ans Ufer und wählte die Nummer von Markus Virta. Die Vor- und Nachteile dieses Anrufs hatte sie schon über eine Stunde lang abgewogen.

»Virta!« Der Kriminalinspektor meldete sich so blitzartig und ungehalten, dass Essi Kokko gleich völlig aus dem Konzept kam. Es dauerte etwas, bis sie ihren Namen gestammelt hatte. »Ich bin freie Journalistin und schreibe an einer Story über Einwanderer ohne

Papiere, die in Finnland leben. Ich wollte fragen, ob du irgendwann einen Augenblick Zeit für ein Gespräch hättest.«

In der Leitung herrschte ein langes Schweigen, so dass sie schon befürchtete, die Verbindung sei unterbrochen.

»Warum rufst du da gerade mich an? Hier in der Abteilung für Gewaltverbrechen der KRP werden keine Ermittlungen zu illegalen Einwanderern geführt«, sagte Virta schließlich.

»Ich habe deinen Namen von einer ... Bekannten, sie ist selbst eine Illegale. Sie sagt, dass du bestens darüber informiert bist, was die Einwanderer ohne Papiere in Finnland machen. Und was man mit ihnen macht.«

Markus Virta lachte, es klang aggressiv. »Wo hat denn deine illegale Bekannte gehört, was ich weiß?«

»Darüber möchte ich ja gerade reden ...«

»Komm morgen nach Eiranranta ans Seefahrerdenkmal. Früh, gleich um acht. Dann ist das erledigt, bevor der eigentliche Arbeitstag anfängt«, sagte Virta und brach das Gespräch ab, ohne sich zu verabschieden.

Das ist aber gut gelaufen, dachte Essi Kokko. Ihre Anspielung war genau richtig dosiert gewesen: Virta machte sich nun Sorgen, so dass seine Neugier geweckt war, aber wiederum nicht so große Sorgen, dass er gleich ganz abgeblockt hätte. Sie spürte den Geschmack des Erfolgs auf der Zunge, jetzt war sie richtig in Fahrt gekommen. Essi Kokko beschloss, umgehend bei Neda Navabis zweiter finnischer Kontaktperson anzufragen.

* * *

Knapp eine Stunde, nachdem Essi Kokko ihren Hintern erhoben und das Restaurant verlassen hatte, stieg sie auf dem Bahnhof von Mäkkylä an der unsichtbaren Grenze zwischen Espoo und Helsinki aus dem Nahverkehrszug der Linie A. Natürlich hatte sie versucht, Ville-Veikko Toikka auf seinem Handy zu erreichen, aber er reagierte weder auf Anrufe noch auf die Bitte um einen Rückruf. Toikkas Vorgesetzter bei der KRP hatte nur die unbestimmte Auskunft gegeben, Toikka habe noch Resturlaub genommen und käme vielleicht schon am nächsten Tag wieder zur Arbeit. Essi Kokko wusste, dass Toikka Junggeselle war, und auf den Fotos im Internet verriet das leuchtende Rot seines Gesichts den frohgelaunten Säufer. Essi Kokko war manchmal stolz auf ihren Spürsinn, und der sagte ihr jetzt laut und deutlich, dass Ville-Veikko Toikka blaumachte. Es könnte gut sein, dass er sich zu Hause von seiner ausgiebigen Sauftour erholte oder weitermachte. Und sie wusste natürlich, an welcher Schnur sie ziehen musste, falls Toikka sich für sie interessiert, und das würde er garantiert wie die meisten Männer. Blieb zu hoffen, dass auch Toikka einem Streichholz ähnelte, also schnell entflammt war und sofort den Kopf verlor.

Essi Kokko eilte im Laufschritt die paar Hundert Meter bis zum Tapulipolku. Toikka wohnte am Ende eines Reihenhauses aus roten Ziegeln. Die Jalousien waren geschlossen. Ohne mit der Wimper zu zucken öffnete sie die niedrige Gartenpforte und betrat den Rasen, der seit Wochen nicht gemäht worden war. Sie klingelte an der Haustür, lauschte, klingelte noch einmal, lauschte und drückte den Klingelknopf dann zehn Sekunden lang durch. Auch als sie das Ohr an die Tür legte – nichts. Sie ging um das Haus herum und schaute sich Ville-Veikko Toikkas kleinen Garten auf der Rückseite an. Der war noch schlechter gepflegt als der vorm Haus. Auch auf dieser Seite waren die Jalousien heruntergelassen. An der Tür des kleinen Geräteschuppens befand sich kein Schloss. Sie spähte in den Schuppen hinein und entdeckte ein Lüftungsfenster zur Wohnung.

Verstohlen schaute sie sich um, überlegte kurz, welche Alternativen sie hatte, trat dann in den Schuppen hinein und schloss die Tür. Sie holte aus ihrem Rucksack eine LED-Taschenlampe, kletterte auf die Schubkarre und schaute durch das Lüftungsfenster in Toikkas Wohnung. Der Lichtkegel traf das Badezimmer, dahinter sah man den Hauswirtschaftsraum, den Flur und einen Teil des Wohnzimmers. Keine einzige Lampe war an, die Wohnung war dank der heruntergelassenen Jalousien nahezu stockdunkel. Toikka konnte nicht zu Hause sein, das war sicher. Wenn er im Suff eingeschlafen wäre, würde man in der Wohnung garantiert wenigstens Spuren von Unordnung und Durcheinander sehen.

Plötzlich stieß sie mit der Taschenlampe gegen die Scheibe und sah, dass sich dabei der schwache Riegel des Fensters bewegte. Was für eine Strafe würde man einer Ersttäterin für einen Einbruch in ein Haus aufbrummen? Wenn sie nichts mitgehen ließ, käme sie vermutlich mit einer Geldstrafe oder ein paar Monaten auf Bewährung davon. Sie klopfte mit den Knöcheln an das Fenster, der Riegel glitt Millimeter für Millimeter nach unten, bis er aus der Halterung herausrutschte. Nun ließ sich das äußere Fenster öffnen. Der Riegel des inneren Fensters befand sich in der Wohnung. Essi Kokko holte ein Universalwerkzeug aus ihrem Rucksack, schob das Messer am Rand des Rahmens entlang und fluchte, als die Fensterfarbe abblätterte. Schließlich stieß sie die Klinge mit Gewalt hinein und drückte auch den zweiten Riegel auf.

Sie wand sich durch die enge Fensteröffnung ins Bad und warf den Rucksack wieder auf den Rücken für den Fall, dass sie die Wohnung Hals über Kopf verlassen musste. Nachdem sie rasch in alle Räume geschaut und sich vergewissert hatte, dass niemand zu Hause war, schaltete sie das Licht ein und begann zu suchen. Die Bretter der Saunapritsche waren dunkel geworden, und die Fliesen in der Duschecke hätten dringend gescheuert werden müssen genau wie das Waschbecken. Im Hauswirtschaftsraum fand sich im Traglastregal nichts Interessantes, in der Ecke surrte eine Gefriertruhe. In den Wohnzimmerregalen standen und lagen bunt durcheinander Nippes, Taschenbücher, DVDs und alte Fotos. Auf den meisten war Ville-Veikko Toikka zu sehen, ein blonder Mann mit einer runden Nase, kleinen Augen, kräftigen Kiefern und einem offensichtlichen Alkoholproblem, der mit zunehmendem Alter immer weniger Haare auf dem Kopf hatte. Fast auf jedem Foto hielt er eine Flasche oder ein Bierglas in der Hand, unabhängig davon, wo sie aufgenommen worden waren. Die Farbe seines Gesichts wechselte zwischen verschiedenen Rottönen.

Die Schränke in Toikkas Schlafzimmer waren voll mit sauberen und ungewaschenen Kleidungsstücken, alles durcheinandergeworfen und zum Teil zusammengeknüllt. Auf der Stange im Schrank hingen abgetragene Anzüge von Dressmann, Sakkos und Krawatten, wenn die überhaupt irgendwann mal Mode gewesen waren, dann musste das sehr lange her sein. Kokko war langsam frustriert. Als sie die Küchenschränke untersucht hatte, betrat sie den letzten Wohnraum und freute sich, als sie ein chaotisches Zimmer erblickte, auf dessen Schreibtisch und in dessen Regalen sich Unterlagen und Plastikhefter stapelten.

Essi Kokko griff nach einer der Mappen, öffnete sie und begriff sofort, dass sie auf eine Goldader gestoßen war. An das Formular für personenbezogene Daten war ein Foto geheftet.

Name: Khaleda Mohammadi
Alter: 23 Jahre
Geburtsland: Afghanistan
Nationalität: afghanisch
Geschlecht: Frau
Heimatort: Herat
Unterbringungsort: Helsinki
Status: illegale Einwanderin

Kokko nahm einen anderen Ordner und fand Dutzende, Hunderte Formulare mit personenbezogenen Daten illegal nach Finnland gebrachter Einwanderer, aus dem Iran, aus der Türkei und der Ukraine, aus Afghanistan, Pakistan, Moldawien ... In der dritten Mappe lagen Kostenaufstellungen, Adressen, Überweisungen und noch mehr Formulare mit Fotos. Endlos viele illegale Einwanderer. Sie hob den Rucksack herunter, nahm die Kamera heraus und begann zu fotografieren.

Eine Stunde und dreiundfünfzig Minuten später wischte sich Essi Kokko den Schweiß von der Stirn, schob die Kamera in das Etui und steckte sie zurück in ihren Rucksack. Sie hatte gehofft, einer erstklassigen Nachrichtenstory auf die Spur zu kommen, aber dieses Material übertraf selbst ihre kühnsten Hoffnungen. Das würde tatsächlich die größte Enthüllung werden, die es in Finnland jemals gegeben hatte. Es konnte kein Zufall sein, dass beide, Ville-Veikko Toikka und Markus Virta, bei der KRP arbeiteten; offensichtlich war die KRP in die Ausbeutung illegaler Einwanderer verwickelt. Jetzt musste sie sofort nach Hause, sie würde unverzüglich anfangen, den Artikel zu schreiben ...

Essi Kokko wischte sich erneut den Schweiß von der Stirn, ihre Zunge klebte am Gaumen. Sie hatte Durst. Erst jetzt, als die Anspannung nachließ, bemerkte sie, dass es in der Bude heiß war wie in einem Backofen. Alle Fenster waren während der Hitze der letzten Tage geschlossen gewesen. Kokko marschierte in die Küche, öffnete den Kühlschrank und schaute verdutzt in gähnende Leere – nicht einmal ein Bier. Sie holte aus dem Schrank ein Glas und drehte den Hahn auf, aber das Wasser wurde nicht kalt, solange sie auch wartete. Plötzlich fiel ihr die Gefriertruhe ein, sie ließ das Wasser laufen und beschloss, Eis zu holen. Sie trat in den Hauswirtschaftsraum, riss den Deckel der Gefriertruhe auf und schaute in Ville-Veikko Toikkas gefrorene Augen.

Essi Kokko schrie, bis ihr die Ohren schmerzten und die Stimme versagte.

29

Donnerstag, 29. August

Im Augenwinkel des zehnjährigen Jungen glänzte eine Träne, aber er blieb stumm und drückte mit aller Kraft die Hand seiner Mutter und seiner Schwester Shirin. Wieder einmal hatte Aref alles bei sich, was ihm gehörte, es passte in seinen Angry-Birds-Rucksack und wog nicht einmal viel. Wieder passierte irgendetwas Schlimmes, seit langer Zeit bestand ihr Leben aus nichts anderem als Kummer und Elend. Zu Hause in Teheran hatte er wenigstens Freunde und die Verwandten gehabt, er und Shirin mussten damals nicht andauernd darauf warten, dass Mutter endlich wieder zu Hause war. Hier in Finnland kam es ihm so vor, als wäre Mutter nie zu Hause, manchmal musste sich Shirin mehrere Tage hintereinander um ihn kümmern. Der Junge starrte auf die Wohnungstür in dem Helsinkier Haus und hatte Angst vor dem, was gleich passieren würde: Was für ein fieser Typ würde hinter dieser Tür auftauchen, und was würde man diesmal mit ihnen machen.

Plötzlich ging die Tür auf, und Aref Navabi drückte sich mit einem Stöhnen an seine Mutter, als sich der Blick eines alten, graubärtigen Mannes in seine Augen bohrte.

»Können wir reinkommen?«, fragte Neda Navabi, die große Stofftaschen schleppte, auf Finnisch und schob ihre Kinder in den Flur, noch bevor Pater Daniel antworten konnte.

Der Kaplan schloss die Tür so rasch, wie er es mit seinen vom Rheuma geplagten Händen vermochte. »Was ist geschehen?«

Neda Navabi bewegte den Kopf hin und her. »Das ist eine lange und widerliche Geschichte.« Sie legte die Hände auf die Schultern ihrer Kinder. »Das hier ist Shirin, sie ist vierzehn, und Aref wurde jetzt im Sommer zehn.«

Pater Daniel runzelte die Stirn noch mehr, als er die Kinder begrüßt hatte. »Habt ihr etwas gegessen, braucht ihr ein Abendbrot?«

»Wir haben keinen Hunger, wir brauchen einen Zufluchtsort.«

Pater Daniel gelang es, zu lächeln. »Nun kommt erst mal richtig herein. Lasst die Taschen im Flur und setzt euch in aller Ruhe ins Wohnzimmer.«

Nach einem Abstecher in die Küche kehrte der krumme Kaplan zu den Navabis zurück und trug ein Tablett mit einem Karton Obstsaft, Trinkgläsern, verschiedenen Keksen, Obst und Nüssen. »Welche Sprachen verstehen deine Kinder?«, fragte Pater Daniel Neda.

»Farsi und Finnisch.«

»Bitte sehr«, sagte Pater Daniel auf Finnisch und setzte das Tablett vor den Kindern auf den Couchtisch. Aref betrachtete die Gemälde an der Wand und brauchte eine Weile, bis er sich von den Teufelsbildern losreißen konnte.

»Wir haben nichts anderes, wo wir hingehen könnten«, sagte Neda Navabi und schaute Pater Daniel an wie einen Richter.

»Hier seid ihr in Sicherheit«, beruhigte Pater Daniel sie. »Noch vor ungefähr zwanzig Jahren hätte ich euch auch ganz offiziell Asyl bieten können, aber diese anderthalbtausend Jahre alte Tradition endete leider vor etwa zwanzig Jahren mit der Änderung im *Codex Iuris Canonici*. In Kirchenkreisen halten das jedoch nicht alle für einen endgültigen Verzicht auf die Asylpraxis. Wir Pfarrer als Einzelpersonen organisieren weiterhin überall in der katholischen Welt Asylplätze für Hilfsbedürftige. Aber erzähle jetzt mal, was passiert ist! Ihr seht ja bedauernswert aus.«

Neda bat die Kinder, das Tablett mit den leckeren Dingen zu nehmen und in die Küche zu gehen, solange sich die Erwachsenen unterhielten. Dann wandte sie sich Pater Daniel zu. »Du hast dich vielleicht gewundert, warum ich so gut wie nichts über mich, über meine Vergangenheit erzählt habe. Aber das hat seine Gründe.«

Neda zögerte einen Augenblick, dann zog sie den Ärmel ihres Polohemds hoch und zeigte ihre Narben. »Ich kann nicht in den Iran zurückkehren. Ich müsste ins Gefängnis oder Reza, mein Mann ...«

Pater Daniel wartete geduldig, bis Neda sich gefasst hatte.

»Die islamische Scharia im Iran sieht überhaupt keine Regelungen zur Gewalt in der Familie vor«, sagte Neda. »Wenn ich die Misshandlungen angezeigt hätte, dann wäre ich gezwungen gewesen, der Polizei Zeugen zu nennen und ärztliche Gutachten vorzulegen. Doch ein Mann verprügelt seine Frau selten in Anwesenheit von Zeugen, nicht einmal Reza. Vergewaltigung kennt das iranische Strafgesetzbuch gar nicht, das wird als Ehebruch angesehen, weil Sex nur innerhalb der Ehe erlaubt ist. Es passiert auch, dass eine vergewaltigte Frau wegen Ehebruchs verurteilt wird, sie kann sogar zum Tode verurteilt werden. Und nach dem iranischen Gesetz kann ein Ehemann seine Ehefrau gar nicht vergewaltigen. Klar ist natürlich, dass die Männer Verhältnisse mit anderen Frauen haben dürfen, dafür ist im Gesetz der Begriff der vorübergehenden Ehe eingeführt worden.«

Pater Daniel legte seine verkrümmte, knorrige Hand auf Nedas Knie.

Sie zögerte, beschloss dann aber weiterzureden. »Damals vor drei Jahren, als wir aus dem Iran flohen, ist es mir nicht gelungen, viel Geld mitzunehmen. Und das wenige, was ich besaß, musste ich schon ausgeben, um bis Istanbul zu gelangen.«

»Wie seid ihr dann nach Finnland gekommen?«, fragte Pater Daniel.

»Istanbul ist ein Paradies für die türkischen kriminellen Organisationen. In einer Stadt mit fast fünfzehn Millionen Einwohnern verstecken sich Hunderttausende Menschen ohne Papiere, von denen der größte Teil über Griechenland auf das Gebiet der EU will. Die Kriminellen helfen gern, aber zu einem hohen Preis. Die Fahrt auf dem einige Kilometer langen Wasserweg von der türkischen Küste bis zu den griechischen Inseln im Ägäischen Meer kostet zwei- bis fünftausend Dollar und die Fahrt nach Nordeuropa etwa zwanzigtausend Dollar. Die türkischen Schmuggler sind sehr effektiv, sie können gefälschte Visa und auch Pässe für die wenigen beschaffen, die viel Geld besitzen.«

Neda nahm ihr Glas mit Saft vom Couchtisch. »Wir haben es erst auf eigene Faust mit einem Schlauchboot versucht, von der türkischen Küste auf die griechischen Inseln zu gelangen. Das war ein … grauenhaftes Erlebnis. Wir wären fast umgekommen. Danach war ich gezwungen, die Türken um Hilfe zu bitten. Oder vielmehr, sie anzuflehen. Wir wurden im Geheimversteck eines Lkws nach Stockholm gebracht und von dort mit dem Schiff nach Finnland.«

»Woher hattest du das Geld?«, fragte Pater Daniel.

»Ich wurde zum Arbeiten hierher nach Helsinki beordert, die Schulden mussten mit Arbeit zurückgezahlt werden. Ich habe als Putzfrau und Haushaltshilfe geschuftet, fast ohne Lohn, lange Arbeitstage unter erbärmlichen Bedingungen. Ein Leben unter ständigem Stress und voller Unsicherheit, wie wir das überstehen sollen. Ich war völlig von meinen Arbeitgebern abhängig. Für die ist es einfach, ihre Mitarbeiter ohne Papiere auszubeuten und zu erpressen, wir werden sofort aus Finnland abgeschoben, wenn wir unser Recht einfordern. Jemand ohne Papiere muss jede Arbeit annehmen, unter allen Bedingungen, sonst gerät er in eine noch schlechtere Lage. Wir übernehmen all die Jobs, die kein Finne machen will. Ich habe selbst ein paar Euro pro Tag bekommen, das reichte mit Müh und Not fürs Essen, wir besaßen nichts. Manchmal musste ich stehlen, damit ich für meine Kinder etwas zu essen hatte. Aber zu allem war ich auch nicht bereit …« Neda verstummte mitten im Satz.

»Asyl konnte ich nicht beantragen, es gab keine Gründe für die Gewährung. Wenn ich es versucht hätte, wären wir erst nach Metsälä in die Einrichtung für die vorübergehende Inhaftierung illegaler Immigranten gekommen, und am Ende hätte man uns in den Iran abgeschoben.«

»Hättest du das mal eher erzählt. Ich wusste nicht, wie schlecht es um deine Angelegenheiten steht. Ich dachte, dass du einfach nur finanzielle Schwierigkeiten hast. Das alles hört sich …« Pater Daniel fand nicht die richtigen Worte für die Situation.

»Ich habe dann angefangen, denen zu helfen«, sagte Neda lauter als beabsichtigt. »Sie haben mich dazu gezwungen, weil ich eine der wenigen bin, die sowohl Finnisch als auch Englisch sprechen. Sie haben mich erpresst, gedroht, uns den Behörden auszuliefern, wenn ich nicht mache, was man mir befiehlt.«

»Du hast angefangen, wem zu helfen?«, fragte Pater Daniel irritiert.

»Türkischen Menschenschmugglern, der organisierten Kriminalität. Ihre Organisation ist europaweit aktiv. Ich hatte ihnen versprochen, beim Beschaffen von Wohnungen zu helfen ...«

»Für wen?«

Neda Navabi schüttelte kurz den Kopf. »Für die anderen Einwanderer ohne Papiere in Helsinki. In Finnland sind illegale Einwanderer gezwungen, noch konsequenter unsichtbar zu bleiben als in vielen anderen Ländern. Ohne Personenkennzahl kann man kein Bankkonto eröffnen, keine kostenlosen Leistungen im Gesundheitswesen in Anspruch nehmen, und es ist fast unmöglich, einen Platz in einer Schule zu bekommen. Auch um einen Mietvertrag abzuschließen, braucht man die Personenkennzahl, sollte es sich ein Illegaler überhaupt leisten können, Miete zu bezahlen. Das Leben in der Hauptstadtregion ist schweineteuer, aber nur wenige Illegale wollen hier weg; in anderen Städten ist es noch schwieriger, sich zu verstecken. Hier gibt es so viel mehr Einwanderer als anderswo in Finnland.«

»Was für Wohnungen hast du besorgt?«

»So gut wie alles. Kellerräume, Baustellenbuden, und manchmal gelang es mir, eine Einzimmerwohnung schwarz zu mieten, in der dann sechs Personen untergebracht wurden ... Aber das ist jetzt egal«, sagte Neda und schnaufte. »Gestern tauchte erst die Polizei und dann eine Journalistin auf und stellte mir Fragen zu den Menschen ohne Papiere, zu dem Geschäft, das auf unsere Kosten gemacht wird. Die Türken haben davon erfahren und wollen mich jetzt loswerden.«

Pater Daniel überlegte einen Augenblick. »Ich kann dir Geld borgen. Bezahle deine restlichen Schulden und sage den Türken Lebewohl.«

»Wenn das mal so einfach wäre«, erwiderte Neda und lachte freudlos. »Ich weiß zu viel. Wer die Einreise von nur einem Illegalen organisiert, kann dafür schon eine Gefängnisstrafe von mehreren Jahren bekommen, und meine Chefs haben Hunderte, vielleicht Tausende illegal nach Finnland gebracht.«

Pater Daniel brauchte Zeit zum Nachdenken, also ging er in die Küche, um die Kanne mit dem Tee zu holen, der ziehen sollte und den er ganz vergessen hatte.

Nedas Blick fiel auf einen englischsprachigen Textausschnitt, der eingerahmt an der Wand hing:

Die Hauptaufgabe des Erzengels Michael, der Kampf gegen den Teufel, ist immer noch im Gange, »weil der Dämon noch immer lebt und in der Welt wirkt. Tatsächlich, das Böse, das sich in der Welt findet, die Unordnung in der Gesellschaft, die Widersprüchlichkeit des Menschen, die innere Zerbrochenheit, deren Opfer er ist, sind nicht nur Folgen der Erbsünde, sondern auch des verheerenden und dunklen Wirkens Satans.«

Papst Johannes Paul II., 24. Mai 1987

Pater Daniel kehrte ins Wohnzimmer zurück, reichte Neda einen Pott Tee und blieb neben seiner Freundin stehen. »Deine Informationen müssen an die finnischen Behörden weitergegeben werden. Das ist die einzige Alternative. Ich helfe dir.«

Neda Navabi senkte den Kopf. »Bei deinem Vorschlag gibt es zwei Probleme. Die Türken würden wissen, wer die Informationen verraten hat.«

Pater Daniel wartete einen Augenblick, dass Neda weiterredete. »Du hast von zwei Problemen gesprochen.«

»Die finnischen Behörden sind an den Aktivitäten der Türken beteiligt.«

30

Donnerstag, 29. August

In der Südtürkei nahe der syrischen Grenze lag die kleine Stadt Incirlik. Bis zur Millionenstadt Adana waren es knapp zehn Kilometer und zum Mittelmeer auch nur etwa fünfzig. Kleine Ackerparzellen bildeten Farbtupfer in der Umgebung des von elftausend Menschen bewohnten Städtchens, dessen Straßen voll waren von bescheidenen Lokalen und Läden, in denen Teppiche, Schmuck, Kupfer- und Messinggegenstände verkauft wurden, Bäckereien, Obst- und Gemüsemärkten. Auf den Straßen und in den Gassen liefen Kühe, Ziegen und Schafe umher. Die kümmerte es im Gegensatz zu den aufgeklärtesten unter den Einwohnern nicht im Geringsten, dass auf dem Gelände der Luftwaffenbasis der US Air Force am Rande der Stadt neunzig B61-Atombomben lagerten.

Die Gefahr der Zerstörung durch Kernwaffen bereitete auch der ungewöhnlich langhaarigen Ziege der Rasse Kil Keçi, die gern auf den Ackerflächen außerhalb des Dorfes herumstreunte, keine Sorgen. Im Moment starrte sie gerade auf das Gebäude, in dem die für die Sicherheit zuständige Staffel des 39. Geschwaders der US Air Force ihr Quartier hatte. Sie war verantwortlich für die Überwachung und Sicherheit des größten Waffenlagers der US-Luftwaffe in Europa, das sich in Incirlik befand. In der zweiten und obersten Etage des Gebäudes saß auch Commander Rick Baranski, der für eine Special Operations Group (SOG) der CIA arbeitete.

Baranski schaute durchs Fenster seines Büros auf einen Düsenjäger vom Typ F-60 Fighting Falcon der türkischen Luftstreitkräfte, der die drei Kilometer lange Landebahn entlangrollte; es war nur gut, dass jemand die Rollbahn benutzte, jetzt, da man die amerikanischen Jagdflugzeuge aus Incirlik abgezogen hatte. Gegenwärtig befanden sich hier neben dem riesigen Waffenlager nur verschiedene Unterstützungsdienste und medizinische Einrichtungen, trotzdem arbeiteten auf dem Gelände der Airbase immer noch etwa fünftausend amerikanische Zivilisten und Soldaten.

Baranski legte seine Zigarre auf den Rand des Aschenbechers und ließ sie brennen, er rieb sich das Gesicht, als wollte er aus einem Alptraum erwachen, und beschloss, sich die Nachrichten, die John Jarvi auf dem Anrufbeantworter hinterlassen hatte, noch ein letztes Mal anzuhören:

Melde dich, du Idiot! Ich rufe aus London an. Was zum Teufel ist im Gange ... Ich erfuhr gerade, dass man mich verdächtigt, Emily umgebracht zu haben. Das behauptet das Pentagon. Gottverdammich, wie ist das überhaupt möglich ... von der Hinrichtung gibt es doch ein Video.

Baranski drückte die Taste, um die nächste Nachricht zu hören.

Melde dich, verdammt! Du hast dich heimlich mit Emily getroffen, bevor ... Und ihr habt Dutzende Male telefoniert. Ich habe Emilys Fotos und ihr Telefon von ihrem Vater bekommen ... Jemand wird dafür büßen ... Ich weiß, dass du in der Türkei bist.

Rick Baranski warf das Handy auf seinen Schreibtisch und atmete heftig aus. Das hatte gerade noch gefehlt – der Junge hatte von ihm und Emily erfahren. Jarvi war den Behörden sowohl in Finnland als auch in London entkommen, das hatte Baranski natürlich als Erstes bei der Kommandozentrale Europa für Spezialeinsätze in Stuttgart nachgefragt. Und nun wollte der Mann ihm auf die Pelle rücken. Er war gezwungen, etwas gegen Jarvi zu unternehmen. Er wusste bloß noch nicht, wie. Nicht nur, dass der Mann als Scharfschütze eine echte Tötungsmaschine gewesen war, Jarvi wusste auch viel zu viel.

John Jarvi hatte Gefangene in Antiterrorzentren und in geheimen Gefängnissen überall in Europa gefoltert: in Tschechien, Ungarn, Polen, Lettland ... Jarvi war auch Dutzende Male bei geheimen und von den meisten Staaten als illegal angesehenen Gefangenenflügen der CIA dabei gewesen. Mehr als tausend solcher Flüge über europäische Flughäfen hatte es während der Kriege im Irak und in Afghanistan gegeben. Gefasste Terrorverdächtige wurden nach Guantánamo, in die Aufklärungszentren und geheimen Gefängnisse gebracht. Prozesse fanden nicht statt und Anklagen wurden nicht erhoben. Die Verdächtigen wurden nackt ausgezogen, in Windeln gepackt und mit Handschellen an den Hand- und Fußgelenken im Flugzeug an die Wände des Frachtraumes gefesselt. Man bedeckte ihre Gesichter und Augen und folterte sie. Im Gegensatz zur internationalen Gemeinschaft oder zu den Medien wusste John Jarvi, welche Länder den Gefangenenflügen zugestimmt und sich somit der Verletzung der Menschenrechte schuldig gemacht hatten: Großbritannien, Bosnien, Frankreich, Deutschland, Italien, Portugal, Spanien, Schweden, Finnland ...

Für die illegalen Gefangenentransporte hatte man die Flugplätze von mehr Staaten genutzt, als allgemein bekannt war. Die Aufdeckung des CIA-Programms der Gefangenenflüge in seiner Gesamtheit würde nicht nur weltweit für Aufregung sorgen, sondern dem Image und den Handlungsmöglichkeiten der USA im Ausland schweren Schaden zufügen. Und die geheimen, illegalen Festnahmen und Folterungen von Terrorverdächtigen waren keineswegs Geschichte, obgleich das viele annahmen. Man hatte sie auch während der Amtszeit von Präsident Obama fortgesetzt. Wegen innenpolitischer Probleme der USA war es einfacher, Terrorverdächtige im Ausland beispielsweise mit unbemannten Flugzeugen zu töten, als sie in die USA zu bringen und vor Gericht zu stellen.

Und das Schlimmste war, dass John Jarvi jetzt auch von den Morden an den Physikern wusste. Wenn die Informationen, über die Jarvi verfügte, öffentlich bekannt wurden, stellte das eine Bedrohung höchsten Grades für die nationale Sicherheit der Vereinigten Staaten dar, und Rick Baranskis Aufgabe bestand darin, solche Bedrohungen zu eliminieren. Er hatte das Recht dazu, auch wenn Jarvi Bürger der USA war. Nach Auffassung des Weißen Hauses reichte als Begründung für den Befehl zur Tötung, dass »ein über die Situation informierter hochrangiger Behördenvertreter der Ansicht ist, dass von dem Verdächtigen eine unmittelbare Gefahr für die Sicherheit der Vereinigten Staaten ausgeht«. Diese Phrase kannte er schon auswendig.

Jarvi wusste ganz einfach zu viel, und er war auch von allen Menschen absolut der letzte, dem Rick Baranski in die Hände fallen wollte. Es war höchste Zeit, den Mann loszuwerden.

31

Donnerstag, 29. August

»Scopolamin beziehungsweise Hyoscin ist ein in vielen Nachtschattengewächsen vorkommendes, dem Atropin ähnliches Tropan-Alkaloid, das im Nervensystem als den muscarinischen Rezeptor hemmendes Anticholinergikum dient.« Arto Ratamo musste über das Satzungetüm lachen, das er auf dem Display seines Laptops las. »Scopolamin wird als Arzneimittel unter anderem gegen Reisekrankheit und Entzündung der Regenbogenhaut eingesetzt.«

»Schön zu sehen, dass es dir schon wieder so gut geht«, sagte Claire Boyd, als sie mit einem Tablett das Zimmer betrat. In ihrem geräumigen Büro im Londoner Hauptquartier des NCA saß auch Ross Fisher, ein wortkarger Datenanalytiker, den der Britische Nachrichtendienst MI5 in die Ermittlungsgruppe zum Fall John Jarvi beordert hatte. Sie legten gerade eine Pause ein. Die Ermittlungsgruppe hatte in den letzten Stunden hart gearbeitet; der Fall Jarvi nahm immer wieder neue, überraschende Wendungen. Zuletzt hatte Commander Rick Baranski, der in der Türkei auf der US-Luftwaffenbasis Incirlik arbeitete, den britischen Behörden mitgeteilt, er habe den Verdacht, dass John Jarvi in die Türkei wollte. Baranski war nach eigener Aussage in den Jahren 2005–2006 Jarvis Vorgesetzter gewesen.

»Zusammenfassung«, sagte Claire Boyd. Sie stellte das Tablett auf einen kleinen Tisch und bedeutete den Männern, sich selbst zu bedienen.

»Jarvi ist weiterhin verschwunden«, begann Ross Fisher und griff dabei nach der Teekanne.

Ratamo rieb sich die Schläfen. »Jarvi schien überrascht zu sein, als ich ihm sagte, dass er vom US-Verteidigungsministerium des

Mordes an seiner Frau verdächtigt wird. Ich glaube nicht, dass diese Reaktion gespielt zwar. Und wenn Jarvi seine Frau nicht umgebracht hat, warum behauptet das Pentagon es dann?«

»Das wird auch Jarvi garantiert wissen wollen. Vielleicht will der Mann tatsächlich in die Türkei, um die Sache bei Baranski zu klären. Die Männer kennen sich, das wissen wir. Jarvi hat Tuula Oravisto nach Baranski gefragt«, sagte Claire Boyd.

Plötzlich klingelte Ross Fishers Handy. Er meldete sich, hörte eine Weile zu, ohne den Anrufer zu unterbrechen, und bat Claire Boyd dann, ihm ihre E-Mail-Adresse zu sagen.

Wenig später druckte Claire Boyd den vom MI5 geschickten Bericht aus. Alle drei lasen ihn schweigend:

Richard »Rick« Caleb Baranski (geb. 14. Oktober 1953, Tulsa, Oklahoma, USA)

- Militärakademie »Admiral Farragut«, Toms River, New Jersey, 1967–1971.
- US Marine 1971.
- Im Vietnamkrieg 1974–1975. Als Gruppenführer in der Schlacht von Ban Me Thuot im März 1975. Baranskis Gruppe gelang es, in der Nähe von Phuoc An eine große Anzahl Vietcong-Soldaten und ihrer Sampan-Boote zu vernichten. Baranski wurde der erste von drei Bronze-Stars verliehen.
- Schloss sich 1975 den Spezialeinheiten der Navy SEALs an.
- Abschlussexamen auf dem Gebiet Internationale Beziehungen, Marine-Universität (in NPS) 1978. Masterabschluss in Politikwissenschaft, Universität Auburn 1982.
- Marineattaché, Kambodscha 1982–1985.
- Kommandeur der Navy-SEAL-Abteilung 5 1985–1989.
- Leitete bei der Besetzung Panamas durch die USA im Jahre 1989 die Operation, die eine Flucht General Manuel Noriegas aus dem Land verhindern sollte.
- Commander, Kommandozentrale für Spezialeinsätze, Golfkrieg 1990–91.

- Spezialist, Kommandozentrale für Spezialeinsätze, Afghanistankrieg 2001–2003.
- Spezialist, Kommandozentrale für Spezialeinsätze, Irakkrieg 2003–2005.
- Special Activities Division der CIA (SAD), Special Operations Group (SOG) seit 2005.

Ratamo hatte die Zusammenfassung als Erster durchgelesen. »Dort war auch Jarvi ein Jahr lang beschäftigt, in der Special Activities Division der CIA, von 2005 bis 2006. Zur gleichen Zeit wie Baranski.«

Die drei saßen eine ganze Weile schweigend da, bis schließlich Claire Boyd das Wort ergriff. »Der ehemalige Scharfschütze der Navy SEALs John Jarvi tötet in Helsinki einen polnischen Physiker, der wenig später seine Arbeit für das ägyptische Atomprogramm antreten wollte. Jarvi versucht zweimal, Tuula Oravisto umzubringen, die im Begriff ist, eine Arbeit in der türkischen Kernenergieorganisation aufzunehmen. Das US-Verteidigungsministerium teilt mit, Jarvi sei ein mehrfacher Mörder, der als Nächstes einen politisch brisanten Mord plant, und behauptet, der Mann habe seine Frau umgebracht. Laut Jarvi haben irakische Aufständische seine Frau hingerichtet. Jarvi fragt sein zweites Opfer, Tuula Oravisto, ob sie Rick Baranski kennt. Baranski und Jarvi haben zur gleichen Zeit in der Special Activities Division der CIA gedient. Baranski teilt den britischen Behörden mit, dass Jarvi möglicherweise zu ihm in die Türkei will.« Claire Boyd fasste das alles zusammen, als würde sie mit sich selbst sprechen. »Was fällt einem dabei ein?«

»Dass wir keinen blassen Schimmer haben, worum es hier wirklich geht«, brachte es Ross Fischer auf den Punkt.

»Aber Rick Baranski weiß es«, sagte Ratamo.

Plötzlich trat Claire Boyds Sekretärin ein, ohne anzuklopfen, ging zu ihrer Vorgesetzten und reichte ihr einen Zettel.

Claire Boyds Gesichtsausdruck wurde noch frustrierter, als sie die Nachricht las. »Ich hatte darum gebeten, mir sofort Bescheid zu geben, wenn irgendwo in der Welt weitere Morde an Physikern mit dem Spezialgebiet Kerntechnologie passieren. Dieser pakistanische Doktor der Physik verlor sein Leben heute Morgen in Mekka, in Saudi-Arabien.« Sie zeigte ihren Kollegen das Foto eines lächelnden Mannes im mittleren Alter. »Und diesmal ist Jarvi garantiert nicht schuldig.«

* * *

Für die Stadt Helsinki wurde 2012 der weltweit erste unterirdische Flächennutzungsplan bestätigt. Unter dem Asphalt der finnischen Hauptstadt befinden sich Millionen Kubikmeter Raum in bis zu fünf Etagen: Sportstätten, Einkaufspassagen, Fernwärmerohre, Computerhallen, Metro- und Versorgungstunnel und natürlich Tiefgaragen.

Der Chef der Abteilung für Gewaltverbrechen der KRP Markus Virta saß in seinem schwarzen Volvo im unterirdischen Parkhaus am Erottaja und wartete. Er war in seiner beruflichen Laufbahn auch früher schon in schwierige Situationen geraten, aber so beschissen war seine Lage noch nie gewesen. Ville-Veikko Toikka war vor ein paar Stunden tot in der Tiefkühltruhe seiner Reihenhauswohnung gefunden worden, und man hatte die Abteilung für Gewaltverbrechen der Helsinkier Polizei alarmiert. Toikkas Tod interessierte ihn nicht die Bohne; bei den Honoraren, die von den Türken gezahlt wurden, ließen sich problemlos andere Helfer beschaffen. Aber das, was man in seiner Wohnung gefunden hatte, sorgte dafür, dass Virta an seinen Fingernägeln kaute. Ville-Veikko Toikka war für die Auswahl der illegalen Einwanderer, die nach Finnland gebracht wurden, verantwortlich gewesen und für die Buchführung über die Gewinne, die bei der Ausnutzung dieser Leute anfielen. Und dieser schnapsgeile Idiot hatte seine Unterlagen zu Hause aufbewahrt und nicht einmal verschlossen.

In dem Moment hielt ein grauer Skoda Octavia neben seinem Volvo an. Virta stieg geschmeidig aus seinem Wagen aus und setzte sich auf den Beifahrersitz des Skoda neben Arttu Lukander, den Leiter der Abteilung für Gewaltverbrechen der Helsinkier Polizei.

»Eine verdammt schlimme Geschichte«, sagte Lukander und starrte auf die Betonwand der Tiefgarage.

»Hast du Toikkas Unterlagen?«, fragte Virta hastig.

Lukander nickte und lächelte dabei. »Ich habe zwei von meinen verlässlichen Leuten ausgewählt und sie die Sachen durchgehen lassen, die in Toikkas Wohnung gefunden wurden.«

»War alles Wichtige vorhanden?«

»Woher zum Teufel soll ich das wissen?«

»Wer hat Toikkas Leiche entdeckt?«, fragte Virta.

»Der Anruf kam von einem Prepaid-Anschluss. Ich habe die Aufzeichnung auf mein Telefon kopiert.« Lukander holte ein Handy aus der Tasche.

»*Tapulipolku 3, Wohnung 1, Mäkkylä. Hier liegt eine Leiche in der Tiefkühltruhe.*« Eine schockierte Frauenstimme dröhnte aus dem Lautsprecher von Lukanders Telefon.

»Ist das alles, was die Anruferin gesagt hat?«, wollte Virta wissen.

Lukander nickte.

»Die Stimme einer jungen Frau oder eines Mädchens«, sagte Markus Virta und rieb sich die Schläfen. »Hoffentlich ist das nicht diese verdammte Journalistin, die Kokko.«

»Du hattest versprochen, dich um die Frau zu kümmern.«

»Ich treffe sie morgen früh«, antwortete Virta und lockerte dabei seine Krawatte, die teuer aussah. »Und wenn die Frau nicht im Guten ein Einsehen hat, dann ist Hilfe schon ganz nah. Ich habe Ercan Şentürk nach Finnland gerufen. Er trifft morgen ein.«

Lukander zog die Brauen nach unten. »Muss das wirklich sein?«

»Ach, muss das sein! Menschenskind, Neda Navabi ist verschwunden!«, entgegnete Virta erregt. »Die Frau kann alles kaputtmachen. Toikka wurde umgebracht, und diese freie Journalistin weiß, dass ich etwas mit den Leuten ohne Papiere zu tun habe. Wer eine illegale Einreise organisiert, kann im schweren Fall sechs Jahre Knast kriegen, wie du verdammt gut weißt. Und wenn die ganze Sache auffliegt, ist die Zugehörigkeit zu einer kriminellen Vereinigung noch ein straferschwerender Umstand.«

»So weit lassen wir es nicht kommen. Schließlich erhalten wir nötigenfalls von den großen Jungs jede Unterstützung, die wir brauchen«, erwiderte Lukander in beruhigendem Ton.

»Diese verdammten Kanaken«, fluchte Virta. »Drängen sich hier bei uns rein, ohne Papiere, und machen dann auch noch Schwierigkeiten. Man kann sich auf nichts mehr verlassen.«

32

Freitag, 30. August

Essi Kokko fröstelte an diesem frühen Morgen im Park am Ursininkallio. Eine steife Brise vom Meer her sorgte am Ufer im Stadtteil Eira dafür, dass sich die fünfzehn Grad nach der Hitze der letzten Tage auf der Haut kalt anfühlten. Sie ging nervös am Denkmal der Seefahrer hin und her und behielt die Parkwege genau im Auge. Dutzende Menschen waren unterwegs, Radfahrer, Jogger, Leute, die zur Arbeit eilten oder ihren Hund ausführten.

Sie musste sich eingestehen, dass sie Angst hatte. Immerhin recherchierte sie eine Geschichte, in der Ville-Veikko Toikka umgebracht worden war und Neda Navabi untertauchen musste. Ihr einziger Trost war, dass Toikkas und Markus Virtas schmutzige Geschäfte jetzt auch von der Helsinkier Polizei untersucht wurden. Sie hatte kurz nach dem Blick in die Kühltruhe im Polizeipräsidium angerufen. Natürlich ohne ihren Namen zu nennen, wer möchte sich schon freiwillig bei einem Einbruch erwischen oder die schlagzeilenträchtige Story des Jahrhunderts durch die Lappen gehen lassen. Jetzt blieb nur zu hoffen, dass die Polizei sie nicht mit Toikkas Tod in Verbindung brachte. In seiner Wohnung fanden sich garantiert Hunderte Fingerabdrücke von ihr.

Es war zwei Minuten nach acht. Essi Kokko war um fünf aufgewacht und wartete seitdem auf ihr Treffen mit Markus Virta von der KRP, sie hatte drei Tassen Latte getrunken und auf ihrem Computer die bei Toikka abfotografierten Dokumente studiert. Man musste keine überirdischen intellektuellen Fähigkeiten haben, um zu verstehen, worum es sich handelte: Toikka, Markus Virta und wer weiß, welche finnischen Polizisten noch, nutzten die Einwanderer ohne Papiere aus, die sich in Finnland aufhielten. Und sie würde schon bald einen Artikel schreiben, der in die Geschichte des finnischen Journalismus eingehen sollte.

Was das Schreiben betraf, hatte sie allerdings gerade mal den Anfang geschafft. Der gestrige Tag war für die Suche nach Einwanderern aus Toikkas Unterlagen draufgegangen. Alles Mögliche hatte sie versucht, um den Illegalen auf die Spur zu kommen: Sie hatte übers Internet recherchiert, zwei in Toikkas Unterlagen erwähnte Unterkünfte besucht und mit Mitarbeitern der Arztstation Global Clinic gesprochen, die für die gesundheitliche Betreuung illegaler Einwanderer gegründet worden war. Alles ergebnislos. Es war ihr nicht gelungen, auch nur einen einzigen Einwanderer ohne Papiere aufzutreiben, die waren wie vom Erdboden verschluckt. Einen, den sie suchte, hatte man aus Finnland ausgewiesen, und zwei waren gestorben, mehr hatte sie nicht herausgefunden. Es schien so, als müsste man für einen Artikel über die Illegalen sehr viel Zeit einplanen.

Essi Kokko wandte sich zum Meer hin und sah erst die Insel Sirpalesaari und dann Kriminalinspektor Markus Virta, der in zügigem Tempo näher kam. Sie fragte sich, ob Virta mit seinen piekfeinen Anzügen, die für einen Polizisten eher untypisch waren, noch etwas anderes als seine geringe Körpergröße kompensierte.

Virta sah wütend aus, als er direkt vor Essi Kokko stehen blieb. »Ihr jungen Weiber versteckt nicht gerade, was ihr zu bieten habt. Das ist gut«, sagte er und griff ihr mit beiden Händen an die Brüste.

»Verdammt, was soll das ...« Essi Kokko holte zu einem Schlag mit der Innenhand aus, aber Virta packte sie am Handgelenk.

»Was wir hier besprechen, braucht niemand anders zu hören. Dann wollen wir mal noch die anderen Stellen überprüfen. Leere deine Taschen und zieh die Schuhe aus.«

Essi Kokko brauchte einen Augenblick, um ihre Wut zu schlucken, tat dann aber, was Virta ihr befohlen hatte.

Der Kriminalinspektor nahm den Akku aus ihrem Telefon heraus, steckte die Hand erst in den einen, dann in den anderen Lederschuh der Frau und warf sie ihr dann vor die Füße. »Ist es Neda Navabi, die Lügen über mich verbreitet?«

Essi Kokko war überrascht, doch während sie ihre Schuhe anzog, hatte sie Zeit, ihre Gedanken zu ordnen. Wusste Virta von ihrem Gespräch mit Neda Navabi, oder wollte er, dass sie sich verplapperte? »Wie ich bereits sagte, hat eine Bekannte von mir, eine ohne Papiere, behauptet, du hättest viel mit den in Finnland lebenden illegalen Einwanderern zu tun. Du würdest eine Truppe leiten, die Leute ohne Papiere illegal nach Finnland bringt und sie zu einem Spottpreis als Arbeitskräfte vermietet.«

Virta lachte und steckte die Hände in die Taschen. »Schwachsinniges Gerede. Glaubst du etwa lieber einem Rußgesicht und seinen Lügenmärchen als einem Kriminalinspektor? Du solltest besser in dem herumstochern, was diese Parasiten anstellen.«

»Was hast du gestern zusammen mit Neda Navabi vor dem Türkischen Laden gemacht?«, fragte Essi Kokko.

Virta ignorierte die Frage einfach. »Ich könnte dir helfen, eine richtige Arbeit zu bekommen. In irgendeinem großen Zeitungs- oder Medienkonzern.«

Jetzt war es an Essi Kokko, zu lächeln. »Ein Kriminalinspektor der KRP kann es sich wohl kaum leisten, so etwas zu versprechen.«

»In meiner Position muss man äußerst gut vernetzt sein.«

»Auch in Richtung der Türken?«, entgegnete Essi Kokko, bevor sie überlegen konnte, was sie da von sich gab. Es wäre besser, Virta nicht noch vorsätzlich zu ärgern. »Danke für das Angebot, aber ich bin aus freiem Willen Freelancerin. Die großen Zeitungshäuser habe ich schon durch.«

»Du warst gestern in der Wohnung von Ville-Veikko Toikka.« Markus Virtas Stimme klang jetzt angespannt. »Du hast Toikkas Leiche gefunden und anonym bei der Polizei eine Anzeige gemacht.«

Essi Kokko überlegte fieberhaft, was sie antworten sollte. Virta konnte überraschend gut attackieren, und sie hatte keine Ahnung, was der Mann alles wusste. »Wer ist Ville-Veikko Toikka?«

Virta musterte die Journalistin. »Toikka hatte mit äußerst wichtigen Ermittlungen zu tun. In die Sache sind Kreise verwickelt, die zu allem bereit sind, auch dazu, jemanden umzubringen. Verstehst du? Es geht ums große Geld und ums globale Business.«

Essi Kokko schwieg einen Moment. Hatte Virta ihr da eben gedroht? »Wenn jemand getötet worden ist, dann wird der Fall sicher gründlich untersucht. Vielleicht hat dieser Toikka etwas hinterlassen, womit die Polizei den Schuldigen auf die Spur kommt.«

Virta versuchte, in Essi Kokkos Gesicht zu lesen, er sah schadenfroh aus. »Leider fand sich in Toikkas Wohnung nichts, was der Polizei weiterhelfen könnte.«

Essi Koko begriff, dass sie jetzt den Mund halten musste. Sie durfte nicht verraten, dass sie von Toikkas Unterlagen wusste.

»Bist du sicher, dass du weißt, was du willst?«, fragte Virta. »Eine gutbezahlte und sichere Arbeit im Büro hätte ihre Vorteile. Denke über meinen Vorschlag nach.«

»Na gut«, erwiderte Essi Kokko, aber es hörte sich nicht einmal in ihren Ohren überzeugend an.

Plötzlich klingelte Virtas Telefon. Er warf einen Blick auf das Display, meldete sich und hörte einen Augenblick zu. »Ihr findet Toikkas Pass nicht. Und deswegen müsst ihr mich anrufen, Menschenskind ...« Virta drehte ihr den Rücken zu und ging in Richtung *Café Carusel*, ohne sich von ihr zu verabschieden.

Essi Kokko schaute dem kleinen Mann hinterher, der sich immer weiter entfernte, und biss sich vor Ärger auf die Lippe. Sie hatte sich nicht gut genug auf das Treffen vorbereitet und Virta mehr verraten, als sie von ihm erfahren hatte. Nun beschlich sie sogar der Verdacht, dass die Unterlagen in Toikkas Wohnung vielleicht tatsächlich mit irgendwelchen Ermittlungen zusammenhingen; dass es doch eine vernünftige Erklärung für das Handeln der Polizisten gäbe. Aber die Tatsachen sagten etwas anderes: der Tipp von Ratamo, Neda Navabis Bericht, Virtas Versuch gerade eben, sie durch Bestechung zum Schweigen zu bringen ... Warum zum Teufel hatte Virta aber behauptet, in Toikkas Wohnung wäre nichts Wichtiges gefunden worden? Dort hatten doch die personenbezogenen Daten von Hunderten illegal nach Finnland gebrachten Menschen herumgelegen. Die

Polizei konnte doch wohl nicht Beweise vernichten? Sie hatte ja extra die Helsinkier Polizei angerufen und nicht die KRP von Virta und Toikka.

Essi Kokko wurde wütend, sie befand sich in einer Sackgasse. Sie war es gewöhnt, in stressigen Situationen wie ein Hund zu reagieren: Wenn du etwas nicht fressen oder nicht damit spielen kannst, dann pisse drauf und geh deiner Wege. Aber aus dem Spiel auszusteigen kam jetzt nicht mehr in Frage, sie war zu nah dran am großen Erfolg. Plötzlich wurde ihr klar, dass sie ihren Computer und die bei Toikka abfotografierten Dokumente zu Hause gelassen hatte. Angst überkam sie, bei dieser Geschichte war alles möglich; vielleicht würde Virta jemandem befehlen, in ihre Wohnung einzubrechen. Essi Kokko rannte los und beschloss, unterwegs ein Taxi anzuhalten, sollte zufällig eines vorbeifahren.

Das Klingeln ihres Handys stoppte sie sofort wieder. Sie meldete sich, als sie sah, dass der Anrufer Arto Ratamo war.

»Du hattest auf meinem Anrufbeantworter ziemlich viele Nachrichten hinterlassen«, sagte Ratamo. »Ich habe dich doch nicht geweckt?«

»Es ist verdammt gut, dass du anrufst. Dein Tipp war ein Volltreffer. Hier sind merkwürdige Dinge passiert ...« Essi Kokko erzählte Ratamo alles, was sie von Neda Navabi und aus Toikkas Unterlagen in Erfahrung gebracht hatte, sie redete wie ein Maschinengewehr und fast ohne Luft zu holen. Ratamo unterbrach sie ein paarmal und fragte nach.

Als Essi Kokko mit ihrem Bericht fertig war, sortierte Ratamo kurz seine Gedanken. »Du hast gesagt, dass in Toikkas Wohnung Daten von Hunderten illegalen Immigranten lagen? Wie viele Einwanderer ohne Papiere gibt es in Finnland eigentlich?«

Essi Kokko ging weiter in flottem Tempo die Telakkakatu entlang, während sie antwortete: »Genaue Zahlen kennt niemand – in Finnland gibt es im Gegensatz zu vielen anderen europäischen Ländern keine eigenen Organisationen der Menschen ohne Papiere. Bei uns sind die Illegalen nicht nur Menschen, denen die Papiere fehlen –

hier hören die Illegalen auf, zu existieren. Menschen zu finden, die sich absichtlich versteckt halten, ist verdammt schwierig, die wenigsten von ihnen wollen sich bei irgendeiner Hilfsorganisation melden und damit ihre Sicherheit aufs Spiel setzen. Die beste Schätzung dürfte die sein, dass in Finnland höchstens zehntausend Einwanderer ohne Papiere leben. In ganz Europa sind es mehr, als Finnland Einwohner hat, vielleicht etwa zehn Millionen.«

»Aus den Unterlagen von Toikka geht also hervor, welche Illegalen nach Finnland gebracht worden sind und wie viel Geld man mit ihnen gemacht hat, stimmt das?«

»Ja, genau.«

»Hast du Informationen darüber gefunden, was mit den Menschen ohne Papiere in Finnland passiert ist? Wo sie arbeiten, wohnen ...«

»Arbeitsstellen fanden sich da natürlich, Namen von Firmen ...«

»Und von Polizisten? Stand in irgendeiner der Unterlagen der Name von Markus Virta?«

»Virta wurde ein paarmal erwähnt«, antwortete Essi Kokko. »Und auch einige ausländische Namen sind mir aufgefallen: Der Vorname Hakan verweist auf einen Mitarbeiter des Türkischen Ladens. Und der Name Şentürk wird oft erwähnt, sowohl in den Informationen über das Eintreffen von Illegalen in Finnland als auch im Zusammenhang mit Zahlungen aus Finnland.«

»Şentürk.« Ratamo sprach den Namen nachdenklich aus.

Essi Kokko wurde ungeduldig, sie näherte sich schon ihrer Wohnung. »Wie soll ich nun weiter vorgehen, gibt es Vorschläge? Ich will dieser Geschichte auf den Grund gehen, bevor ich darüber schreibe.«

»Virta zu treffen war ein schlimmer Fehler. Der Mann weiß jetzt, dass du auskundschaftest, was er macht«, sagte Ratamo. »Hier wird mit großem Geld gespielt – Menschenschmuggel ist organisierte Kriminalität. Dieselben Schmuggler verteilen auch Drogen überall in Europa, die agieren genauso effizient wie die legalen multinationalen Konzerne. Wenn nicht noch effizienter.«

»Das habe ich schon durchschaut«, erwiderte Essi Kokko verärgert, sie beruhigte sich jedoch sofort wieder. »Virta hat übrigens behauptet, in Toikkas Wohnung hätte man keinerlei Unterlagen gefunden. Der wollte mich sicher verarschen, die Polizei kann ja wohl keine Beweisstücke vernichten?«

Ratamo lachte trocken. »Alles ist möglich. Du solltest dich jetzt jedenfalls ganz unauffällig verhalten, zumindest bis die Ermittlungen zu Toikkas Tod richtig in Gang gekommen sind. Falls an der Geschichte neben Virta und Toikka auch andere Polizisten beteiligt sind, müssen wir erst herausfinden, wer alles in die Sache verwickelt ist.«

»Wir?«

»Wir reden weiter, wenn ich wieder in Finnland bin. Schick mir alles Material, was du bei Toikka gefunden hast, meine E-Mail-Adresse steht auf der Visitenkarte. Und lösche danach alle Daten auf deinem Computer. Sicherheitshalber.«

* * *

Kaum hatte Arto Ratamo sein Telefongespräch mit Essi Kokko beendet, klingelte sein Handy im Londoner Hotel *Eurotraveller* erneut.

»Was zum Teufel ist so wichtig, dass du nachts drei Nachrichten auf meinem Anrufbeantworter hinterlassen musstest? Hat man Jarvi gefasst?«, fragte SUPO-Chef Otto Hirvonen verärgert.

»Müsste der Chef der SUPO in Notfällen nicht immer erreichbar sein?«

»Nicht für dich. Für Anrufe von bestimmten Nummern natürlich.«

Ratamo hatte Hirvonen am Vorabend über die Ereignisse im Hotel *Cardiff* Bericht erstattet, aber nach den letzten Wendungen in den Ermittlungen hatte sich Hirvonen bei seinen Anrufen nicht mehr gemeldet. »Tuula Oravisto ist in die Türkei gereist, zu ihrem Arbeitsort, und Jarvi läuft immer noch frei herum. Man hat den

Verdacht, dass auch er in die Türkei will. Von dort haben am späten Abend mehrere Seiten Kontakt zu uns aufgenommen: Der Militärattaché der Yankees und der türkische Nachrichtendienst wollen beide den Stand ihrer Informationen zu Jarvi mit den Behörden Finnlands und Großbritanniens abstimmen. Und Rick Baranski, der seinen Sitz auf dem US-Luftwaffenstützpunkt Incirlik hat, möchte mich und Claire Boyd vom NCA persönlich treffen. Baranski ist Jarvis ehemaliger Vorgesetzter, er arbeitet in der Special Activities Division der CIA.«

»Was macht die CIA in Incirlik?«

»Keine Ahnung«, antwortete Ratamo. »Wir haben mit Claire Boyd Tickets für den Flug am frühen Morgen nach Istanbul gebucht. Ich brauche eine Reiseerlaubnis. Baranski hätte sicher viel Interessantes zu erzählen, ich könnte ihn andeutungsweise auch gleich nach den Gefangenenflügen der CIA fragen.«

Otto Hirvonen dachte nur kurz über die Bitte nach. »Zu den Amerikanern muss man gute Beziehungen pflegen. Unterstütze sie in jeder Hinsicht.«

Ratamo wollte das Gespräch schon beenden, da fiel ihm noch etwas ein: »Hat mein Bericht über Neda Navabi zu irgendwelchen Maßnahmen geführt?«

»Wieso, warum fragst du?«

»Nur so«, antwortete Ratamo und beendete das Gespräch mit einem Lächeln. Das erste Mal seit seiner Rückkehr in den Dienst hatte er wieder Selbstvertrauen. Offensichtlich war er immer noch imstande, seine Aufgaben zu meistern, obwohl ihm seine Katerstimmung nach Hunderten Misserfolgen zu schaffen machte.

33

Freitag, 30. August

Tuula Oravisto seufzte erleichtert, als die Reifen ihrer Maschine, einer Boeing 737–800 der Pegasus Airlines, auf der Rollbahn des Flughafens Esenboga im Nordosten der türkischen Hauptstadt Ankara aufsetzten. Sie war nach Mitternacht auf dem Istanbuler Flughafen Atatürk gelandet, mit dem Bus über eine Stunde zum Flughafen Sabiha Gökçen gefahren und hatte sich vor ihrer Weiterreise in einem Bett des Flughafenhotels ein paar Stunden hin und her gewälzt. Aber jetzt war sie fast am Ziel.

Nach der Passkontrolle suchte Tuula Oravisto vor dem Terminal den Taxistand. Die Luft war schon jetzt, kurz vor 9 Uhr morgens, feucht und heiß. Nach einer Weile fand sie einen Fahrer, der einigermaßen Englisch sprach, und erfuhr, dass die Strecke bis ins Kernforschungs- und Testzentrum von Sarayköy wegen des gebirgigen Geländes länger war, als man es sich bei einem Blick auf die Karte vorstellte. Der Mann machte für die etwa sechzig Kilometer ein Preisangebot von 125 Lira, was Tuula Oravisto widerspruchslos akzeptierte, obwohl sie wusste, dass es in der Türkei fast als unhöflich galt, wenn man nicht feilschte. Sie war so müde, dass sie auch das Doppelte bezahlt hätte, um sofort losfahren zu können. Hoffentlich könnte sie auch bald an die Arbeit gehen, vielleicht würde sie das von all den unangenehmen Dingen ablenken. Und neugierig war sie auch: Die Rekrutierungsfirma und die Türken waren sehr einsilbig gewesen, wenn es darum ging, ihr die Aufgaben näher zu erläutern.

Tuula Oravisto suchte sich auf dem Rücksitz des kleinen Toyota eine bequeme Position und fragte den Fahrer, ob er die Zigarette und das Radio ausmachen könnte. Die Antwort waren heftige Handbewegungen und ein verärgertes Murren, aber immerhin warf er seine bitter riechende Zigarette zum Fenster hinaus und drehte die Lautstärke des Radios zurück, so dass man nur noch ein Flüstern hörte. Das Auto fuhr los, die Klimaanlage verhinderte, dass die Hitze unerträglich wurde, und Tuula Oravisto fielen, ob sie wollte oder nicht, die Augenlider zu. John Jarvis Gesicht sah sie immer noch vor sich, aber Angst hatte sie nicht mehr – der Verrückte war in London geblieben, Tausende Kilometer von ihr entfernt. Sie konzentrierte sich darauf, an Valtteri zu denken, und erinnerte sich daran, wie der Junge, wenn er nachts neben ihr aufwachte, immer flüsterte: »In den Arm«. Und wie gern sie ihre Decke angehoben und dann den warmen, kleinen Körper ihres Sohnes an ihrem gespürt hatte.

»Uyan! Uyan! Geldik.«

Tuula Oravisto öffnete die Augen. Sie hörte zwar die Rufe des Mannes, aber es dauerte eine ganze Weile, bis ihr klarwurde, wer sie da anbrüllte und warum. Der sichtlich verärgerte Taxifahrer klopfte mit dem Finger auf den Taxameter, obwohl die roten Digitalziffern des Teils null anzeigten. Tuula Oravisto warf einen Blick in den Innenspiegel, um ihr Gesicht zu sehen, und bereute ihr Nickerchen, sie sah jetzt so zerknittert aus wie ein Shar-Pei-Welpe. Rasch holte sie ihr Portemonnaie aus der Handtasche und griff nach der Kreditkarte, aber der Taxichauffeur tippte mit dem Zeigefinger auf einen Fünfzigeuroschein, der ein Stück herausschaute. Tuula Oravisto reichte dem Mann ihren einzigen Geldschein, um möglichst schnell aus dem übelriechenden Taxi hinauszukommen.

Die Anlage Sarayköy der türkischen Atomenergieorganisation war riesig. Tuula Oravisto sah vor sich eine ganze Wand von weißen Gebäuden. In der Hoffnung, dass der Taxifahrer sie am richtigen Ort abgesetzt hatte, betrat sie das Foyer eines in den Himmel ragenden Hauses und streckte dabei ihre eingeschlafenen Beine. Sie fand mühelos den Informationsschalter, nannte ihren Namen und musste ihre Notizen vom Vortag aus der Handtasche holen, um anzugeben, wen sie treffen sollte – Bülent Okutan.

Die Angestellte am Infostand führte zwei Telefongespräche, und einen Augenblick später geleitete ein junger Mann in dunklem Anzug Tuula Oravisto durch die hellgrauen Flure des recht neuen Gebäudes in einen großen Beratungsraum. Kaum dass sie sich gesetzt hatte, kam ein Mann hereingerauscht, der mit seinem ganzen Wesen zu lächeln schien.

»Doktor Bülent Okutan. Leiter des Kernforschungs- und Testzentrums Sarayköy der türkischen Atomenergieorganisation«, sagte Okutan, ein Mann mit schmalem Gesicht und hoher Stirn, in seinem Oxbridge-Englisch.

»Tuula Oravisto«, erwiderte die von Okutans energischem Auftritt verwirrte Finnin.

»Ausgezeichnet, dass Sie Ihre Arbeit jetzt schon antreten können, etwas früher, als wir ursprünglich vereinbart hatten. Mein Assistent steht bereit, er wird Ihnen die Örtlichkeiten zeigen und Sie in Ihre Wohnung bringen, wir erledigen all diese Dinge gleich, dann können Sie möglichst bald an die Arbeit gehen. In Hinsicht auf bestimmte Forschungsgegenstände sind unsere Zeitplanvorstellungen äußerst ... ehrgeizig. Ihr Arbeitsplatz befindet sich natürlich in der Forschungs- und Produktentwicklungsdivision, die in fünf Abteilungen gegliedert ist, und Sie werden in der sechsten arbeiten.« Dr. Okutan sah so aus, als hätte er gerade einen saftigen Witz von sich gegeben.

»Haben Sie zum jetzigen Zeitpunkt bereits Fragen?«, erkundigte sich der quecksilbrige Mann.

Tuula Oravisto sah ihre Gelegenheit gekommen. »Mich interessiert natürlich, wie der Urlaub geregelt ist, zu Hause in Finnland wartet ein fünfjähriger Sohn auf mich.«

Okutan wirkte erst überrascht, dann peinlich berührt. »Sie haben einen Vertrag unterschrieben, wonach Sie uns ständig zur Verfügung stehen. Sie können natürlich an Ihren freien Tagen einen Abstecher nach Ankara machen, vielleicht sogar an die Küste des Schwarzen Meeres oder des Mittelmeeres ...«

Die Farbe wich aus Tuula Oravistos Gesicht. »Ich habe solchen Dingen ja wohl nicht zugestimmt?«

Über das Zimmer senkte sich Schweigen, während Tuula Oravisto überlegte, was sie jetzt tun sollte. Sie wollte ihren Plan nicht aufgeben, würde es aber keinesfalls ertragen, zwei Jahre lang von Valtteri getrennt zu sein. Vielleicht wäre Okutan zu einer Art Kompromiss bereit.

»Unsere Sicherheitsvorkehrungen sind auch ansonsten äußerst streng«, fuhr Okutan fort. »Der gesamte Datenverkehr, der im Forschungszentrum ankommt und von hier hinausgeht, läuft zum Schutz vor Viren über unser internes Intranet, und die abgehenden Nachrichten werden auch auf ihren Inhalt überprüft. Die Benutzung von Handys ist verboten, und wenn Sie mit dem Festnetztelefon anrufen, sind Sie verpflichtet, englisch zu sprechen. Wir müssen in der Lage sein, zu überwachen, dass aus dem Bereich des Forschungszentrums keine ... falschen Informationen nach außen gelangen. Das verstehen Sie sicher. Wenn Sie Ihre Zugangskarte erhalten haben, können Sie das Gelände des Zentrums verlassen, aber nur in Begleitung eines Sicherheitsbeamten. Wir können es uns nicht leisten, auch nur einen einzigen unserer wichtigsten Mitarbeiter zu verlieren.«

Tuula Oravisto hoffte, dass man ihr nicht ansah, wie schockiert sie war.

»Es ist am besten, wenn ich Sie jetzt auch gleich darüber informiere, dass wir die Gegenstände unserer Forschung in der sechsten Abteilung absolut geheim halten wollen ... aus bestimmten Gründen. Aber Sie haben natürlich das Recht und sicher auch das Bedürfnis, alles Wesentliche über Ihre Arbeitsaufgaben zu erfahren. Ihr Zuständigkeitsbereich ist die Erzeugung von angereichertem Uran, das heißt, Sie werden in unserer Gaszentrifugen-Isotopentrennungsanlage arbeiten.«

»Was für einen Grad der Anreicherung streben wir an?«, fragte Tuula Oravisto, nur um überhaupt etwas zu sagen. Sie war immer noch von der Information zu Ihrem Urlaub schockiert.

Bülent Okutans Miene wurde ernst, als er sich zu Tuula Oravisto hinbeugte. »Wir streben die Herstellung von neunzigprozentigem

Uran-235 an, aber gegebenenfalls begnügen wir uns auch mit fünfundachtzigprozentigem.«

Tuula Oravisto wünschte sich, sie wäre nicht so abgespannt, sondern geistig ganz auf der Höhe. Es fiel ihr schwer, zu begreifen, was sie eben gehört hatte. Hatte Okutan gerade gesagt, ihre Aufgabe würde darin bestehen, atomwaffenfähigen Kernbrennstoff herzustellen?

»Sie sehen überrascht aus.« Doktor Okutan runzelte die Augenbrauen und schaute sie mit noch ernsterer Miene an.

»Vermutlich war ich ... nicht darauf eingestellt, eine ... derartige Möglichkeit, in Betracht zu ziehen.« Tuula Oravisto war bei der Wahl ihrer Worte vorsichtig.

Okutan schenkte seiner neuen Untergebenen ein siegessicheres Lächeln. »Das wird sich schon alles einpegeln, wenn Sie am Nachmittag Doktor Khan treffen.«

Tuula Oravisto fühlte, wie ihr übel wurde. »Abdul Qadeer Khan?«

Okutan nickte.

Doktor A. Q. Khan, das wusste Tuula Oravisto, war der Vater des pakistanischen Kernwaffenprogramms.

* * *

John Jarvi schaute durchs Flugzeugfenster auf das mit Booten und Schiffen buntbetupfte Marmarameer, den im Licht der Morgensonne badenden Bosporus und die Stadt Istanbul, die wie ein Flickenteppich aussah. Am Abend zuvor hatte er beschlossen, sich auf den Weg nach Incirlik zu seinem Vorgesetzten Rick Baranski zu machen, und war vom Pub *The World's End* in Camden bis zum Bahnhof King's Cross gelaufen und mit einem Nachtzug der Gesellschaft Virgin die etwa zweihundert Kilometer zum internationalen Flughafen von Birmingham gefahren. Es erschien ihm sicherer, von Birmingham aus in die Türkei zu reisen und nicht von London, wo man verstärkt nach ihm fahndete.

John Jarvi ging es nicht gut. Er hörte immer noch das Knacken von Ville-Veikko Toikkas Genick, als er vor zwei Tagen dem bewusstlosen finnischen Polizisten die Halswirbelsäule gebrochen hatte. Das war das erste Mal gewesen, dass er ohne Erlaubnis seiner Vorgesetzten getötet hatte. Es überraschte ihn, wie schwer die Last der Schuld wog, schließlich war das Töten jahrelang sein Job gewesen. Oder vielleicht doch nicht. Er konnte sich sehr gut daran erinnern, wie schwer es ihm als Junge gefallen war, sein erstes Waldrentier zu schießen, ganz zu schweigen von der Tötung des ersten Menschen Jahre später. Er war ein schüchternes Kind gewesen, das gelernt hatte, zu töten. Und im Laufe der Zeit hatte er sich daran gewöhnt, das Töten als Mittel anzuwenden, erst um sich Wild zu beschaffen, dann um seinen Lebensunterhalt zu verdienen. Bei der Arbeit als Folterer hatte er eine Grenze überschritten und jetzt bei der Tötung des finnischen Polizisten eine zweite. Er fürchtete, dass er nun das Tor für etwas geöffnet hatte, was sich nicht mehr beherrschen ließ. Natürlich wusste er, dass es noch mehr Leichen geben würde – genau so viele, wie es brauchte, um den Tod Emilys und seines ungeborenen Kindes zu vergelten.

Früher, als Scharfschütze, musste er seinen Feind nicht berühren und nicht riechen und nicht einmal unbedingt den Tod in den Augen seines Opfers sehen. In gewisser Weise konnte er seinem Großvater auch dafür die Schuld geben, dass er die Scharfschützenausbildung gemacht hatte, als ihm die Navy SEALs die Gelegenheit dazu boten. Großvater hatte ihm nicht nur das Schießen beigebracht und ihn fast jeden Tag in den Wald gescheucht, er hatte ihm auch zuweilen Geschichten über den Scharfschützen Simo Häyhä erzählt, den Helden aus dem Winterkrieg, den die Russen den Weißen Tod nannten. Einige vermuteten, dass Häyhä über fünfhundert Feinde getötet hatte, bestätigte Tötungen kamen immerhin über zweihundert auf sein Konto. Häyhä hatte ein Gewehr der Marke Pystykoira und ein offenes Visier verwendet, seiner Ansicht nach beschlug das Glas des Zielfernrohrs bei Frost zu leicht und reflektierte Licht, was die Position des Schützen verraten konnte. Bei der Verwendung eines Zielfernrohrs musste der Scharfschütze außerdem den Kopf höher heben, was verhängnisvoll sein konnte. Den Pulverschnee um seine Stellung herum hatte Häyhä mit Wasser begossen und so in Eis verwandelt, damit er bei einem Schuss nicht stiebte, und er hatte Schnee in den Mund genommen, damit sein Atem nicht dampfte. Scharfschützen waren schon immer ein besonderer Menschenschlag gewesen.

Jarvi zog das Basecap fester auf seinen kahlen Kopf, als das Zeichen für das Anlegen der Sicherheitsgurte aufleuchtete und die Stewardess die Litanei der Anweisungen vor der Landung durchsagte. Jarvi berührte Toikkas Pass in seiner Tasche: In London hatte er tadellos funktioniert, und es gab keinen Grund, anzunehmen, dass es in Istanbul nicht genauso sein würde. Sein nächster Flug hingegen bereitete Jarvi große Sorgen. Zu Baranski in die Luftwaffenbasis Incirlik waren es von Istanbul etwa tausend Kilometer, ein Flug blieb also die einzige vernünftige Reisemöglichkeit. Doch den Flughafen von Adana direkt neben Incirlik benutzten auch Tausende Amerikaner, die auf der Luftwaffenbasis arbeiteten. Wenn er Pech hatte, erkannte ihn womöglich jemand.

Nach der Landung blieb Jarvi noch eine Weile auf seinem Platz sitzen, bis der größte Teil der Passagiere die Maschine verlassen hatte. Dann zog er das in Camden gekaufte Sakko an und stellte sich ans Ende der Schlange. Kurz darauf trat Jarvi aus der Fluggastbrücke auf den Flughafen Atatürk und sah zwei Türken in dunklem Anzug und einen amerikanischen Soldaten mittleren Alters, dessen Zeigefinger direkt auf ihn gerichtet war.

* * *

John Jarvi hielt sich nicht für besonders intelligent und glaubte auch nicht, dass jemand anders das tat, aber er war auch nicht dümmer als der Durchschnitt. Eines zumindest verstand er: Er steckte schlimmer in der Klemme als jemals zuvor in seinem Zivilleben. Bis an die Zähne bewaffnete Polizisten hatten ihn nackt ausgezogen, jeden Winkel seines Körpers durchsucht, seine Hände auf dem Rücken gefesselt und ihn dann an den Schultern auf einen Metallstuhl gedrückt. Er saß in einem fast kahlen Raum mit Betonwänden irgendwo tief im Inneren des Atatürk-Flughafens und überlegte fieberhaft, ob er mit seinen Informationen ein Tauschgeschäft machen könnte. Eine Flucht war von hier nicht möglich.

Ein Oberst in der Uniform der US Air Force sagte etwas in fließendem Türkisch zu einem Mann mit dichtem Schnurrbart, dessen Haut dunkel wie eine Kalamata-Olive glänzte. Schließlich wandte sich der amerikanische Oberst Jarvi zu.

»Wir haben gerade vereinbart, dass ich als Dolmetscher fungiere. Ich bin Tom Morrow, Militärattaché der Vereinigten Staaten. Dieser Herr ist der Chef der türkischen Militärpolizei Kemal Gürkan, neben ihm stehen der stellvertretende Leiter des türkischen Nachrichtendienstes MİT Bülent Erzin und der Vizechef der Aufklärungsabteilung JİTEM der türkischen Gendarmerie, dessen Namen du nicht zu wissen brauchst. Und für die Sicherheit dieses ... Treffens sind Männer von der Spezialeinheit Özel Tim der Polizei zuständig.« Morrow stellte die Anwesenden mit lockeren Handbewegungen vor.

Jetzt machte sich Jarvi noch mehr Sorgen. Er kannte den Ruf des JİTEM, der einen brutalen Guerillakrieg gegen die kurdischen Untergrundkämpfer der PKK führte und politische Attentate beging. Jarvi fürchtete, dass er nicht die Gelegenheit bekäme, mit Baranski zu sprechen und die Wahrheit über den Tod von Emily zu erfahren.

Oberst Morrow stellte einen Fuß auf den Stuhl und legte die Hand auf seinen Oberschenkel. »Wir alle wissen, wer du bist. Du hast, kurz gesagt, zwei Alternativen. Entweder du bleibst in der Gewalt der Türken, eine Alternative, die keiner empfehlen würde, der die Verhörmethoden des JİTEM und die türkischen Gefängnisse kennt, oder du reist mit mir nach Incirlik, wohin du meines Erachtens ohnehin wolltest. Ein besseres Angebot kann ich nicht machen. Du wirst auf jeden Fall die nächsten Jahrzehnte hinter Schloss und Riegel verbringen. Wo, das kannst du dir selbst aussuchen.«

Jarvi musste sich anstrengen, um nicht auf der Stelle zu antworten; es war ganz und gar nicht verlockend, den Türken in die Hände zu fallen, er wusste selbst am besten, was für Verhörmethoden hier schlimmstenfalls angewendet wurden. Wollte Morrow, dass er seine Informationen nicht an die Türken weitergab, wollte man ihn deswegen nach Incirlik, auf den US-Stützpunkt, bringen?

»Wie seid ihr mir auf die Spur gekommen?«, fragte Jarvi.

»Mit Hilfe des Passes, den du verwendet hast. Dessen Inhaber wurde gestern tot in Finnland aufgefunden. Es dauerte eine Weile, bis die Information bei uns einging«, sagte Morrow.

Plötzlich wurde Jarvi etwas klar. Die finnische und die britische Polizei wussten jetzt garantiert, dass er nach Istanbul geflogen war. Die türkischen Behörden könnten ihn sich nicht einfach vom Halse schaffen, aber sobald ihn die Amerikaner in ihrer Gewalt hatten, wäre alles möglich. Man könnte ihn den Jordaniern, den Irakern oder den Afghanen übergeben. Denselben Killern, mit denen auch er im Auftrag der CIA zusammengearbeitet hatte.

»Ich bleibe in Istanbul und will einen Anwalt treffen«, verkündete Jarvi.

Oberst Morrow verzog den Mund, schüttelte den Kopf und sagte: »Freiwillig wäre das einfacher gewesen.« Dann sagte er ein paar Worte auf Türkisch, und ein Schlag mit dem Kolben einer Maschinenpistole löschte bei John Jarvi das Licht aus.

34

Freitag, 30. August

Ercan Şentürk ging in der wärmenden Sonne die Eerikinkatu entlang und trug dieselbe rotschwarze, im französischen Lyon in Handarbeit hergestellte Seidenkrawatte von Hermès International S. A., mit der er zwei Tage zuvor einen Heroinkurier in Malmö erdrosselt hatte. Der schwedisierte Mann aus Diyarbakir hatte sich aus irgendeinem unbekannten Grund eingebildet, der Şentürk-Clan würde es ungestraft lassen, dass er hinter seinem Rücken Geschäfte machte. Das konnte sich eine Organisation, die Tausende Kilo Heroin und Zehntausende illegale Einwanderer durch ganz Europa schmuggelte, natürlich nicht leisten, und das wussten jetzt auch die drei Kuriere, die zugeschaut hatten, wie ihrem Kollegen die Augen aus dem Kopf traten. Ercan Şentürk beherrschte sein Handwerk und wusste, wie wichtig die Öffentlichkeitsarbeit war. Auch in seiner Branche bedeutete der Ruf des Unternehmens alles. Er war das Nesthäkchen der Familie Şentürk, der jüngste von sechs Brüdern, aber einmal würde die Zeit kommen, in der er auch noch etwas anderes machte, als die Probleme seiner Organisation zu lösen. Das hatte er beschlossen.

Es war eine schreiende Ungerechtigkeit, dass er die unangenehmsten und schmutzigsten Arbeiten des Clans erledigen musste, obwohl er studiert hatte, im Gegensatz zu seinen Brüdern. Zu der Zeit, als er ins Teenageralter kam, war der Vater schon so wohlhabend geworden, dass er wenigstens einen seiner Söhne auf eine höhere Schule schicken wollte. Beinahe wäre Ercan Geschichtslehrer geworden. Die Vergangenheit hatte ihn schon immer interessiert, oder zumindest seit der Zeit, als der Großvater anfing, seinen Enkeln abends Geschichten aus der Ottomanenzeit zu erzählen, eine blutrünstiger als die andere. Ercan Şentürk hätte gern in einer anderen Zeit gelebt, am liebsten Anfang des sechzehnten Jahrhunderts, als Sultan Selim I., Selim der Grausame, dreißigtausend Menschen hatte hinrichten lassen. Tja, damals war eben noch alles möglich gewesen.

Şentürk, ein Mann mit unrasiertem Kinn und eingefallenen Wangen, betrat das Restaurant *Antiokia Atabar*, setzte sich zu Markus Virta an den Tisch und fragte sich, warum Ausländer immer meinten, dass die Türken ihre einheimischen Gerichte essen wollten, egal, wo sie sich befanden. Er bestellte, ohne in die Speisekarte zu schauen, eine Zusammenstellung verschiedener Vorspeisen, als Hauptgang eine gemischte Grillplatte Karişik Izgara und dazu Mineralwasser und irgendetwas anderes, nur keinen türkischen Rotwein. Der Kellner entfernte sich, als Virta sagte, er überlege sich seine Bestellung noch.

»Wir haben Probleme«, sagte Virta in seinem holprigen Schulenglisch und studierte dabei die Speisekarte.

»Genau deshalb werde ich immer gerufen.«

»Das ist das erste Mal«, erwiderte Virta zu seiner Verteidigung. »Der Inhaber des Türkischen Ladens Hakan Töre, einer von euren Leuten, ist nicht imstande, die Situation zu bereinigen.«

Şentürk wirkte verärgert. »Was ist das Problem?«

Virta holte aus seiner Brusttasche einen Briefumschlag und legte ihn auf den Tisch. Der Türke öffnete das Kuvert und nahm einen Stapel Fotos heraus. In dem Moment blieb der Kellner neben Virta stehen und der Kriminalinspektor zeigte mit dem Finger in der Speisekarte auf das Gericht, das er ausgewählt hatte.

»Die dunkelhaarige Frau auf den Fotos heißt Neda Navabi, eine Iranerin ohne Papiere«, fuhr Virta fort, als der Kellner sich entfernt hatte. »Ihr habt der Frau vor drei Jahren geholfen, von Istanbul hierher nach Finnland zu kommen, und sie zahlt ihre Schulden mit der Arbeit im Türkischen Laden ab. Navabi beherrscht mehrere Sprachen, und es hat sich herausgestellt, dass sie ausgezeichnet organisieren kann. Sie hat sich um die Fragen der Unterbringung gekümmert und diente als Verbindungsglied zwischen unserer ... Organisation und den Leuten ohne Papiere.«

Virta machte eine kleine Pause, als Şentürks Vorspeisen gebracht wurden: Hummus, Auberginensalat, Paprikapralinen, gefüllte Weinblätter, marinierte Linsen, rote Zwiebeln sowie Tomaten, Oliven und Fetakäse.

»Aber vorgestern ging es dann mit den unangenehmen Dingen los. Erst unterhielt sich Navabi mit einem Ermittler der finnischen Sicherheitspolizei, und kurz danach redete sie mit einer schrecklich neugierigen freien Journalistin. Wir haben mit Hakan Töre zusammen versucht, die Angelegenheit zu regeln, aber Navabi ist geflohen und untergetaucht.«

»Willst du, dass die Sache endgültig erledigt wird?«, fragte Şentürk und dachte dabei, dass sich der kleine Mann, der an seinen goldenen Manschettenknöpfen herumfingerte, garantiert in die Hosen machen würde, falls er ihm bei der Arbeit zuschauen müsste, dann wenn er Nägel mit Köpfen machte.

»Absolut endgültig«, sagte Virta. »Auch die Polizei sucht Navabi. Ich übermittle dir natürlich alle notwendigen Informationen.«

Şentürk rülpste. Er vermutete, dass es bei Virta in der Lendengegend kribbelte, wenn er über den Tod der iranischen Frau entscheiden konnte.

Virta zeigte mit dem Finger auf das Foto von Essi Kokko, das auf dem Tisch lag. »Auch diese Journalistin muss man davon abbringen, ihre Nase überall reinzustecken. Was sie angeht, genügt jedoch eine Warnung, die Frau ist immerhin Finnin«, sagte Virta und bemerkte, wie sich die Haut auf Şentürks Stirn spannte. »Du musst herausbekommen, wie viel sie weiß.«

»Weißt du, wo man die Frauen findet?«

»Die Adresse der Journalistin steht auf der Rückseite des Fotos, aber Navabi zu finden könnte problematisch werden. Sie kennt Hunderte, wenn nicht Tausende Leute ohne Papiere, die in der Region Helsinki wohnen, und Dutzende … Orte für ihre Unterbringung. Ich kann Hakan Töre befehlen, eine Liste möglicher Adressen zusammenzustellen.«

Şentürk sah zufrieden aus, während er sich ein gefülltes Weinblatt in den Mund schob.

Virta warf mit erwartungsvoller Miene einen Blick in Richtung Kellner. »Ich muss dich warnen. Einer meiner Helfer wurde gestern in seiner Wohnung tot aufgefunden. Es scheint so, als hätte der Fall nichts mit unseren Geschäften zu tun, aber die Angelegenheit wird untersucht.«

»Es wurde doch wohl bei ihm nichts gefunden, was schaden könnte?«

Virta zögerte einen Augenblick mit der Antwort. »Das ganze Material, das zu Problemen führen könnte, ist in unserer Hand.«

»Gut. Ich bringe diese beiden zum Schweigen«, sagte Şentürk und klopfte mit seinem ölverschmierten Finger auf die Fotos, die auf dem Tisch lagen.

* * *

Der Transporthubschrauber UH-60 Blackhawk der türkischen Spezialeinheiten war schlicht ausgestattet. John Jarvis Körper schmerzte überall, auch an Stellen, an die er noch nie gedacht hatte. Er war mit Handschellen an einen Metallrohrstuhl gefesselt und erst seit ein paar Minuten wieder bei Bewusstsein, aber schon jetzt begriff er, worum es ging. Die USA, sein Heimatland, hatten von den Türken seine Auslieferung an Rick Baranski in der Luftwaffenbasis Incirlik gefordert. Das musste das Ziel des Helikopters sein.

Jarvi rieb seinen schmerzenden Hinterkopf an der Kopfstütze des Stuhles. Der türkische Soldat war mit seinen Kräften nicht sparsam umgegangen, als er ihn bewusstlos geschlagen hatte. Natürlich wären Jarvis Erfolgsaussichten besser gewesen, wäre er als freier Mann nach Incirlik gekommen, aber nun musste er eben mit den Karten spielen, die man ihm zugeteilt hatte. Er verspürte immer noch großen Hass, aber im Moment gab es niemanden, gegen den der Hass sich richten konnte. Jarvi wollte herausfinden, warum das Pentagon behauptete, er habe Emily umgebracht, warum Baranski und Emily Verbindung gehalten und das vor ihm verheimlicht hatten ... Alles wollte er wissen.

Der Blackhawk konnte über zweitausend Kilometer ohne Unterbrechung fliegen, also brauchten sie auf dem Weg nach Incirlik nicht zwischenzulanden, um zu tanken. Vor sich sah Jarvi vier Bewaffnete der Spezialeinheiten der türkischen Polizei, und als er den Kopf drehte, sah er hinter sich noch zwei Polizisten. Es war besser, zu warten. Jarvi kannte Geheimnisse, deren Aufdeckung international für einen Skandal sorgen würde: Baranski wollte garantiert nicht vor Publikum mit ihm reden. Jarvi vermutete, dass er schon bald eine bessere Gelegenheit zur Flucht bekam.

Plötzlich nahm einer der Piloten Kontakt zur Flugleitung auf, und der Hubschrauber verringerte allmählich seine Höhe. Als sich die Maschine neigte, konnte Jarvi einen Blick in das eingezäunte Territorium von Incirlik werfen. Die Luftwaffenbasis hatte gewaltige Ausmaße. Das überraschte Jarvi nicht; Incirlik war während aller Kriege der letzten Jahrzehnte in diesem Teil der Welt einer der wichtigsten Stützpunkte der US Air Force und der Spezialeinheiten der USA gewesen.

Der Hubschrauber landete, und die Polizisten führten Jarvi in Handschellen in eines der sandfarbenen Gebäude am Rande der Rollbahn. Die Treppen, die nach unten führten, schienen kein Ende zu nehmen, und die Wände wurden umso stabiler, je tiefer sie hinabstiegen.

Commander Rick Baranski erwartete Jarvi in einem hundert Quadratmeter großen Bunker, dessen ganze Einrichtung aus zwei Hockern bestand.

»Sie können ihn hierlassen und oben warten«, sagte Baranski, der Zivil trug, auf Englisch zum Gruppenführer der Polizisten. Dann eröffnete er das Gespräch:

»Es ist schön, dich wohlbehalten zu sehen. Und das meine ich so, wie ich es sage.«

»Es fällt ziemlich schwer, das zu glauben. Das Pentagon will mich loswerden.« Jarvi versuchte die Fragen, die ihm durch den Kopf schwirrten, zu ordnen. Vorläufig war er sich nicht einmal sicher, ob er in Rick Baranski nun einen Freund oder einen Feind sehen sollte.

»Du bist bestimmt ... verwirrt durch all das, was du in London von den Behörden gehört hast.«

Jarvi starrte seinen früheren Vorgesetzten mit ausdrucksloser Miene an. »Warum habt ihr, du und Emily, euch getroffen und Kontakt gehalten vor ihrem Tod? Und das vor mir verheimlicht.«

»Emily hat bei ihrem Einsatz die meiste Zeit im Hauptstützpunkt der Briten in Basra gearbeitet, wie du weißt. Aber sag mir mal, was sie dort gemacht hat«, bat Baranski.

»Sie war Stabsoffizier, gehörte zu den Adjutanten der Befehlshaber der britischen Truppen, erst von Jonathan Shaw und Barney White-Spunner, dann Andy Salmon und am Schluss von Simon Chicken, als nur noch hundertfünfzig Briten dageblieben waren, um die irakische Flotte auszubilden.«

Baranski schüttelte den Kopf. »Ich habe gefragt, was genau deine Frau gemacht hat.«

Jarvis Muskeln spannten sich. »Du wirst es mir sicher gleich erzählen.«

Baranski zögerte kurz. »Bevor die britischen Kampfverbände aus dem Irak abgezogen wurden, war Emily Verbindungsoffizier zwischen dem Leiter ihrer Spezialeinheiten und unserer Kommandozentrale für Spezialeinsätze. Über Jahre. Sie wusste zu viel.«

»Wusste zu viel wovon?«, fragte Jarvi.

Baranski überlegte sich seine Antwort in aller Ruhe. »Von meinem Verantwortungsbereich. Von den durch die CIA finanzierten Aufklärungszentren überall in der Welt, von den Geheimgefängnissen, den Folterungen, den Gefangenenflügen. Von all dem, was auch du bei der CIA kennengelernt hast.«

Jarvi bemühte sich, das Gehörte zu verdauen. Es war möglich, dass Baranski die Wahrheit sagte. Er selbst hatte Emily ja auch nicht erzählt, was er 2005 und 2006 bei der CIA gemacht hatte. Doch er war sich nicht sicher, was Baranskis Antwort bedeutete. »Du hast meine Frage nicht beantwortet. Warum habt ihr, du und Emily, Kontakt zueinander gehabt?«

»Die illegalen Aktivitäten der CIA ... die geheimen Gefängnisse, die Folterungen, die Gefangenenflüge, all das wurde in vielen Ländern untersucht. Und Emily beabsichtigte, ihre Informationen zu enthüllen. Meine Aufgabe bestand darin, sie davon zu überzeugen, dass es besser wäre, zu schweigen.«

»Ist es dir gelungen?«

»Nein.«

Jarvi wollte nicht verstehen, was Baranskis Aussagen bedeuteten. »Willst du damit behaupten, dass Emily umgebracht wurde, weil sie zu viel wusste? Es waren doch Aufständische, die sie hingerichtet haben. Das Video habe ich schließlich gesehen!«

Baranski schwieg.

»Warum lügt das Pentagon und behauptet, ich hätte Emily und noch zwei andere Menschen umgebracht? Warum wollt ihr, dass ich erwischt werde? Und wie wollt ihr das Hinrichtungsvideo erklären? Es beweist doch, dass ich unschuldig bin.«

»Über die Motive des Verteidigungsministeriums diskutiere ich nicht mit dir. Und was das Hinrichtungsvideo angeht ...« Baranski zeigte auf Jarvis Tasche, die in der Ecke lag. »Du hast, oder genauer gesagt, hattest die einzige Kopie, die in die falschen Hände geraten war.«

Jarvi überlegte eine Weile. »Welchen Zusammenhang gibt es zwischen Marek Adamski und Tuula Oravisto und Emilys Tod?«

»So gut wie keinen. Du bist einer meiner Männer, und ich habe dich benutzt, um die beiden ... zu beseitigen. Ich habe dir vorgelogen, sie wären an der Ermordung Emilys beteiligt gewesen, weil ich wusste, dass dich das motiviert.«

»Was passiert jetzt?«, fragte Jarvi schließlich.

Baranski zuckte die Achseln und verzog den Mund. »Du bist aufgeflogen. Und du weißt zu viel, jetzt auch von den Morden an den Physikern ... Genau wie Emily seinerzeit. Du bist zu einer Belastung geworden. Die türkischen Behörden haben zugesagt, dafür zu sorgen, dass der Pass, den du benutzt hast, im Datensystem des Flughafens Istanbul registriert wird. Alles wird so aussehen, als wärest du durch die Passkontrolle gekommen. Kein Außenstehender wird wissen, dass du hierhergebracht worden bist, um zu sterben.«

35

Freitag, 30. August

Tuula Oravisto inspizierte ihre geräumige Wohnung mit drei Zimmern und Küche in der ersten Etage eines funkelnagelneuen Hauses am Rande des Kernforschungs- und Testzentrums von Sarayköy. Parkettfußböden, die großen naturweißen Sofas sahen unbenutzt aus, an der Wand hing ein riesiger Flachbildschirm und an der Decke eine offensichtlich wertvolle Lampe. Die gebürsteten Stahloberflächen der Haushaltsgeräte glänzten fabrikneu, im Badezimmer befand sich ein Whirlpool, und im Arbeitszimmer stand ein brandneuer Laptop. Verglichen mit ihrer Bude in Iivisniemi kam ihr die Wohnung vor wie eine Suite in einem Luxushotel. Und doch war nichts so, wie es sein sollte. Sie fürchtete, den größten Fehler ihres Lebens begangen zu haben. Dank einer halben Xanor-Tablette ließ sich die Panik vorläufig noch irgendwie zügeln, sie wagte nicht, eine größere Dosis zu nehmen. Diesen Alptraum würde sie nur überstehen, wenn sie die Sache mit hellwachem Verstand anging.

Sie schaute hinauf zur Wand unterhalb der Decke, ging von einem Zimmer zum anderen und zählte, wie viele Überwachungskameras in der Wohnung installiert waren. Sieben. Sie hatte keine Lust, auch nur daran zu denken, wer sich wohl alles die Aufnahmen aus dem Schlafzimmer oder dem Bad anschaute. Man konnte jede ihrer Bewegungen überwachen. Ein Sicherheitsbeamter hatte sie in die Wohnung begleitet und ihr mit Nachdruck erklärt, es sei nicht erforderlich, das Gelände des Zentrums zu verlassen: Die gewünschten Lebensmittel und andere Einkäufe könne man bestellen und sich nach Hause liefern lassen, im Fernsehen gebe es zahlreiche Spielfilmkanäle und im Keller des Hauses ein erstklassiges Fitnessstudio und ein Dampfbad. Angeblich würde es mehrere Tage dauern, bis alles so installiert war, dass ihre Zugangskarte funktionierte und sie das Gelände des Zentrums verlassen könnte, allerdings nur in Begleitung eines Sicherheitsmannes. Ihre E-Mail-Post wurde überwacht, das Handy durfte sie nicht benutzen und das Festnetztelefon wurde abgehört. Tuula Oravisto begriff, dass sie eine Gefangene war.

Auf dem Küchentisch war eine kalte Begrüßungsmahlzeit angerichtet: gefüllte Auberginen, Fleischklößchen am Spieß, gefüllte Pasteten, drei verschiedene Salate ... Sie hatte solche Angst vor dem, was auf sie zukam, dass sie nichts essen konnte, obwohl sie sich vor Hunger schon ganz schwach fühlte. Sie warf einen Blick auf ihre Uhr – das Treffen mit Dr. Khan begann in einer halben Stunde. Sie setzte sich in einen neuen, noch ganz steifen Sessel, rieb sich die Schläfen und dachte über ihre Alternativen nach. War es schon zu spät, vom Vertrag zurückzutreten? Was würde geschehen, wenn sie einfach mitteilte, sie wolle nicht zwei Jahre von ihrem Sohn getrennt sein und an der Anreicherung von waffenfähigem Uran arbeiten? Würde man sie im Guten gehen lassen? Wohl kaum, sie wusste schon jetzt zu viel. Und ohne Zugangskarte könnte sie das Gelände des Zentrums nicht verlassen. Sie war gezwungen, zumindest einige Tage abzuwarten.

Tuula Oravisto trat in die neu riechende Küche, öffnete den Kühlschrank und goss sich Mineralwasser in ein Glas. Sie hatte angenommen, Dr. A. Q. Khan sei schon tot, der Mann musste in den dreißiger Jahren geboren sein. Jeder Wissenschaftler, der sich mit Kerntechnologie befasste, wusste, was Khan für ein Mann war. Der pakistanische Doktor der Metallurgie, der in mehreren europäischen Ländern studiert hatte, arbeitete 1974 in einer holländischen Firma, die Gaszentrifugen für die Urananreicherung herstellte. In dem Jahr hatte Indien, der Erzfeind Pakistans, das erste Mal eine eigene Kernwaffe getestet. Khan hatte daraufhin Verbindung zu den pakistanischen Behörden aufgenommen und seine Hilfe bei der Entwicklung einer Kernwaffe für sein Heimatland angeboten. Danach hatte er die Gaszentrifugentechnik, die für die Erzeugung von kernwaffenfähigem Uran gebraucht wurde, in Holland ein paar Jahre ausspioniert und anschließend in Pakistan ein Forschungsinstitut gegründet, in dem die Herstellung von waffenfähigem Uran gelang. Damit führte Pakistan schließlich 1998 seine erste erfolgreiche Kernexplosion durch, wie es in Physikerkreisen hieß.

Plötzlich drückte die Last ihrer Sorgen noch mehr, sie trank das Glas aus und rannte ins Arbeitszimmer an den Computer. Vielleicht hatte Khan schon früher mit den Türken zusammengearbeitet. Sie fand im Internet Dutzende Seiten mit Berichten, in denen Khan verdächtigt wurde, seine in Holland kopierte und von ihm weiterentwickelte Kernwaffentechnologie an den Irak, den Iran und Libyen verkauft zu haben. Die Türkei erwähnte man immerhin nicht. Khan wurde in Pakistan wegen Landesverrats angeklagt, aber im Jahr 2009 von allen Anschuldigungen freigesprochen. Die USA hielten Khan trotzdem immer noch für ein äußerst schwerwiegendes Sicherheitsrisiko. Jetzt begriff Tuula Oravisto, warum die Türken vor ihrem Verbündeten, den USA, geheim halten wollten, dass Khan der Türkei bei der Entwicklung einer eigenen Kernwaffe half. Verdammt, in was war sie da eigentlich hineingeraten?

Als es an der Tür klingelte, erschrak sie und konnte gerade noch schnell den Computer ausschalten, bevor sich ein Sicherheitsmann in dunkelblauer Uniform selbst Zugang zur Wohnung verschaffte.

»Ihr Treffen mit Dr. Khan beginnt in fünf Minuten«, sagte der Mann auf Englisch, er blieb auf der Schwelle des Arbeitszimmers stehen und schaute neugierig auf den Laptop, der immer noch surrte.

Tuula Oravisto zögerte einen Augenblick, nahm ihre Handtasche und verkündete, sie sei bereit.

Der Sicherheitsbeamte geleitete Tuula Oravisto durch einen unterirdischen Gang in das Hauptgebäude des Forschungszentrums. Sie fuhren mit dem Lift in die zweite Etage und gingen in einen Raum mit geschlossenen Jalousien.

Der weißhaarige, schnurrbärtige Dr. Abdul Qadeer Khan wirkte alt, aber fit. Er lächelte herzlich.

»Willkommen in Sarayköy und vor allem in meiner Forschungsgruppe«, sagte Khan auf Englisch.

Tuula Oravisto drückte ihm die Hand. Sie war so aufgeregt, dass sie nur ihren Namen sagen konnte. Beide setzten sich.

»Dr. Okutan hat mir erzählt, Sie hätten besorgt ausgesehen, als Sie erfuhren, worin unser Ziel besteht. Deshalb ist es gut, dass wir uns gleich am Anfang treffen und die Dinge besprechen, um für Klarheit zu sorgen.«

»Sie helfen der Türkei bei der Entwicklung einer Kernwaffe«, hörte sich Tuula Oravisto sagen.

»So formuliert, hört sich das sehr dramatisch an.« Dr. Khans Lächeln wurde noch breiter.

»Wie würden Sie es formulieren?«

Kahn wurde ernst. »Vielleicht verfolgen Sie die internationalen Medien nicht so aktiv, wie es sein sollte. Man weiß natürlich schon lange, seit Jahren, von der Absicht der Türkei, sich eine eigene Kernwaffe zu beschaffen. Unser gemeinsames Programm ist wahrhaftig keine ganz neue Erfindung. Pakistan ist immer der Auffassung gewesen, dass sich auch die Türkei Kernwaffen beschaffen müsse. Schon in den achtziger Jahren hat Islamabad das erste Mal Ankara seine Hilfe bei der Entwicklung einer Kernwaffe angeboten. Und im darauffolgenden Jahrzehnt erneuerte Ministerpräsident Nawaz Sharif das Angebot, darüber wurde in der Presse überall in der Welt berichtet, sogar hier in der Türkei.«

»Warum will Pakistan der Türkei helfen?«

»Wir schulden der Türkei einen Gefallen, einen großen Gefallen. Ohne ihre Unterstützung wäre unsere Kernwaffe vielleicht nie fertig geworden, sie leistete uns entscheidende Hilfe bei der ... Beschaffung der erforderlichen Technologie aus den westlichen Ländern. Natürlich tun wir das nicht umsonst. Kerntechnologie ist äußerst teuer, wie Sie sehr gut wissen.«

»Und jetzt ist der geeignete Zeitpunkt gekommen, da der Iran nun Kernwaffen besitzt?«

Dr. Khan nickte. »Jetzt ist die Türkei gezwungen, sich die nukleare Abschreckung zu verschaffen, um in ihrem eigenen Revier ein strategisch bedeutender Faktor zu bleiben. Die Kernwaffenfähigkeit des Iran hat natürlich das Programm der Türkei beschleunigt. Ebenso die Tatsache, dass ein General der iranischen Revolutionsgarde schon 2011 verkündete, der Iran werde die Türkei bombardieren, wenn die USA oder Israel ihn angreifen. Auf dem Territorium der Türkei befinden sich ja unter anderem taktische Kernwaffen der USA und eine Radarstation des Raketenschildes der NATO. Zumindest vorläufig.«

»Wird die internationale Gemeinschaft das denn erlauben?« Tuula Oravisto deutete mit der Hand eine Kreisbewegung an.

Khan zuckte die Achseln. »Die Türkei hat in Washington schon jahrelang Lobbyarbeit geleistet, um zu erreichen, dass die Amerikaner grünes Licht für ihr Kernwaffenprogramm geben. Nach Auffassung vieler ist hier im Nahen Osten nur die Türkei fähig, als ausgleichender Faktor gegenüber der Bedrohung durch den Iran zu wirken. Ob die USA nun zustimmen oder nicht, die Türkei kann man nicht daran hindern, das hat das Beispiel des Iran bestens gezeigt. Und den Iran hält die USA schließlich für eine Bedrohung der Sicherheit in der Welt, anders als im Falle der Türkei.«

Tuula Oravisto dachte über das Gehörte nach und versuchte zu verstehen, was das alles für ihre eigene Zukunft bedeutete. Spätestens jetzt wusste sie einfach zu viel. »Wie wird es uns ... den Wissenschaftlern ergehen? Sie werden kaum wollen, dass diese Geheimnisse an die Öffentlichkeit gelangen.«

Khan lachte. »Das werden sie auch nicht, das ist unmöglich. Sie haben sich für ein Arbeitsverhältnis von zwei Jahren verpflichtet, und in der Zeit wird die Türkei ihre Waffe mit meiner Hilfe und mit der Hilfe Pakistans fertiggestellt haben. Danach sind Ihre Informationen für niemanden mehr von erheblichem Nutzen. Ich würde allerdings den Verrat technischer Informationen an Außenstehende auch für die Zeit danach nicht empfehlen – Ihre Geheimhaltungsvereinbarung enthält Paragraphen mit so beachtlichen Geldstrafen, dass Sie in ziemliche finanzielle Schwierigkeiten geraten würden.«

Eine Gefangenschaft für zwei Jahre, dachte Tuula Oravisto. Sie würde ihr Kind zwei Jahre lang nicht sehen.

36

Freitag, 30. August

Ercan Şentürk wartete ungeduldig darauf, dass die finnische Journalistin endlich nach Hause kam. Er war immer ungeduldig, aber eher selten in Helsinki. Im Moment wäre es ihm lieber, auf einen Mann zu warten. Er war so wütend, dass er mit Vergnügen das Gleiche getan hätte, was dem Sultan Osman II. der türkischen Legende nach im Dunkel der Osmanenzeit widerfahren war: Ein Killer, den man den »Ölringer« nannte, hatte die Hoden des Sultans in seiner Faust zu Brei zerquetscht. Şentürk musste nun jedoch seine Hände anders einsetzen.

Schon vor drei Stunden war er in die Wohnung der Journalistin eingebrochen. Er hatte alles durchwühlt und von oben nach unten gekehrt und dann einen Küchenstuhl in den Flur gestellt, seitdem wartete er. Hakan Töre hatte inzwischen die iranische Ausreißerin Neda Navabi vergeblich unter Dutzenden Adressen in ganz Helsinki gesucht. Finnland war ein kleines Land und ein kleines Rad im Getriebe der Şentürk-Organisation, aber ein kleines Rad konnte, wenn es zerbrach, auch eine große Maschinerie lahmlegen. Falls die Organisation in Finnland aufflog, würde das auch in anderen Ländern zu Problemen führen. Die Sache musste vom Tisch, und in der Brüderschar der Şentürk war die Lösung von Problemen vorläufig seine Aufgabe, auch wenn es für ihn der Gipfel der Ungerechtigkeit war.

Allerdings war alles relativ, das verstand Ercan Şentürk natürlich. In der Zeit des Osmanischen Reichs wäre seine Lage noch um ein Vielfaches schlechter gewesen. Das Reich war vom 15. bis zum 17. Jahrhundert die führende Großmacht der Welt, und das zum Teil dank eines genialen Systems der Thronfolge. Beim Tod eines

Sultans erbte nicht wie in den westlichen Ländern der älteste Sohn die Macht, sondern der, dem es gelang, sie an sich zu reißen. Das Gesetz besagte, dass der neue Sultan danach alle seine Brüder und nötigenfalls auch die machtgierigen Onkel und Cousins umbringen musste. Das Verfahren hatte auf effektive Weise Bürgerkriege und Aufstände verhindert, wen kümmerte es da, dass Mitglieder der königlichen Familie, ob Säuglinge oder Großväter zu Hunderten abgeschlachtet wurden. Die Erbfolgeregelung der Osmanen garantierte, dass der grausamste und skrupelloseste aller Prinzen an die Macht kam.

Der Verfall des Osmanischen Reiches hatte begonnen, als das Gesetz, das zur Ermordung der konkurrierenden Thronerben verpflichtete, im siebzehnten Jahrhundert aufgehoben und die Übertragung der Macht vom gestorbenen Sultan an den erstgeborenen Sohn festgelegt wurde. Von den Herrschern, die folgten, war einer schwächer als der andere gewesen, manchmal hatten auch Frauen und Wesire den Taktstock nach ihrem Gutdünken geschwungen. Jedenfalls hatte Ercan Şentürk aus der Geschichte seines Heimatlandes gelernt, dass der Brudermord eine hervorragende Methode war, an die Macht zu gelangen und seine Position zu sichern.

Plötzlich waren aus dem Treppenhaus wieder einmal Schritte zu hören und Şentürk spitzte die Ohren. Sie kamen näher, immer näher und hielten inne ... Als der Schlüssel ins Schloss gesteckt wurde, erhob er sich.

Die Tür ging auf, und Şentürk presste seine große Hand wie eine Maske auf das Gesicht der Frau mit dem kurzen blonden Haar. Er schloss die Tür, zerrte die Frau in die Küche, drückte sie auf einen Stuhl und legte den Zeigefinger der anderen Hand an den Mund, bevor er losließ.

»Ich habe gehört, dass du ein dummes Mädchen bist«, sagte Şentürk auf Englisch und zog den Gürtel aus seiner Hose.

Essi Kokko bekam kein Wort heraus. Sie hatte solche Angst, dass sie nicht einmal fähig war, zu atmen. Sie war sicher, dass dieser Mann mit der Statur eines Gefrierschranks und mit fettiger Haut sie vergewaltigen wollte. Aber überraschenderweise wickelte er den Ledergürtel um die Knöchel seiner rechten Hand.

»Weißt du, wie viele Journalisten und Redakteure in der Türkei von 1992 bis heute ermordet worden sind?«

Essi Kokko schüttelte den Kopf.

»Dreiundzwanzig. Bei uns lässt man sich nicht von Journalisten auf der Nase herumtanzen.«

Essi Kokkos Gesicht erstarrte noch mehr. Sie hatte Erfahrung mit Männern, und das nicht ganz ohne Grund, aber jetzt starrte sie ein Wesen an, das in keine einzige der Kategorien passte, die sie sich bisher ausgedacht hatte.

»Erzähle mir alles, was du über den Türkischen Laden, die Leute ohne Papiere und Neda Navabi weißt ... Und ich habe nicht die Absicht, dich ein zweites Mal zu bitten«, befahl Şentürk. Er holte aus einer Tasche seines dunklen Sakkos einen langen Nagel und presste ihn in seine Faust; der Nagelkopf drückte sich gegen den Ledergürtel und die Spitze ragte zwischen Mittel- und Ringfinger heraus.

»Ich kenne keine Navabi und ich ...«

Ercan Şentürk packte Essi Kokko am Handgelenk, drückte es auf den Tisch und schlug den Stahlnagel durch ihren Handteller hindurch in die Tischplatte.

Ihr schriller Schrei erstickte, als Şentürk ihr die Hand auf den Mund legte. Der Mann wartete einen Augenblick und setzte sich dann hin.

»Wir versuchen es noch mal«, sagte er und holte einen zweiten Nagel aus der Tasche.

In den folgenden achtzehn Minuten erzählte Essi Kokko dem türkischen Wahnsinnigen alles, was in den beiden letzten Tagen geschehen war, bis hin zu dem Zeitpunkt, als sie zur Wohnung von Ville-Veikko Toikka gegangen war. Dann verstummte sie. Mit schmerzverzerrtem Gesicht war sie den Tränen nah. Natürlich hätte sie auch von Toikkas Unterlagen berichten müssen, aber dieser Verrückte brachte sie womöglich um, wenn er erfuhr, in was für Geheimnisse sie Einblick gewonnen hatte.

Mit ausdrucksloser Miene schüttete Şentürk den Inhalt von Kokkos Handtasche auf den Küchentisch. Er nahm die Kamera, ließ sich von Essi Kokko die nötigen Hinweise geben und blätterte die Fotos in ihrem Speicher durch. Dann tat der Türke dasselbe mit Essi Kokkos Laptop.

Essi Kokko dankte ihrem Schöpfer, dass sie auf Ratamo gehört und die bei Ville-Veikko Toikka gemachten Fotos auf ihrem Computer gelöscht hatte. »Kann ich ein Glas Wasser bekommen?«, bat sie und wunderte sich, wie wenig Blut aus der Wunde in ihrer durchbohrten Hand floss.

Şentürk nahm einen schmutzigen Kaffeepott von der Spüle, füllte ihn halb mit Wasser und hielt ihn in der Hand, als er sich wieder setzte. Mit der anderen Hand schwenkte er den Nagel. »Von jetzt an lässt du die Finger von den illegalen Einwanderern hier in Finnland und vom Türkischen Laden. Wenn du irgendwo etwas versteckt hast – Fotos, Dateien –, vernichte sie. Sollte ich gezwungen sein, wieder hier zu erscheinen, kommst du nicht mit ein paar Nägeln davon, und deine Eltern auch nicht. Ich weiß, wo sie wohnen.«

Ercan Şentürk reichte Essi Kokko den Pott mit dem Wasser und legte den Nagel auf den Tisch. »Den kannst du als Erinnerung behalten.«

* * *

Arttu Lukander, der Chef der Abteilung für Gewaltverbrechen der Helsinkier Polizei, hatte sich oft darüber gewundert, dass er die meiste Zeit seines Lebens damit vergeuden musste, sich Dummheiten anzuhören, obwohl er seit seiner Kindheit alles dafür getan hatte, genau das zu vermeiden. Insgesamt etwa sechzehn Jahre hatte er in der Schule, im Gymnasium, in der Polizeischule und der Polizeifachhochschule gesessen, ohne etwas Wichtiges zu lernen. Zu Hause hatte er erst den Eltern und danach seiner Frau zuhören müssen, und auch bei den Kindern waren die Rollen nach deren Eintritt ins Teenageralter getauscht worden – jetzt erzählten ihm die Bengels Märchen. Auf der Arbeit musste er Strebern zuhören, die direkt von der

Hörsaalbank an der Universität auf den Vorgesetztensessel gewechselt waren, ohne einen einzigen Tag richtige Polizeiarbeit an der Basis geleistet zu haben. Und bei Verhören hatte man erst recht einiges auszuhalten – wie viele Stunden hatte er in den letzten zwanzig Jahren das schwachsinnige Gerede von Verdächtigen, Verhörten und Festgenommenen schlucken müssen?

Jetzt saß Kriminalhauptkommissar Lukander in seinem Büro im Polizeipräsidium von Pasila, in dem älteren, echten und ursprünglichen, und hörte Staatsanwalt Jukka Hirvilahti zu, der die Ermittlungen zum Tod von Ville-Veikko Toikka leitete. Lukanders Gesichtsausdruck wirkte aufmerksam und konzentriert. Er fühlte sich wieder wie gewohnt selbstsicher. Dass man Toikkas Pass bei John Jarvi gefunden hatte, war wie ein Lottogewinn: Toikkas Tod ginge auf Jarvis Konto, und niemand würde sich mehr für das interessieren, was Toikka gemacht hatte.

»Gut, dass wegen dieser Zuständigkeitsverteilung keine Reibereien entstehen. Es war die Entscheidung des Generalstaatsanwalts, dass ich die Ermittlungen im Fall Toikka leite und nicht die Helsinkier Polizei«, sagte Staatsanwalt Hirvilahti.

»Toikka war schließlich ein Mitarbeiter der KRP. Eine absolut verständliche Entscheidung des Generalstaatsanwalts. Wir kümmern uns hier um die polizeilichen Ermittlungen und damit gut«, sagte Lukander und überlegte, ob Hirvilahti wohl schon mal die Ermittlungen zu einem Tötungsdelikt geleitet hatte. Der Mann war bestimmt noch keine fünfunddreißig.

»Toikka arbeitete in der Aufklärungsabteilung der KRP im Gemeinsamen Aufklärungs- und Analysezentrum PTR von Polizei, Zoll und Grenzwacht.« Hirvilahti blätterte in der Zusammenfassung, die Lukanders Abteilung angefertigt hatte. »An Toikkas Arbeitsplatz fand sich jedoch nicht viel Ermittlungsmaterial beziehungsweise eigentlich gar nichts. Auch sein Vorgesetzter kann nicht sagen, wieso. Könntest du das erklären?«

Lukander zuckte die Achseln und verzog den Mund. »Ich habe mit dem Chef des PTR-Zentrums gesprochen. Vorläufig ist nur bekannt, dass Toikka die Aktivitäten der in der Hauptstadtregion wohnenden illegalen Einwanderer untersucht hat. Aber das spielt ja nun keine Rolle mehr, der Fall ist doch abgehakt? John Jarvi hat Toikka umgebracht, um an seinen Pass zu kommen.«

Hirvilahti schüttelte den Kopf. »Irgendetwas stimmt hier trotzdem nicht. Welche Verbindung gab es zwischen Jarvi und Toikka? Wieso kannten die sich? War Toikka in irgendetwas verwickelt?«

Verdammt, bring jetzt nicht die Karten durcheinander, dachte Lukander, sagte aber: »Jarvi könnte Toikka überall getroffen haben.«

»Und Toikkas Wohnung? Nach deiner Zusammenfassung wurde auch dort nichts Wichtiges gefunden.«

»Vielleicht wusste Toikka nichts Wichtiges«, erwiderte Lukander gelassen. »Und in der Wohnung wurde sehr wohl das eine oder andere gefunden: Fingerabdrücke, ein eingeschlagenes Fenster und alles mögliche andere. Warten wir jetzt erst mal in Ruhe ab, bis die Jungs von der Technik alles untersucht und analysiert haben.«

Staatsanwalt Hirvilahti sah unzufrieden aus. »Vielleicht weiß die SUPO etwas darüber«, sagte er und wäre rot geworden, wenn er Arttu Lukanders Gedanken hätte lesen können.

37

Freitag, 30. August

John Jarvi saß tief unter der Erde in der Luftwaffenbasis Incirlik auf dem Fußboden seiner engen Zelle und wartete. Der Spion der massiven Stahltür starrte ihn an wie ein Zyklop. Das Kellerloch mit Betonwänden hatte kein Fenster, als Klo diente eine Grube im Boden, und das Bett war nur ein Betonabsatz. Bettwäsche gab es nicht, und er trug nur Unterhosen und ein T-Shirt. In einer Vertiefung an der Decke leuchtete eine helle Glühlampe, die von einem engen Stahlgitter geschützt wurde. Er besaß nichts, womit er den elektrischen Strom hätte nutzen können, selbst wenn es ihm gelungen wäre, die Birne zu zerschlagen. Es war unmöglich, aus diesem Loch zu fliehen, aber genau das hatte Jarvi vor.

Vor etlichen Stunden, sofort nachdem er in der Zelle gelandet war, hatte er um Wasser gebeten und es in einem Metallbecher ohne Henkel bekommen. Der Becher lag jetzt platt gedrückt wie eine Blechscheibe und blutverschmiert auf dem Fußboden, in der Ecke, die man durch den Spion nicht einsehen konnte. Er hielt seine blutenden Hände unter den Achseln – die Wärme linderte den Schmerz – und starrte auf die Luke in der Stahltür. Durch sie schob man das Essen in die Zelle, auf einer fünfunddreißig Zentimeter breiten, eine Spanne hohen Metallmulde, die jetzt auf Jarvis Seite der Tür steckte und von der anderen Seite verschlossen war. Wenn die Essenszeit kam, würde der Wächter das Schloss öffnen, die Mulde hinausziehen, den Teller hineinsetzen, sie wieder in die Zelle schieben und von außen verschließen. Die Stahltür und die ganze Zelle waren garantiert genauso alt wie der Luftwaffenstützpunkt, sie stammten vielleicht aus den Vierziger- oder Fünfzigerjahren, vermutete Jarvi.

Laut Baranski waren seine Tage gezählt und auf ihn wartete nur noch der Tod, also lohnte es sich, alles zu versuchen. Jedes beliebige Ende wäre besser als das, was ihn erwartete, wenn er den Irakern, Jordaniern oder Ägyptern in die Hände fiel. Deren Leute brauchten keine Rücksicht auf Menschenrechte oder internationale Abkommen zu nehmen; sie machten mit ihren Folteropfern, was sie wollten.

Jarvi hatte während der langen Stunden in der Zelle keinerlei Geräusche gehört, mit Ausnahme des Getöses der Flugzeuge beim Start oder bei der Landung. Er befand sich nicht in der Arrestzelle des Stützpunkts, sondern da, wo Gefangene verwahrt wurden, von deren Existenz niemand wissen sollte – das hatte er schon bei seiner Ankunft hier kapiert. Es konnte gut sein, dass er der einzige Häftling in diesem Zellentrakt war. Diese Kellerlöcher wurden garantiert nicht ständig genutzt, sie erfüllten nicht einmal die primitivsten Sicherheitsvorschriften der Air Force. Das Fehlen von Überwachungskameras könnte allerdings seine Rettung sein, das hoffte Jarvi zumindest.

Er saß auf dem Betonboden und wartete. Gleich würden sein Hass und seine Rachgier ein Ziel erhalten. Jarvi wusste schon, dass Baranski eine Teilschuld am Tod von Emily trug: Der Mann hatte ihn in fast allem belogen, er war für Baranski bloß eine Marionette gewesen. Das Gefühl hatte er schon lange gehabt. Doch er musste noch herausfinden, wer über den Tod von Emily entschieden und Baranski die Befehle gegeben hatte.

Plötzlich hörte man auf dem Gang ein metallisches Klirren und eilige Schritte. Jarvi stand auf und ging zur Tür, er fühlte, wie sein Herz schneller schlug. Dann bewegte sich das Blech, das den Spion schützte, und der Wächter schaute in die Zelle.

»Endlich, das wurde auch Zeit, ich sterbe fast vor Hunger!«, rief er auf Englisch. Baranskis Soldaten hatten ihn in die Zelle gebracht, er wusste also, dass er sich in der Gewalt seiner Landsleute befand.

»Sei froh, dass du überhaupt was bekommst«, antwortete eine tiefe Männerstimme.

Der Schlüssel wurde in das Schloss der Metallmulde geschoben, dann bewegte sich die Mulde in Höhe von Jarvis Zwerchfell auf die andere Seite der Tür. Jarvi wartete, bis er hörte, wie der Teller hineingesetzt wurde. Im selben Augenblick ergriff er den hinteren Blechrand der Mulde, bog ihn nach unten, schob blitzschnell die blutigen Hände hinein und bekam das Handgelenk des Wächters zu fassen. Ohne auch nur eine Sekunde zu verschwenden, stützte er ein Bein gegen die Tür und riss die Hand mit aller Kraft in einem Ruck zu sich hin: Hinter der Tür krachte es dumpf, und Jarvi spürte, wie die Muskeln des Wächters erschlafften, der zu Boden sackte. Mit Müh und Not gelang es ihm, die Hand weiter festzuhalten, an der nun das ganze Gewicht des Mannes hing.

Jarvi stemmte ein Bein gegen die Tür und zerrte mit aller Gewalt am Handgelenk des Mannes. Er schaffte es, den Arm weiter in die Zelle hereinzuziehen, schob seine andere Hand in die Luke und packte den Wächter am Revers. Dann tastete er dessen Uniform ab: Jacke, Gürtel, Pistole, Schlüssel ...

Er löste das Schlüsselbund aus dem Karabinerhaken und ließ den bewusstlosen Mann zu Boden fallen. Die Schlüssel konnte er mit seinen blutverschmierten Händen kaum halten, die Haut an den Handflächen war verletzt worden, als er mit dem Stahlbecher auf die Rückwand der Mulde eingeschlagen hatte. Die Arbeit hatte Stunden gedauert, war aber erfolgreich gewesen. Und er hatte auch Glück gehabt: Wenn die nur locker eingesetzte Rückwand beim Herausziehen der Mulde abgefallen wäre, hätte der Wächter sie sofort in die Zelle geschoben und verschlossen.

Jarvi öffnete die Tür mit dem Schlüssel und zog den Mann herein. Auf dem Tarnanzug des Sergeanten war links auf der Brust der Familienname »Alden« zu lesen und rechts »U. S. AIR FORCE«. Die Nase von Sergeant Alden war gebrochen; Jarvi hoffte, dass er den Mann nicht umgebracht hatte. Er zog ihm die Uniform aus und schlüpfte hinein. Die Jacke war eine Nummer zu klein und die Schuhe ein wenig zu groß. Das Magazin der Pistole, einer Beretta M9, für fünfzehn Patronen war gefüllt, am Gürtel des Wächters fand sich ein Reservemagazin, in der Brusttasche das Portemonnaie und am Aufschlag der Ausweis.

Auch von den anderen amerikanischen Wächtern wollte Jarvi niemanden töten – vielleicht kannte er den einen oder anderen. Er hatte keine Ahnung, wie viele ihn bewachten und wo sich die anderen Soldaten aufhielten. Vorsichtig öffnete er die Zellentür einen Spalt und schaute auf den Flur hinaus; erleichtert stellte er fest, dass auf dem Gang wirklich keine Überwachungskameras hingen. Und er sah auch nur zwei Zellen, also gab es hier wohl kaum viele Wächter. Er hatte keine Zeit zu verlieren, schon bald würde man nach dem bewusstlosen Soldaten suchen.

Jarvi trat auf den etwa zwanzig Meter langen Flur und ging zügig los, blieb aber stehen und duckte sich, als ein lautes Geräusch die Luft zerschnitt – Gelächter. Zehn Meter weiter verzweigte sich der Gang nach links und rechts, und die Stimmen hörte man auf der linken Seite. Am Ende des Ganges spähte Jarvi rasch um beide Ecken: Links sah er fünf Meter entfernt einen Raum und zwei Soldaten, die Karten spielten, und rechts hing fünf Meter vor ihm das Schild der Herrentoilette.

Er bog nach rechts ab, machte ein paar zügige Schritte und rief, er müsse mal. Dann öffnete er die Toilettentür, trat hinein und hörte dabei undeutlich eine Antwort. Wie viel Zeit hatte er? Zehn oder zwanzig Minuten, maximal eine halbe Stunde, wenn sich die Wächter in ihr Kartenspiel vertieften.

Leise verließ er die Toilette und verschwand mit zwei großen Sätzen hinter der Ecke. Er rannte los, als er das grüne Schild mit dem Zeichen für den Ausgang erblickte, stürmte die Treppe hinauf in die nächste Etage, dann noch weiter nach oben und blieb stehen, als er eine Tür mit Fenster sah. Eine Alarmsirene war nicht zu hören.

Er zog die tarnfarbene Schirmmütze tiefer in die Stirn, trat durch die Tür hinaus und schaute sich rasch um. Die Abenddämmerung hatte noch nicht eingesetzt, und auf den Wegen am Rande der Rollbahnen waren Dutzende Menschen und Fahrzeuge unterwegs. Auf der linken Seite wurden die Gebäude immer größer, rechts waren nur Flugzeughallen und Lagerbaracken zu sehen.

John Jarvi wusste genau, was zu tun war. Er wandte sich nach rechts, eilte im Laufschritt an den drei Hangars vorbei und blieb einen Augenblick vor der Tür der ersten Lagerbaracke stehen, bis er wieder ruhiger atmete.

Er ging hinein und sah ein halbes Dutzend Soldaten, die grüne Behälter mit Ausrüstungsgegenständen auf Karren luden und dabei laut redeten und Witze rissen.

Einer der Soldaten bemerkte ihn und schaute ihn mit fragender Miene an.

»Habt ihr McDormand gesehen?«, erkundigte sich Jarvi.

»Wen?«

»Schon gut«, erwiderte Jarvi, verließ die Baracke und ging weiter zur nächsten.

Er öffnete die Tür – der Raum war dunkel. Nach kurzem Suchen fand er den Schalter, knipste das Licht an und wusste, dass er ins Schwarze getroffen hatte, als er einen grünen Container erblickte mit der Aufschrift: US AIR FORCE – CONTAINER MIT TÖDLICHEN WAFFEN.

38

Freitag, 30. August

Arto Ratamo und Claire Boyd saßen nur deshalb im Restaurant *Pinar* im Zentrum der südtürkischen Stadt Adana, weil es am Flughafen keine Gaststätte gab und der Taxifahrer, der kein Englisch konnte, aber das Wort Restaurant verstand, sie hierher gefahren hatte. Es war seit fast vierundzwanzig Stunden ihre erste richtige warme Mahlzeit. Ratamos Essen war allerdings nicht nur warm, sondern eher feurig gewesen, er hatte nach alter Gewohnheit stark gewürzte Speisen bestellt: Sucuk-Würste, Acili Ezme, ein Püree aus Tomaten, Zwiebeln und Kräutern, und Adana-Kebab am Spieß, der jedoch seinem Namensvetter in Finnland nicht im Geringsten ähnelte.

Das Telefon von Claire Boyd, die ihren Kaffee schlürfte, klingelte schon das dritte Mal, während sie dort saßen. Sie meldete sich müde, hörte eine Weile zu und bedankte sich für die Informationen. »Nichts Neues von John Jarvi. Der Mann ist verschwunden wie ein Ball im hohen Gras.«

Ratamo zog den Zahnstocher aus dem Mund und schüttelte den Kopf. »Ich begreife immer noch nicht, wie der Mann in Istanbul durch die Passkontrolle kommen konnte. Die Türken wussten schon rechtzeitig vor der Landung der Maschine, dass er eintrifft.«

Claire Boyd lachte trocken. »Das geben sie ja zu. Sie sagen, die Information sei nicht schnell genug von der Polizei im System der Grenzwacht angekommen.«

»Na, jedenfalls haben wir jetzt, da Jarvi weiter auf freiem Fuß ist, einen guten Grund, Commander Baranski zu treffen.« Ratamo schaute auf seine Uhr. »Wir müssen bald weiter nach Incirlik. Wollen wir eine Liste mit Fragen aufschreiben, oder ziehen wir sie aus dem Hut?«

»Ich glaube, dass Baranski eher hören will, was wir wissen. Alles, was Jarvi in Finnland und London angestellt hat.«

»Ich wiederum möchte wissen, warum Jarvi Physiker umbringt. Und was mit seiner Frau passiert ist. Ich glaube nicht, dass Jarvi sie ermordet hat, ich habe seine Reaktion in London gesehen. So eine Erschütterung kann niemand faken. Und mich interessiert auch, was für eine Rolle Baranski selbst bei alldem spielt. Und die CIA. Vielleicht weiß Baranski auch etwas über die Gefangenenflüge der CIA, das ist in Finnland immer noch ein heißdiskutiertes Thema.«

»Als würde der darüber reden«, erwiderte Claire Boyd, während der Kellner mit der Rechnung am Tisch erschien.

»Können Sie uns ein Taxi bestellen. Wir wollen zum Luftwaffenstützpunkt Incirlik«, bat Ratamo.

* * *

John Jarvi versteckte sich an einem Ort, wo man ihn am allerwenigsten suchen würde – in der Kantine der US-Luftwaffenbasis Incirlik. Es war kurz vor achtzehn Uhr, an den langen Tischen des riesigen Lokals saßen Dutzende Soldaten und auch einige Zivilisten. Die Kantinen großer Luftwaffenstützpunkte waren rund um die Uhr geöffnet, so auch in Incirlik, deswegen gab es mit Ausnahme der Frühstückszeit selten ein großes Gedränge. Es roch nach gebratenem Fett, an den Wänden hingen Plakate mit Bildern der vier Nährstoffgruppen und hinter den verchromten Büffettischen standen die Köche mit Schürze und Kochmütze und packten Hamburger, Hühnerschenkel, Salat und Pommes frites auf die Teller der Hungrigen. Die Fernsehgeräte unter der Decke waren aus irgendeinem Grund ausgeschaltet.

Jarvi saß an den Fenstern zu den Rollbahnen mit dem Rücken zum Saal und trug Fingerhandschuhe aus Baumwolle, die seine Wunden verdeckten. Noch hatte sich niemand an seinen Tisch gesetzt, vermutlich weil er sich einen Platz weitab von den anderen gesucht hatte und zu verstehen gab, seine Ruhe haben zu wollen. Das

Schwierigste lag noch vor ihm, aber bisher war alles fast schon verdächtig gut gelaufen. Er hatte es geschafft, bevor seine Flucht bemerkt wurde, die nötigen Utensilien aus der Waffenbaracke zu besorgen, mit einem Jeep und der Zugangskarte des Wächters das eingezäunte Gelände des Stützpunkts zu verlassen, zurückzukehren und sich in diese nach Bratfett stinkende Kantine zu setzen. Einundzwanzig Minuten hatten gerade so gereicht.

Baranski hatte natürlich einen stillen Alarm ausgelöst, Jarvi durfte ja offiziell gar nicht in Incirlik sein. Nur die Männer, die man losgeschickt hatte, ihn zu suchen – das waren allerdings Dutzende –, wussten von seiner Flucht und wie er aussah. Jarvi hatte eine Gruppe Militärpolizisten mit Jeeps und Feuer unterm Hintern den Stützpunkt verlassen sehen.

Jarvi zog die Mütze tiefer in die Stirn und ergriff den kleinen Rucksack in Tarnfarben. In den hatte er im Waffenlager alles gepackt, was er seiner Ansicht nach in den nächsten Stunden brauchen würde. Er nahm das Tablett und steuerte den nächstliegenden Ausgang an, als sein Blick auf zwei Soldaten fiel, die gerade hereinkamen – die kartenspielenden Wächter. Er machte auf dem Absatz kehrt, bereit loszurennen, ein Schritt, ein zweiter, dritter ... Es war nichts zu hören. Vor dem anderen Ausgang der Kantine stellte er sein Tablett auf die Geschirrrückgabe und ging hinaus, ein Stoßseufzer der Erleichterung wäre jedoch verfrüht gewesen.

Baranski saß in der obersten, der zweiten Etage des Gebäudes, das hatte Jarvi an der Informationstafel in der Eingangshalle überprüft. Am schnellsten wäre er mit dem Fahrstuhl gewesen, aber er konnte nicht das Risiko eingehen, dass Baranski ihn zufällig sah, wenn sich die Aufzugstüren öffneten. Er musste die Treppen benutzen.

Auf dem untersten Absatz im Treppenhaus schnappte er sich vom Fensterbrett eine Mappe, die vermutlich dem Sergeanten der 39. Sanitätsabteilung gehörte, der gerade mit Kameraden schwatzte. Jarvi schaute zu Boden, eilte im Laufschritt die Treppe hinauf und vermied es, Blickkontakt mit den Entgegenkommenden aufzunehmen oder überhaupt jemandem sein Gesicht zu zeigen.

Oben angekommen, spähte Jarvi von der letzten Stufe vorsichtig ins Foyer der zweiten Etage – nur ein Sekretär wenige Meter von ihm entfernt, und hinter seinem Schreibtisch zwei Türen. Jarvi schaute noch einmal hin, kniff die Augen zusammen und schärfte den Blick: An der linken Tür – Stützpunktkommandant, Major Hodges. Rechte Tür – Commander Baranski. Jarvi verließ sich darauf, dass Baranski jetzt in seinem Büro war, da die Suche nach ihm auf Hochtouren lief.

Er dachte fieberhaft nach. Wie zum Teufel käme er an dem Sekretär vorbei? Er könnte ihn auch nicht niederschlagen, womöglich bemerkte Major Hodges das Verschwinden seines Sekretärs zu schnell. Jarvi brauchte jedoch genug Zeit, um alles, was er wissen wollte, aus Baranski herauszuholen.

Plötzlich klingelte die Gegensprechanlage des Sekretärs zweimal kurz. Der Mann erhob sich und betrat das Zimmer von Major Hodges, schloss aber die Tür nicht.

Jarvi fluchte innerlich. Er sah, wie sich der Sekretär im Stehen Notizen in einem kleinen Block machte. Man würde ihn sofort entdecken, wenn der Mann kurz einen Blick zur Seite warf. Aber eine zweite Chance bekäme er kaum.

Fünf lange Sätze, und Jarvi war außer Sichtweite des Sekretärs. Er blieb stehen und hörte, wie der Major seine Termine für den nächsten Tag durchging. Der Mann war im Begriff, sein Büro zu verlassen, und das passte Jarvi ausgezeichnet.

Jarvi zog die Pistole aus dem Halfter, öffnete die Tür zu Baranskis Büro und trat ein. Baranskis Hand flog in Richtung Telefon, erstarrte jedoch, als Jarvi mit seiner Beretta auf das Gesicht des Commanders zielte. Jarvi schloss die Tür.

»Die rechte Hand auf den Tisch und mit der linken die Waffe herausnehmen und auf den Boden legen«, befahl Jarvi.

»Was zum Teufel machst du hier? Wer ist so verrückt, zu fliehen und wieder zurückzukehren?«, sagte Baranski und tat, was Jarvi verlangte.

»Beide Füße nacheinander auf den Tisch und die Hosenbeine hoch.«

Baranski zeigte seinen behaarten Waden und Jarvi vergewisserte sich, dass er keine zweite Waffe trug.

»Setz dich aufs Sofa«, verlangte Jarvi, hob Baranskis Waffe auf, zog den Schreibtischsessel an die Tür und setzte sich. Rick Baranski sah nicht so aus, als hätte er Angst, aber er runzelte die Brauen und seine Wangenmuskeln zuckten. Der Commander war zwar im Vergleich zu den Jahren im Irak alt geworden, aber Jarvi wusste, dass es auch weiterhin auf der Welt höchstens eine Handvoll Männer gab, die härter waren als Rick Baranski.

»Ich war mit deinen Antworten heute Morgen nicht sehr zufrieden«, sagte Jarvi.

Baranski hob die Arme und bemühte sich, gleichgültig auszusehen. »Du wirst mich auf jeden Fall umbringen, warum sollte ich dann noch etwas sagen?«

»Wenn ich eine Antwort auf alles bekomme, was ich wissen will, gebe ich dir mein Wort, dass du lebst, wenn ich das Zimmer verlasse.«

Baranski musterte seinen Untergebenen. Jarvi brauchte nicht mit der Waffe herumzufuchteln, um ihm Angst zu machen; er wusste genau, wozu Jarvi fähig war und was mit ihm passieren würde, wenn Jarvi nicht bekam, was er wollte.

»Beginnen wir mit einer leichten Frage. Warum sollten diese beiden Physiker in Helsinki sterben? Marek Adamski und Tuula Oravisto.«

»Wir eliminieren Physiker, die für eine Arbeit im Rahmen der Kernenergieprogramme von, sagen wir mal, politisch heiklen Ländern wie Ägypten, Saudi-Arabien, der Türkei ... angeworben wurden oder sie schon angetreten haben.«

»Du hast gesagt: ›wir eliminieren‹. Wer ist ›wir‹? Ihr werdet euch doch kaum selbst die Hände schmutzig machen«, sagte Jarvi.

»Eine Special Operations Group der CIA, das heißt ich, und die Kommandozentrale Europa für Spezialeinsätze, das heißt General Michael Terpin.«

Baranski fuhr erst fort, als Jarvi sich vorbeugte. »Du bist nicht der Einzige. Ihr seid mehrere.«

»Mehrere?«, fragte Jarvi.

»Killer. Wir haben nur Männer mit einem perfekt geeigneten Hintergrund ausgewählt. Solche, die wir gegebenenfalls, das heißt, wenn sie erwischt werden, so aussehen lassen können wie einsame Verrückte.«

»Warum musste man mich loswerden? Warum behauptet das Pentagon, ich hätte Emily und die beiden anderen umgebracht?«

»Man ist dir auf die Spur gekommen. Und du weißt viel zu viel über die Aufklärungszentren, die geheimen Gefängnisse, die Gefangenenflüge ... Und jetzt auch über die Morde an den Physikern.«

»Und worin genau besteht deine jetzige Arbeit?«, fragte Jarvi. »Was machst du hier in der Türkei?«

»Offiziell koordiniere ich die geheimen Gefängnisse der CIA und die Aufklärungszentren im Ausland sowie die Operationen zur Liquidierung der Physiker gemeinsam mit General Terpin, aber ...« Baranski brach mitten im Satz ab.

Jarvi wartete geduldig. Beide Männer wussten, was vereinbart war: Wenn Jarvi eine Antwort auf all seine Fragen bekam, durfte Baranski weiterleben.

»Wir haben mit Terpin zusammen auch unser eigenes inoffizielles ... privates Projekt. Ich koordiniere die Verteilung illegaler Einwanderer auf dem Gebiet von ganz Europa zusammen mit einer Organisation namens Şentürk und den türkischen Behörden.«

Jarvi dachte eine Weile darüber nach, bevor er seine wichtigste Frage stellte. Instinktiv presste er seine Hand fester um den Pistolengriff. »Du hast gesagt, dass Emily sterben musste, weil sie zu viel wusste. Wer gab den Befehl?«

Baranski schüttelte den Kopf. »Es wäre mein Ende, wenn ich das sage.«

Plötzlich klingelte die Gegensprechanlage des Commanders. Jarvi richtete den Lauf seiner Waffe auf Baranski und winkte in Richtung Schreibtisch.

Der Commander schaltete den Lautsprecher ein und meldete sich.

»Diese Polizisten haben sich am Haupteingang gemeldet, Claire Boyd vom NCA und Ratamo von der finnischen Sicherheitspolizei. Sie befinden sich in der Sicherheitskontrolle. Soll ich sie sofort zu dir schicken, wenn sie hier eintreffen?«, fragte der Sekretär.

Baranski wusste, was er zu sagen hatte. »Sie sollen einen Augenblick warten, ich melde mich, wenn ich fertig bin.«

Jarvi dirigierte Baranski mit einer Handbewegung zurück aufs Sofa, erhob sich, ging zu seinem Vorgesetzten und blieb etwa zwei Meter vor ihm stehen. Die Pistole, die er jetzt mit beiden Händen hielt, war auf seinen Schritt gerichtet. »Wer gab den Befehl?«

»Generalmajor Michael Terpin«, antwortete Baranski gedämpft. »Der Chef der Kommandozentrale Europa für Spezialeinsätze. Patch Barracks, Stuttgart, Deutschland. Aber diese Information wird dir nichts nützen. Du kommst nicht einmal in die Nähe von Terpin, und selbst wenn es dir gelänge, würdest du nichts aus ihm herauskriegen. Er war in den siebziger Jahren zwei Jahre lang Gefangener des Vietcong und hat geschwiegen. So wird es jedenfalls behauptet.«

Jarvi erinnerte sich an die vielen Telefongespräche zwischen Terpin und Emily und an Emilys Fotos von dem General. Er glaubte, dass Baranski die Wahrheit sagte.

»Wenn du mich umbringst, hast du nicht die geringste Chance, den Stützpunkt zu verlassen«, sagte Baranski. »Man wird den Schuss hören.«

Jarvis Gehirn arbeitete auf Hochtouren. Sowohl Claire Boyd als auch der finnische Polizist würden ihn erkennen. Er wäre gezwungen, Baranskis Büro zu verlassen, bevor sie eintrafen. Vom Haupteingang bis hierher waren es ein paar Hundert Meter, und die Sicherheitskontrolle der Polizisten würde einige Minuten dauern, dennoch galt es, keine Zeit zu verlieren.

Mit einem Schwung nahm er seinen Rucksack ab, holte Handschellen heraus und warf sie aufs Sofa. »Die Hände auf den Rücken«, befahl er.

Nachdem Baranski sich die Handschellen angelegt hatte, befestigte Jarvi sie mit einem zweiten Paar an einem Wasserleitungsrohr, das dicht an der Wand verlief. Baranski schaffte es vielleicht, das Rohr aus der Wand zu reißen, aber keinesfalls schnell genug. Zum Schluss klatschte er Baranski ein Stück Panzerband auf den Mund, schnappte sich dessen Brieftasche und trat aus dem Zimmer hinaus.

Der Sekretär saß an seinem Schreibtisch und kam nicht einmal dazu, den Kopf zu drehen, da warf ihn Jarvis Fausthieb schon vom Stuhl. Jarvi nahm das Portemonnaie des Sekretärs, packte ihn am Kragen der Uniform, zerrte ihn in das Zimmer von Major Hodges und stürmte zur Treppe.

* * *

»*Passports please.*«

Lass den Sport bitte weg, dachte Ratamo, als er dem Diensthabenden an der Hauptwache des Luftwaffenstützpunktes Incirlik seinen Pass reichte. Der Blick des schnurrbärtigen jungen Mannes, der offensichtlich stolz auf seine Uniform war, wanderte unnötig oft zwischen Ratamo und dem Pass hin und her, bis er sich schließlich dazu herabließ, das Dokument zurückzugeben. Die Sicherheitskontrolle war vorbei.

»Mein Kontrolleur hatte Hände wie ein Krake«, schimpfte Claire Boyd, während sie die Hauptwache verließen. An ihrem Hemd waren so viele Knöpfe offen, dass man den schwarzen BH sah.

»Das ist doch gut, dass sie richtig kontrollieren. Hier werden immerhin Kernwaffen aufbewahrt«, sagte Ratamo.

»Die Lager sind tief unter der Erde. Und die werden gesondert bewacht. Das hoffe ich zumindest.«

Die beiden Polizisten gingen auf dem markierten Fußweg zum Kommandogebäude des Stützpunkts. Die Abenddämmerung setzte schon ein, aber die Sonne hatte den Asphalt tagsüber so aufgeheizt, dass man das Gefühl hatte, die Schuhsohlen schmolzen. Das quietschende Bremsen eines landenden Flugzeugs schmerzte in den Ohren, hier und da waren Fahrzeuge und Soldaten unterwegs. Dass der Arbeitstag der Büroangestellten an diesem Freitag zu Ende ging, ließ sich aus ihren frohgelaunten Stimmen und der Eile schließen, mit der sie zum Ausgang strebten.

Ratamo wischte sich den Schweiß von der Stirn, als das Kommandogebäude nur noch hundert Meter entfernt war, und hoffte inständig, dass es in Baranskis Büro eine Klimaanlage gab. Plötzlich fiel sein Blick auf einen Soldaten im Tarnanzug, der das Gebäude im Laufschritt verließ. Soweit er das aus der Entfernung erkennen konnte, trug der Mann unter der Schirmmütze eine Glatze. Der Soldat wandte den Kopf, und ihre Blicke trafen sich.

Ratamo blieb stehen. Sein Gehirn stockte für einen Augenblick. »John Jarvi«, sagte er, und nun blieb auch Claire Boyd stehen.

»Wo?«

Ratamo zeigte in Richtung des Mannes, der jetzt losrannte. Claire Boyd setzte sich kommentarlos in Bewegung, um ihn zu verfolgen.

Der Abstand betrug nur etwa zwanzig Meter. Claire Boyd rannte dem Soldaten hinterher, der das nächstliegende Ausgangstor ansteuerte, und sah, dass der Mann bewaffnet war. Sie blieb jedoch nicht stehen, sie wollte wissen, ob es tatsächlich Jarvi war. Der Soldat erreichte die hohe Ausgangspforte und schob seine Ausweiskarte in das Lesegerät. Claire Boyd war jetzt nur noch zehn Meter von ihm entfernt, neun, acht ... Der Mann drehte die Stahlzapfen der Pforte weg, verließ den Stützpunkt und rannte weiter, ohne sich umzuschauen.

Claire Boyd versuchte vergeblich, die stählernen Zähne an der Pforte beiseitezuschieben.

39

Freitag, 30. August

Arto Ratamo schaute erst auf seine Uhr, dann zu Claire Boyd und schüttelte mit gerunzelter Stirn den Kopf. Sie saßen seit fast einer Stunde im Foyer der Kommandozentrale und warteten darauf, dass Baranski sie empfing. Irgendetwas stimmte hier nicht, das begriff selbst der Dümmste. Die Wache im Foyer hatte weder Baranski noch dessen Sekretär erreicht, als der Diensthabende sie anmelden wollte, und kurz darauf kam eine Gruppe schwerbewaffneter Soldaten die Treppe heruntergestürmt, die ins Obergeschoss führte. Die Polizisten waren sich beide nicht sicher, ob der Mann, den sie draußen gesehen hatten, tatsächlich John Jarvi gewesen war, aber sollte er wirklich hier im Luftwaffenstützpunkt aufgetaucht sein, dann wäre das eine plausible Erklärung für die Ereignisse der letzten Stunde.

Schließlich blieb ein leicht keuchender Soldat neben dem Sofa von Ratamo und Claire Boyd stehen. »Commander Baranski empfängt Sie jetzt«, meldete er, bat sie, ihm zu folgen und ging in Richtung Treppe.

Kurz darauf betraten Ratamo und Claire Boyd das Büro von Rick Baranski. Der Commander trug Zivilkleidung, war mittelgroß und stämmig, sein schwarzes, kurzgeschnittenes Haar stand kerzengerade in die Höhe, und die Stirn, die an einen Gorilla denken ließ, war gerötet. Die drei stellten sich einander vor.

»Sie haben sicher schon gehört, dass es die Türken geschafft haben, Jarvi auf dem Flughafen Istanbul entwischen zu lassen.« Baranski wirkte verärgert und kam sofort zur Sache, er forderte seine Gäste mit einer Handbewegung auf, Platz zu nehmen.

Ratamo schaute kurz zu Claire Boyd. »Gibt es zu Jarvi nichts Neues?«

Baranski senkte den Blick und schüttelte den Kopf.

»Sie haben uns hierhergerufen, um darüber zu reden, was man in Finnland und Großbritannien über Jarvi herausgefunden hat«, sagte Ratamo. »Aber würden Sie uns erst etwas über Jarvis Vergangenheit erzählen? Er hat anscheinend fast während des ganzen Irakkriegs als Scharfschütze gedient. Der Mann hat eine beachtliche Liste von ... Meriten aufzuweisen, hundertsechs bestätigte Tötungen. Aber über die Jahre 2005 und 2006 liest man in seinem CV nur: CIA, Special Operations Group, Aufklärungseinsätze.«

Baranski schien nicht gewillt zu sein, über das Thema zu reden. »Ich bin 2005 in den Dienst der Central Intelligence Agency getreten. Ich wollte Jarvi mitnehmen, und er wollte mal etwas anderes machen, aber über diese Zeiten kann und will ich nicht mehr sagen.«

»Warum sind Sie hier in der Türkei, was ist Ihre Aufgabe?«, fragte Claire Boyd.

Das möchtest du gerne wissen, dachte Baranski. »Sie werden sicher verstehen, dass ich aufgrund meiner dienstlichen Aufgaben nicht ins Detail gehen kann. Aber es ist ja mehr oder weniger allgemein bekannt, dass sich hier in Incirlik das größte Waffenlager der US Air Force in Europa befindet. Und über die Türkei werden wohl mehr Heroin, Menschen und Waffen geschmuggelt als über irgendeinen anderen Staat. Besonders eine Organisation oder besser gesagt ein Clan namens Şentürk ist so groß geworden, dass er eine Gefahr darstellt. Sagen wir mal so, meine Arbeit hängt mit diesen drei Komplexen zusammen: die Überwachung des Waffenlagers der USA, der Schmuggel und die Organisation Şentürk. Ich arbeite natürlich eng mit den türkischen Behörden zusammen.«

»Könnten Sie uns erzählen, was der Frau von Jarvi im Jahr 2010 passiert ist? Es sieht so aus, als ...«

Baranski unterbrach Ratamo brüsk: »Sie haben vom Verteidigungsministerium eine Zusammenfassung zu Jarvi erhalten. Darin steht alles, was Sie über seine Frau wissen müssen.« Er schaute die Polizisten an. »Wir sollten zur Sache kommen. Was genau hat Jarvi in Helsinki und London gemacht. Wen hat er getroffen, was hat er gesagt …« Der Commander blickte ungeduldig auf seine Uhr und stand auf, um sich die Beine zu vertreten, aber sein Telefon klingelte und machte seine Absicht zunichte. Baranski setzte sich hin und meldete sich in der Hoffnung, dass man Jarvi gefasst oder, noch besser, getötet hatte.

»Ich bin nicht dazu gekommen, mich zu verabschieden, also habe ich mich entschlossen anzurufen.«

Baranski erstarrte, als er Jarvis Stimme hörte, und saß wie versteinert auf seinem Stuhl. Er presste den Hörer fester ans Ohr. »Von wo rufst du an?«

»Du hast offensichtlich Gäste«, sagte Jarvi.

Es dauerte nur den Bruchteil einer Sekunde, bis Baranski begriff, was Jarvis Worte bedeuteten. Er wandte den Kopf zum Fenster. Es krachte, als die Fensterscheibe zerbarst und Splitter in Ratamos und Claire Boyds Haut eindrangen, während gleichzeitig die Kugel einer Patrone vom Typ .50 Kaliber BMG Ball M33 im linken Auge von Commander Rick Baranski einschlug.

* * *

Tuula Oravisto saß im Arbeitszimmer ihrer Wohnung auf dem vierzig Hektar großen Gelände des Kernforschungs- und Testzentrums von Sarayköy, stützte die Stirn in ihre Hände und las eine nachts eingegangene E-Mail zum x-ten Male.

Du hast also Valtteri letzten Mittwoch in der Kindertagesstätte getroffen, ohne Erlaubnis, typisch. Der Junge hat zu Hause erzählt, dass Du in die Türkei fährst, um dort zu arbeiten, und dass alles wieder wie früher wird, wenn Du zurückkommst. Verdammt noch mal! Der Junge wartet jetzt von früh bis spät auf diesen Tag, auf dieses Wunder, und redet von nichts anderem. Du kennst keine Grenze, weißt Du, was Du mit diesen unsinnigen Winkelzügen für Schaden anrichtest. Es sieht jetzt wirklich so aus, dass Valtteri nicht zurechtkommt, wenn er seine

Mutter nicht treffen darf. Falls Du Finnland tatsächlich, wie Du es in Deinem Brief behauptest, aus Gründen verlässt, die damit zusammenhängen, was wir besprochen haben, dann kann ich einem gemeinsamen Sorgerecht und normalen Begegnungen zustimmen, Hauptsache, die Lage beruhigt sich, und der Junge ist zufrieden. Und Du benimmst Dich künftig wie ein normaler Mensch.

Am Vorabend und in der Nacht erschien ihr alles so hoffnungslos, dass sie von düsteren Gedanken geplagt wurde, einer schlimmer als der andere. Sie waren so beängstigend und endgültig gewesen, dass sie sich nun nicht einmal mehr daran erinnern wollte. Sie war Gefangene in einem Forschungszentrum, in dem Kernwaffen entwickelt wurden, an dieser Tatsache hatte sich nichts geändert, aber trotzdem befand sich ihr Leben jetzt wieder auf der richtigen Spur. Und das war, so unglaublich das auch klang, das Verdienst ihres Exmannes.

Tuula Oravisto beschloss, sich Frühstück zu machen, obwohl sie überhaupt nicht hungrig war. Sie würde Kraft brauchen. Bis zum heutigen Tag hatte sie in ihrem Leben keine Heldentaten vollbracht, außer dem Stoß mit der Schere in John Jarvis Schulter, und sie würde das auch künftig kaum tun, aber hier wollte sie weg, das war sicher.

Es dauerte eine Weile, bis sie in den Küchenschränken gefunden hatte, was sie suchte. Sie briet Eier und Speck, schmierte sich eine große Butterstulle und schüttete in eine Schale Joghurt, Honig und Erdbeeren. Dazu kochte sie Kaffee und goss Saft in einen Becher.

Als alles fertig war, holte sie aus dem Arbeitszimmer einen Notizblock und einen Stift und setzte sich an den Küchentisch. Sie biss ein Stück von der Stulle ab, kostete den türkischen Kaffee und fühlte sich so stark wie lange nicht mehr. Erste Frage: Sollte sie warten, bis sie ihre Zugangskarte erhielt? Antwort – nein. Es könnte Wochen dauern, bis man ihr so weit vertraute, dass sie die Karte erhielt, und auch danach würden all ihre Bewegungen außerhalb des Forschungszentrums überwacht werden. Zweite Frage: Wäre sie imstande, vom Gelände des Forschungszentrums zu fliehen? Antwort – absolut nicht. Das Gelände konnte man nur mit einer Zugangskarte und in

Begleitung eines Wachmanns verlassen, ihr Pass war beschlagnahmt, und per Telefon oder E-Mail könnte sie niemanden um Hilfe bitten. Das Schlimmste, sie durfte bei Telefongesprächen nur englisch sprechen. Falls sie hierbliebe, könnte sie zwei Jahre lang mit ihrem Sohn nicht einmal reden.

Frustriert stand Tuula Oravisto auf, ging in ihr Arbeitszimmer und suchte die von ihr unterzeichnete Geheimhaltungsvereinbarung mit den Türken heraus. Sie war in Englisch abgefasst und ein Beispiel für allerschlimmstes Fachchinesisch der Juristen. Nach einer Weile fand sie den Schadensersatzparagraphen.

Beide Parteien versichern, dass eine vertrauliche Information im Sinne dieser Vereinbarung in ihrem Wesen einzigartig und wertvoll ist und ihre unbefugte Weitergabe dem Überlasser der Informationen unersetzlichen Schaden zufügen würde. Aus den angeführten Gründen treffen die beiden Parteien folgende Vereinbarung:

Sofern der Empfänger der Informationen gegen diese Geheimhaltungsvereinbarung verstößt, ist er verpflichtet, dem Überlasser der Informationen Folgendes zu ersetzen:

1.) Jeden direkten oder indirekten Schaden, den eine unbefugte Weitergabe der vertraulichen Informationen dem Überlasser der Informationen verursacht.
2.) Eine einmalige Vertragsstrafe in Höhe von 10 Millionen (10 000 000,–) Euro.
3.) Die Prozesskosten und Rechtsanwaltshonorare des Überlassers der Informationen.

Tuula Oravisto trat an das Fenster zum riesigen Innenhof des Forschungszentrums, um sich zu beruhigen. Durch den Haupteingang rollten Fahrzeuge in gleichmäßigem Strom herein und hinaus: zivile Pkws, Wagen mit dem Kennzeichen des Forschungszentrums, Lastzüge, Transporter ... Sie wurden alle angehalten und überprüft, sowohl jene, die hereinfuhren, als auch die hinausfahrenden. Das war verständlich, auf dem Gelände wurden schließlich Plutonium und Uran aufbewahrt, und wer weiß, was noch alles. Man würde sie am Eingang erwischen, selbst wenn es ihr gelänge, sich in einem der Fahrzeuge, die das Forschungszentrum verließen, zu verstecken.

Sie betrachtete prüfend die Menschen, die durch den Personeneingang hereinkamen, und erkannte einige von denen, die zur Arbeit kamen: die dunkelhaarige türkische Frau namens Adile, die in derselben Forschungsgruppe arbeitete wie sie, die Frau mit dem Tuch, die gestern den Kaffeewagen geschoben hatte, einen der Wachmänner von gestern ... Auch sie Türken. Bis zum Tor waren es von ihrem Haus nur etwa zwanzig Meter. Wenn sie genau hinschaute, sah sie durch ihre Fenster in der ersten Etage sogar die Gesichter derjenigen, die hereinkamen. Einer nach dem anderen legte seine Sachen aus Metall in eine kleine Plastikschüssel, steckte seine Zugangskarte in das elektronische Lesegerät und wartete ein, zwei Sekunden, bis das grüne Licht aufleuchtete. Dann musste man die Holme des Drehkreuzes wegschieben, seine Metallgegenstände aus der Schüssel nehmen und das Gelände des Forschungszentrums betreten und zu seinem Arbeitsplatz gehen. Niemand wurde genauer kontrolliert: Es genügte, dass der Kartenleser die Zugangskarte akzeptierte und der Metalldetektor nicht Alarm schlug.

Der Einfall traf sie mit solcher Wucht, dass sie zusammenzuckte.

40

Samstag, 31. August

In der Bibliothek Kymppikirjasto mitten im Zentrum von Helsinki gab es nur einen PC, der Kurzzeitcomputer genannt wurde, weil die Kunden ihn eine Viertelstunde lang ohne Reservierung nutzen konnten. Genau das hatte Essi Kokko vor, sobald die Zeit der rastagelockten Teenagerin in einem grellroten Fummel abgelaufen war. Sie saß einen Meter von ihr entfernt und starrte sie unablässig an. Wenn sie direkt neben ihr stehen und nervös trampeln würde, hätte sie das Mädchen wahrscheinlich schneller vertrieben, aber die Schmerzmittel sorgten dafür, dass sich Essi Kokko wacklig auf den Beinen fühlte.

Schmerz war für Essi Kokko eine vertraute Empfindung; manche ihrer Freunde, die Soft-S/M-Spiele beherrschten, hatten sie sogar dazu gebracht, den Schmerz zu genießen. Aber beim Gedanken an den Schmerz, den ihr der verrückte Türke mit dem Nagel zugefügt hatte, wurde ihr immer noch übel. Sie war gezwungen gewesen, den Nagel selbst aus ihrer Hand herauszuziehen. Es schauderte sie, wenn sie daran dachte, wie verdammt weh das getan hatte. Die Tischplatte hatte sie zerkratzt und sich im Mund alles blutig gebissen. In der Notaufnahme des Krankenhauses Meilahti war die Wunde gesäubert, geröntgt und verbunden worden. Sie hatte dem Arzt vorgelogen, dass sie beim Renovieren ihrer Wohnung gestürzt und mit ausgestreckter Hand auf einen Nagel gefallen war, der aus einem Brett herausragte. *Metacarpale Fraktur*, Mittelhandknochenbruch, dachte Essi Kokko, während sie ihre eingegipste Hand betrachtete.

Sie konnte nur hoffen, dass Arto Ratamo von der Sicherheitspolizei möglichst bald nach Finnland zurückkehrte. Bis dahin müsste sie sich verstecken. Sie wagte es aber nicht, bei jemandem Unterschlupf zu suchen; sie fürchtete, dass sie allen, bei denen sie sich meldete, Probleme bringen würde. Ihre Eltern hatte sie aber anrufen müssen, die Rentner verbargen sich jetzt vor dem verrückten Türken in ihrer Ferienhütte. Doch Essi Kokko hatte nicht vor aufzugeben. Manchmal musste man es wagen, den eingeschlagenen Weg weiterzugehen, selbst wenn man sich dabei in Gefahr begab, dafür war Anna Politkowskaja das extremste Beispiel. Die legendäre russische Journalistin war zahllose Male bedroht worden: Während des zweiten Tschetschenienkrieges 2001 wurde sie in einem Lager der russischen Armee gefangen gehalten, man drohte ihr und bot ihr vergifteten Tee an. Im selben Jahr bekam Politkowskaja auch Morddrohungen von einem Offizier der OMON-Sondereinheiten und musste nach Wien fliehen. Im Jahre 2004 versuchte man abermals Anna Politkowskaja zu vergiften, als sie nach Beslan im russischen Nordossetien reiste, um mit den Terroristen zu verhandeln, die etwa tausend Menschen als Geiseln genommen hatten. Und im selben Jahr bezeichnete der russlandfreundliche Ramsan Kadyrow, damals Ministerpräsident von Tschetschenien, Anna Politkowskaja als Feind, der erschossen werden müsste.

Essi Kokko fühlte sich etwas stärker, als sie an ihr Vorbild dachte. Anna Politkowskaja war in ihrer Laufbahn mit sechzehn internationalen Preisen ausgezeichnet worden und die damalige US-Außenministerin Condoleezza Rice hatte sie als Verkörperung der freien Presse bezeichnet. Vielleicht würde ihr dieser Fall helfen, eine ähnliche Karriere zu starten. Oder wenigstens überhaupt eine Karriere. Ihre Laune bekam einen Dämpfer, als ihr das Ende von Anna Politkowskaja wieder einfiel. Sie wurde 2006 vor ihrem Haus ermordet, den Auftraggeber der Bluttat hatte man immer noch nicht gefasst.

Essi Kokko tippte ungeduldig etwas in ihr Handy ein. Sie hatte sich ein neues Telefon besorgt mit einem Prepaid-Anschluss, weil sie die Männer von der KRP verdächtigte, ihre Gespräche zu überwachen. Blieb nur zu hoffen, dass sie ihr nicht auf die Spur kamen, wenn sie sich die Nachrichten auf dem Anrufbeantworter ihrer alten Nummer anhörte.

Plötzlich stand die Teenagerin mit den Rastalocken auf, Essi Kokko war an der Reihe. Sie traute sich nicht mehr, den WLAN-Internetzugang ihres Computers zu nutzen; weiß der Himmel, was die Polizei alles für Mittel besaß, um sie zu überwachen.

Essi Kokko gab zunächst Dutzende Wortkombinationen, die mit türkischen kriminellen Organisationen und ihrem Menschenhandel zusammenhingen, in die Bildersuche ein. Auf dem Bildschirm tauchte jedoch niemand auf, der dem Schwein ähnlich sah, das einen Stahlnagel durch ihre Hand gejagt hatte. Frustriert drückte sie auf *Enter*, nachdem sie »*turkish smuggling organization whole europe*« eingetippt hatte, und da erschien auf dem Monitor das Bild eines Mannes, der an den Eindringling in ihrer Wohnung erinnerte. Selim Şentürk.

Sie googelte weiter, jetzt mit dem Familiennamen Şentürk, und fand, was sie suchte. Das Gesicht des Nagelmannes bekam einen Namen – Ercan Şentürk. Laut Internet gehörten die Brüder zu einem kriminellen Clan, dessen Mitglieder aus der Sippe der Şentürks stammten. Über den fand sie keine weiteren Informationen, nur ein paar Verweise, aber über türkische kriminelle Organisationen war viel geschrieben worden. Die Seiten auf dem Bildschirm wechselten rasch, als Essi Kokko den Jahresbericht von Europol las:

Dieselben türkischen kriminellen Vereinigungen, die enorme Gewinne mit illegalen Einwanderern machen, schmuggeln auch Heroin und Waffen in ganz Europa. Diese türkischen Organisationen stellen schon eine Gefahr für die Stabilität Europas dar, das konstatieren sowohl die UNO als auch der deutsche Nachrichtendienst BND und das britische Nationale Kriminalamt NCA.

Die türkischen kriminellen Organisationen dominieren traditionell den Heroinschmuggel weltweit, doch mit der Öffnung der Grenzen auf dem Gebiet der EU haben sie in den letzten Jahrzehnten begonnen, in großem Umfang auch den Schmuggel von illegalen Einwanderern und Menschenhandel zu betreiben. Die Türkei ist traditionell Transitland für Menschen, die aus dem Osten in den Westen reisen.

Die türkischen kriminellen Organisationen beherrschen weiterhin den Heroinschmuggel in das Gebiet der Europäischen Union und zwischen ihren Mitgliedsstaaten. In der letzten Zeit haben die türkischen Organisationen ihre Aktivitäten erweitert und konzentrieren sich mehr als je zuvor auf den Menschenschmuggel und den Menschenhandel.

Im Ergebnis der Globalisierung haben die türkischen kriminellen Organisationen an Stärke gewonnen, und ihre Aktivitäten sind überall in Europa vielfältiger geworden. Gefördert wurde ihre Ausbreitung durch die große Anzahl türkischer Einwanderer: in Deutschland 2 812 000, in Frankreich und Großbritannien 500 000, in den Niederlanden 400 000, in Österreich 300 000, in Belgien 200 000 …

»He, Fräulein, ist die Viertelstunde nicht schon um.«

Essi Kokko erschrak, wandte den Kopf und sah einen Mann mittleren Alters, der unter kreisrundem Haarausfall litt, sein verschwitzter Kopf glänzte, seine Sachen stanken nach altem Schnaps und Zigaretten. »Ich habe mich gerade erst rangesetzt. Warte mal in aller Ruhe, bis du dran bist.«

Es dauerte einen Augenblick, bis sie sich wieder konzentrieren konnte. Sie wusste nicht, wann Ratamo nach Finnland zurückkehren würde, wieder mal meldete er sich nicht an seinem Telefon. Sie kannte niemanden anders, der ihr helfen könnte, sich zu verstecken, außer Neda Navabi, doch sie hatte keine Ahnung, wo die sich aufhielt. Deshalb hatte sie beschlossen, die Firmen aufzusuchen, die in den Unterlagen aus der Wohnung von Ville-Veikko Toikka genannt wurden. Wenn sie schon Neda Navabi nicht fand, könnte sie dabei zumindest weitere Beweise für Ratamo sammeln.

Wenn man mit einer Hand im Internet suchte und gleichzeitig etwas notieren musste, ging es nur langsam voran, und der übelriechende Mann, der darauf wartete, dranzukommen, starrte sie unablässig an. Sie hatte in ihrem Telefon unter »Notizen« eine Liste der Firmen gespeichert, in denen Einwanderer ohne Papiere arbeiteten. Es dauerte eine ganze Weile, die Adressen der Firmen zu finden. Ihr war natürlich bewusst, dass es riskant war, die Arbeitsstellen illegaler Immigranten aufzusuchen. Ercan Şentürk könnte erfahren, dass sie

Nachforschungen anstellte, und diesem Mann wollte sie in ihrem Leben nie wieder über den Weg laufen.

* * *

Die Urananreicherungsanlage in Sarayköy war eine riesige, Zehntausende Quadratmeter große unterirdische Halle. Auf ihrem Boden standen 1280 runde, knapp zwei Meter hohe Gaszentrifugen, Metallröhren, die auf den Millimeter genau in Zweierreihe angeordnet waren. Der Ort wurde Säulenhalle genannt.

In der Anreicherungsanlage wurde ein Brennstoff der Vernichtung und des Todes erzeugt: Der aus uranhaltigem Erz hergestellte sogenannte Yellowcake wurde hier zu achtzig- bis neunzigprozentigem hochangereichertem Uran weiterverarbeitet, das für die Herstellung von Kernwaffen verwendet werden konnte. In den Gaszentrifugen wurde Uranhexafluorid in einen sich schnell drehenden Zylinder gebracht, der die Uranisotope mit voneinander abweichendem Gewicht an unterschiedlichen Stellen rund um die Achse des Zentrifugenzylinders ablagerte. Der von einer Zentrifuge bearbeitete Massenstrom war jedoch gering, deswegen benötigte man Tausende. Die kleinen Zentrifugen konnten nur ein paar Gramm Uran auf einmal anreichern, aber wenn man Hunderte oder Tausende Zentrifugen hintereinanderschaltete und das Uran in ihnen ein ums andere Mal rotieren ließ, wurde es immer mehr angereichert und schließlich sogar zu waffenfähigem achtzig- bis neunzigprozentigem Uran. Der Prozess verlief äußerst langsam.

Tuula Oravisto stand in einem weißen Laborkittel am Rande der Säulenhalle. Ihre Arbeit hatte sie noch nicht aufgenommen. Dr. Khan ließ ihr das Wochenende Zeit, die Anlagen, Räumlichkeiten und das Personal ihrer neuen Arbeitsstelle kennenzulernen. In der Anreicherungsanlage und den dazugehörigen Forschungslabors arbeiteten Hunderte Menschen täglich rund um die Uhr. Die Türken hatten es sichtlich eilig, in den kleinen Club der Kernwaffenmächte aufzusteigen, dachte Tuula Oravisto. Sie schaute auf die

Zentrifugensäulen, die aussahen wie ein stählerner Wald. Derzeit waren es 1280 Stück, aber nach Aussage von Dr. Khan würde die Anzahl bis Ende des Jahres auf 3000 steigen, und das Endziel der Türken war es, Uran in 54 000 Gaszentrifugen anzureichern. Tuula Oravisto wünschte sich fort von hier, so sehr, dass es weh tat.

Dr. Khan hatte gefragt, ob sie einen Führer brauche, um sich mit der Anreicherungsanlage vertraut zu machen, und sie hatte das höflich mit der Ausrede abgelehnt, sie möchte ihre Kollegen lieber so treffen und in aller Ruhe mit ihnen über ihre Arbeit sprechen. In Wirklichkeit wollte sie erkunden, ob es möglich wäre, vom Gelände der Anreicherungsanlage zu fliehen, und sie wollte eine türkische Frau finden, die ihr zumindest ein wenig ähnlich sah. Sie hatte eine Zugangskarte erhalten, mit der sie sich überall auf dem Gelände der Anreicherungsanlage bewegen konnte. Eine Karte, die am Ausgang des Instituts funktionierte, würde sie angeblich irgendwann in der nächsten Zeit erhalten. Das bezweifelte sie.

Die kleinere unterirdische Halle, von der aus die Säulenhalle bedient und gewartet wurde, hatte sie bereits besucht, nun kehrte sie an die Erdoberfläche zurück. Sie hatte in Erfahrung gebracht, was sie wissen wollte: Es gab unterirdisch keine Tunnels oder Ausgänge, durch die sie aus Sarayköy fliehen könnte. Nach einem Blick auf einen Plan der Anreicherungsanlage, den sie von Dr. Khan erhalten hatte, steckte sie ihre provisorische Zugangskarte in das elektronische Lesegerät, öffnete mit einem Knopfdruck die schwere Brandschutztür aus Stahl, setzte sich in ein viersitziges Elektrofahrzeug, das an ein Golf-Cart erinnerte, und startete es. In der Anlage für die Montage und Prüfung der Gaszentrifugen sowie im Qualitätsüberwachungslabor war sie schon zu Besuch gewesen, und die Lagergebäude oder die Wasser- und Stromversorgung interessierten sie nicht. Jetzt war es an der Zeit, das Verwaltungsgebäude der Anreicherungsanlage zu besichtigen.

Am Ende des unterirdischen Verbindungsgangs parkte Tuula Oravisto ihr Fahrzeug an einem eingezäunten Platz neben ähnlichen Elektrokarren, benutzte wieder ihre Zugangskarte und fuhr dann mit dem Aufzug ins Foyer des Verwaltungsgebäudes. Auf den Korridoren wimmelte es von Menschen, hier bekäme sie vielleicht ihre Chance. Viele eifrig diskutierende Mitarbeiter waren auf dem Weg zu Türen, die man am Ende des Mittelganges sah. Auch Tuula Oravisto lief in diese Richtung, bis sie durch die Glastüren in eine riesige Kantine schauen konnte, in der ein großes Gedränge herrschte. In dem Selbstbedienungslokal brauchte man nicht zu bezahlen, es erinnerte an die Büffets auf den Fähren nach Schweden. Sie schaute kurz auf ihre Uhr, es war fast Mittag. Tuula Oravisto hatte vollauf damit zu tun, ihre Ängste im Zaum zu halten. Medikamente wagte sie nicht zu nehmen, ihre Sinne mussten jetzt hellwach sein.

Tuula Oravisto war zwar hungrig, wollte aber keine Zeit in der Kantine verlieren. Rasch kehrte sie ins Foyer des Verwaltungsgebäudes zurück und studierte den Wegweiser, der anzeigte, in welchem Stockwerk sich die verschiedenen Bereiche befanden. Die Abteilung für strategische Planung schien ihr am interessantesten zu sein, sie fuhr mit dem Aufzug in die zweite Etage, der Lift setzte sich erst in Bewegung, als sie ihre Zugangskarte in das Lesegerät schob.

Die strategische Abteilung befand sich am Beginn des Mittelganges, Tuula Oravisto blieb an der Tür des Großraumbüros stehen, das so weitläufig wie ein Kinosaal war, und erblickte Adile, eine türkische Frau, die wie sie zur Arbeitsgruppe für die Gaszentrifugen gehörte und deren Eintreffen im Forschungszentrum sie am Morgen vom Fenster ihrer Wohnung aus heimlich beobachtet hatte. Adile bemerkte sie, lächelte und winkte. Tuula Oravisto antwortete scheu, und Adile kam auf sie zu.

»Willst du mittagessen gehen?«, fragte Adile, ihr Englisch hatte nur einen leichten Akzent.

»Danke, aber ich war schon essen. Früh bekomme ich meistens nichts runter, und deswegen bin ich schon lange vor Mittag hungrig«, log Tuula Oravisto.

»Du bist doch aus Finnland, stimmt's?«

Tuula Oravisto nickte. »Aus dem kalten Norden. Hier braucht man wenigstens das ganze Jahr nicht zu frieren.«

»Was ist dein Spezialgebiet?«

Plötzlich kam ein ganzer Schwung von Mitarbeitern aus der Abteilung für strategische Planung heraus, die Leute wollten mittagessen gehen und hatten es eilig. Eine von ihnen redete fröhlich in Türkisch auf Adile ein, nahm sie am Arm und zog sie mit sich auf den Flur. Tuula Oravisto winkte der Gruppe hinterher, warf dann einen Blick auf das verwaiste Großraumbüro und machte kehrt, um weiterzugehen. Doch sie blieb schlagartig stehen, als ihr klarwurde, was sie da eben gesehen hatte.

Tuula Oravisto schaute kurz zu den Aufzügen, Adile und ihre Kollegen waren schon verschwunden. Sie rannte in das Büro, schnappte sich den Laborkittel von der Armlehne des Stuhls und hielt ihn hoch. An der Brusttasche war die Zugangskarte mit einem Clip befestigt.

Adile war mit einer großen Gruppe zum Essen gegangen, sie käme auch ohne ihren Ausweis mit den anderen in den Speisesaal und den Aufzug. Wie viel Zeit blieb ihr, überlegte Tuula Oravisto. Eine halbe Stunde, eine Dreiviertelstunde, vielleicht sogar eine ganze Stunde, wenn die Gruppe noch im Speisesaal blieb, um Kaffee zu trinken oder sich zu unterhalten. Adile war ungefähr so groß wie sie und hatte auch dunkles Haar, aber vom Gesicht her sahen sie sich überhaupt nicht ähnlich. Würde jemand von den Wachmännern am Haupteingang das briefmarkengroße Foto auf der Zugangskarte beachten? Sie musste sich jetzt sofort entscheiden.

Tuula Oravisto zog ihren weißen Kittel aus, nahm Adiles Zugangskarte und befestigte sie an der Brusttasche ihrer Hemdbluse. Niemand war morgens im Laborkittel zur Arbeit erschienen, also dürfte es auch üblich sein, Sarayköy normal gekleidet zu verlassen.

Jede Minute war jetzt wertvoll. Tuula Oravisto rannte auf den Flur, aber im selben Moment fiel ihr Blick auf das Objektiv einer Überwachungskamera unter der Decke, und sie verlangsamte ihr Tempo. Überwachte man sie? Was würden die tun, wenn man sie erwischte?

Tuula Oravisto trat aus dem Verwaltungsgebäude der Anreicherungsanlage in die heiße Augustluft Mittelanatoliens. Das Adrenalin sorgte dafür, dass ihre Sinne hochempfindlich reagierten. Sie roch Düfte, die sie nicht benennen konnte. Wie von selbst wurden ihre Schritte immer schneller, sie musste sich dazu zwingen, in angemessenem Tempo, unauffällig, zu gehen. Jetzt näherte sie sich dem Ausgangstor des Geländes der Anreicherungsanlage ...

Ihre Hand zitterte, als sie die Zugangskarte in das elektronische Lesegerät schob; zum Glück befanden sich an diesem Tor keine Wächter, sie durfte das Passieren des Tores einmal üben, bevor der entscheidende Moment kam. Vor Erleichterung bebte sie, als das grüne Licht aufleuchtete. Tuula Oravisto drehte die Metallholme und ging weiter.

Sie schaute kurz auf die Uhr. Erst vier Minuten waren vergangen. Bis zum Hauptausgang waren es noch etwa zweihundert Meter. Plötzlich hatte sie das Gefühl, dass sie noch einen oder zwei Tage hätte warten und mehr Informationen sammeln müssen. Sie wusste nicht einmal, in welchen Arbeitsschichten in der Anreicherungsanlage gearbeitet wurde, endete die Arbeitszeit von irgendjemandem gegen Mittag oder zumindest ungefähr zu dieser Zeit? Hatte jemand die Angewohnheit, das Gelände in der Mittagspause zu verlassen? Vielleicht war das gar nicht erlaubt.

Der Haupteingang kam näher, und Tuula Oravisto verlangsamte ihr Tempo, sie holte tief und ruhig Luft und versuchte, ihrem Gesicht einen alltäglichen, selbstsicheren Ausdruck zu verleihen. Sie war auf dem Weg von der Arbeit nach Hause oder in ein Restaurant zum Mittagessen, oder vielleicht hatte sie ein Treffen in der Stadt, Schluss damit. Das war hier schließlich kein Alcatraz. Die Wachleute saßen in ihrem Häuschen links von drei nebeneinanderliegenden Personenzugängen, also ging Tuula Oravisto zu dem Ausgang auf der rechten Seite. Ihr Atem beschleunigte sich. Sie wollte gerade die Zugangskarte in das Lesegerät schieben, als ein ohrenbetäubendes schrilles Heulen erklang. Sie hob den Kopf und sah ein blinkendes rotes Licht – der Metalldetektor! Sie hatte vergessen, ihre Taschen zu leeren.

Mit klopfendem Herzen und einem Kopfschütteln ging sie ein paar Schritte zurück, legte den Inhalt ihrer Hosentasche in einen kleinen Plastikkorb und versuchte es noch mal. Sie wagte es nicht, auch nur kurz zu den Wachleuten hinüberzuschauen. Ihre Hand zitterte, als hätte sie Schüttelfrost, sie musste mit der anderen das Handgelenk festhalten, damit die Karte endlich in das Lesegerät rutschte …

Das grüne Licht leuchtete auf, Tuula Oravisto drehte die Stahlholme und machte ein paar Schritte. Sie nahm ihre Sachen aus dem Korb und trat an den Straßenrand, hinaus aus dem Kernforschungszentrum von Sarayköy. Ihr Kopf war heiß. Sie musste verrückt sein, sie hatte ja keine Ahnung, was sie jetzt tun sollte. Bis nach Ankara waren es Dutzende Kilometer, und sie hatte keinen Pfennig in der Tasche. Auf dem Randstreifen der Asphaltstraße sah man mehrere Bushaltestellen, aber sie wollte nicht hierbleiben und herumstehen. Wie viel Zeit blieb ihr noch? Sie schaute auf die Uhr. Vielleicht eine halbe Stunde, höchstens eine Dreiviertelstunde. Sie stand mitten in der Türkei, hinter ihr das vierzig Hektar große Kernforschungszentrum und vor ihr Felder, verfallene Industriegebäude und alte Bauernhäuser.

Die Verzweiflung traf Tuula Oravisto wie ein Hammerschlag.

DRITTER TEIL
Die Antihelden

31. August – 2. September, Gegenwart

41

Samstag, 31. August

Der Geschmack im Mund war gallebitter, und das Herz pochte, als wollte es ihr fast die Brust sprengen; Tuula Oravisto rannte den Standstreifen der vierspurigen Fernverkehrsstraße Ankara Bolu Yolu entlang. Sie begriff selbst, dass es eine Dummheit war, denn aus jedem vorbeifahrenden Auto konnte man sie sehen. Wenn zufällig Polizei kam, könnte man sie anhalten, auch wenn in Sarayköy noch niemand ihre Flucht bemerkt hatte. Aber es gab keinen anderen Ausweg. Ein paar Hundert Meter weiter vorn sah sie eine Ortschaft, ein Dorf. Die Zeit wäre bald um …

Endlich erblickte Tuula Oravisto eine Straße, die auf der anderen Seite abzweigte und anscheinend zu dem Dorf führte. Sie musste die Fernverkehrsstraße überqueren, aber eine Ampel oder eine Fußgängerbrücke war nirgendwo zu sehen. Es dauerte mehrere Minuten, bis sie eine Lücke im Strom der Autos sah und auf die andere Seite gelangte. Tuula Oravisto rannte, was ihre Beine hergaben. Sie hatte kein Geld, kein Mobiltelefon und sprach kein Wort Türkisch, aber immerhin wusste sie jetzt, wohin sie wollte.

Am Rande des Dorfes drosselte sie ihr Tempo, schnappte nach Luft und beobachtete ihre Umgebung, stets bereit, sich notfalls sofort zu verstecken. In diesem Dorf, das dem Forschungszentrum am nächsten lag, würde man sie zuerst suchen. Sie sah weiße, zweistöckige Häuser mit roten Ziegeldächern, ein paar herumstreunende Hunde, einen Jungen in einem ausgewaschenen Pullover, Frauen mit Kopftüchern, Opas, die auf der Bank saßen … Schritt für Schritt geriet sie mehr in Panik. Was zum Teufel sollte sie jetzt tun?

»Merhaba.«

Tuula Oravisto hörte den türkischen Gruß hinter sich, drehte sich um und erblickte einen Polizisten. Ohne erst zu überlegen, stürmte sie los und setzte all ihre Kräfte ein. Zwischen zwei Häusern hindurch in eine kleine Gasse, an der nächsten Kreuzung nach rechts ... Sie warf einen Blick nach hinten, der Polizist folgte ihr in zwanzig Metern Entfernung. Schneller konnte sie nicht, sie war so etwas nicht gewöhnt ... An einer Kreuzung bog sie nach links ab, schaute sich kurz um und prallte dabei mit voller Wucht auf irgendetwas. Sie stürzte zu Boden und bekam keine Luft mehr, wie nach einem K.-o.-Schlag. Vor ihr stand ein zweiter Polizist. Sie war gleich am Anfang gefasst worden. Was würde man jetzt mit ihr machen?

»*Neden kaçiyorsun? Ne oldu*?«, fragte der Polizist, den sie zuerst gesehen hatte.

»Ich ... spreche kein Türkisch«, erwiderte Tuula Oravisto auf Englisch und keuchte.

Die Polizisten schauten einander an und wechselten in lautem Ton ein paar Sätze.

»*You okay? Tamam?*«, fragte der ältere Polizist und reichte ihr die Hand, um ihr beim Aufstehen zu helfen.

Allmählich wurde Tuula Oravisto klar, worum es sich handelte – die Männer hatten sie nicht gesucht, sie war ihnen zufällig über den Weg gelaufen. Man hatte ihre Flucht noch nicht bemerkt.

»*An-kara. Em-bas-sy of Fin-land*«, sagte Tuula Oravisto und betonte jede Silbe.

Die Polizisten redeten wieder hitzig miteinander. Es sah so aus, als wären sie einer Meinung.

»*Ankara*«, sagte der jüngere der Männer und schüttelte den Kopf, er griff nach ihrem Arm und deutete mit der anderen Hand nach vorn.

Tuula Oravisto blieb nichts anderes übrig, als den Polizisten zu folgen. Sie hoffte von ganzem Herzen, dass die Männer sie nicht mitnahmen. Sie wollte nicht auf der Polizeiwache sitzen, wenn aus dem Forschungsinstitut in Sarayköy ihre Flucht gemeldet wurde.

Die Polizisten redeten die ganze Zeit miteinander und führten Tuula Oravisto durch enge Gassen auf einen kleinen Platz. Dann schlug der ältere der beiden mit der Faust ein paarmal an die Holztür einer Garage und verlieh seinem Anklopfen Nachdruck, indem er dazu rhythmische Rufe ausstieß.

Der Wortwechsel der Polizisten wurde noch leidenschaftlicher, bis endlich die Tür der Garage aufflog. Ein gebeugter und weißbärtiger alter Mann mit einer abgetragenen Mütze aus Spitze, die vor Jahrzehnten einmal weiß gewesen war, trat auf den gepflasterten Hof. Der Opa starrte Tuula Oravisto an wie eine Außerirdische, und die beiden Polizisten redeten wieder um die Wette.

Schließlich breitete sich auf dem Gesicht des Alten ein Lächeln aus, und er zeigte in Richtung seiner Garage. »*Finlandiya, Finlandiya büyükelçiliği, Ankara*«, murmelte er, schaltete das Licht an der Decke an und wirkte stolz, als er einen am unteren Rand verrosteten Fiat 128 aus den siebziger Jahren mit einem Schild auf dem Dach präsentierte: TAXI.

* * *

»TK-Putzservice«, las Essi Kokko an der Wand eines mehrstöckigen roten Ziegelbaus auf der Pälkäneentie im Helsinkier Stadtteil Vallila. Jemand hatte den Namen mit schwarzer Farbe auf ein weißes Pappschild gemalt. Essi Kokko war unschlüssig: Sollte sie das Büro der Firma beobachten und dann einem ihrer Mitarbeiter ohne Papiere auf dem Weg zu seiner Arbeitsstelle folgen? Oder sollte sie es wagen, hineinzugehen und sich Klarheit über das Unternehmen zu verschaffen. Allerdings könnte es sein, dass die Leute ohne Papiere ihre Aufträge per Telefon erhielten; die Betreiber der Firma würden kaum wollen, dass in ihrem Büro Einwanderer, die sich illegal in Finnland aufhielten, zu Hunderten aus und ein gingen. Sie wusste genau, dass sie auf der richtigen Spur war: In den Unterlagen von Veli-Veikko Toikka wurde »TK-Putzservice« mehrfach erwähnt. Und laut Arto Ratamo hatte Neda Navabi als Putzfrau gearbeitet. Vielleicht würde sie etwas herausfinden, womit sie Neda Navabi aufspüren könnte. Sie brauchte von der Iranerin zusätzliche Informationen, und womöglich könnte die ihr auch helfen, sich vor Ercan Şentürk zu verstecken.

Essi Kokko dachte an den Watergate-Skandal und an Anna Politkowskaja, mehr Ermutigung benötigte sie nicht. Ihr Puls beschleunigte sich, als sie auf den Knopf des Summers drückte. Das Warten schien eine Ewigkeit zu dauern, sie drückte noch einmal ... Schließlich erklangen ein Surren und ein metallisches Knacken, als sich das Schloss öffnete. Jedenfalls sah sie richtig heruntergekommen aus mit ihrer eingegipsten Hand und nach einer Nacht, in der sie bis ungefähr um drei in Bars gehockt und auch danach kaum ein Auge zugemacht hatte: Der Dichter, den sie im Restaurant *On the rocks* aufgerissen hatte, war ungewöhnlich viril gewesen, dabei hatte sie sich den Mann vornehmlich deswegen ausgesucht, weil er sich schon am frühen Abend kaum noch auf seinem Stuhl halten konnte.

Das Büro von TK-Putzservice in der ersten Etage war klein und chaotisch und stank nach Zigarettenqualm. Am Schreibtisch saß hinter Bergen von Unterlagen eine etwa sechzigjährige grauhaarige Frau, die eine Zigarette in den Fingern hielt und deren zerfurchtes Gesicht Essi Kokko an ein erstarrtes Lavafeld erinnerte, das sie bei einer ihrer Rucksacktouren auf dem Vulkan Pacaya in Guatemala gesehen hatte. Sie wollte versuchen, etwas herauszubekommen, irgendetwas, aber Neda Navabis Namen erwähnte sie besser nicht. Falls die Putzchefin wusste, dass Navabi gesucht wurde, könnte sie misstrauisch werden.

»Keine Arbeit, oder? Was für Sprachen sprichst du?«, fragte die Frau auf Englisch, ohne von ihren Unterlagen aufzuschauen.

»Albanisch und Englisch«, antwortete Essi Kokko mit, wie sie fand, genau dem richtigen starken Akzent. Sie konnte kein Wort Albanisch, aber die Frau vermutlich auch nicht. Notfalls würde sie ein paar Sätze Kroatisch sprechen, sie beherrschte ein paar Hundert Wörter, weil sie in ihrer Jugend fast ein Jahr lang mit einem Fotografen aus Zagreb zusammen gewesen war.

»Woher stammst du?«

»Aus Albanien, aus Elbasan.«

Die Frau drückte ihre Zigarette aus, hob den Kopf und schaute die Arbeitsuchende an. »Eine blonde Albanerin?«

Essi Kokko zuckte die Achseln. »Wir sind überraschend viele. Die einen echt, die anderen nicht.« Sie hoffte, dass die Frau ihr Zögern nicht bemerkt hatte.

»Willst du mit einer Hand putzen?«

Essi Kokko betastete ihren Gips. »Der wird morgen abgenommen.«

»Wie ist dein Name? Hast du einen Pass, eine Aufenthaltserlaubnis, eine Arbeitserlaubnis ...« Die Frau streckte die Hand aus und wartete.

Essi Kokko schüttelte den Kopf. »Die braucht man ja wohl fürs Reinemachen nicht. Das wird für euch auch billiger. Und mein Name ist Zamira.«

Die Frau musterte Essi Kokko eine ganze Weile. »Warum suchst du gerade hier nach Arbeit, Zamira? Wer hat dir von TK-Putzservice erzählt?«

»Andere Einwanderer. Wir reden ja andauernd darüber, wo man Arbeit und Geld bekommen könnte.«

»Hat von denen jemand für uns gearbeitet?«

Essi Kokko wurde klar, dass sie sich auf dünnem Eis bewegte: Wenn sie einen der Namen angab, die sie in Toikkas Unterlagen gelesen hatte, könnte die Frau ihre Geschichte überprüfen. »Natalja«, sagte Essi Kokko, der Name fiel ihr als erster ein. Innerlich verfluchte sie Neda Navabi: Wenn die ihr alles erzählt hätte, brauchte sie sich jetzt nicht in Gefahr zu begeben.

Die Frau mit dem zerfurchten Gesicht zündete sich eine neue Zigarette an und betrachtete die Arbeitssuchende noch eine Weile. »Gut, versuchen wir mal, wie die Arbeit anläuft. Ich brauche deine Telefonnummer«, sagte sie und griff zum Kugelschreiber.

Essi Kokko leierte die Nummer ihres neuen Prepaid-Anschlusses herunter. »Was für einen Lohn zahlt ihr? Und kannst du mir einen Rat geben, wo ich eine feste Wohnung bekommen könnte? Oder wenigstens eine vorübergehende Bleibe.«

»Hm. An einem guten Tag kannst du mehrere Dutzend Euro zusammenbekommen. Und wegen der Unterbringung ruf diese Nummer an.« Sie schrieb eine Telefonnummer auf einen Haftzettel und reichte ihn über den Tisch.

»Danke. Wirklich, vielen Dank.« Es klang ehrlich. Essi Kokko hatte bekommen, was sie wollte – einen neuen Kontakt.

»Bei uns ist es üblich, dass über die Angelegenheiten der Firma nicht mit Außenstehenden gesprochen wird. Es ist am besten, wenn du dich daran hältst. Ich sage das jetzt in freundlichem Ton, aber manche ... andere Leute sind garantiert nicht so sanft, wenn du Ärger machst.«

»Rufst du morgen schon an? Ich muss den Gips abmachen und ...«

»Ich rufe dann an, wenn es so weit ist«, fuhr die Frau sie an und bedeutete ihr, den Raum zu verlassen.

Essi Kokko war mit ihrem Auftritt zufrieden. Sie lief die Treppe hinunter und eilte im Laufschritt auf der Pälkäneentie bis zur Kreuzung Mäntsäläntie, holte das Mobiltelefon aus der Tasche und rief die Nummer an, die ihr die Putzchefin gegeben hatte.

Zweimal klingelte es, dann hörte sie die Stimme von Markus Virta. Ihr blieb fast das Herz stehen. Sie schaltete das Telefon aus. Virta erledigte das, was mit den illegalen Einwanderern zusammenhing, garantiert nicht von seinem Diensttelefon aus. Wenn er versuchte, herauszufinden, von wem der Anruf eben kam, und das Lavagesicht von der Putzfirma anrief, würde er erfahren, dass sie immer noch in den Angelegenheiten der Illegalen herumstocherte. Und dann würde er Şentürk anrufen. Jetzt musste Essi Kokko erst recht verschwinden.

42

Samstag, 31. August

Pater Daniels Wohnung im Helsinkier Stadtteil Meilahti hatte sich in den vergangenen zwei Tagen mehr verändert als in den letzten zwei Jahren. Neda, Sherin und Aref Navabi schliefen zwar im Gästezimmer, aber mehr als das Bett und die zwei Schaumstoffmatratzen passte in den kleinen Raum nicht hinein. Die Legosteine, die Baukastenteile und die Transformers, die Pater Daniel auf dem Emmaus-Flohmarkt für Aref besorgt hatte, lagen deshalb überall im Wohnzimmer. Shirin ließ abwechselnd den Computer oder den Fernseher dröhnen. Die Navabis hatten die Wohnung kein einziges Mal verlassen, und allmählich wirkte die Atmosphäre angespannt.

Neda Navabi klappte den Deckel des Laptops herunter und wandte sich mit besorgtem Blick Pater Daniel zu, der auf der anderen Seite des Küchentischs saß. »In der Presse wird nichts über den Türkischen Laden geschrieben, kein Wort. Warum bringt diese freie Journalistin nichts zustande? Ich habe ihr doch auch die Namen dieser finnischen Polizisten gegeben. Und warum ruft sie nicht an, dabei habe ich ihr schon jede Menge Nachrichten hinterlassen ...«

»Vielleicht will sie die Sache gründlich recherchieren, bevor sie etwas schreibt«, vermutete Pater Daniel.

Neda Navabi nahm den Teebereiter und füllte ihren Becher. »Ich kann deine Gastfreundschaft nicht endlos strapazieren. Wir ...«

Pater Daniel legte seine runzligen und gekrümmten Finger auf Nedas Hand. »Ihr könnt so lange hier wohnen, wie es nötig ist.«

Neda Navabi rang sich ein Lächeln ab. »Die Kinder müssen mal raus und ich auch, sonst brennt bald bei jemandem die Sicherung durch. Ich will mit der Journalistin reden und wissen, wie die Lage ist.«

Pater Daniel überlegte einen Augenblick und hob dann die Hände, als wollte er sich ergeben. »Das könnte für dich und die Kinder Probleme mit sich bringen. Du weißt nicht, was alles draußen in den letzten Tagen geschehen ist. Ich an deiner Stelle würde jedenfalls nicht zu erkennen geben, wo ich mich aufhalte.«

Plötzlich schrillte eines von Neda Navabis Telefonen. Sie war kurz davor, die Nerven zu verlieren, weil sie das Handy nicht sofort orten konnte. Schließlich fand sie es im Zeitungsständer.

Essi Kokko sagte ihren Namen. »Du hattest auf meinem Anrufbeantworter mehrere Nachrichten hinterlassen. Ich kann ... diese Nummer nicht mehr benutzen. Jetzt bin auch ich auf der Flucht vor den Türken.« Essi Kokko berichtete kurz von Ville-Veikko Toikkas Unterlagen und Ercan Şentürks Besuch.

»Werden die Geschäfte dieser Polizisten, Toikka und Virta, schon von den Behörden untersucht?«, fragte Neda Navabi.

Wütend stieß Essi Kokko die Luft zwischen den Zähnen aus. »Die Polizisten haben versucht, die Beweise, die sich in Toikkas Wohnung befanden, verschwinden zu lassen, obwohl die dort haufenweise lagen. Es ist ihnen fast gelungen. Aber der Oberinspektor der Sicherheitspolizei Arto Ratamo hat in seinem E-Mail-Fach Kopien von allen Unterlagen aus Toikkas Wohnung. Ratamo ist jetzt im Ausland, ich weiß nicht, wann er zurückkommt.«

»Ich kenne ihn, ich habe vor zwei Tagen mit ihm geredet. Vertraust du ihm?«, fragte Neda Navabi.

»Absolut. Es war sein Verdienst, dass ich überhaupt angefangen habe, den Türkischen Laden und das Geschäft mit den Leuten ohne Papiere zu untersuchen. Er hat mir den Hinweis gegeben, dass die etwas miteinander zu tun haben.«

In der Leitung herrschte für eine Weile Schweigen.

»Ich habe nichts, wo ich mich verstecken kann«, sagte Essi Kokko.

Neda Navabi wiegte den Kopf und warf einen Blick auf Pater Daniel. »Vielleicht kann ich dir helfen. Ich melde mich. Gib mir deine neue Nummer.«

Neda Navabi schaltete das Telefon aus und vertraute Pater Daniel an, was sie soeben gehört hatte.

Der überlegte nicht lange. »Vielleicht solltest du sofort alles erzählen, was du weißt. Ruf diesen Mann von der Sicherheitspolizei an, ich habe ihn letzte Woche auch getroffen. Er war mit seiner Kollegin hier und hat nach Tuula gefragt. Ich glaube nicht, dass er an den Geschäften der Polizisten und der Türken beteiligt ist. Oder ich habe meine Menschenkenntnis gänzlich verloren.«

Mehr brauchte man Neda Navabi nicht zu ermutigen. Sie holte ihre Handtasche und suchte Ratamos Visitenkarte heraus. Es dauerte lange, bis er sich meldete. Neda Navabi stellte sich vor und fuhr gleich fort, um ihm alles zu erzählen, was sie erfahren hatte.

»Ich bin in den letzten Tagen unterwegs gewesen, erst in London und jetzt in der Türkei«, erklärte Ratamo, als Neda Navabi fertig war. »Ich konnte mir das Material, das Essi Kokko geschickt hat, noch nicht anschauen. Aber ich kehre heute nach Finnland zurück und verspreche, mich am Wochenende mit der Sache zu beschäftigen.«

»Ich weiß noch mehr«, sagte Neda Navabi zögernd. »Etwas, was in Toikkas Unterlagen nicht erwähnt wird.«

»Vielleicht wäre es am besten, wenn wir uns treffen. Die Besprechung solcher Dinge am Telefon ist nicht ...«

»Der Şentürk-Clan betreibt seinen Schmugglerring nicht allein«, sagte Neda Navabi hastig. »Der Hakan aus dem Türkischen Laden hat oft darüber geredet, wenn er zu viel getrunken hatte, dann hat er immer versucht, sich an irgendeine der Frauen, die dort übernachteten, ranzumachen, und damit geprotzt, was für große und mächtige Kooperationspartner der Şentürk-Clan hat. Ich bin aus diesen Geschichten nicht recht schlau geworden, aber so viel habe ich doch verstanden, dass die türkischen Behörden mit den Şentürks kooperieren. Hakan sprach von einem Fall Ergenekon und von *Derin devlet*, dem Tiefen Staat, einer Art Staat im Staate. Und davon, dass einer der Nachrichtendienste der Türkei, der JİTEM, nicht nur mit dem Şentürk-Clan zusammenarbeitet, sondern auch mit den Amerikanern.«

»Warum?«, fragte Ratamo.

»Wahrscheinlich profitieren sie alle irgendwie von ihrer Zusammenarbeit, woher soll ich das wissen. Aber diese Geschichten hat sich Hakan nicht ausgedacht, dafür fehlte es diesem Idioten an Phantasie.«

»Warum erzählst du mir das jetzt?«

»Ich will, dass die gefasst werden. Ich will mein Leben zurückhaben.«

Pater Daniel sah, dass seine Freundin etwas Zeit für sich selbst brauchte. Er nahm den Laptop mit und ließ Neda in der Küche allein. Aref beschäftigte sich im Wohnzimmer auf dem Fußboden, und Shirin ließ den Fernseher so laut dröhnen, dass Pater Daniel in sein Schlafzimmer ging. Er schloss die Tür und legte sich mühselig aufs Bett. Der alte Mann wurde den Gedanken nicht los, dass er nicht zufällig in diese ganze Situation geraten war, sondern dass dahinter eine Absicht stand. Ihm wurde eine neue Chance geboten. Die Gelegenheit, die Last der Schande abzuschütteln und zu zeigen, wie stark seine Überzeugung war. Er heftete den Blick auf den französischsprachigen Text, der gerahmt an der Wand hing:

»Nach der Heiligen Schrift des Alten und besonders des Neuen Testaments umfassen Herrschaft und Einflussnahme Satans und der anderen bösen Geister die ganze Welt. Die Tätigkeit Satans besteht vor allem darin, die Menschen zum Bösen zu verführen, indem er ihr Vorstellungsvermögen und ihre höheren Fähigkeiten beeinflusst, um sie in die dem Gesetz Gottes entgegengesetzte Richtung zu lenken.«

Papst Johannes Paul II., 13. August 1986

Pater Daniel dachte über die Worte des verstorbenen Papstes nach, bis er spürte, dass seine Kraft zurückkehrte, und öffnete dann seinen Laptop. Er hatte sich in den letzten Jahren zu einem geschickten Computernutzer entwickelt; für einen Rheumakranken war es leichter, seine Angelegenheiten mit der Tastatur zu regeln, als von einem

Ort zum anderen zu gehen. Im Laufe der letzten Tage hatte er unter Favoriten im Browser seines Laptops eine Liste der Zeitungen zusammengestellt, in denen sich Nachrichten über irgendwo auf der Welt ermordete Physiker fanden. Pater Daniel begann die Suche nach neuen Informationen und ging seine Liste durch, bis sich eine englischsprachige Seite der pakistanischen Zeitung *The Nation* öffnete:

»Gestern, am Morgen des 30. August, fuhr Dr. Shakil Tarakai, Wissenschaftler in der Urananreicherungsanlage Kahuta, mit seinem Auto die fünfzig Kilometer von seiner Wohnung in Islamabad zu seiner Arbeitsstelle, wie an Hunderten anderen Tagen auch. Kurz vor dem Einkaufszentrum von Her Do Gher stieß der Wagen von Dr. Tarakai bei hoher Geschwindigkeit mit einem Transporter zusammen, der aus unbekanntem Grund auf die falsche Fahrbahn geraten war. Die Fahrer beider Wagen waren sofort tot. Dr. Tarakai wurde 32 Jahre alt, er war verheiratet und Vater eines kleinen Jungen.«

Er betrachtete das Foto des Mannes, Shakil Tarakai schaute voller Stolz auf einen lebensfrohen kleinen Jungen, der ein gelbes Hemd trug und im Kinderwagen saß. Pater Daniel fühlte sich wieder als der zwanzigjährige junge Mann, dem das Tier in Algerien begegnet war, der zugesehen hatte, wie seine Landsleute in El-Halia hundertfünfzig Algerier umgebracht hatten. In seiner Laufbahn als Exorzist hatte er die Kraft und die Tücke vieler Dämone und Gesandter des Tieres erleben müssen, aber nur einmal, in Algerien 1955, hatte er gespürt, wie das Tier selbst anwesend war. Jetzt fürchtete er, ihm erneut zu begegnen. Aber diesmal hatte er vor, standhaft zu bleiben.

Pater Daniel öffnete zuerst das Textverarbeitungsprogramm und dann ein Dokument, in dem er die Daten von Dr. Tarakai hinzufügte. Er hatte für die Zeit der letzten vier Jahre schon dreizehn Opfer gefunden: Wissenschaftler, die in der Türkei, in Ägypten, Saudi-

Arabien, Syrien gearbeitet hatten oder dort arbeiten wollten ... In Staaten, unter denen sich, wie man glaubte, der König des Südens und der König des Nordens finden würden, die der Prophet Daniel erwähnte, die kriegführenden Seiten der Endzeit.

Das Tier bereitete sich auf den Krieg vor, glaubte Pater Daniel.

43

Samstag, 31. August

Der römische Sophist Claudius Aelianus vermittelt seinen Lesern in seiner am Ende des ersten Jahrhunderts unserer Zeitrechnung – geschriebenen Erzählungssammlung »Tiergeschichten« eine Information, die vom griechischen Historiker Euphorion stammt: Irgendwann im Dunkel der Geschichte war die Insel Samos unbewohnt, weil dort riesige Bestien lebten, die als Neaden bezeichnet wurden. Sie vermochten durch bloßes Brüllen die Erde zu spalten. Die Legende lebt auf der Insel Samos immer noch in der Redewendung: Jemand »brüllt lauter als die Neaden«. Etwas später, in der Zeit der Antike, war die Insel Samos ein blühender Staat und die Heimat vieler Genies: des Philosophen Epikur, des Astronomen Aristarch, des Schriftstellers Äsop und des Mathematikers Pythagoras. Danach wechselte die Herrschaft über Samos zwischen Athen, Rom, genuesischen Kaufleuten und den Türken bis hin zu Griechenland.

John Jarvi, der im handwarmen Wasser des Mittelmeers kraulte, wusste nichts von der Geschichte der Insel Samos. Über das Vorgehen bei einer Flucht hingegen wusste er so gut wie alles, was die effizienteste Militärmaschinerie der Gegenwart, die US-Streitkräfte, zu dem Thema lehrte. Er war vom Rand der Stadt Adana bis nach Antalya getrampt und von dort weiter bis in die Stadt Güzelçamli an der türkischen Südwestküste. Westlich davon befand sich ein Naturschutzgebiet, von dessen Küste es auf dem Wasserweg bis zur griechischen Insel Samos nur knapp zwei Kilometer waren, und außerdem befand sich auf halbem Weg die türkische Insel Bayrak Adasi, wo sich Jarvi gegebenenfalls hätte ausruhen können. Eine Pause brauchte er jedoch nicht; er war bei den Navy SEALs schon bedeutend längere Strecken geschwommen und meist in erheblich kälterem

Wasser. Ursprünglich wollte er nach Bodrum fahren und von da die Insel Kos erreichen, aber wer per Anhalter unterwegs war, musste es nehmen, wie es kam.

Als das Ufer von Samos näher rückte, verlangsamte er sein Tempo und ging vom Kraulen zum Brustschwimmen über, um seinen Zielort zu beobachten. Auf der linken Seite erstreckte sich, soweit das Auge reichte, ein Sandstrand mit Touristen und rechts ein steiniges, fast bis zum Meer dicht mit Pflanzen bewachsenes Ufer. Er sah beinahe wie ein normaler Tourist aus, als er aus dem Wasser stieg, obwohl er schwarze Baumwollboxershorts und auf dem Rücken einen wasserdichten Rucksack trug.

Jarvi setzte sich auf die Ufersteine, nahm seinen Rucksack ab und trank Wasser. Er durfte keine Zeit verlieren. Ein Lkw-Fahrer aus Tarsus hatte ihm erzählt, dass man von Samos mit dem Schiff bis nach Piräus am Rand von Athen kam, aber er hatte keine Ahnung, wann die nächste Fähre abfuhr. Es bereitete ihm auch Sorgen, ob das Geld reichen würde: Er hatte bei dem bewusstlos geschlagenen Wachmann und in den Brieftaschen von Commander Baranski und seinem Sekretär nur hundertzehn türkische Lira und einundsechzig Dollar gefunden.

Jarvi holte seine Uhr aus dem Rucksack – 12.08 Uhr. Es war ihm gelungen, fast tausend Kilometer in reichlich sechzehn Stunden zurückzulegen. Und jetzt befand er sich im Schengen-Raum und könnte mühelos bis nach Deutschland gelangen, das hoffte er zumindest. Jarvi fühlte sich so stark wie seit Jahren nicht. Der Hass und die Rachlust brannten mit heller Flamme, aber gänzlich anders als früher – kontrolliert. Jetzt wusste er, wer die Verantwortung für den Tod von Emily und ihrem ungeborenen Kind trug. Seine Rache besaß ein klares Ziel.

Generalmajor Michael Terpin war ein Mann, den niemand leiden konnte und dessen Ruf jeder Soldat der SEALs kannte. Ein Mann, der 2002 während seines Dienstes in der Kommandozentrale für Spezialeinsätze zusammen mit der CIA geplant hatte, wie der Irak in der Praxis erobert werden sollte. Schon vor Beginn des eigentlichen

Krieges erlangte Terpin Berühmtheit, als er etliche irakische Generale zur Kapitulation überredete, noch bevor überhaupt ein Schuss gefallen war. Viele der Überredeten hatte man tot aufgefunden, kurz nachdem Terpin sie bearbeitet hatte. Es hieß auch, dass Terpin mit seinen Männern wiederholt im berüchtigten Gefängnis von Abu Ghraib gewesen war. Nach seinen Besuchen leuchteten stets die nächtlichen Lichter auf dem Friedhof von Al-Zahed im Westen Bagdads und in Khan Dar, das die Iraker selbst vor dem Krieg als Massengrab für die von ihnen ermordeten politischen Gegner benutzt hatten. Gerüchte behaupten, dass von Terpin auch die Idee für das Gefangenenlager in Guantánamo stammte, und es hieß, er habe den Marineinfanteristen den Befehl gegeben, die im November 2005 in der Stadt Haditha aus nächster Nähe fünfundzwanzig unbewaffnete Zivilisten, unter ihnen viele Kinder und Alte, getötet hatten. Die Massenhinrichtung der Zivilisten war die Rache dafür gewesen, dass die Aufständischen am Morgen desselben Tages in einem Hinterhalt einen Corporal der US-Marineinfanterie erschossen hatten.

Terpins Unmenschlichkeit wog auf Jarvis Waagschale nicht einmal ein Gramm, Krieg war eben Krieg. Aber Michael Terpin würde dafür büßen, was er seiner Frau und seinem Kind angetan hatte.

Jarvi hatte keine Schwierigkeiten damit, zuzugeben, dass es ihm ein himmlisches Gefühl bereitet hatte, Commander Baranski zu töten. Kaum ein Laie wusste, dass es mühelos gelang, durch eine Fensterscheibe zu schießen, es war vollkommen egal, in welchem Winkel die Kugel abgefeuert wurde, sie setzte ihren Weg schnurgerade fort, selbst wenn sie in einem Winkel von 45 Grad auf das Glas traf. Nach der Flucht aus dem Büro von Baranski und der Luftwaffenbasis Incirlik hatte er sich das Motorrad eines Teenagers geschnappt, der an einer Ampel hielt, und die aus der Waffenkammer gestohlenen und außerhalb des Stützpunkts versteckten Utensilien geholt, darunter ein Scharfschützengewehr Barret M82A1. Dann war er zwei Kilometer vom Verwaltungsgebäude des Stützpunkts entfernt auf einen Hügel gestiegen, inmitten eines Feldes am Rande der Autobahn, genauer gesagt 2235 Meter von Rick Baranski entfernt.

Jarvi hatte das Glück auf seiner Seite gehabt: Der Tag war klar und fast windstill gewesen, er hatte also weder einen Beobachter noch Informationen über den Wind in der Flugbahn des Geschosses gebraucht. Die Kugel der knapp vierzehn Zentimeter langen Patrone BMG Ball M33 vom Kaliber .50 hatte ihren Weg ins Ziel, den Kopf von Commander Baranski, gefunden. Das könnte gut der drittweiteste jemals abgefeuerte Todesschuss gewesen sein. Für viele der schwierigsten und aus größter Entfernung abgefeuerten Todesschüsse gab es allerdings nie eine Bestätigung für die Statistik, weil die Opfer fast ausnahmslos in feindlichem Gebiet verblieben. Der britische Scharfschütze Craig Harrison hielt den offiziellen Weltrekord, seit er im Jahr 2009 in Afghanistan einen Taliban-Kämpfer aus einer Entfernung von 2475 Metern erschossen hatte.

Jarvi hatte sich lange genug ausgeruht. Jetzt musste er die Küstenstadt Vathy erreichen und klären, wann die Fähren nach Piräus ablegten. Sofern man sich darauf verlassen konnte, was der Lkw-Fahrer aus Tarsus gesagt hatte, waren es bis in das Dorf Psili Ammos nur ein paar Hundert Meter und von dort nach Vathy ein knappes Dutzend Kilometer.

Er beschloss, zu rennen.

* * *

Ercan Şentürk saß auf dem Beifahrersitz im schwarzen Volvo von Markus Virta in der Tiefgarage am Erottaja, schaute den finnischen Polizisten von der Seite an, der seine Kleidung wie eine Frau sorgfältig gewählt hatte, und überlegte, auf welche Weise er den Mann am liebsten umbringen würde. Das beruhigte ihn, es war seine Methode, die Menschen zu klassifizieren. Am amüsantesten könnte es sein, den kleinen Mann mit seinem Henker um die Wette laufen zu lassen, wie es am Hofe der osmanischen Sultane üblich gewesen war. *Bostancı-başı*, der »Gärtner der Köpfe«, der Chefhenker des Hofes, musste in früheren Zeiten die Herausforderung eines zum Tode Verurteilten annehmen und mit ihm die dreihundert Meter lange Strecke durch den Garten des Topkap-Palastes bis zum Tor am Fischmarkt, der Hinrichtungsstätte, um die Wette rennen. Wenn der Verurteilte das Tor als Erster erreichte, blieb er am Leben. Merkwürdigerweise war dieser Brauch noch im neunzehnten Jahrhundert üblich. Şentürk lächelte bei dem Gedanken, wie er in der Kleidung des Henkers mit dem vor Entsetzen bleichen finnischen Polizisten um die Wette rennen würde, dessen Schritte wohl kaum lang genug wären.

Er bemerkte, dass der finnische Polizist verstummt war.

»Neda Navabi muss gefunden und zum Schweigen gebracht werden«, fuhr Markus Virta in seinem Schulenglisch fort. »Und auch die Journalistin hat nach deinem Besuch nicht aufgehört, in unseren Angelegenheiten herumzuwühlen, habt ihr zusammen Kaffee getrunken? Eine junge Frau mit Gipshand, auf die Kokkos Kennzeichen genau zutreffen, war heute im Büro von TK-Putzservice und hat sich als Arbeitskraft angeboten, sie versucht, noch mehr über uns herauszukriegen. Beide Frauen müssen erledigt werden, bevor alles außer Kontrolle gerät. Jetzt muss etwas passieren.«

Vielleicht würde aber das Pfählen besser zu Virta passen, dachte Şentürk.

»Navabi darf nicht dazu kommen, ihre Informationen an irgendjemanden weiterzugeben, und die Journalistin darf keinen Kontakt zu irgendeiner Zeitung oder anderen Medien aufnehmen. Hast du verstanden?«

Şentürk war nahe daran, Virta am Kragen zu packen, da klingelte sein Telefon.

Der Anrufer verließ sich darauf, dass Şentürk ihn an seiner Stimme erkannte, und kam sofort zur Sache. »Ich habe gehört, dass du in Finnland bist. Ich brauche deine Hilfe.«

»Welche?«

»Die übliche. Die Zielperson ist eine finnische Frau – Tuula Oravisto.«

Ercan Şentürk bestätigte, dass er den Auftrag ausführen werde, und beendete das Gespräch. Mit JİTEM, der Aufklärungsabteilung der türkischen Gendarmerie, war nicht zu spaßen.

44

Samstag, 31. August

Auf Arto Ratamos linker Wange und seinem Hals klebten insgesamt elf chirurgische Pflaster. Die Scherben der Fensterscheibe in Commander Baranskis Büro hatten kleine, aber tiefe Wunden hinterlassen. Das Herausziehen der Splitter im mobilen Feldlazarett der Luftwaffenbasis von Incirlik zählte nicht zu den angenehmsten Erinnerungen in seinem Leben, allerdings auch nicht zu den schlimmsten.

Ratamo saß im Zimmer von Botschaftsrätin Tiina Veräjä im Obergeschoss des gelben Gebäudes der finnischen Botschaft in einem vornehmen Viertel der türkischen Hauptstadt Ankara, die Adresse lautete: Kader Sokak 44. Der Botschafter weilte derzeit im Sommerurlaub. Aus irgendeinem Grund, den Ratamo nicht kannte, war auch der Militärattaché, Oberstleutnant Hallamaa, anwesend, der im selben Gebäude arbeitete. Nur die wichtigste Person fehlte, die, warum man ihn hierhergerufen hatte – Tuula Oravisto. Claire Boyd musste nun in Istanbul allein dem US-Militärattaché und den türkischen Behörden berichten, was die Briten und Finnen über Jarvi wussten.

Das Piepen seines Mobiltelefons unterbrach die Stille. Ratamo las die eingegangene SMS: *Rick Baranski organisierte im Auftrag seines Arbeitgebers, der Special Activities Division der CIA, in Zusammenarbeit mit einer Organisation namens Şentürk und den türkischen Behörden den Schmuggel Zehntausender illegaler Einwanderer von der Türkei in verschiedene Teile Europas. Auch nach Finnland.*

Das Handy verriet die Telefonnummer des Absenders nicht. Ratamo verstand eine Weile gar nichts mehr. Wer hatte die Nachricht geschrieben? Und warum? Ihm fiel außer John Jarvi niemand ein.

»Tuula Oravisto wird ganz sicher jeden Augenblick eintreffen«, sagte Botschaftsrätin Veräjä. »Sie musste ein Beruhigungsmittel einnehmen und ihr ist übel geworden. Wollt ihr noch Kaffee?«

»Hängt das ... mit dem Fall Oravisto zusammen?« Militärattaché Hallamaa zeigte mit dem Finger auf Ratamos Gesicht.

Ratamo strich über eines der Pflaster auf seiner Wange, dachte aber weiter über die eben eingegangene SMS nach. »Das kommt darauf an, was man mit dem Fall Tuula Oravisto meint. Ich habe noch kein Wort darüber gehört, weshalb sie aus Sara ... aus diesem Kernforschungszentrum geflohen ist, gerade als sie die Arbeit aufgenommen hatte.«

»Wir auch nicht«, beeilte sich die Botschaftsrätin zu erklären. »Ich habe am Telefon alles gesagt, was ich weiß: Tuula Oravisto erschien hier gegen 13 Uhr äußerst aufgeregt, fast im Schockzustand, und verkündete, sie sei aus dem Kernforschungs- und Testzentrum Sarayköy geflohen. Sie bat uns, die Taxifahrt zu bezahlen, und teilte uns mit, sie wolle mit der SUPO reden. Es war ein unglaublicher Zufall, dass Sie gerade jetzt in der Türkei sind.«

Plötzlich ging die Tür auf, und die Sekretärin führte die blasse und schläfrig wirkende Tuula Oravisto herein.

Militärattaché Hallamaa stellte einen Stuhl in die Mitte des Raumes und forderte Tuula Oravisto mit einer Handbewegung auf, Platz zu nehmen.

»Ich möchte mit Ratamo unter vier Augen sprechen«, sagte Tuula Oravisto gedämpft. »Eigentlich dürfte ich überhaupt nichts sagen, was Sarayköy betrifft.«

Botschaftsrätin Veräjä schaute Ratamo überrascht an, der zuckte die Achseln.

»Aber ein Vertreter der Streitkräfte kann ja wohl anwesend sein?«, verlangte Hallamaa.

Tuula Oravisto antwortete nicht. Sie setzte sich hin und wartete.

»Tja, dann bleibt uns wohl nichts anderes übrig. Sie können sich hier in meinem Zimmer unterhalten, wir kommen dann sicher mit Oberinspektor Ratamo auf die Sache zurück«, sagte Botschaftsrätin Veräjä und schaute Ratamo bedeutungsvoll an.

Tuula Oravistos Verschwiegenheit war wie weggeblasen, sobald sich die Tür hinter der Botschaftsrätin und dem Oberstleutnant geschlossen hatte. Fast in einem Atemzug erzählte sie alles, was sie in Sarayköy gehört und gesehen hatte: von Dr. A. Q. Khan, von der früheren und jetzigen Zusammenarbeit der Türkei und Pakistans in Bezug auf Kernwaffen, von der Bedrohung durch die iranische Waffe …

»Pakistan oder zumindest Dr. Khan hilft also der Türkei bei der Entwicklung einer Kernwaffe«, stellte Ratamo mit ernster Miene fest.

»Ich sollte in der Urananreicherungsanlage bei der Herstellung, Prüfung und Entwicklung der Gaszentrifugen arbeiten, insbesondere bei der Erforschung des Massenstroms …«

Ratamo winkte ab. »Das ist, als würdest du Perlen vor die Säue werfen. Ich verstehe von Technik überhaupt nichts.«

»Ich habe mit den Türken einen Arbeitsvertrag für zwei Jahre abgeschlossen. Er enthält eine umfassende Geheimhaltungsvereinbarung. Ich darf mit niemandem über das sprechen, was ich in Sarayköy gehört und gesehen habe, sonst können sie von mir riesige Schadensersatzzahlungen verlangen.«

Ratamo fiel auf die Schnelle kein Wort des Trostes, nicht einmal ein Wort der Ermutigung ein, Tuula Oravistos Lage war unbestreitbar schwierig. »Wir sollten vereinbaren, dass wir beide über all das vorläufig zu niemandem ein Wort sagen. Ich organisiere in Helsinki eine Anhörung. Es ist dann die Sache der höheren Herren, zu entscheiden, was mit deinen Informationen gemacht werden soll.«

»Die Vertragsstrafe … das Geld ist mir egal, zumal ich es sowieso nicht habe«, erwiderte Tuula Oravisto. »Aber ich fürchte, dass sie mir etwas antun. Dass ich in Gefahr bin.«

»Diese Befürchtung besteht nicht«, versicherte Ratamo. »Sobald man dich nach Finnland gebracht hat, können wir … kann die Polizei anbieten, dich zu schützen.«

Tuula Oravisto wirkte nur für einen Augenblick erleichtert. »Lassen die türkischen Behörden mich ausreisen? Sie haben meinen Pass beschlagnahmt.«

Ratamo schaute auf seine Uhr und fluchte mit kaum hörbarer Stimme. »Um welche Zeit genau hast du Sarayköy verlassen?«

»Gegen 12 Uhr, da war gerade Mittagszeit und ...«

»Wissen sie schon von deiner Flucht? Hattest du Termine, solltest du irgendwohin gehen ...«

»Nein. Ich bekam von Dr. Khan die Erlaubnis, mich während des Wochenendes mit der Anreicherungsanlage und meinen Kollegen vertraut zu machen. Aber irgendwann werden sie sich wohl wundern, wenn ich meine provisorische Zugangskarte nicht benutze. In Sarayköy werden alle ausländischen Mitarbeiter bei jeder Bewegung überwacht.« Tuula Oravisto überlegte einen Augenblick. »Wenn Adile ..., die Frau, deren Zugangskarte ich gestohlen habe, noch nicht bemerkt hat, dass ihr Ausweis verschwunden ist, dann könnten wir immer noch Zeit haben. Vielleicht benötigt sie ihre Karte erst, wenn sie am Ende des Arbeitstages Sarayköy verlässt.«

»Du musst mit der ersten möglichen Maschine aus der Türkei hinausgebracht werden«, sagte Ratamo, marschierte zur Tür und bat die Botschaftsrätin und den Militärattaché hereinzukommen.

»Tuula Oravisto braucht jetzt sofort einen neuen Pass«, sagte Ratamo. »Sie muss in die nächste Maschine gebracht werden, die Ankara in Richtung EU verlässt.«

»Da dürfte ich dann doch leider einige Hintergrundinformationen benötigen ...«

Ratamo unterbrach die Botschaftsrätin: »Tuula Oravisto hat lediglich ihren Arbeitsvertrag nicht eingehalten, etwas anderes hat sie sich nicht zuschulden kommen lassen. Wenn Sie nicht wollen, dass sie lange hier in der Botschaft wohnt und es zu einem diplomatischen Konflikt kommt, dann wäre das jetzt der geeignete Augenblick, ihr einen neuen Pass zu geben.«

»Ein vorübergehender Pass kann sofort ausgestellt werden«, sagte Hallamaa.

Erschrocken setzte sich die Botschaftsrätin an den Schreibtisch, rief ihre Sekretärin herein und gab ihr die nötigen Anweisungen: Oravisto sollte nach Erhalt eines neues Passes von ihr auf den Flughafen Esenboğa gebracht und in die erste Maschine, die in die EU flog, gesetzt werden.

Tuula Oravisto wirkte verängstigt, willigte jedoch ein, mit der Sekretärin hinauszugehen und sich fotografieren zu lassen. Die beiden verließen den Raum.

»Nun erzählen Sie uns um Himmels willen, worum es hier geht«, bat der Militärattaché.

»Es ist für Tuula Oravisto besser, wenn ich nichts sage«, erwiderte Ratamo in strengem Ton und wechselte dann das Thema: »Was wissen Sie beide über den Menschenschmuggel aus der Türkei auf das Gebiet der EU?«

Hallamaa und Veräjä schauten sich kurz an.

»Die türkischen kriminellen Organisationen dominieren den Heroinschmuggel in die EU und innerhalb der EU schon seit Jahrzehnten«, sagte Hallamaa mit ernstem Gesicht. »Während der letzten zehn Jahre, nach Öffnung der Grenzen in Europa durch Schengen, immer mehr. Außerdem haben sie ihre Aktivitäten auf den Menschenschmuggel ausgedehnt, sind besser organisiert und agieren vermehrt international durch die Schaffung von Kontakten zu den kriminellen Organisationen im Nahen Osten, in Westafrika, in Mittelasien, im Kaukasus und in Südamerika. In einigen EU-Ländern sieht man sich schon gezwungen, das Augenmerk ernsthaft darauf zu richten, in welch großem Maße die türkischen Organisationen sich ausdehnen und stärker werden.«

Veräjä nickte. »Die illegalen Einwanderer, von denen es allein in Istanbul Hunderttausende gibt, nehmen selbst Kontakt zu den türkischen Kriminellen auf. Der Menschenschmuggel ist zu einer der leichtesten und einträglichsten und deshalb auch beliebtesten Methoden der Kriminellen geworden, Geld zu machen. Menschen zu schmuggeln ist sehr viel weniger riskant, als mit Heroin zu spielen. Die Grenzkontrollen der Türkei sind mehr als dürftig, und die türkischen Kriminellen haben noch den Vorteil, dass es in fast jedem europäischen Staat eine gewaltige Anzahl türkischer Einwanderer gibt. Leider sind manche von ihnen bereit, ihren kriminellen Landsleuten zu helfen. Die Anzahl der kriminellen Organisationen hier in der Türkei wächst ständig, und ihre Aktivitäten werden immer vielfältiger. Die geographische Lage der Türkei könnte nicht besser sein, sie ist für die illegalen Einwanderer sowohl Ausgangsland, Transitland als auch Zielland. Hunderttausende von ihnen aus den ehemaligen Ostblockländern und den mittelasiatischen Republiken wollen über die Türkei auf das Territorium der EU. Für die Menschenschmuggler gibt es wirklich genug leichte Beute.«

Ratamo wirkte überrascht. »Wenn all das so umfassend bekannt ist, warum werden die türkischen Kriminellen dann nicht genauer überwacht? Warum verfolgt man sie nicht wirksamer?«

»Das müssten Sie ja wohl besser wissen«, erwiderte Hallamaa in schroffem Ton. »Die türkischen kriminellen Organisationen sind multinational geworden, die Zeit der alten, hierarchisch geführten Organisationen ist vorbei. Jetzt sind die kriminellen Organisationen Netzwerke, neuartige, flexible Vereinigungen, die sich in ganz Europa ausbreiten und zu denen auch vollkommen legale Unternehmen gehören. Die legal erworbenen und mit kriminellen Geschäften beschafften Gelder werden miteinander vermischt, die Behörden sind nicht mehr imstande, sie voneinander zu trennen.«

Ratamo holte sein Telefon aus der Tasche und las die vorhin eingegangene SMS erneut. »Sind die türkischen Behörden der Situation gewachsen? Oder sind sie an der Verteilung der Erträge der Kriminellen beteiligt?«, fragte er.

Tiina Veräjä lachte. »Das sind für uns Diplomaten etwas heikle Fragen, aber unter uns gesagt ... Die organisierte Kriminalität wird in der Türkei als chronische Krankheit angesehen. Ebenso die Korruption, das ist in dem Land Brauch, man weiß, dass Politiker, Beamte und sogar staatliche Einrichtungen an den kriminellen Aktivitäten beteiligt sind. Es heißt sogar, dass eine Art tiefer Staat, *Derin deflet,* ein Staat im Staate, existiert, ein Zusammenschluss von kriminellen Organisationen und staatlichen Einrichtungen oder zumindest führenden Beamten, der insgeheim illegale Geschäfte betreibt. Spätestens der Fall Ergenekon hat bewiesen, dass Unterwelt und

Staatsmacht zumindest auf einigen Ebenen kooperieren. Am meisten wurde mit dem anklagenden Finger auf den JİTEM gezeigt, die Aufklärungsabteilung der türkischen Gendarmerie. Ich habe irgendwo gelesen, dass zwischen 2003 und 2007 in der Türkei weit über vierhundert Vertreter der Streitkräfte, der Polizei, der Richterschaft und der Staatsanwaltschaft wegen des Verdachts der Verbindungen zu kriminellen Vereinigungen festgenommen wurden. Und das dürfte nur ein Kratzer an der Oberfläche sein.«

»Ergenekon?«, fragte Ratamo.

»Das ist eine lange Geschichte«, antwortete Hallamaa und schnaufte. »Ergenekon war oder ist eine Organisation von kriminellen Vereinigungen und einflussreichen Personen aus dem Führungskreis des Staates, ein Geheimbund, dem die Vorbereitung eines Militärputsches vorgeworfen wird. Für ihre Beteiligung daran wurden schon Exgenerale, Vertreter der Polizeiführung und andere hochrangige Persönlichkeiten zu Haftstrafen verurteilt.«

Plötzlich wurde Ratamo klar, dass er jetzt sofort eine Anhörung von Tuula Oravisto vereinbaren müsste. Am nächsten Tag war Feiertag, und für Tuula Oravisto musste auch der Personenschutz organisiert werden. Der Zeugenschutz gehörte zu den Aufgaben der Aufklärungsabteilung der KRP. Die wäre jedoch nicht imstande, eine Risikoeinschätzung vorzunehmen, solange Tuula Oravisto nicht in Finnland war. Und auch sonst wollte Ratamo gerade jetzt den Arbeitgeber von Ville-Veikko Toikka und Markus Virta nicht um einen Gefallen bitten. Er beschloss, die Verkehrspolizei anzurufen, die war schließlich für den Personenschutz auch des Staatsoberhaupts zuständig.

Nachdem er den Schutz von Tuula Oravisto vereinbart hatte, rief Ratamo Otto Hirvonen an und erklärte sein Anliegen so knapp wie möglich. Er berichtete nur, dass sich Tuula Oravisto im Besitz von außenpolitisch heiklen Informationen befand, über die man nicht am Telefon sprechen konnte. Der Chef der SUPO sagte zu, Kontakt zum Leiter der Abteilung Polizei im Innenministerium sowie zum Innen- und Außenministerium aufzunehmen.

Die Sekretärin betrat plötzlich, ohne anzuklopfen, das Zimmer der Botschaftsrätin und unterbrach Ratamo. »Tuula Oravisto ist jetzt so weit. Aber sie ist nicht bereit, allein zum Flughafen zu fahren. Sie will, dass Arto Ratamo mitkommt.«

45

Samstag, 31. August

Arto Ratamo hörte die Standuhr seines Nachbarn schlagen, als er seine Wohnung im Helsinkier Stadtteil Ullanlinna betrat, und dachte einmal mehr, dass man die zwei Meter hohen Schrankuhren per Gesetz verbieten müsste. Es war Mitternacht. Er schloss die Wohnungstür, ließ seine Tasche fallen und hörte jetzt auch das Schnarchen im schwach erleuchteten Wohnzimmer. Gott sei Dank erwartete ihn zu Hause wenigstens keine hysterische, ewig meckernde Ehefrau. Er stieß die Schuhe von den Füßen, holte aus dem Medizinschrank im Badezimmer zwei Brausetabletten gegen die Schmerzen, ging ins Wohnzimmer und nahm aus der Vitrine ein Cognacglas. Dann goss er sich drei Fingerbreit Calvados ein, ließ die Brausetabletten in den Apfelschnaps fallen und stellte das zischende Getränk auf den Couchtisch. Finnischer Champagner.

Er warf einen Blick in Nellis Zimmer und stellte fest, dass alles in Ordnung war. Mit den Baodingkugeln in der Hand legte er sich auf den Perserteppich im Wohnzimmer, lehnte die Schultern an den Sessel und betrachtete Jussi Ketonen, der mit nach hinten gesunkenem Kopf auf dem Sofa saß und schnarchte. Sein Hawaiihemd hatte ‚einen ungewöhnlich gedämpften Farbton. Ratamo war todmüde und die Hüfte schmerzte. Vom Flughafen in Ankara hatte es nur vereinzelt Flüge ins Ausland gegeben; zur Auswahl hatten Moskau, Bagdad und nur ein Ort innerhalb der EU gestanden, Madrid, also mussten er und Tuula Oravisto erst nach Spanien und von dort über Kopenhagen nach Finnland reisen. Seine Begleiterin war auf dem Flughafen Helsinki-Vantaa von zwei Wachtmeistern der Personenschutzeinheit der Verkehrspolizei abgeholt worden, und Otto Hirvonen hatte auf Ratamos Anrufbeantworter eine Nachricht hinterlassen, wonach Tuula Oravisto am Montag gegen Mittag eine Gruppe von äußerst maßgeblichen Repräsentanten mehrerer Ministerien und der Polizeiführung treffen würde.

Es tat gut, zu Hause bei Nelli zu sein, aber vor dem kommenden Tag hatte er Angst, oder genauer gesagt vor der Menge an Arbeit, die ihn erwartete. Ratamo hätte gern eine Weile in aller Ruhe und Stille dagesessen, aber Ketonens Gaumensegel ließ das nicht zu.

»Guten Morgen, Jussi!«, sagte Ratamo mit deutlich hörbarer Stimme, jedoch nicht so laut, dass Nelli aufgewacht wäre.

Ketonen schrak zusammen, öffnete die Lider und schaute erst auf seine Uhr und dann auf Ratamo. »Bist du schon wieder da. Ist alles in Ordnung?«

»Genauso wenig wie vor zwei Tagen, als ich weggefahren bin.«

Ketonen stieß die Luft aus und rekelte sich so, dass die Gelenke knackten. »Dein Problem ist das negative Denken. Das kann zum frühzeitigen Tod führen, die Wissenschaftler haben das in letzter Zeit intensiv erforscht.«

»Ein positiv denkender Mensch wird ständig enttäuscht, aber mit dem negativen Denken erlebt man zuweilen eine freudige Überraschung«, erwiderte Ratamo und kostete seinen Calvados, der unermüdlich sprudelte.

»Es war verdammt nett mit Nelli. Ich habe sie dazu gebracht, mit mir zusammen ins Kino zu gehen. Endlich war auch ich mal zu etwas nütze.«

»Niemand ist nutzlos. Du kannst als schlechtes Beispiel für die Jüngeren dienen.«

Ketonen war nicht zu Scherzen aufgelegt. »Hast du in London etwas erreicht?«

Ratamo senkte den Kopf. Er hatte jetzt einfach nicht mehr die Kraft, zu berichten, was in den letzten Tagen passiert war. »Ist es recht, wenn ich das irgendwann später erzähle? Ich bin völlig fertig.«

»So siehst du auch aus. Geh schlafen und schütt dir nicht dieses Zeug da ein.« Ketonen zeigte auf den Drink, der auf dem Couchtisch stand.

Ratamo war schon im Begriff, gute Nacht zu sagen, da fiel ihm die Frage ein, die er Ketonen stellen wollte. »Erinnerst du dich zufällig noch an Dr. A. Q. Khan? Der die pakistanische Kernwaffe entwickelt hat.«

Ketonen lachte und schob die Hände unter die Hosenträger. »A. Q. Khan, der verrückte Wissenschaftler aus dem realen Leben, Doktor Seltsam, Mr Bomb. Als ich damals die Sicherheitspolizei leitete, vor allem in den neunziger Jahren, gab es weltweit keinen einzigen Menschen im Bereich der Aufklärung, der nicht von ihm gehört hätte. Du wirst ja wohl auch etwas über Khan wissen.«

Ratamo nahm seinen Brausedrink vom Tisch. »Er steht im Verdacht, Anfang der siebziger Jahre bei seiner Arbeit in Holland die Zeichnungen für Gaszentrifugen zur Herstellung von waffenfähigem Uran gestohlen zu haben, er hat die pakistanische Kernwaffe entwickelt und danach versucht, seine Informationen überall in der Welt zu verkaufen.«

Ketonen holte sich aus der Küche eine Dose Bier, setzte sich hin und sah so aus, als wäre eine lange Geschichte zu erwarten. »Das erste Mal bot Khan seine für Pakistan entwickelte, für die Herstellung einer Kernwaffe erforderliche Technologie 1984 Libyen an. Das lehnte ab, überlegte es sich dann aber 1989 anders, und 1991 wurde das Geschäft vereinbart. Libyen gelang es allerdings wegen der UN-Sanktionen nie, in den Besitz der Anlagen zu kommen.

1985 machte Khan dem Iran ein Angebot, und der entschloss sich letztlich, für ein paar Millionen Dollar technische Zeichnungen und einige Zentrifugen als Modelle zu kaufen und sein eigenes Kernwaffenprogramm zu beginnen. Im Jahre 1993 schloss Khan mit dem Iran einen weitergehenden Vertrag ab und fungierte mit seinen Helfern bis zur Jahrtausendwende als technischer Berater für das iranische Atomwaffenprogramm. Und das Endergebnis dieser Zusammenarbeit kennst auch du.«

Ketonen trank sein Bier in einem Zug aus. »Khan lieferte Nordkorea das erste Mal schon in den achtziger Jahren Kernwaffentechnologie, und Mitte der neunziger Jahre kaufte sein eigenes Forschungsinstitut ballistische Raketen von Nordkorea und lieferte dem Land als Bezahlung dafür Zentrifugen und andere Anlagen. Onkel Khan hat seine Technologie auch Südafrika, das schon sein eigenes Kernwaffenprogramm besaß, sowie Syrien und dem Irak angeboten, mit denen er dann auch kooperierte, bis die Yankees den Irak das erste Mal angriffen und Israel das syrische Kernforschungsinstitut in Al-Kibari 2007 durch einen Bombenangriff dem Erdboden gleichmachte.«

Ratamo schüttelte lächelnd den Kopf. »Ein alter Mann, aber das Gedächtnis funktioniert wie ein Gleitmittel.«

»Ich habe das auch nach meiner Pensionierung weiterverfolgt.« Ketonen warf einen Blick in Richtung Küche, hatte aber keine Lust, aufzustehen und sich ein zweites Bier zu holen. »Die Aktivitäten von Khan wurden in den achtziger und neunziger Jahren wirklich genau verfolgt. Die Projekte dieses Verrückten betrafen alle westlichen Länder. Khan nutzte zumindest deutsche, türkische, englische und Schweizer Mittelsmänner, um Kerntechnologie in den Iran und nach Libyen liefern zu können.«

»Türkische?«, wiederholte Ratamo.

»Die Zusammenarbeit zwischen Pakistan und der Türkei begann schon 1980, wenige erinnern sich, dass in der Türkei damals ein Militärputsch stattfand. Der an die Macht gekommene Präsident Kenan Evren hatte einen guten Draht zu seinem pakistanischen Amtsbruder Zia-ul-Haq, kein Wunder, beide waren Generale, die sich an die Macht geputscht hatten. Pakistan brauchte die Hilfe der Türkei, um genügend Gaszentrifugen bauen zu können.«

»Was haben die Türken gemacht? Wie haben sie den Pakistani geholfen?«

»Khans Helfer und der pakistanische Nachrichtendienst ISI nutzten türkische Mittelsmänner, kleine und große Unternehmen, um die benötigte Technologie zu kaufen und ihre Kerntechnologie zu verkaufen. Das ist ein ziemlich genau überwachtes Geschäft, wie du sicher verstehst. Etliche türkische Geschäftsleute wurden verhaftet, als die pakistanische Regierung im Jahr 2004 endlich begann, Khans Aktivitäten zu untersuchen.«

Ratamo trank seinen Calvados, der jetzt salzig schmeckte, und bemerkte, wie ihm die Lider schwer wurden. Das wirre Knäuel, das mit dem Tod des Polen Marek Adamski seinen Anfang genommen hatte, drohte solche Ausmaße anzunehmen, dass er es vermutlich auch nüchtern nicht mehr überschauen konnte.

»Geh jetzt schlafen, Junge, wir reden morgen weiter«, sagte Ketonen und ging zur Tür.

Ratamos Hüfte war so steif geworden, dass er sich kaum auf den Beinen halten konnte, als er an der Tür von Nellis Zimmer stehen blieb. Ihm fiel ein, wie das Mädchen nach dem Verlust seiner Mutter noch mit sechs Jahren jede Nacht neben ihm schlafen wollte.

Plötzlich fuhr er zusammen, es klingelte an der Tür. Wer war um diese Zeit ins Treppenhaus gelangt? Er schloss die Tür von Nellis Zimmer, humpelte in den Flur und schaute ganz gegen seine sonstigen Gewohnheiten durch den Spion – Essi Kokko.

»Ich benötige so etwas wie ein Nachtlager«, sagte Essi Kokko müde, als die Tür aufging.

Ratamo schaute sie und ihren Gipsverband verdutzt an. »Was ist passiert?«

Essi Kokko ließ ihren Rucksack auf den Fußboden im Flur fallen und begann mit ihrem Bericht über die Ereignisse der letzten Tage, noch bevor Ratamo etwas dagegen einwenden konnte. Er musste der Frau, die seine Wohnung inspizierte, von einem Raum in den anderen folgen.

»Nicht gerade ein ideales Date, dieser Ercan Şentürk«, sagte Ratamo, als sie am Ende ihrer Geschichte angelangt war. Sie standen wieder im Flur.

»Männer sind wie Parkplätze: Die Guten sind alle besetzt, und der Rest ist für Behinderte«, erwiderte Essi Kokko freudlos.

»Du hast sicherlich schon Anzeige erstattet?«

»Das hat Zeit.«

Ratamo warf einen Blick auf seine Uhr und zählte, wie lange er noch schlafen könnte. Nach einigem Zögern fragte er: »Willst du ein Bier?«

»Gern. Wohnst du allein hier?«

Auf dem Weg zum Kühlschrank nickte Ratamo in Richtung Kinderzimmer. »Meine Tochter, sie ist vierzehn.«

»Du gehst lieber mit den Jungs in die Kneipe als mit einer Frau eine Beziehung ein, oder?«

»Nicht mehr«, antwortete Ratamo.

»Hast du auch keine Freunde?«

»Der ist ins Ausland gezogen«, sagte Ratamo und dachte dabei an Timo Aalto. Er reichte Essi Kokko die Bierdose und bemerkte, dass er auf ihre Brustwarzen starrte, die sich deutlich unter dem T-Shirt abzeichneten.

Essi Kokko lächelte und trat näher an Ratamo heran, der einen Schritt zurückwich.

»Was ist los, regt sich im Alter nichts mehr?«

Ratamo klopfte auf seine Titanhüfte. »Hier in der Mitte ist alles hart.«

46

Sonntag, 1. September

Die kantige Autofähre Theofilos der Reederei Nel Lines legte nahezu pünktlich 05:34 Uhr im Hafen von Piräus südwestlich von Athen an. John Jarvi war mit seinen geringen Geldmitteln sparsam umgegangen und hatte nur einen Deckplatz für zweiunddreißig Euro bezahlt. Im Restaurant und in der Internet-Ecke waren allerdings noch mal so viel Euros draufgegangen. Er war müde. Die zwölfeinhalb Stunden der Überfahrt hatte er effektiv genutzt, um Informationen über General Michael Terpin herauszusuchen und sich mit dem Gelände und den Gebäuden der Kommandozentrale Europa der US-Streitkräfte in Stuttgart vertraut zu machen. Er hatte sich einen Plan erarbeitet und die erforderlichen Vorkehrungen getroffen. Als danach noch Zeit blieb, hatte er Baranskis Informationen an Claire Boyd und Arto Ratamo weitergegeben; er wollte, dass die Aktivitäten des Commanders in der letzten Zeit untersucht wurden, sonst könnte auch ein anderer der von Baranski angeworbenen Soldaten das gleiche Schicksal erleiden.

Jarvi verließ als einer der Ersten das Autodeck der Fähre. Der Morgen war für griechische Verhältnisse kühl. Im Cloud-Service des Herstellers von Emilys Telefon hatte er alles gefunden, was er brauchte, um sicher zu sein, dass Michael Terpin vor Emilys Hinrichtung fast täglich Kontakt zu seiner Frau gehabt hatte: Fotos von ihren Treffen, kurze alltägliche Textnachrichten, Telefondaten und Kalendereintragungen. Sie boten natürlich keine Garantie dafür, dass Terpin am Tod von Emily schuld war, aber Gewissheit würde er übermorgen in Stuttgart erlangen. Er spürte den galligen Geschmack im Mund und hoffte, dass er es schaffte, seinen Hass im Zaum zu halten, bis er Terpin von Angesicht zu Angesicht gegenüberstand.

Zur Metrostation von Piräus war es nicht weit. Jarvi beabsichtigte, von Athen drei Stunden mit dem Bus bis nach Patras zu fahren, von dort vierzehneinhalb Stunden mit der Fähre nach Bari in Italien, dann vier Stunden mit dem Zug nach Rom, von Rom per Bahn knapp zwölf Stunden nach München und schließlich von der bayerischen Hauptstadt ebenfalls mit dem Zug zwei Stunden bis nach Stuttgart. Insgesamt gingen für die Reise gut fünfunddreißig Stunden verloren, mit Wartezeit etwa vierzig Stunden. Er würde am nächsten Tag kurz vor Mitternacht in Stuttgart eintreffen.

* * *

Arto Ratamo wachte auf. Das Telefonklingeln war im Traum gerade zur Sirene des Krankenwagens geworden, der ihn vor einem Jahr in die Klinik gefahren hatte, als er auf dem Standstreifen des Rings III von einem Lastzug überrollt worden war. An diesen Alptraum hatte er sich schon gewöhnt, aber diesmal lag in dem Krankenauto auf der anderen Pritsche ein lebloses Embryo. Ob es sein ungeborenes Kind war oder das von John Jarvi, das wussten nur Freud und Jung. Er öffnete die Augen, erinnerte sich an die Ereignisse der letzten Nacht und seufzte erleichtert, als er sah, dass Essi Kokko von allein verschwunden war. So stürmisch war es zuletzt auf den Togapartys der Fakultät irgendwann am Beginn der Zeitrechnung zugegangen. Normalerweise brachte er keine Frauen über Nacht mit nach Hause, wenn Nelli da war.

Er hatte Angst vor seiner ersten Bewegung oder genauer gesagt davor, wie stark die Hüfte wohl an diesem Morgen schmerzen würde. Zum Glück verstummte das Telefon von allein.

»Morgen. Warum hast du mich nicht geweckt, als du nachts nach Hause gekommen bist?«, sagte Nelli, während sie in Ratamos Schlafzimmer kam und ihrem Vater ganz gegen ihre sonstigen Gewohnheiten der letzten Zeit einen Kuss auf sein stoppliges Kinn gab.

Ratamo streckte die Hand nach seinem Telefon aus, um auf die Uhr zu schauen und biss die Zähne zusammen, als die Nervenenden der Gewebe ihre Botschaft in den peripheren Schmerznerven ins Rückgrat und von dort weiter über die Schmerzbahnen ins Gehirn schickten.

»Es ist halb sieben am Sonntagmorgen, und das Fräulein ist schon auf und angezogen. Was ist denn jetzt los?«, fragte Ratamo so gutgelaunt wie möglich.

»Ich will einer Freundin beim Umzug helfen. Ihr Vater hat versprochen, vierzig Euro pro Nase zu zahlen, wenn wir ordentlich arbeiten.«

»Wenn das Geld zu Ende geht, nimmt die Kreativität zu.«

»Ich muss ja was versuchen, da du mit deinem Geld so knauserig bist. Ich kann natürlich auch mit dir zu Hause bleiben, wenn du mir vier Zehner gibst.«

»Das Geld ist ewig, nur die Taschen wechseln«, erwiderte Ratamo. »Der Wecker hat deswegen geklingelt, weil ich zur Arbeit muss. Und das dürfte kein einfacher Tag werden.«

»Okay, dann sehen wir uns heut Abend. Ich hab dir schon Kaffee gekocht.«

Ratamo drehte sich vorsichtig zur Seite, richtete sich mühsam auf und erhob sich sofort, bis er stand. Kraft gab ihm der Gedanke, dass er gleich die Dokumente lesen konnte, die Essi Kokko in der Wohnung von Ville-Veikko Toikka abfotografiert hatte. Gebeugt schlurfte er ins Bad und nahm seinen allmorgendlichen Medikamentencocktail ein: die Blutdrucktabletten, das Medikament für die koronare Herzkrankheit und zwei starke Schmerzmittel.

Er zog sich an, holte von der Tür die Zeitung und goss sich in der Küche Kaffee in den Pott. Der von Nelli gekochte Kaffee hätte selbst Tote erweckt, Ratamo musste die doppelte Menge Zucker einrühren. Das Mädchen hatte ihm offensichtlich auch Eier gekocht. Was war denn mit ihr los? Nelli hatte doch nicht etwa Sehnsucht nach ihrem Vater gehabt.

Eine halbe Stunde nach dem Aufwachen trat Ratamo auf die Korkeavuorenkatu und bemerkte, dass er sich zu dünn angezogen hatte, aber er wollte seine Hüfte nicht quälen und ging deshalb nicht noch mal zurück. Außerdem war es bis zum Hauptquartier der Sicherheitspolizei in der Ratakatu nur ein guter halber Kilometer zu Fuß. Der erste Tag im September machte seinem Ruf als erster Herbsttag alle Ehre, Wolken verdunkelten den Himmel, und der Wind roch nach Meer. Er hatte seine Ledertasche und die Thermoskanne dabei. An einem Sonntag konnte es auch sein, dass in der SUPO niemand da war und dass es keinen Kaffee gab. Und seine Isolierzelle im Erdgeschoss war weit vom nächsten Kaffeeautomaten entfernt.

In seinem Arbeitszimmer zog Ratamo die dünne Sommerjacke aus und machte den Computer an. Dann ließ ihn irgendetwas innehalten. Er hatte das Gefühl, dass jemand während seiner Abwesenheit in dem Raum gewesen war. Hatte irgendwer die Sachen berührt? Woher kam dieses Gefühl? Vielleicht bildete er sich das auch nur ein, er hatte doch in seinem Büro erst ein paar Stunden zugebracht. Womöglich hatte die Putzfrau die Möbel verrückt.

Ratamo setzte sich auf den vorderen Rand seines Stuhls und streckte das linke Bein aus, in dieser Stellung bereitete die Hüfte am wenigsten Probleme. Es dauerte eine ganze Weile, bis der Computer zum Leben erwachte, so lange, dass sich seine Laune verdüsterte. Er hatte zwischenzeitlich schon vergessen, wie trostlos sein neues Zimmer war und was für andere Schattenseiten sein von Otto Hirvonen festgelegtes Arbeitsprofil hatte.

Endlich war der Computer betriebsbereit. Ratamo loggte sich ein und öffnete sein E-Mail-Fach – ungelesene E-Mails (24). Erstaunlich, dass man überhaupt von seiner Rückkehr in den Dienst wusste. Ratamo las die Absender der Nachrichten und stellte überrascht fest, dass nichts von Essi Kokko dabei war. Er überprüfte die Betreffzeilen, mit dem gleichen Ergebnis. Ihre Nachricht mitsamt den Anhängen war entweder verschwunden oder nicht eingetroffen.

Ratamo nahm das Telefon aus seiner Tasche und rief Essi Kokko unter der Nummer an, die sie ihm letzte Nacht gegeben hatte.

»Hast du die E-Mail an meine Dienstadresse geschickt, die auf der Visitenkarte steht?« Ratamo kam sofort zur Sache.

»Ich kannte doch gar keine andere Adresse. Wieso?«

»Sie ist nicht angekommen.«

Essi Kokko überlegte einen Augenblick. »In dem Fall hätte einer von uns beiden eine Fehlermeldung erhalten. Bist du sicher?«

»Ich kann ja wohl lesen«, entgegnete Ratamo unwirsch. »Hast du Toikkas Unterlagen auf deinem Computer gelöscht?«

»Das hast du mir doch befohlen.«

Ratamo fluchte. War irgendwer an seinem Computer gewesen? War auch jemand von der SUPO in das kriminelle Geschäft mit den Menschen verwickelt? »Toikkas Unterlagen sind also nirgendwo mehr. Zumindest nicht bei uns.«

Essi Kokko lachte auf. »Nun mach mal nicht gleich die Pferde scheu, die Dateien befinden sich natürlich im Online-Backup – im Cloud-Service.« Sie gab ihm Anweisungen, wie er sich in den Server für die Sicherheitskopien im Internet einloggen sollte, und Ratamo versprach erleichtert, sich zu melden, sobald er die Dokumente aus Toikkas Wohnung durchgegangen war.

Ratamo goss sich aus der Thermoskanne Kaffee ein und machte sich an die Arbeit. Das erste Formular mit personenbezogenen Daten betraf Monica Baciu aus Moldawien, das zweite Victor N'Doye aus dem Senegal ... Die Anzahl der Menschen ohne Papiere, die in Finnland wohnten oder gewohnt hatten, war endlos. Ratamo scrollte weiter in den abfotografierten Dokumenten, bis er etwas entdeckte, was wie ein primitives Kontobuch aussah. Ville-Veikko Toikkas Unterlagen enthielten Informationen über viele Firmen, in denen Einwanderer ohne Papiere gearbeitet hatten: TK-Putzservice in Vallila, Uudenmaan Marjat aus Espoo, der Helsinkier Hafen, ein Hauswirtschaftsservice in Vantaa ... Er fand Kostenaufschlüsselungen – Einfuhr 21 100 Euro, Winterbekleidung 1480 Euro – und Überweisungen von mehreren Zehntausend Euro auf türkische und deutsche Banken ... Markus Virtas Namen entdeckte Ratamo erst, nachdem er Dutzende Dokumente überflogen hatte: »Abholung eines großen Postens aus Stockholm, 23 Personen – Toikka, Virta und E. Şentürk.«

Es verging noch weit über eine Stunde, bis Ratamo seine Arbeit geschafft hatte. Er goss sich den Rest des lauwarmen Kaffees ein und suchte sich eine bequemere Position. Die türkische kriminelle Organisation Şentürk war an dem Geschäft mit illegalen Einwanderern in Finnland beteiligt, das hatte er bereits erfahren, sowohl von Neda Navabi als auch in jener SMS. Doch Klarheit über die in der SMS erwähnte Verbindung zwischen Şentürk und Rick Baranski könnte er sich ohne Hilfe nicht verschaffen. In der Abteilung für Terrorismusabwehr würden sich zwar Leute finden, die über reichlich Erfahrung bei der Untersuchung der Bewegungen von kriminellem Geld verfügten, aber Ratamo konnte nicht preisgeben, dass er Toikkas Unterlagen besaß. Von seinen Untersuchungen durften Kujala und Hirvonen nichts erfahren. Er erinnerte sich noch sehr deutlich, wie energisch das Duo ihm verboten hatte, seine Nase in die Ermittlungen zu den illegalen Einwanderern in Finnland zu stecken. Da kam man wohl oder übel auf den Gedanken, dass die beiden etwas mit alldem zu tun hatten.

Ratamo verwunderte es nun noch mehr, wohin die E-Mail von Essi Kokko aus seinem E-Mail-Fach verschwunden war. Vielleicht wäre Mikko Piirala, der Chef der Abteilung für Informationsmanagement, imstande, zu klären, ob jemand an seinem Computer gewesen war. Piirala war ein guter Bekannter von ihm, er würde wohl kaum jemandem von seinen Ermittlungen erzählen, wenn er ihn eindringlich bat, Stillschweigen zu bewahren. Ratamo musste erfahren, wer alles in dieses Spiel verwickelt war.

Er loggte sich in VITJA ein, das neue, gemeinsame Datensystem der Behörden, und suchte die Informationen zum Tod von Ville-Veikko Toikka. Die Eintragungen zu den Untersuchungen am Tatort stammten von Kriminalhauptkommissar Arttu Lukander. Ratamo hatte den Mann irgendwann getroffen, erinnerte sich aber nicht mehr, ob der Chef der Abteilung für Gewaltverbrechen der Helsinkier Polizei auf ihn einen positiven oder negativen Eindruck gemacht hatte. Er beschloss, Lukander anzurufen; es war klar, dass neben Virta und Toikka zumindest jene Polizisten in die Gesetzwidrigkeiten verwickelt waren, die sämtliche in Toikkas Wohnung gefundenen Unterlagen nicht in der Liste der Beweisstücke aufgeführt hatten. Blieb nur zu hoffen, dass Lukander selbst eine reine Weste hatte, ansonsten würde sich die Information über seine Nachforschungen schon bald wie ein Lauffeuer ausbreiten und den falschen Leuten zu Ohren kommen.

Es war kurz vor zehn Uhr, als Ratamo die Taste mit dem grünen Hörer auf seinem Telefon drückte. Lukander meldete sich sofort, und Ratamo stellte sich vor.

»Sorry, dass ich sonntags anrufe, aber die Angelegenheit ist etwas eilig.«

»Wie kann ich helfen?«, fragte Lukander.

»Ich war auf Dienstreise in London und der Türkei und bin zufällig auf einige interessante Informationen gestoßen. Sie hängen mit Ville-Veikko Toikka zusammen, dem ...«

»Die Ermittlungen zu Toikkas Tod werden bei uns geführt, auch wenn ein Staatsanwalt der Leiter der Ermittlungen ist. Was hast du im Ausland über Toikkas Tod gehört?« Lukanders Stimme bekam einen scharfen Unterton.

»Jemand scheint zu glauben, dass Toikka in den illegalen Transport von Einwanderern nach Finnland verwickelt war. Dass Toikka zu einem Ring gehörte, der mit den Leuten ohne Papiere Geld macht.«

»Wer behauptet so etwas?«

»Derzeit würde ich nur ungern Namen nennen. Ich wollte nur überprüfen, ob sich in der Wohnung von Toikka tatsächlich nichts gefunden hat, was mit illegalen Einwanderern zu tun hat?«

In der Leitung herrschte für einen Augenblick Schweigen, während Lukander nachdachte. »Ich war der Auffassung, dass Vesa Kujala vom operativen Bereich bei euch in der SUPO die Dinge im Zusammenhang mit Einwanderern ohne Papiere koordiniert. Du weißt ja wohl, dass in Bezug auf die illegalen Immigranten in Finnland mehrere Ermittlungen laufen. Zuständig dafür ist die KRP. Die Helsinkier Polizei hat in Einzelfragen geholfen, weil wir mehr Leute vor Ort haben.«

Ratamo ahnte das Schlimmste: Lukander schien sich für eine Seite entschieden zu haben. »In der Wohnung von Toikka wurde also nichts gefunden?«

»Nichts, was mit den Leuten ohne Papiere zusammenhängt«, antwortete Lukander.

»Welche Polizisten waren in der Wohnung? Hast du sie ausgewählt?«

»Soweit ich weiß, laufen zu meiner Arbeit und der meiner Männer keine Untersuchungen oder Ermittlungen. Es dürfte ratsam sein, dieses Gespräch zu beenden«, sagte Lukander und brach die Verbindung einfach ab.

Ratamo bereute das Telefongespräch schon, bevor er das Handy in die Tasche stecken konnte. Er schloss die Augen und schüttelte den Kopf. Offensichtlich steckte auch Lukander in der Sache mit drin. Der Gedanke, wie groß der Kreis von Polizisten zu sein schien, der in die Ausbeutung von Einwanderern ohne Papiere verwickelt war, machte ihm Angst.

Er holte aus seiner Ledertasche einen Notizblock und beschloss, zusätzliche Informationen über das herauszusuchen, was Botschaftsrätin Veräjä und Militärattaché Hallamaa in Ankara berichtet hatten: der gemeinsame »tiefe Staat« türkischer krimineller Organisationen und staatlicher Einrichtungen, der illegale Geschäfte betrieb, die Verschwörung Ergenekon ...

Das Schrillen des Handys unterbrach ihn.

»Wo bist du?«, fragte Otto Hirvonen mit vor Wut zitternder Stimme.

»In der Ratakatu. Ich bin letzte Nacht zusammen mit Tuula Oravisto zurückgekehrt. Die Frau ist jetzt in ihrer Wohnung mit zwei Polizisten ...«

»Du hast Arttu Lukander angerufen und Fragen zu Toikkas Tod und zu den illegalen Einwanderern gestellt. Was ist mit dir los, verflucht noch mal? Habe ich dir nicht unmissverständlich klargemacht, verdammt, dass andere Leute die Angelegenheiten der illegalen Einwanderer untersuchen?«

Ratamo bekam kein Wort heraus. Er wusste nicht mehr, wem er trauen sollte. Lukander musste Hirvonen sofort nach ihrem Telefongespräch angerufen haben. Und wenn Lukander zu dem Ring gehörte, der die Einwanderer ohne Papiere ausnutzte, dann galt das offensichtlich auch für Hirvonen.

»Ich wollte nur ... ein paar Fakten überprüfen«, stammelte Ratamo. »Ich habe in Istanbul gehört ...«

»Was weiß Tuula Oravisto?«, brüllte Hirvonen. »Hängt das mit dem Kernforschungszentrum zusammen? Was ist so verdammt wichtig, dass du nicht bereit bist, es deinem Vorgesetzten zu erzählen?«

Ratamo musste sich zusammenreißen, um ruhig zu bleiben. »Es ist besser, dass Tuula Oravisto morgen selbst erzählt, was sie weiß. Ich könnte es nicht einmal. Du wirst das schon verstehen, wenn du hörst, was sie zu sagen hat.«

»Wir müssen uns treffen. Ich werde mir für dich eine Arbeit ausdenken, bei der du garantiert nicht die Ermittlungen anderer durcheinanderbringen kannst«, dröhnte Otto Hirvonen.

47

Sonntag, 1. September

Für einen kurzen, aber dafür wunderschönen Augenblick war alles in Tuula Oravistos Leben gut – schon bald könnte sie Zeit mit ihrem Sohn verbringen, ganz normal, zu zweit. Dann öffnete sie die Augen. Die raue Wirklichkeit holte sie wieder ein, als sie die Wachtmeisterin namens Virpi auf dem Sofa sah, die gerade eine SMS in ihr Telefon eintippte und so frisch und munter aussah wie eine Frühlingsblume.

Wie lange würde sie unter Polizeischutz stehen müssen, überlegte Tuula Oravisto und bekam plötzlich Angst, als ihr klarwurde, dass Valtteris Vater die Wut packen würde, wenn sie mit einer Polizeieskorte erschien, um ihren Sohn zu holen. Noch ein Tag, dann würde sie Vertreter der Sicherheitspolizei und verschiedener Ministerien treffen und alles über die Ereignisse in der Türkei berichten. Aber danach musste mit alldem Schluss sein.

»Guten Morgen. Ich bin allerdings schon seit über einer Stunde auf«, sagte die Wachtmeisterin Virpi Patrikainen, die weiterhin etwas in ihr Handy eintippte. »Ich hätte ja Kaffee gekocht und etwas zum Frühstück gemacht, aber in den Küchenschränken herrscht gähnende Leere.«

»Ein Freund von mir hat alles geholt. Ich sollte eigentlich lange im Ausland wohnen.« Tuula Oravisto stand aus ihrem Bett auf und rekelte sich, dann holte sie aus dem Wäscheschrank verblichene Collegehosen und ein weites T-Shirt und zog sich an.

»Ohne was zu essen, hält das hier keiner durch. Gib mir die Schlüssel, dann gehe ich etwas fürs Frühstück einkaufen«, sagte Wachtmeisterin Patrikainen unfreundlich.

»Du solltest mich doch beschützen. Und eigentlich solltet ihr zu zweit sein, der andere ist schon gestern Nacht verschwunden.«

Die Polizistin holte aus dem Flur Tuula Oravistos Handtasche und stieß sie der Hausherrin auf den Schoß. »Die Schlüssel.«

»Wir können doch zusammen irgendwohin essen gehen«, schlug Tuula Oravisto erschrocken vor. Sie begriff nicht, was in die Frau gefahren war. Eine böse Ahnung überkam sie.

»Du gehst nirgendwohin, so lautet die Anweisung. Bis zum Lebensmittelladen sind es hundert Meter, in einer Viertelstunde bin ich wieder hier.« Die Wachtmeisterin hatte keine Lust mehr, zu warten, sie holte selbst das Schlüsselbund aus der Tasche und verließ ohne weitere Erklärungen die Wohnung.

Tuula Oravisto begriff, dass sie die Tür nicht mit dem zusätzlichen Sicherheitsschloss abschließen konnte, ihren Ersatzschlüssel hatte Pater Daniel. Die Angst kehrte zurück, sie war nun aber anders als vorher, realer. Jetzt wusste sie, dass sie etwas Falsches getan und Leute verärgert hatte, die wirklich über viel Macht verfügten.

Plötzlich fiel ihr Blick auf das Telefon der Wachtmeisterin, das sie auf dem Couchtisch zurückgelassen hatte. Ohne groß nachzudenken, öffnete Tuula Oravisto den SMS-Ordner des Telefons und las die zuletzt eingegangene Nachricht: »*Alles bereit. Eine Viertelstunde Abwesenheit genügt.*« Der Name des Absenders war Aitaoja, PSE.

Tuula Oravisto suchte mit zitternder Hand Virpis Antwort. »*Ich gehe jetzt.*«

Jemand würde gleich kommen, die Polizistin hatte sie absichtlich allein gelassen. Tuula Oravisto steckte ihr eigenes Telefon in die tiefe Tasche ihrer Hosen, zog im Flur die Laufschuhe an und trat ins Treppenhaus, die Wohnungstür ließ sie einen Spalt offen. Sie raste die Treppe hinunter, so schnell sie konnte, zweite Etage, die erste Etage, sie würde es noch hinaus auf den Hof schaffen, in den Wald ...

Auf einmal riss jemand mit voller Wucht die Haustür auf. Tuula Oravisto bremste, blieb stehen, schaute über das Geländer hinunter und sah einen südländischen Mann mit stoppligem Kinn und eingefallenen Wangen. Die Türken hatten ihr jemanden hinterhergeschickt.

Tuula Oravisto machte kehrt und lief mit großen Schritten die

Treppe hinauf – der Mann hörte sie und rannte los. Nun konnte sie sich nicht mehr in der obersten Etage verstecken, abwarten, bis der Mann in ihre Wohnung ging, und dann die Flucht ergreifen. Sie konnte sich auch nicht zu Hause verbarrikadieren, die Wachtmeisterin hatte dem Mann garantiert die Schlüssel gegeben, deswegen musste sie die ja auch unbedingt mitnehmen. Ihr Herz hämmerte, und sie bekam keine Luft mehr ...

Was zum Teufel sollte sie tun? Vielleicht würde der Mann nicht über sie herfallen, wenn es Zeugen gab. Sie stieß einen atemlosen Schrei aus und trat mit aller Kraft gegen jede Wohnungstür in der zweiten Etage. Sie schrie, was die Lunge hergab, während sie in das dritte Stockwerk hinaufrannte, und trat gegen die Türen ihrer Nachbarn, bevor sie in ihre Wohnung stürzte und die Tür zuknallte. Ihr blieben nur ein paar Sekunden ... Tuula Oravisto raste in ihr Wohnzimmer, zog die Gardinen zu und trat auf den Balkon. Sie schloss die Tür und hängte den schwachen Haken ein – die Tür ließ sich vom Balkon aus nicht abschließen. Hinunterspringen konnte sie nicht, die dritte Etage war viel zu hoch, das würde sie nicht überleben. Zwischen den Balkons befand sich die Betonplattenwand. Sie trat an die Brüstung und schaute auf den verglasten Balkon ihres rechten Nachbarn, die Fenster waren alle zu. Sechs Schritte nach links – das Balkonfenster ihres anderen Nachbarn stand einen Spalt offen ...

Ihr Herz setzte einen Schlag aus, als sie hörte, wie ihre Wohnungstür geöffnet wurde. Sie kletterte auf die Brüstung ihres Balkons, setzte sich mit gespreizten Beinen hin und beging den Fehler, nach unten zu schauen, sie musste die Augen schließen und tief durchatmen. Dann beugte sie sich vor und streckte die Arme aus, schob das einen Spalt offene Balkonfenster des Nachbarn richtig auf und griff nach dem Geländer. Sie stieß sich mit den Füßen von der eigenen Balkonbrüstung ab und schaffte es, nach vorn zu gleiten, bis sich ihre Achseln fest auf das Geländer des Nachbarbalkons pressten. Im selben Augenblick hörte sie, wie der Mann versuchte, die Balkontür zu öffnen.

Unter Anspannung aller Kräfte gelang es Tuula Oravisto, sich auf den Balkon ihres Nachbarn zu ziehen, sie ließ sich auf den kalten Betonboden fallen und schloss das Fenster. Plötzlich krachte es auf ihrem Balkon – der Mann hatte die Tür mit Gewalt aufgestoßen. Tuula Oravisto drückte sich eng gegen die Balkonwand. Hierher konnte der Mann nicht schauen. Sie hielt den Atem an und hörte oder sah nicht, was auf ihrem Balkon passierte. Was würde der Mann als Nächstes tun, würde er die anderen Wohnungen durchsuchen? War sie auch hier nicht in Sicherheit?

Die Angst wirkte lähmend, aber sie konnte nicht ewig liegen bleiben. Die Zeit verging. Sie hob vorsichtig den Kopf – ihr eigener Balkon war leer. Tuula Oravisto kroch auf allen vieren zur Tür, öffnete sie und schaute einer alten Frau im Bademantel und mit Lockenwicklern direkt in die Augen. Im ersten Moment waren beide so verdutzt, dass sie kein Wort herausbrachten.

»Ich bin auf der Flucht vor einem Mann ... Er ist mit Gewalt in meine Wohnung eingedrungen ... Da nebenan.« Tuula Oravisto nickte in Richtung ihrer Wohnung und hörte vom Treppenflur Lärm und laute Stimmen. Ihr Krach schien die Bewohner wachgerüttelt zu haben.

»Dann ist es sicher am klügsten, die Polizei anzurufen. Jetzt sofort«, sagte die Frau mit den Lockenwicklern und setzte sich aufs Sofa, den Blick auf ihre Nachbarin geheftet.

Tuula Oravisto holte ihr Handy aus der Tasche. Den Notruf würde sie nicht wählen, es gab keine Garantie mehr, dass die Polizei einen Freund und nicht einen Feind herschicken würde. Sie tippte die Nummer von Arto Ratamo, trat auf den Balkon hinaus, damit die alte Frau sie nicht hören konnte, und schaute hinunter zur Haustür. Gott sei Dank meldete sich Ratamo.

»Ich musste aus meiner Wohnung fliehen. Diese Wachtmeisterin hat meine Schlüssel mitgenommen und ist angeblich einkaufen gegangen. Ich bin auf den Nachbarbalkon geklettert ...«

»Du musstest fliehen? Warum?«, unterbrach Ratamo sie.

Tuula Oravisto berichtete von dem südländisch aussehenden Mann.

Der Beschreibung nach könnte der Angreifer sehr wohl Ercan Şentürk sein, schlussfolgerte Ratamo.

Plötzlich sah Tuula Oravisto unten eine Gestalt, die über die Iivisniemenkatu rannte. »Ich bin auf dem Balkon meiner Nachbarin. Der Angreifer flüchtet gerade, ich sehe den Mann unten«, sagte sie und spürte eine ungeheure Erleichterung.

Ratamo stieß die Luft aus. »Wie ist der Name der Wachtmeisterin, die in den Laden gegangen ist?«

»Virpi. Patrikainen.«

»Hat sie mit irgendjemandem geredet? Hat jemand sie angerufen, bevor sie wegging?«

»Sie hat ihr Telefon in meiner Wohnung gelassen, ich habe ihre SMS gelesen. Dass sie weggeht, hat sie mit einem Aitaoja vereinbart, in der SMS stand ›Aitaoja, PSE‹. Sie sollte eine Viertelstunde lang nicht da sein.«

Ratamo fluchte. »Hauptkommissar Jukka Aitaoja ist der Chef der Personenschutzabteilung der Verkehrspolizei. Und die Wachtmeisterin hat ihr Telefon absichtlich in deiner Wohnung gelassen, ansonsten hättest du sie anrufen können, wenn du den Angreifer zu Gesicht bekommst.«

»Was soll ich jetzt tun?«

»Bleib da, wo du bist, und warte. Wenn diese Virpi in deine Wohnung zurückkehrt, dann verlasse das Haus und die ganze Gegend. Geh zu Pater Daniel und bleib da so lange, bis wir hier etwas mehr durchblicken.«

Tuula Oravisto überlegte einen Augenblick. »Zu viele wissen von mir und Pater Daniel, die Polizistin von der KRP und du. Ich meine nur, dass du doch bestimmt Berichte geschrieben hast, die andere gelesen haben …«

Ratamo begriff, dass sie recht hatte. »Du musst auf jeden Fall dort weg. Vielleicht hat Pater Daniel eine Idee, wo ihr euch für einige Tage verstecken könntet. Und ich rufe sofort an, wenn mir ein Ort einfällt«, versicherte Ratamo.

48

Sonntag, 1. September

Auf dem Bildschirm von Arto Ratamos Computer war zu lesen: »*Press space bar*«. Eine Pressebar im Weltraum, dachte er amüsiert und drückte auf die Leertaste. Es war ihm endlich gelungen, im elektronischen Archiv der SUPO mehr Informationen über Rick Baranski zu finden, der gemeinsam mit der Organisation Şentürk und mit Unterstützung der Behörden des türkischen Staates die Verteilung illegaler Einwanderer in Europa und nebenbei auch in Finnland organisierte, so stand es jedenfalls in der SMS, die in Ankara bei ihm eingegangen war. In der Zusammenfassung am Donnerstag in London wurde nur festgestellt, dass Baranski ab 2005 in einer Special Operations Group der CIA gearbeitet hatte.

Richard »Rick« Caleb Baranski (geb. 14. Oktober 1953, Tulsa, Oklahoma, USA). Special Activities Division (SAD) der Central Intelligence Agency, Special Operations Group (SOG) 2005 –
Offizier mit Spezialkenntnissen – Zielerfassung
Stationierungsort von Commander Baranski ist Washington D. C. Er führt seine Aufträge jedoch wiederholt auch im Ausland aus. Baranski leitet geheim zu haltende, anspruchsvolle und komplizierte Operationen überall in der Welt mit dem Ziel, zuverlässige und zu Maßnahmen führende Aufklärungsinformationen über Gefahren der höchsten Stufe für die nationale Sicherheit der Vereinigten Staaten zu beschaffen.

Ratamo schüttelte den Kopf, dieses Satzungeheuer brachte ihn überhaupt nicht weiter. Er biss die Zähne zusammen und schraubte sich hoch. Das lange Sitzen ließ die Hüfte steif werden. Er las seine neuen

E-Mails im Stehen: Daniel Lamennais hatte offensichtlich eine Liste aller Kernforscher angelegt, die in den letzten Jahren unter zweifelhaften Umständen gestorben waren. Überrascht sah er auf der Liste sogar fünf Physiker mit einer Arbeitsstelle in Saudi-Arabien.

Es war Zeit für eine Zusammenfassung. Ratamo zog die Hülle des schwarzen Faserstifts ab und schrieb auf ein Whiteboard:

1. Finnland.

Die türkische Organisation Şentürk bringt illegale Einwanderer nach Finnland und macht auf deren Kosten Geschäfte, unterstützt von einer finnischen Gruppe, zu der mehrere Polizisten gehören:

Mit Sicherheit: Ville-Veikko Toikka (KRP), Markus Virta (KRP).

Wahrscheinlich: Arttu Lukander (Helsinkier Polizei), Jukka Aitaoja (Verkehrspolizei).

Möglicherweise jemand von der SUPO. Piirala vom Informationsmanagement überprüft morgen meinen Computer.

Ratamo fiel nichts ein, wie er weitere Informationen über die finnischen Kooperationspartner der Organisation Şentürk finden sollte. Natürlich könnte er die bei Toikka gefundenen Unterlagen und seine Informationen an andere Behörden weitergeben, aber erst musste geklärt werden, wem er vertrauen könnte.

Er schrieb weiter:

2. Türkei

Der Şentürk-Clan wählt die Menschen ohne Papiere, die nach Europa geliefert werden, in der Türkei aus und erhält bei seinem Schmuggel Unterstützung von Rick Baranski (CIA) und dem türkischen Staat.

Ratamo wurde noch frustrierter. Er verfügte über keinerlei Beweise für eine Beteiligung von Beamten oder Einrichtungen des türkischen Staates am Menschenschmuggel, er wusste nur das wenige, was Neda Navabi und Botschaftsrätin Veräjä erzählt hatten und was er über die Verschwörung Ergenekon herausgefunden hatte, jedoch nichts, was mit der Organisation Şentürk oder mit Finnland zusammenhing. Vielleicht könnten die Briten helfen, fiel ihm ein, und er setzte sich sofort hin und schrieb Claire Boyd vom NCA eine E-Mail. Die Hüfte nahm es ihm übel, als er wenig später wieder aufstand und an die weiße Tafel zurückkehrte.

3. CIA/Baranski

Ratamo wusste nichts, was er unter dieser Überschrift aufschreiben könnte. Dass Baranskis Arbeit in Incirlik teilweise mit dem Şentürk-Clan und dem Menschenschmuggel zusammenhing, hatte der Commander selbst gesagt. Ansonsten besaß er nur die anonyme SMS, laut der Baranski, Şentürk und die türkischen Behörden Menschen illegal in die EU schmuggelten.

Plötzlich hatte Ratamo eine Idee und schaute auf die Uhr – 11:48 Uhr. Es blieb genügend Zeit, das Treffen mit Otto Hirvonen war erst um drei. Der Chef der SUPO hatte seine Golfrunde in Sarfvik nicht unterbrechen wollen, die Gebühr für eine Runde betrug angeblich über hundert Euro.

Ratamo wusste, dass ihm das Wasser schon jetzt bis zur Stirn stand; er schaufelte das Grab für seine Laufbahn mit einem solchen Tempo, dass ein Spatenstich mehr oder weniger für das Endergebnis sicher ohne Bedeutung wäre. Rasch suchte er im Verzeichnis des Außenministeriums *Helsinki diplomatic list* die Telefonnummer des Ersten Botschaftssekretärs Bruce H. Turner der US-Botschaft in Helsinki heraus. Turner war Chef der CIA-Residentur in Helsinki und hielt fleißig Kontakt zur Sicherheitspolizei, das wusste Ratamo, obwohl er den Mann nie selbst getroffen hatte.

Arto Ratamo hatte vor, Vesa Kujala, dem Leiter des operativen Bereichs der SUPO, mit Stahlabsätzen auf die Füße zu treten.

* * *

Der Treffpunkt, den der CIA-Mann vorgeschlagen hatte, befand sich im Helsinkier Stadtteil Harju, an der Kreuzung von Porvoonkatu und Fleminginkatu, im Erdgeschoss eines hässlichen achtgeschossigen Plattenbaus. Ratamo hatte angenommen, dass Diplomaten ausschließlich vornehme Restaurants bevorzugen. Der korpulente Bruce Turner mit seinem altmodischen Brillengestell wirkte allerdings auch sonst nicht wie das Musterbeispiel eines Diplomaten. Die abgetragenen Jeans und das am Kragen leicht ausgefranste Pikeehemd ließen sich möglicherweise damit erklären, dass Sonntag war oder dass Ratamo ihn so schnell wie möglich hatte treffen wollen. Seit ihrem Telefongespräch war eine Stunde vergangen. Das Lokal *Soul Kitchen* war sauber eingerichtet, das Personal freundlich und die Gäste jung. Überraschenderweise hatte Bruce Turner geradezu freudig eingewilligt, sich mit ihm zu treffen, obwohl es Sonntag war und er bei der SUPO eine ständige Kontaktperson hatte.

Die Höflichkeiten waren ausgetauscht, ebenso die üblichen Wochenendphrasen, das Essen war bestellt, und die Getränke – für Turner ein großes Bier und für Ratamo ein Glas argentinischer Rotwein – standen schon auf dem Tisch. Das Eintreffen des Kellners und der Gerichte unterbrach das Schweigen, kurz bevor es anfing, peinlich zu werden. Ratamo begriff, wie hungrig er war, als er den Duft der Chilibutter und der feurigen Cajun-Sauce auf seinem ein Pfund schweren, mit Chili gewürzten Rumpsteak roch. Beide zögerten nicht lange und machten sich über ihre Portionen her.

»Ich stamme aus Louisiana, ich esse Gumbo immer, wenn es möglich ist, das heißt leider sehr selten«, sagte Turner mit zufriedener Miene zwischen dem zweiten und dritten Löffel Eintopf.

Ratamo konnte in Turners amerikanischem Englisch den Südstaatenrhythmus, der so klang, als hätte man eine Kartoffel im Mund, nicht heraushören. Er schaute fragend auf den Teller des Amerikaners.

»Bei dieser Version befinden sich in der Tomatensuppe Fisch, Meeresfrüchte, Okra und Chorizo-Wurst.«

»Schmeckt es so wie bei Oma?«, fragte Ratamo.

»Das Hühnerfleisch fehlt, und Chorizo ist ja ursprünglich eine spanische Wurst. Bei uns wird Gumbo meist mit Hühnerbrühe gemacht, und die Krebse sind größer, aber es ist nach finnischem Maßstab ganz schön feurig. Und beim Gumbo gibt es ja genauso viele Rezepte wie Köche«, sagte Turner mit halbvollem Mund und schüttete dabei reichlich Tabasco auf seine Portion.

Ratamo kaute ein Stück von seinem Steak und überlegte, wie er zur Sache kommen sollte.

»Worüber wolltest du mit mir reden?«, fragte Turner in ganz alltäglichem Ton.

Ratamo schaute den Amerikaner flehend an. »Ist es möglich, dass dieses Gespräch unter uns bleibt? Zumindest ein paar Tage.«

Turner lächelte. »Eine ziemlich ungewöhnliche Bitte in dieser Branche. Aber ich verspreche, es zu versuchen, wenn es irgendwie möglich ist.«

Ratamo wusste, dass er von Turner keine bessere Zusage bekommen würde. »Dir ist sicher der Fall John Jarvi bekannt, dein Landsmann, der letzten Dienstag einen polnischen Physiker hier in Helsinki zu Tode misshandelt hat.«

»Eine traurige Geschichte alles in allem. Jarvi ist wahrscheinlich im Irak durchgedreht. Er hat seine Frau und zwei andere Menschen umgebracht und sich drei Jahre lang hier in Finnland versteckt. Und jetzt zuletzt ... Na, du warst ja dabei, als er Rick Baranski in Incirlik erschossen hat. Sicher kein angenehmes Erlebnis.«

»Jarvi arbeitete 2005 ein Jahr lang in einer Special Operations Group der CIA mit Baranski zusammen.« Ratamos Feststellung klang wie eine Frage.

Turner schaute Ratamo vielsagend an, löffelte dann aber sein Gumbo weiter.

Ratamo überlegte, wie er seine Frage stellen sollte. »Jemand, vielleicht John Jarvi, hat mir eine Nachricht geschickt, wonach Rick Baranski seit ein paar Jahren mit der türkischen kriminellen Organisation Şentürk zusammenarbeitet ... gearbeitet hat. Sie haben angeblich Zehntausende illegale Einwanderer aus der Türkei nach

Europa gebracht, mit mehr oder weniger stiller Duldung des türkischen Staates. Mit diesen Menschen ohne Papiere werden Geschäfte gemacht, man verkauft sie zu einem verdammt niedrigen Preis als Arbeitskräfte und zahlt ihnen so gut wie keinen Lohn. Der Şentürk-Clan und Baranski mit seiner Organisation kassieren die Gewinne. Der türkische Staat lässt das zu, ist vielleicht sogar an den Aktivitäten von Şentürk beteiligt.«

Turners Löffel blieb in der Luft hängen. »Hast du einen Grund für die Annahme, dass Jarvi die Wahrheit sagt? Er hat doch den polnischen Physiker hier in Finnland umgebracht, das kann kaum jemand bestreiten. Und auch das Pentagon hat Beweise gegen Jarvi.«

Ratamo kaute ein Stück einer gerösteten Kräuterkartoffel zu Brei und verschluckte es. »Jarvi streitet ab, seine Frau umgebracht zu haben.« Er schaute Turner mit ernster Miene in die Augen. »Ich habe in London mit Jarvi gesprochen. Ich glaube, der Mann lügt nicht.«

Turner wirkte nicht überrascht. »Du verstehst sicher, dass dies aus meiner Sicht eine ziemlich schwierige Situation ist. Rick Baranski war einer von uns, wie du weißt.«

Ratamo antwortete nicht. Ihm fiel nur ein Mittel ein, um zu erreichen, dass Turner etwas verriet, doch das Mittel könnte ihm eine Anklage wegen eines Dienstvergehens einbringen. »Dich würde es vielleicht interessieren, zu erfahren, wo sich Dr. A. Q. Khan derzeit aufhält.«

Turners Kiefer hielten inne. »Woher zum Teufel willst du das wissen?«

»In der Türkei. Im Kernforschungs- und Testzentrum Sarayköy südwestlich von Ankara.«

Turner musterte Ratamo eine Weile. »Was hast du sonst noch Interessantes gehört?«

»Weltweit sind im Laufe der letzten vier Jahre schon dreizehn Wissenschaftler unter mehr oder weniger fragwürdigen Umständen gestorben. Physiker, die in Kernforschungsinstituten in der Türkei, in Ägypten, Saudi-Arabien gearbeitet haben oder arbeiten wollten ... Fünf von ihnen hatte man in Saudi-Arabien eingestellt.«

Turner runzelte die Stirn. »Mit der Bombe des Iran verändert sich die ganze Kernwaffenkonstellation im Nahen Osten. Der ehemalige Aufklärungschef von Saudi-Arabien gab letztes Jahr zu, dass die iranische Kernwaffe unweigerlich einen Wettlauf auf dem Gebiet der Atomrüstung im Nahen Osten auslösen wird, und dasselbe sagte auch der Außenminister der Briten. Danach spielten die Saudis den Medien die Information zu, dass sie vorhaben, sich unverzüglich Kernwaffen zu beschaffen, wenn es dem Iran gelingt, eine Bombe herzustellen. Die Saudis wollen nicht nur ihr eigenes Urananreicherungsprogramm in Angriff nehmen, sondern auch fertige Kernwaffen anschaffen. Nach unseren Informationen wird Pakistan Saudi-Arabien Kernwaffensprengköpfe liefern, sobald die Sicherheitssituation am Persischen Golf bedrohlich sein sollte. Nach einigen Quellen warten auf dem Luftwaffenstützpunkt Kamra in Pakistan zwei Frachtmaschinen Saudi-Arabiens mit Besatzung in ständiger Alarmbereitschaft, sie fliegen mit ihrer Kernwaffenlast sofort zu den Saudis, sobald König Abdullah und die pakistanischen Behörden den Befehl dazu geben.«

Ratamos Miene verfinsterte sich. »Welchen Nutzen hat Pakistan davon?«

»Jetzt ist Pakistan an der Reihe, den saudi-arabischen Sunnitenbrüdern zu helfen, da die Saudis nun mal das pakistanische Kernwaffenprogramm in den siebziger und achtziger Jahren finanziert haben. Und die Saudis zahlen für die Waffen zweifellos einen stolzen Preis.«

Turner verstummte, und Ratamo fiel nichts ein, was er hätte sagen können.

»Verstehe ich das richtig, dass du vornehmlich an den Aktivitäten der Organisation Şentürk hier in Finnland interessiert bist?«, fragte Turner nach einer Weile des Schweigens.

»Es sei denn, du willst mir auch gleich noch erzählen, wie Finnland mit den Gefangenenflügen der CIA zusammenhängt«, sagte Ratamo halb im Scherz und schnitt ein Stück von seinem Steak ab.

Turner lächelte verkniffen. »Wenn wir mal davon ausgehen, dass ich oder jemand anders bei uns etwas über die Aktivitäten der Organisation Şentürk in Finnland wüsste, welche Informationen brauchtest du dann?«

49

Sonntag, 1. September

Tuula Oravisto stand ungeduldig an der Wohnungstür von Pater Daniel, neben ihr wartete der Taxifahrer, der sie begleitete, um seine Interessen zu wahren, nachdem Tuula Oravisto ihm mitgeteilt hatte, sie müsse sich das Fahrgeld erst von einem Freund holen. Tuula hatte vorher angerufen, ihr Kommen angekündigt und erzählt, was in Iivisniemi passiert war. Sie klingelte schon zum dritten Mal, aber in der Wohnung rührte sich nichts. Das war erstaunlich, denn da drin lebten auf engstem Raum neben Pater Daniel auch Essi Kokko und Neda Navabi mit ihren Kindern.

Plötzlich ging die Tür auf, aber nur einen Fingerbreit, und man hörte Pater Daniels Stimme.

»Bist du das, Tuula?«

»Ich brauche das Taxigeld«, sagte Tuula Oravisto und zog die Tür auf.

Pater Daniel gab dem Fahrer das Geld, worauf dieser schweigend verschwand. Tuula Oravisto umarmte Neda Navabi, die im Flur stand.

»Gott sei Dank, du bist in Ordnung. Pater Daniel hat erzählt, dass du aus deiner Wohnung flüchten musstest. War das Ercan Şentürk?«, fragte Neda Navabi.

Tuula zuckte die Achseln. Sie gab Essi Kokko die Hand und begrüßte Shirin und Aref, die angesichts der Umstände überraschend zufrieden aussahen.

»Wir müssen die Unterkunft wechseln, wir müssen hier weg«, sagte Tuula Oravisto, und alle wandten sich ihr zu.

»Weshalb?«, fragte Essi Kokko auch für die anderen.

»Zu viele in der KRP wissen, dass Pater Daniel mir schon früher geholfen hat, dass ich letzte Woche auch hierhergeflohen bin. Die beiden Polizisten, die hier waren, haben Berichte geschrieben und …«

Pater Daniel unterbrach sie: »Wo sollen wir denn hin?«

»Ich habe auf der ganzen Fahrt hierher darüber nachgedacht. Kennt ihr das verlassene Villenviertel von Kruunuvuori in Osthelsinki, am Westufer von Laajasalo? Dort stehen viele Häuser leer – die warten auf den Abriss, um Platz zu machen für neue Wohnungen. Wir würden es dort ein paar Tage aushalten. Die Nächte sind noch nicht sehr kalt, und …«

»Wir könnten von Emmaus Decken und Heizgeräte holen, die befinden sich nach der Auflösung eines Nachtasyls noch im Lager«, überlegte Pater Daniel laut.

»Wir kaufen im Laden Lebensmittel und Kerzen, das wird fast wie ein Ausflug«, sagte Neda Navabi zu ihren Kindern auf Finnisch und wechselte dann ins Farsi. »Geht, und packt etwas zum Anziehen ein, hopp hopp.«

»Schalte dein Telefon aus, und nimm die SIM-Karte heraus«, verlangte Essi Kokko von Tuula Oravisto. »Wir haben einen gemeinsamen Prepaid-Anschluss für den Notfall.«

* * *

Es war genau 15 Uhr, als Arto Ratamo in der dritten Etage des Hauptquartiers der Sicherheitspolizei Otto Hirvonens Zimmer betrat. Ihm wurde klar, dass Kujala anwesend war, noch bevor er den Leiter des operativen Bereichs überhaupt gesehen hatte. Irgendeine Assoziation schwirrte ihm durch den Kopf, aber er bekam sie nicht zu fassen.

Hirvonen saß an seinem Schreibtisch und sah so aus, als wäre er im Begriff, sich auf Ratamo zu stürzen. »Ich habe dir am letzten Dienstag, bei unserem ersten Treffen, gesagt, dass ich in diesem Hause verdammt noch mal keine Soloeinlagen dulde!«

Ratamo hielt es für das Beste, zu schweigen, bis Hirvonen etwas Dampf abgelassen hatte.

»Du wühlst in den Angelegenheiten herum, die mit den Leuten ohne Papiere in Finnland zusammenhängen, obwohl ich das ausdrücklich verboten habe. Und Kujala hat es auch verboten. Du hast Lukander von der Helsinkier Polizei angerufen und behauptet, Toikka von der KRP wäre in den illegalen Transport von Einwanderern nach Finnland verwickelt. Toikka würde zu einer Truppe gehören, die auf Kosten der Leute ohne Papiere Geld macht. Und du hast zu verstehen gegeben, dass du Lukanders Leute verdächtigst, Beweismaterial vernichtet zu haben. Was zum Teufel geht in deinem Kopf eigentlich vor?«

Ratamo wartete einen Augenblick mit seiner Antwort, in der Hoffnung, dass sich Hirvonen inzwischen beruhigte. »Ich würde nicht gern erzählen, von wem ich …«

Otto Hirvonen haute mit der Faust auf den Tisch. »Niemanden interessiert, was du gern tun würdest! Kapierst du, dass ich dich, wenn es sein muss, sofort rausschmeißen und dafür sorgen könnte, dass Juristen sich damit beschäftigen, was du treibst? Rede endlich, verflucht noch mal, ehe ich ernsthaft die Geduld verliere.«

Ratamo begriff, dass er unterschätzt hatte, wie wütend Hirvonen wirklich war. Er musste jetzt etwas preisgeben, auf die Gefahr hin, dass Hirvonen oder Kujala, vielleicht beide, an dem Geschäft mit den Illegalen beteiligt waren. »In der Wohnung von Ville-Veikko Toikka befanden sich vor dem Eintreffen der Polizei etliche Mappen mit Unterlagen von Einwanderern ohne Papiere, ich habe sie mit eigenen Augen gesehen.«

Sowohl Kujala als auch Hirvonen zogen die Brauen hoch.

»Kannst du das beweisen? Wo sind die Unterlagen jetzt? Wer hat sie dir gezeigt?« Vesa Kujala öffnete jetzt das erste Mal den Mund.

»Eine freie Journalistin namens Essi Kokko hat die Unterlagen in Toikkas Wohnung fotografiert. Sie hat sie mir gezeigt. Ich weiß nicht, wo Kokko jetzt ist oder wo die Unterlagen sind«, log Ratamo.

Hirvonens eben noch wutentbrannte Miene entspannte sich etwas, in seinen Augen leuchtete Neugier auf. »Und Lukanders Männer haben sie in Toikkas Wohnung nicht gefunden?«

Ratamo schüttelte den Kopf.

»Was stand in den Unterlagen, die du gelesen hast?«, fragte Kujala.

»Aus ihnen geht hervor, dass Toikka und Markus Virta von der KRP mit der türkischen Organisation Şentürk zusammenarbeiten. Sie haben Einwanderer ohne Papiere nach Finnland gebracht und zu einem Spottpreis überall in der Hauptstadtregion für Arbeiten vermietet. Und Lukander hat die Männer ausgewählt, die alle Beweise aus Toikkas Wohnung mitgenommen haben, es sieht so aus, als wäre er auch an der Geschichte beteiligt. Die Organisation Şentürk hat ihr Torpedo Ercan Şentürk nach Helsinki geschickt, der schon bei Essi Kokko gewesen ist, um sie einzuschüchtern, und letzte Nacht aus irgendeinem Grund versucht hat, auch Tuula Oravisto in die Finger zu kriegen. Die Frau hatte Personenschutz, aber Aitaoja von der Verkehrspolizei hat die Wachtmeisterin auf die Straße beordert, kurz bevor Şentürk in Tuula Oravistos Wohnung auftauchte. Das heißt, auch Aitaoja dürfte nicht sauber sein.«

»Gottverdammich.« Otto Hirvonen sah schockiert aus.

»Kokko und Oravisto müssen zum Verhör geholt werden. Wo sind sie?«, drängte Kujala.

Ratamo zuckte die Achseln. »Beide sind auf der Flucht vor Ercan Şentürk«, sagte er und war sich vollkommen bewusst, dass diese Lüge zum Rausschmiss führen könnte. Aber er durfte nichts Wichtiges preisgeben, bevor er wusste, wem man vertrauen konnte.

»Behauptest du ernsthaft, dass du nicht weißt, wo Tuula Oravisto ist?« Kujalas Stimme wurde lauter.

»Ich behaupte es nicht, ich sage es. Aber morgen soll Tuula Oravisto ja hierher in die SUPO kommen, um zu den Ereignissen in der Türkei angehört zu werden.«

Otto Hirvonen sah nachdenklich aus. »Vesa, du übernimmst diese Angelegenheit jetzt. Und Ratamo lässt sich wieder krankschreiben und bleibt zu Hause. Einigen wir uns beispielsweise darauf, dass deine Hüfte noch nicht in einem ausreichend guten Zustand ist. Du kommst morgen hierher zu der Befragung von Oravisto. Danach bleibst du zu Hause oder wo auch immer du dich in deiner Freizeit herumtreibst. Ist das klar?«

Kujala wirkte zufrieden, und Ratamo zeigte keine Regung.

»Wie sieht es übrigens mit meiner Beförderung aus?« Ratamo konnte nicht sagen, warum er sich mutwillig noch eine blutige Nase holen wollte.

Für einen Augenblick schien es so, als wollte Hirvonen aufspringen und ihm an den Kragen gehen. »Das geht seinen Gang. Ich halte natürlich, was ich verspreche. Und jetzt alle beide raus, ich muss ein paar Telefongespräche führen«, befahl der Chef und winkte in Richtung Tür.

Ratamo und Kujala gingen nebeneinander zum Aufzug.

»Hast du nicht auch eine Tochter?«, fragte Kujala. »Eine vierzehnjährige, wenn ich mich richtig an deine Unterlagen erinnere. Ungefähr genau so alt wie Shirin Navabi?«

Ratamo betrachtete Kujalas ausdrucksloses Gesicht eine ganze Weile, konnte aber keine Gewissheit erlangen, was die Frage bedeuten sollte. »Ist das eine Drohung?«

Kujala lachte. »Natürlich nicht. Ich habe nur überlegt, ob du womöglich weißt, wo Neda Navabi ist. Ich bin in Hirvonens Zimmer nicht mehr dazu gekommen, dich danach zu fragen.«

»Ich weiß es nicht«, log Ratamo.

Kujala drückte noch einmal auf den Knopf des Fahrstuhls. »Wir haben den gleichen Werdegang. Wir haben beide die berufliche Laufbahn gewechselt, ich war ursprünglich Jurist und du Arzt, keiner von uns beiden ist imstande, lange in einer festen Beziehung zu leben. Wir wollen beide alles nach unserem eigenen Kopf tun.«

Ratamo schaute Kujala wieder an.

»Wir sollten auf derselben Seite stehen«, sagte Kujala.

»Tun wir das denn nicht?«, fragte Ratamo, machte auf den Hacken kehrt und ließ den Leiter des operativen Bereichs vor dem Aufzug stehen.

Ratamo benutzte seinen Ausweis am Lesegerät, trat in das alte, prächtige Treppenhaus und nahm eine rasche Lageeinschätzung vor.

Das Treffen war so gut wie möglich verlaufen: Er hatte nicht verraten, dass er Toikkas Unterlagen besaß oder dass er wusste, wo sich Kokko, Navabi und Oravisto aufhielten. Und er hatte auch nicht seinen Verdacht erwähnt, dass jemand die Nachricht von Essi Kokko auf seinem Computer vernichtet hatte. Das Allerbeste aber war: Hirvonen und Kujala hatten noch nicht von seinem Treffen mit Turner gehört. Allerdings hatte die Besprechung eben auch ein zusätzliches Problem mit sich gebracht.

Ratamo ging so schnell, wie es seine Hüfte erlaubte, zu seiner Isolierzelle im Erdgeschoss. Kujala und Hirvonen glaubten jetzt, dass Essi Kokko die Unterlagen aus Ville-Veikko Toikkas Wohnung besaß. Wenn die falschen Leute davon Wind bekamen, war Essi Kokko nun in noch größerer Gefahr.

50

Sonntag, 1. September

Das Zimmer 354 des Selbstbedienungshotels in der Yrjönkatu im Zentrum Helsinkis war Arttu Lukander vertraut. Vor Jahren, noch während seiner Zeit in der Anti-Drogen-Einheit hatte er sich eine prächtige Feder an den Hut stecken können, als er in eben diesem Zimmer einen Spanier gefasst hatte, dem es gelungen war, in seinem Magen fast ein Kilo in Kondomen verpacktes Heroin nach Finnland zu schmuggeln. Damals war er das erste und hoffentlich auch letzte Mal gezwungen gewesen, einen Mann zu verhaften, der auf dem Klo saß. Aus seiner Kleidung war der Gestank der Scheiße nach dem Waschen zwar verschwunden, aber in seinen Kopf hatte er sich für immer eingefressen. Auch diesmal waren sowohl Polizisten anwesend – neben ihm Markus Virta und Vesa Kujala – als auch ein Krimineller, der eben eingetroffene Ercan Şentürk. Lukander hatte als Mitbringsel am Kiosk einen Sixpack mit kühlem Bier gekauft.

Der Türke mit stoppligem Kinn und eingefallenen Wangen setzte sich ungeduldig auf das Doppelbett. »Ihr wolltet, dass wir uns treffen. Es wurde auch Zeit. Ohne Informationen kann ich die Probleme nicht aus der Welt schaffen. Neda Navabi, Oravisto und die Journalistin sind verschwunden«, sagte Şentürk in seinem gebrochenen Englisch.

»Du hast Oravisto in Iivisniemi entkommen lassen.« Lukanders Feststellung klang wie ein Vorwurf.

»Dort gab es Zeugen. In der Türkei hätte das nichts geschadet, aber hier ...« Şentürk schüttelte den Kopf.

Vesa Kujala von der SUPO trommelte nervös auf dem roten Bezug des Sofas und nahm einen Schluck von seinem Bier. »Auch ich habe schlechte Nachrichten. Diese Journalistin, Essi Kokko, hat alle Unterlagen in Toikkas Wohnung abfotografiert. Sie müssen gefunden werden, oder wir sind gezwungen, auch Kokko endgültig loszuwerden.«

Markus Virta von der KRP rutschte in seinem Sessel hin und her. »Wäre es nicht am klügsten, derartige Entscheidungen Şentürk zu überlassen. Damit wir Finnen wenigstens nicht an den allerschwersten Verbrechen beteiligt sind. Neda Navabi muss in jedem Falle zum Schweigen gebracht werden.«

»Jetzt ist es etwas zu spät, Angst zu bekommen«, sagte Lukander schroff.

»Tuula Oravisto muss schnell gefunden werden«, betonte Ercan Şentürk. »Ich habe das anderen ... Geschäftspartnern von mir versprochen.«

In dem Hotelzimmer herrschte Stille. Alle Anwesenden wussten, was mit Oravisto geschehen würde.

»Dann ist da noch Ratamo, unser ... der Mann von der Sicherheitspolizei«, sagte Kujala in das Schweigen hinein. »Er hat die Unterlagen aus Toikkas Wohnung gesehen.«

»Oravisto, Navabi, Kokko, Ratamo ... Das sind einfach zu viele Zielpersonen. Wir können doch hier keinen Weltkrieg anfangen«, klagte Virta.

»Man kann die Sache auch nicht unerledigt lassen«, sagte Lukander. »Essi Kokko weiß schon viel zu viel. Stellt euch vor, wenn sie ihre Informationen in irgendeiner Zeitung veröffentlichen würde. Und überlegt mal, was passiert, wenn Navabi bereit wäre, zu bezeugen, dass diese Informationen zutreffen.«

Ercan Şentürk besänftigte die Gemüter mit beruhigenden Handbewegungen. »Ich bin sehr wohl imstande, das zu erledigen. Man muss die alle zur gleichen Zeit an denselben Ort bringen. Aber bei den Vorbereitungen brauche ich Unterstützung.«

»Erst müsste man sie mal finden«, entgegnete Kujala ungehalten.

»Das wird morgen früh passieren. Sobald die Kindertagesstätten öffnen«, versicherte Ercan Şentürk.

* * *

»Es ist trotzdem besser, du siehst nicht mein Gesicht, denn dass du über mich erschrickst, das will ich nicht.«

Arto Ratamo saß ungefähr an derselben Stelle, wo er als Junge unzählige Male Wasser gelassen hatte, wenn er mitten in einem der endlosen Eishockeymatches auf dem Eis im Park Seponpuisto dringend mal musste. Heutzutage befand sich in diesem kleinen Ziegelgebäude, das in den fünfziger Jahren als öffentliche Toilette errichtet worden war, eine Karaoke-Bar. Ein Glatzkopf mittleren Alters, der immer noch in seinem Wochenendrausch schwankte, sang mit gerötetem Gesicht von der Sehnsucht nach einem anderen Menschen.

Das beschlagene große Bierglas näherte sich langsam Ratamos Lippen. Er wollte nicht in seine leere Wohnung gehen; mit einer SMS hatte Nelli gerade bestätigt, dass sie ihrer Freundin immer noch beim Umzug half. Ratamo hatte in seinem Zimmer bei der SUPO alles getan, wozu er imstande war, aber er käme bei der Untersuchung des ganzen Knäuels um Oravisto, Kokko, Şentürk und die Einwanderer ohne Papiere keinen Millimeter weiter, solange er nicht Hilfe von Claire Boyd aus London oder Bruce Turner von der US-Botschaft erhielt.

Die letzte Woche war durch die vielen Ereignisse so rasch vergangen, dass Ratamo keine Zeit gehabt hatte, sich wenigstens für einen Augenblick hinzusetzen und über das Geschehene nachzudenken. Er sah Rick Baranski vor sich, wie er mit einem Loch im Kopf auf dem Fußboden seines Arbeitszimmers lag, das waren schlimme Erinnerungen. Zum Glück hatte er wenigstens nicht gesehen, wie die von Jarvi abgefeuerte Kugel ihr Ziel traf. Seine Laune trübte sich noch weiter ein, als er an all die Bedauernswerten dachte, die der Şentürk-Clan durch ganz Europa transportierte wie Vieh, damit sie die Scheißarbeiten machten, für die sich in Ländern wie Finnland nicht genügend Leute fanden. Man musste abwarten, ob er jemals erfahren würde, wie sich die Gruppe zusammensetzte, die das Geschäft auf Kosten der Menschen ohne Papiere in Finnland betrieb.

Der auf irritierende Weise deprimierende Schlager endete, und der Sänger, der sich selbst beeindruckt hatte, reichte das Mikrofon wie einen Staffelstab einer stark geschminkten etwa dreißigjährigen Frau, die sich kaum auf den Beinen halten konnte.

»*Ich seh die Tränen in deinen Augen, wenn du sie auch verbergen willst ...*«

Ratamo fluchte innerlich und trank sein Bier halb aus. Seine Stimmung war schon düster genug, auch ohne schwülstige, frustrierende Schlager. Es kam ihm unwirklich vor, dass sein Leben in so eine Sackgasse geraten war.

In seiner Hosentasche vibrierte es genau zum richtigen Zeitpunkt. Ratamo holte das Handy heraus und war zufrieden, dass er auch diesmal nicht dazu kam, sich tiefschürfende Gedanken zu machen.

»Bist du total versumpft?«, fragte Essi Kokko. »Nach dem Titel zu urteilen dürfte es ein schwerer Sonntag sein.«

»Hier ist alles so weit in Ordnung. Gut, dass du anrufst, ich habe versucht, dich zu erreichen. Es gäbe etwas zu besprechen, können wir uns treffen?«

»Komm nach Meilahti zur Wohnung von Pater Daniel. Hier wird ein zweites Auto gebraucht.«

Ratamos gelber Käfer Cabrio hielt vor einem Wohnhaus in der Mäkelänkatu im Helsinkier Stadtteil Vallila. Seit er Pater Daniel und seine Begleitung in Meilahti getroffen hatte, war eine gute Viertelstunde vergangen.

Ratamo kurbelte die Scheibe herunter. »Braucht ihr Hilfe?«, rief er Tuula Oravisto zu, die schon aus Essi Kokkos kleinem Peugeot ausgestiegen war. Kokko saß neben Ratamo im Käfer, weil sie unter vier Augen miteinander reden wollten.

Tuula Oravisto schüttelte den Kopf und ging hinter Pater Daniel, der nur mühsam vorankam, zum Flohmarkt von Emmaus. Ihnen folgten Neda Navabi und ihre Kinder.

»Mir steht also jetzt erst recht die Scheiße bis zum Hals, weil die wissen, dass ich die Unterlagen von Toikka habe«, sagte Essi Kokko, und man hörte ihr die Verärgerung an. »Erkläre mir doch noch mal, weshalb du gezwungen warst, das zu verraten.«

»Weil ich ein Polizist bin, der all das nicht einmal untersuchen dürfte. Ich kann meinen Vorgesetzten nicht bei allem ins Gesicht lügen. Außerdem habe ich gesagt, dass Virta, Lukander und die anderen möglicherweise, unter Umständen von dir und den Unterlagen wissen. Ich kann nicht sicher sein, ob das, was ich Hirvonen und Kujala sage, weiterverraten wird.«

Essi Kokko schnaufte demonstrativ und schob die Spitze des Kugelschreibers unter den Gips, um den Juckreiz ein wenig zu lindern.

»Tuula Oravisto sitzt mindestens genauso schlimm in der Klemme wie du. Ich möchte lieber nicht einmal mutmaßen, warum Ercan Şentürk sie sucht«, sagte Ratamo.

»Haben wir nicht schon genug Beweise? Wir könnten die Unterlagen von Toikka beispielsweise an den Generalstaatsanwalt schicken. Ich kann versuchen, Neda Navabi zu überreden, dass sie gegen Virta und Toikka aussagt, und ...«

»Verurteilt würde auf Grund dieser Unterlagen mit Sicherheit nur Ville-Veikko Toikka, und der liegt schon im Kühlraum der Pathologie. Virtas Name wird zwar mehrere Male erwähnt, aber der Mann wäre imstande, dafür irgendeine Erklärung zu erfinden. Er könnte behaupten, dass er Toikkas Aktivitäten untersucht hat oder etwas Ähnliches. Ich will hieb- und stichfeste Beweise finden und alle finnischen Helfer von Şentürk überführen. Wenn man Toikkas Unterlagen jetzt aufdeckt, würde das nur zur Einstellung des Geschäfts mit den Illegalen hier in Finnland führen. Die Helfer von Şentürk würden mit heiler Haut davonkommen.«

»Irgendwie muss man aber erreichen, dass sich die Situation entspannt. Wo willst du diese zusätzlichen Beweise hervorzaubern?«

»Das sage ich nicht. Noch nicht«, erwiderte Ratamo und stieg aus, als er sah, wie sich Oravisto und Navabi mit einem offensichtlich schweren Petroleumheizgerät abschleppten. Er half ihnen, das Teil in den Kofferraum des Peugeot zu heben, und nahm dann den Stapel Wolldecken, den Pater Daniel trug.

Kurz danach beschleunigte Ratamo seinen Wagen auf der Mäkelänkatu nach Südosten, um dann auf dem Itäväylä nach Osthelsinki zu fahren. An einer roten Ampel musste er anhalten. Die Ampel wechselte auf Grün, aber der Golf, der vor dem Käfer stand, rührte sich nicht vom Fleck. Ratamo wartete so lange, dass die Ampel wieder auf Rot umschaltete. Er trommelte mit den Fingern aufs Lenkrad, bis er Grün sah. Jetzt ruckte der Golf an, setzte sich aber immer noch nicht in Bewegung. Ratamo fluchte, fuhr ein Stück zurück und wechselte die Spur.

»Gefällt dir überhaupt keine Farbe«, rief er durchs offene Fenster zum Golf hinüber, an dessen Lenkrad eine Frau mittleren Alters heftig in ihr Handy sprach.

Ratamo folgte dem von Oravisto gesteuerten Peugeot auf den Itäväylä und dann in Richtung Laajasalo, Essi Kokko saß in Gedanken versunken da. Plötzlich fiel Ratamo etwas ein. Er holte sein Handy aus der Tasche, schaltete es aus und holte mit einer Hand geschickt die SIM-Karte unter dem Akku hervor.

»Mach dasselbe bei deinem Telefon. Und die anderen müssen angerufen werden und ...«

»Schon erledigt«, unterbrach Essi Kokko ihn. »Wir benutzen nur diesen Prepaid-Anschluss. Und auch den nur, wenn es sein muss«, sagte sie und klopfte auf ihre Hosentasche.

Eine knappe Viertelstunde später stoppte Tuula Oravisto den Peugeot in Laajasalo auf der Päätie am Straßenrand, und Ratamo folgte ihrem Beispiel. Er stieg aus seinem Käfer aus und lächelte Shirin Navabi zu, als sich ihre Blicke trafen. Siiri machte nicht annähernd so einen selbstsicheren Eindruck wie letzte Woche bei ihm zu Hause, sie hielt mit ernster Miene die Hand ihrer Mutter und ihres verängstigten kleinen Bruders.

Sie gingen auf dem Radweg ans Ufer von Kaitalahti und stiegen dann den felsigen Hang hinauf zu den Holzvillen, die in einem wild wuchernden Mischwald vor sich hin moderten. Nach einem fünfzehnminütigen Fußweg blieb die ganze siebenköpfige Gesellschaft stehen und betrachtete eine zweigeschossige Villa mit Mansardendach. Das mit Teerpappe belegte Dach schien vollkommen in Ordnung zu sein, aber nur ein kleiner Teil intakter Fensterscheiben war noch vorhanden. Die meisten Fensteröffnungen hatte man mit Spanplatten zugenagelt.

»Die heißt meines Wissens ›Villa des Gärtners‹«, sagte Tuula Oravisto.

»Hier findet euch wirklich niemand«, vermutete Ratamo und hoffte, dass er recht behalten würde.

51

Montag, 2. September

John Jarvi stand in der Herrentoilette des Brauereilokals *Tü 8 Bräu* in der Stuttgarter Tübinger Straße und zog die Uniform eines Sergeanten der US-Marineinfanterie aus. Diese Gaststätte hatten sie gewählt, weil der Besitzer der Uniform, Sergeant Ray Hartman, kein anderes Restaurant kannte, das auch in der Nacht vom Sonntag zum Montag bis 3 Uhr geöffnet hatte. Es war 02:08 Uhr. Jarvi zog rasch die mindestens zwei Nummern zu großen Jeans und einen Baumwollpullover an und fuhr in die Springerstiefel.

Jarvis Plan funktionierte wie geschmiert. Er hatte in München einen früheren Zug als ursprünglich angenommen erreicht und war deshalb bereits um halb elf Uhr abends in Stuttgart eingetroffen. Ray Hartman hatte er schon im Voraus von Italien aus um seine Unterstützung gebeten, und der konnte seine Bitte nicht abschlagen. Dem Sergeanten der Marineinfanterie hatte Jarvi bei der Belagerung der von Aufständischen kontrollierten Sadr City im April 2008 das Leben gerettet. Damals hatten die Rebellen einen Sandsturm ausgenutzt und die Front der Koalition angegriffen. Ray befand sich zu dem Zeitpunkt in der irakischen Polizeistation und saß in der Falle, als die Aufständischen in das Gebäude eindrangen. Im Laufe der die ganze Nacht anhaltenden Kämpfe hatte Jarvi so viele Aufständische in der eroberten Polizeistation erschossen – nach Angaben seines Beobachters sieben –, dass sich Ray im Morgengrauen mit seinen Kameraden den Weg aus dem Gebäude freikämpfen und hinter den Linien der Alliierten in Sicherheit bringen konnte. Im Stab der Koalition war schon die Entscheidung getroffen worden, die Polizeistation mit Panzerkanonen zu beschießen. Als Ray im Nachhinein erfuhr, was passiert war, hatten sie sich angefreundet.

Jarvi verließ die Herrentoilette und ging zu einem Ecktisch in dem modernen Lokal; das Stimmengewirr um diese nächtliche Stunde war laut und heftig, obwohl die Gaststätte nur zur Hälfte gefüllt war. Er setzte sich neben Ray Hartman, legte die in eine Plastiktüte gestopfte Uniform zwischen ihnen auf das Sofa und Rays Personalausweis, Zugangskarte und Schlüsselbund auf den Tisch.

Hartman warf einen Blick auf die große, röhrenförmige Zubehörtasche, die auf dem Fußboden lag. Er schien zu zögern, offensichtlich beschäftigte ihn etwas. »Über dich sind alle möglichen Gerüchte in Umlauf. Willst du darüber sprechen, was passiert ist?«

»Lieber nicht«, antwortete Jarvi. »Wenn dich das beruhigt: Ich plane keinen Amoklauf. Ich brauche diese Gerätschaften vor allem zu meinem eigenen Schutz. Nur ein Mensch wird leiden, und auch er bekommt nur das, was er verdient. »

»Wer?«, fragte Ray Hartman.

»Es ist besser, wenn du das nicht weißt.« Jarvi hoffte, dass sich Ray mit den Antworten zufriedengab. Er wollte seinem Freund keine Probleme bereiten.

»Hast du den Injektionsstift bekommen und das ... Mittel?«, fragte Jarvi nach einer Weile.

Ray Hartman zog die Brauen hoch, holte aus seiner Brusttasche ein Gerät, das aussah wie ein Kugelschreiber mit Stöpsel, und reichte es Jarvi.

»*Cheers*«, sagte Hartman. Die beiden stießen die Literkrüge mit Weizenbier aneinander und tranken sie aus.

»Kann ich noch etwas für dich tun?«, fragte Hartman, nachdem er sich den Schnurrbart aus Schaum abgewischt hatte.

»Du hast schon mehr als genug geholfen«, sagte Jarvi. Ray hatte ihn vom Stuttgarter Hauptbahnhof abgeholt, etwa zwanzig Kilometer zur Garnison Panzerkaserne gefahren, wo viele amerikanische Einheiten ihr Quartier hatten, darunter auch das Europa-Kommando der Marineinfanterie, und im Auto über eine Stunde gewartet. Währenddessen hatte Jarvi mit Rays Dienstausweis und Zugangskarte aus der Garnison all die Waffen und das Zubehör geholt, die er im Laufe der nächsten Stunden brauchen würde. In die Kaserne Patch Barracks, den Arbeitsplatz Michael Terpins, seiner Zielperson, hatte er nicht eindringen wollen – es konnte gut sein, dass Terpin ihn schon erwartete. Die Information über das Schicksal von Rick Baranski war ihm garantiert schon zu Ohren gekommen.

»Ich muss jetzt gehen, ich will alles im Laufe des heutigen Tages fertigbekommen«, sagte Jarvi. »Die Schlüssel des Porsche schicke ich so zurück, wie vereinbart.«

Es waren drei Stunden vergangen, seit sich John Jarvi im Lokal *Tü 8 Bräu* von Ray Hartman verabschiedet hatte. Jetzt saß er im Tarnanzug der Marineinfanterie auf dem Fahrersitz eines in den Fabriken von Zuffenhausen in Stuttgart produzierten Porsche 911 Carrera, den sein Freund zollfrei gekauft hatte. Jarvi beobachtete die Wohnung Michael Terpins, des Kommandeurs der US-Kommandozentrale Europa für Spezialeinsätze. Das zweigeschossige weiße Haus befand sich in der Erwin-Hageloh-Straße, nur ein paar hundert Meter entfernt von Robinson Barracks, der Garnison, die heutzutage als Wohngebiet der mehreren Tausend in Stuttgart stationierten amerikanischen Soldaten und Beamten diente. Manche der hochrangigsten Offiziere wollten nicht wie die gewöhnlichen Fußlatscher in einem Mehrfamilienhaus wohnen, sondern hatten ein Eigenheim gemietet. General Michael Terpin war einer von ihnen, zum Glück für Jarvi. Außerhalb des Lichtscheins der Straßenlaternen von Burgholzhof war es immer noch dunkel.

Jarvi hatte reichlich Zeit gehabt, Vorkehrungen für das zu treffen, was in Kürze geschehen würde. Er hatte die mit Ray Hartmans Hilfe beschafften Ausrüstungsgegenstände sorgfältig geprüft, getestet und sich vergewissert, dass sie einsatzfähig waren. Die ganze letzte Stunde hatte er Terpins Haus beobachtet und war nun davon überzeugt, dass der General keine Soldaten als Wache auf sein Grundstück oder in seine Wohnung beordert hatte. Das würde seine Aufgabe nur ein wenig erleichtern. Die Sicherheits- und Alarmanlagen des Hauses waren garantiert erstklassig und so gut geschützt, dass sich nicht einmal der Versuch lohnte, in das Haus einzubrechen. Das Timing würde der Schlüssel zum Erfolg sein: Er müsste auf die Sekunde genau zur rechten Zeit am rechten Ort sein.

Im Obergeschoss von Terpins Haus war um 05:10 Uhr das Licht angegangen. Der General würde höchstwahrscheinlich seinen Arbeitstag in der fünfzehn Kilometer entfernten Kaserne Patch Barracks um 6:00 Uhr beginnen, wie Jarvi vermutet hatte. Offiziere pflegten nicht allzu viel Zeit für die Morgenroutine zu verschwenden. Jarvi glaubte, dass Terpin zwischen 05:30 und 05:40 Uhr losfahren würde. Er war bereit: Die Rachsucht brannte heftig im ganzen Körper, sodass er gezwungen war, tief durchzuatmen. Er musste die Nerven behalten. Alles hing davon ab, ob er imstande wäre, seine Rolle glaubwürdig bis zum Ende zu spielen.

Es war 05:29 Uhr, als das Licht im Obergeschoss des Hauses ausging. Würde Terpin geradewegs herauskommen? Jarvi legte die Hand auf die Türklinke des Porsche und warf einen Blick auf alle drei Überwachungskameras vor dem Haus: Eine von ihnen filmte alle, die auf den Hof kamen, die andere die Haustür und die dritte die Garagentür. Es war sein Glück, dass Terpin nicht direkt vom Haus in die Garage gehen konnte.

Plötzlich wurde im Erdgeschoss das Licht eingeschaltet, Jarvi schaute durch einen kleinen Feldstecher. Geschirrschränke, ein Lüfter über dem Herd ... Terpin goss sich Kaffee in einen Pott und trank ihn im Stehen mit tiefen Schlucken. Der Mann trug seine Uniform, und auf dem Küchentisch lag ein schwarzer Attaché-Koffer.

Jarvi nahm seine Barreltasche vom Beifahrersitz, stieg aus dem Porsche aus, den er knapp außerhalb der Reichweite der Überwachungskamera geparkt hatte, und lief in aller Ruhe zu Terpins Haustür. Dann erlosch das Licht in der Küche, und er beschleunigte seine Schritte.

Er trat im selben Moment auf die Schwelle von Terpins Haus, als die Tür nach außen aufging. Er ließ seine Tasche fallen, packte Terpin am Arm, noch bevor der irgendwie reagieren konnte, drückte den General auf die Knie und stieß ihm den Injektionsstift ins Genick. Dann nahm er seine Tasche, schloss die Haustür und blieb vor der Zentraleinheit der Alarmanlage an der Wand neben der Tür stehen. Jarvi kannte das Modell: Irgendein Beamter des Verteidigungsministeriums hatte garantiert eine stattliche Bestechungssumme dafür kassiert, dass er für Tausende Garnisonen und Wohnhäuser von Offizieren die gleichen Alarmanlagen von Secure Shield beschafft hatte. Auf der digitalen Anzeige der Zentraleinheit war zu lesen *Exit Delay*. Jarvi drückte den Knopf mit der Aufschrift *Instant* und wartete angespannt, bis das Licht des Displays erlosch. Die Anlage hatte seinen Befehl akzeptiert und würde von jetzt an zu seinem Vorteil funktionieren. Der Knopf *Instant* wurde normalerweise nachts verwendet, wenn nicht zu erwarten war, dass jemand in das bewachte Objekt kam oder es verließ, die Bewegungsmelder waren nicht in Betrieb, aber das Öffnen von Fenstern oder Türen würde sofort einen Alarm auslösen, ohne die normale Verzögerung von 20–40 Sekunden. Niemand käme herein, ohne dass er es wusste.

Jarvi drehte Terpin auf den Rücken. Der Mann starrte ihn mit weit aufgerissenen Augen und einem verblüfften Gesichtsausdruck an, machte aber keine Anstalten, sich zu bewegen. Das Medikament schien zu wirken.

»Du …«, sagte Terpin langsam und mit leiser Stimme.

Jarvi untersuchte die Taschen von Terpins Dienstuniform, bis er dessen Handy fand. Er hatte vorher den Namen seiner Sekretärin ermittelt, suchte ihn jetzt unter den Kontaktdaten des Telefons und tippte eine Nachricht ein: »Komme etwas später ins Büro.«

»Du kannst aufstehen«, sagte Jarvi zu Terpin und stellte einen der Stühle des Esszimmers an die Wand. »Setz dich dahin«, befahl er und schaute befriedigt zu, wie Terpin ohne einen Mucks tat, was man von ihm verlangte. Er fesselte den Mann dennoch sicherheitshalber mit Handschellen ans Wasserrohr des Heizkörpers, murmelte: »Es dauert nur einen Augenblick«, und stieg die Treppe hinauf ins Obergeschoss.

Acht Minuten später kehrte er zurück und inspizierte alle Schränke. Er machte einen zufriedenen Eindruck. Die Überwachungskameras hatten ihn aufgezeichnet, aber das würde erst bemerkt werden, wenn man Terpin in der Garnison vermisste. Und dann wäre es zu spät, hoffte Jarvi.

Er öffnete Terpins Handschellen und bat den General, sich auf das Sofa im Wohnzimmer zu setzen. Für sich wählte er einen bequemen Ledersessel. Es war 5:38 Uhr. Zwar blieb noch Zeit, aber wie viel, das wusste Jarvi nicht genau.

»Also dann«, sagte John Jarvi, »wollen wir mal anfangen.«

52

Montag, 2. September

Um die Mitte des letzten Jahrtausends besänftigten die Inka der Stadt Túcume im heutigen Peru ihre Götter, indem sie zahllose Männer, Frauen und Kinder auf dem Altar der weltweit größten Pyramide Huaca Larga opferten. Die Inkapriester schnitten dem Opfer zuerst die Kehle durch, trennten dann mit dem Opfermesser den Kopf zwischen dem zweiten und dritten Halswirbel ab und sägten zum Schluss den Brustkorb des Opfers auf und holten das Herz aus der Brust. Die Opfer waren nicht gefesselt und wehrten sich nicht. Das beweisen nach Ansicht der Archäologen die Kerben durch Messerschnitte an ihren Knochen. Die Inka betäubten ihre Opfer mit den Samen der Amala-Pflanze, die zur Gattung der *Nectandra* innerhalb der Familie der Lorbeergewächse *(Lauraceae)* gehört. Das in den Samen enthaltene Alkaloid mit einer Aporphinstruktur lähmte die Opfer und nahm ihnen die Kraft, Widerstand zu leisten, ließ sie aber ihr entsetzliches Schicksal bei klarem Verstand erleiden.

John Jarvi kannte die gemeinsame Geschichte des Amala-Samens und der Inka, nicht weil er irgendwann seine Zeit für das Studium der Geschichte verschwendet hätte, sondern weil er bei der obligatorischen Toxikologie-Vorlesung der CIA von dem Thema gehört hatte. Und er hatte auch in der Praxis gesehen, wie das Mittel wirkte. Es machte aus dem Opfer fast einen Zombie, ein apathisches, leblos wirkendes Wesen, das nicht aus eigenem Antrieb handeln konnte, jedoch fähig war, ganz normal Schmerz zu empfinden und sich auf Befehl auch zu bewegen und zu kommunizieren. Jetzt war er Zeuge der Wirkung des Mittels bei General Michael Terpin und zugleich erfüllt von grimmiger Wut, weil er dem Mörder seiner Frau und seines Kindes nicht all das antun konnte, was die Inkapriester mit ihren Opfern gemacht hatten.

Jarvi schaltete die Aufzeichnungsfunktion seines Handys ein und legte es auf den Couchtisch. »Wie lautet der Code deiner Alarmanlage?«

»1208«, antwortete Terpin gemächlich, aber ohne zu zögern.

»Du ahnst vermutlich, warum ich hier bin?«

Terpin dachte eine Weile nach. »Ich habe natürlich gehört, was du mit Rick Baranski gemacht hast. Aber ich weiß nicht, was du von mir willst.«

»Die Kommandozentrale Europa für Spezialeinsätze und eine Special Operations Group der CIA, das heißt, du und Baranski, ihr habt aus Soldaten mit einer ..., sagen wir mal, wechselvollen und gewalttätigen Vergangenheit eine Gruppe zusammengestellt. Wir sollten Physiker eliminieren, die im Rahmen der Atomprogramme politisch heikler Länder arbeiten. Warum?«

Terpins Gesichtsausdruck blieb unverändert, gleichgültig. »Das ist die neue Strategie der USA. Wir konnten nicht einmal mit Israel zusammen endlos lange Wissenschaftler in die Luft sprengen, auf unserer Liste stehen Dutzende Physiker, die an Atomprogrammen arbeiten. Im Falle des Iran gelang das noch, aber jetzt sind es schon mehrere Staaten: die Türkei, Ägypten, Saudi-Arabien ... Die iranische Bombe hat die Konstellation, hat alles verändert.«

»Erkläre das genauer.«

»Da der Iran eine Bombe hat, wollen auch die Türkei, Saudi-Arabien, Syrien, Ägypten eine ... Wer weiß, wer noch alles. In Hinsicht auf den Iran sind wir gescheitert, obwohl wir alles getan haben, was man sich vorstellen kann: Wir haben den Stuxnet-Computervirus in die Atomanlagen des Iran geschmuggelt, fünf ihrer wichtigsten Kernphysiker und den General, der das Programm der ballistischen Raketen leitete, ermorden lassen, wir haben zwei iranische Urananreicherungsanlagen gesprengt und den Militärstützpunkt, auf dem der Iran seine Langstreckenraketen entwickelte, dem Erdboden gleich gemacht. Diesmal können wir uns einen Misserfolg nicht leisten, sonst ist der Nahe Osten schon bald mit Kernsprengköpfen vollgestopft. Wir haben beschlossen, eine andere Strategie anzuwenden – Kernwaffen entstehen nicht ohne Kernphysiker.«

»Ihr wollt die Entstehung neuer Kernwaffenstaaten verhindern«, stellte Jarvi fest.

Terpin nickte ganz ruhig.

»Und ihr habt beschlossen, mich im Stich zu lassen, weil man mir in Finnland auf die Spur gekommen ist?«

»Uns blieb nichts anderes übrig. Damals wusstest du schon von den Morden an den Physikern, und die Aufdeckung dieser Operation musste mit allen Mitteln verhindert werden. Die USA können es sich ganz einfach nicht leisten, ihre Beziehungen zu Staaten wie der Türkei und Saudi-Arabien zu ruinieren. Sie sind unsere wichtigsten Kooperationspartner im Nahen Osten.«

»Von wem bekamt ihr die Vollmacht für die Gründung dieser ... Killertruppe?«

Terpin zuckte die Achseln. »Die gemeinsamen Angelegenheiten der Kommandozentrale für Spezialeinsätze und der CIA sind nie schriftlich fixiert worden. Aber unsere Physiker-Operation wird natürlich von den Gesetzen der USA vollkommen abgedeckt. Wir haben das Recht, einen Verdächtigen zu ermorden, der eine ernsthafte Gefahr für die Sicherheit der Vereinigten Staaten darstellt, wie du sehr wohl weißt. Das hat auch der Justizminister bestätigt, zuletzt in diesem Jahr. Und was sind schon ein paar Physiker, wenn doch mit Drohnenangriffen während der letzten Jahre im Ausland schon 4700 Menschen getötet wurden.«

Jarvi schaute auf seine Uhr, es schien so, als würde die Zeit reichen. Er versuchte, sich zu beruhigen, schloss die Augen und dachte daran, wie er als Junge in seiner Heimat auf dem See, dem Yläjärvi, im Herbst früh am Morgen gefischt hatte. »Warum musste meine Frau sterben?«

»Sie wusste zu viel.«

»Zu viel wovon? Von den illegalen Aktivitäten der CIA während des Kriegs im Irak, in Afghanistan und im Krieg gegen den Terrorismus?«

Terpin schien das erste Mal nachzudenken, was er antworten sollte. Sein Gesicht nahm einen leidenden Ausdruck an. »Darüber wurde und wird in der Welt auch ohne Emily schon dies und jenes geredet. Aber Emily wusste auch von mir und Baranski, von unserem gemeinsamen Projekt, von unserem Nebengeschäft. Sie wusste, wie wir mit der Organisation Şentürk und den türkischen Machthabern zusammen ein Menschenschmuggelnetz aufgebaut haben, gestützt auf die Aufklärungszentren und geheimen Gefängnisse der CIA überall in Europa. Dieses Projekt ist unser Rentenfonds, meiner und Baranskis. Im Nachhinein erwies es sich als klug, dass wir schon damals alle Hindernisse aus dem Weg geräumt haben, auch Emily. Unsere Truppe hat riesige Gewinne eingefahren, Hunderte Millionen ...«

Jarvi unterbrach ihn: »Mit Verbrechen verdientes Geld.«

»Was ist daran neu? Die CIA hat sich jahrzehntelang überall in der Welt auch am Drogenhandel beteiligt: In den achtziger Jahren, als ich in deinem Alter war, wurde mit den afghanischen Taliban zusammengearbeitet, die gegen die Sowjetunion kämpften, den Contras in Nicaragua wurde geholfen, Kokain in die Welt zu bringen, manchen Drogenkartellen in Mexiko wurde erlaubt, ihre Ware in die USA einzuführen. Du bist naiv, wenn du glaubst, dass kein Amerikaner mit diesen Deals Millionen gemacht hat ...«

»Wer hat Emily umgebracht?«

Terpin zögerte nicht. »Eine Truppe, die Baranski aus irakischen Inhaftierungszentren zusammengestellt hatte. Eine Gruppe ängstlicher, terrorverdächtiger Gefangener, deren Überzeugung so flexibel war, dass sie in diesen Handel mit der CIA einwilligten. Baranski versprach ihnen als Gegenleistung für einen kleinen Gefallen die Freiheit.«

»Wer gab den Befehl, Emily zu töten?«

»Ich«, antwortete Terpin.

»Wusstest du, dass sie schwanger war?«

Terpin zog die Brauen nach unten. »Ja.«

John Jarvi schloss fest die Augen und versuchte, die Lust zu unterdrücken, Michael Terpin auf der Stelle zu erschießen.

»Wie lautet der Code deiner Alarmanlage?«

»1208«, antwortete Terpin mit sicherer Stimme.

* * *

Es war das erste Mal, dass Ercan Şentürk ein Kind aus einem Kindergarten abholte, und höchstwahrscheinlich auch das letzte Mal. Es gab auf der Welt nur wenige Dinge, die ihm mehr auf die Nerven gingen als quengelnde Gören, und er wusste genau, wie man auch denen aus dem Wege ging. Die Kunst, unangenehme Dinge zu vermeiden, hatte er zur Perfektion gebracht, und das schon als Kind in der südosttürkischen Stadt Bismil, wo die Angst vor kurdischen Aufständischen ein alltäglicher Gast war und die Geschäftspartner seines Vaters noch mehr wie Mörder ausgesehen hatten als er selbst heutzutage. In den letzten dreißig Jahren war es Ercan Şentürk gelungen, neben Kindern, Kurden und Männern, die wie Killer aussahen, auch bindungswillige Frauen zu meiden und darüber hinaus Behörden, ungewürztes Essen, Haustiere, Geldverleiher und griechisches Halva.

Es war kurz vor 8 Uhr morgens. Als sein Wecker um sechs Uhr geklingelt hatte, war es in Helsinki schon vollkommen hell gewesen. Sicherheitshalber wartete er schon seit sieben Uhr hier im Espooer Stadtteil Iivisniemi. Finnland war ein merkwürdiges Land. Jetzt wurden in die Kita immerhin schon ab und zu Kinder gebracht. Es schien so, als würde in Finnland niemand früh mit der Arbeit beginnen.

Von ihrer Lage her eignete sich die Kindertagesstätte perfekt für Şentürks Absichten: Das kleine Holzhaus stand auf einem Grundstück am Waldesrand, und ein dichtes Weidengebüsch bot ihm guten Sichtschutz. Es passte Şentürk auch ausgezeichnet, dass die Kinder, die gebracht wurden, auf dem großen Spielplatz blieben und sich dort beschäftigten. Und es waren nur zwei Kindergärtnerinnen draußen, die beide im Moment vor einem kleinen Spielhaus herumstanden. Noch hatte ihn niemand beachtet, aber es war riskant, in der Nähe der Kindertagesstätte und der benachbarten Schule zu lauern.

Er und die finnischen Polizisten hatten Tuula Oravisto nicht gefunden, also musste die Frau sie finden. Und das würde sie garantiert auf der Stelle tun, sobald sie erfuhr, dass ihr Sohn verschwunden war. Wenn Ercan Şentürk etwas über Frauen wusste, dann war es das: Nur wenige von ihnen ließen ihre Kinder im Stich. Seine eigene Mutter war allerdings auch von dieser Regel die Ausnahme gewesen.

Die Zeit kroch dahin. Şentürk dachte an Bayezid II., den Gerechten. Jenen osmanischen Sultan Ende des fünfzehnten Jahrhunderts, der die Angewohnheit hatte, verkleidet durch Istanbul zu streifen, um sich mit seinem Reich vertraut zu machen. Auf einem seiner Spaziergänge hatte der Sultan einen Mann namens Gül Baba, den »Vater der Rosen«, kennengelernt. Das Gespräch mit ihm soll Bayezid II. angeregt haben, die erste Schule der Türkei zu gründen.

Wieder wurde ein neues Kind gebracht, Şentürk blickte durch das kleine Fernglas. Das Auto war ein Volvo Kombi, so wie es sein sollte, aber Şentürk musste sein Versteck verlassen und näher an den Zaun der Kita herangehen, um das Kennzeichen des Volvo zu erkennen. MRY-121. Das war der Wagen des Exmannes von Tuula Oravisto.

Der beleibte Mann in einem weißen Hemd begleitete seinen Sohn bis auf den Hof der Kindertagesstätte und wechselte ein paar Worte mit dem Personal, bevor er zu seinem Auto zurückkehrte und wegfuhr. Nun trat Şentürk in aller Ruhe an den niedrigen Metallzaun heran. Der Junge stieß neben den Kindergärtnerinnen mit dem Fuß ein paar Steine weg, entdeckte dann weit entfernt auf dem Spielplatz einen tollen Spielzeugtraktor aus Plastik und rannte los. Er setzte sich auf den Traktor und holte mit den Beinen Schwung, verschwand für einen Augenblick hinter einem Klettergerüst, tauchte wieder auf und fuhr direkt auf den Türken zu.

Ercan Şentürk ging am Zaun entlang, bis das Spielhaus den Kindergärtnerinnen die Sicht zu ihm versperrte, und winkte dem Jungen wie ein alter Bekannter, der ihm etwas sagen wollte. Der Junge blieb mit seinem grünen Traktor in der Nähe des Zaunes stehen und schaute den Mann mit zusammengekniffenen Augen an. Şentürk gab sich große Mühe, freundlich auszusehen, er lächelte den Jungen sogar an.

Dann blickte er sich kurz um, stieg immer noch lächelnd über den Zaun und drückte dem fünfjährigen Valtteri Oravisto die Hand auf den Mund. Der Türke nahm das zwanzig Kilo schwere Kind unter den Arm wie einen Sack Daunen, und beide verschwanden rasch in Richtung Wald, Şentürks Auto stand etwa zweihundert Meter entfernt.

53

Montag, 2. September

»Wie lautet der Code deiner Alarmanlage?«, fragte Jarvi.

Es dauerte eine Weile, bis Terpin antwortete. »Das hast du mich wohl schon mal gefragt.«

Jarvi lächelte. Seit der Injektion waren genau zwei Stunden vergangen. Im Laufe der letzten Stunde hatte er den General ein ums andere Mal dieselben Dinge gefragt, einerseits, um sich zu vergewissern, dass Terpin die Wahrheit gesagt hatte, und andererseits, um anhand seiner Antworten festzustellen, wann der Mann wieder bei klarem Verstand war. Bis dahin würde es nicht mehr lange dauern, Terpin überlegte sich seine Antworten länger, sie kamen nicht mehr wie von selbst, und sein Blick und seine Miene wirkten nun hellwach. Terpin lehnte nicht mehr schlaff wie ein nasser Sack auf dem Sofa.

Jarvi stand auf, ging in die Küche und hörte, wie hinter seinem Rücken etwas raschelte. Er holte in aller Ruhe ein Glas aus dem Geschirrschrank, ließ kaltes Wasser hineinlaufen und kehrte genau in dem Moment ins Wohnzimmer zurück, als Terpin mit einer Beretta M9 in der Hand und selbstsicherem Gesichtsausdruck die Treppe herunterkam.

Jarvi blieb stehen, sagte aber nichts.

»Leg dir selber Handschellen an und befestigte sie am Heizkörper, genau wie du es bei mir gemacht hast«, befahl Terpin.

Jarvi zögerte kurz, führte dann aber den Befehl aus.

»Hast du die Amala-Pflanze verwendet?«, fragte Terpin.

Jarvi nickte. »Die Dosis dürfte zu klein gewesen sein, ich wollte nicht, dass du das Bewusstsein verlierst. Mein Zeitplan ist sehr eng. Ich hatte vor, die Dosis zu erhöhen, falls du nicht reden würdest.«

»Mir ist dieser Zeitplan sehr recht.« Terpin holte sein Handy vom Tisch im Flur, berührte das Display und drückte das Gerät ans Ohr.

»Sind schon alle eingetroffen?«, fragte er, als sich jemand meldete, und runzelte die Stirn, während er die Antwort hörte.

»Jarvi ist hier, in meiner Wohnung«, sagte Terpin. »Die Sache kann nicht lange warten. Erledigt die Angelegenheit genau um 8 Uhr, selbst wenn noch jemand fehlen sollte.« Der General brach das Gespräch ab. Er nahm denselben Sessel, den Jarvi eben benutzt hatte, drehte ihn zu seinem Gefangenen, der an den Heizkörper gefesselt war, und setzte sich. »Jetzt warten wir einfach.«

»Worauf?«, fragte Jarvi.

»Auf deine Kollegen. Auf die Männer, die ich und Baranski ausgewählt haben, um die Physiker umzubringen. Sofort nach Baranskis Tod habe ich sie alle hierher nach Stuttgart beordert. Das war keine leichte Aufgabe, manche von euch sind äußerst schwer zu erreichen.«

Jarvi versuchte, die Teile des Puzzles im Kopf zusammenzusetzen. »Du willst, dass deine Männer mich erledigen.«

»Alles, was ich tun muss, ist, das Haus rechtzeitig zu verlassen. Ich will mir nicht deinetwegen die Hände schmutzig machen. Ich muss an meine Karriere denken.«

Jetzt begriff Jarvi, was Terpin vorhatte, er würde ihn durch seine Soldaten umbringen lassen.

»Genial.« Und Jarvi meinte, was er sagte. »Kenne ich viele deiner Männer?«

»McRaven, Kernan, Jensen, Roberts, Wolff ...«

Danke für die Information, dachte Jarvi, schwieg aber.

Michael Terpin schien die Situation zu genießen. »Du hast es zwar versucht, aber nicht geschafft, wirklich alle Fragen zu stellen.«

Jarvi zog die Brauen hoch.

»Emilys Kind war von mir.«

Jarvi musste mit sich kämpfen, um ruhig sitzenzubleiben, aber er wollte alles hören. »Du lügst.«

Terpin schüttelte gelassen den Kopf. »Wir hatten ein Verhältnis.

Es dauerte nur zwei Monate, aber das reichte. Deshalb wusste Emily von meinem und Baranskis Privatgeschäft, vom Menschenschmuggel – ich habe es ihr erzählt. Wenn man es sich im Nachhinein überlegt, dürfte das ein Fehler gewesen sein, vor allem aus Emilys Sicht, aber da kann man nichts machen.«

Die Handschellen klirrten gegen den Heizkörper, als Jarvi aufstand. Wenn Blicke töten könnten, wäre Michael Terpin auf der Stelle tot umgefallen.

Terpin wirkte amüsiert. »Ohne dich hätte ich vielleicht gewagt, Emily am Leben zu lassen, Soldaten, die zu viel reden, kann man ja auch mit legalen Mitteln zum Schweigen bringen. Aber ich wollte nicht herausfinden, was du tun würdest, wenn du von mir und Emily erfahren hättest. Sie hat gedroht, dir alles zu sagen.«

Jarvi zerrte mit aller Kraft an den Handschellen, sie knirschten am Wasserrohr. Noch ein Ruck, und das Rohr löste sich aus dem Heizkörper, lauwarmes Wasser spritzte auf den Fußboden. Jarvi war frei.

Terpin entsicherte seine Beretta und zielte auf Jarvis Brust. »Noch ein Schritt, und du stirbst.«

Doch Jarvi ging ganz ruhig auf Terpin zu. Man hörte es nur knacken, als der General den Abzug drückte.

Jarvi nahm dem verdutzten Terpin die Waffe aus der Hand, versetzte ihm einen wuchtigen Schlag ins Genick und zerrte ihn zu seiner Tasche. »Patronen ohne Pulver. Ich habe sie in die Waffe eingesetzt, als ich im Obergeschoss war.«

Er nahm eine Rolle Panzerband, fesselte zuerst Terpins Hände, dann die Füße und band sie schließlich zusammen.

Der zu einem Bündel geschnürte General starrte Jarvi an, ohne zu begreifen, was geschehen war.

»Ich wusste, dass ich nur eine Chance bekommen würde, mit dir zu sprechen«, sagte Jarvi. »Ich hatte die Vermutung, dass du nur dann wirklich alles erzählen würdest, wenn du dich als Sieger fühlst. Anscheinend habe ich richtig vermutet.«

»Ich kann dir helfen ...«, konnte Terpin noch sagen, bevor Jarvi ihm ein Stück Panzerband auf den Mund klebte.

Jarvi zerrte Terpin, der sich sträubte und verzweifelt etwas sagen wollte, an die Treppe zum Obergeschoss und fesselte den General so an das massive Treppengeländer, dass er die Haustür sah. Dann holte er aus seiner Tasche eine Handgranate, befestigte an ihrem Entsicherungsbolzen eine dünne, fast unsichtbare Schnur und öffnete Terpins Hosenschlitz. Er schob dem General die Granate in die Lendengegend, ließ aber den Sperrhebel außerhalb der Hose und schloss den Reißverschluss. Zuletzt zog er die am Bolzen angebundene Schnur vorsichtig zur Haustür, spannte sie so straff wie möglich und verknotete das andere Ende an der Türklinke.

General Michael Terpin murmelte etwas in seiner Todesangst, wagte aber nicht mehr, sich zu bewegen. Die Augen traten ihm aus den Höhlen.

»Das ist eine Druckhandgranate. Ich will nicht, dass die Jungs Splitter abbekommen, wenn sie die Haustür öffnen«, sagte Jarvi und schaute auf die Uhr. »Du hast noch angenehme acht Minuten Zeit, das Warten zu genießen. Und es kann gut sein, dass du auch nach der Explosion noch ein paar Minuten bei Bewusstsein bleibst.«

Jarvi holte seine Tasche und sein Handy und das von Terpin. Er tippte in die Zentraleinheit der Alarmanlage den Code 1208 ein, schaltete das Gerät aus und verließ das Haus durch das Fenster.

54

Montag, 2. September

Auf der Verpackung eines Energieriegels, die Nelli am Vorabend auf dem Küchentisch vergessen hatte, las Ratamo *Fat free*. Fett umsonst, dachte er und grinste, obwohl die Hüfte nach dem gestrigen Bürotag schmerzte wie ein entzündeter Zahn. Er hatte für sich und für Nelli Frühstück gemacht und wollte sich gerade hinsetzen und das erste von drei acht Minuten lang gekochten Eiern essen, da schrillte sein Handy. An jedem anderen Morgen hätte er das einfach nicht zur Kenntnis genommen, aber heute musste er rangehen, es könnte Claire Boyd oder Bruce Turner sein.

Er war überrascht, als er Elina Lindens Stimme hörte. Die Kommissarin von der KRP und er brachten sich kurz gegenseitig auf den neuesten Stand ihrer Erkenntnisse bei den Ermittlungen zum Tod von Marek Adamski und zu John Jarvi.

»Du hast sicher noch nicht das von Tuula Oravistos Sohn gehört?«, fragte Elina Linden schließlich.

»Was ist mit ihm?«

»Der Junge wurde vor einer halben Stunde vom Hof der Kita in Iivisniemi entführt. Niemand hat etwas gesehen.« Elina Linden klang schockiert.

In Ratamos Kopf herrschte für einen Moment Verwirrung. Man brauchte kein Genie zu sein, um zu begreifen, warum das Kind entführt worden war – Ercan Şentürk wollte mit Hilfe des Jungen Tuula Oravisto in seine Gewalt bekommen. »Wer bearbeitet die Sache?«

»Die Polizei von Espoo wurde natürlich an den Ort des Geschehens gerufen, aber Virta will die Sache hierher in die KRP holen …«

»Es ist verdammt gut, dass du angerufen hast«, unterbrach Ratamo sie. »Ich muss los, ich melde mich …«

Ratamo biss ein großes Stück von der Stulle ab und trank einen Schluck Kaffee. Er ging zu Nellis Tür und lauschte einen Augenblick ihrem schweren Atmen. Wenig später hastete er die Treppe schneller hinunter, als seine Hüfte erlaubte. Şentürk oder seine finnischen Kumpane hatten höchstwahrscheinlich noch nicht herausgefunden, wo sich Tuula Oravisto versteckte, aber möglich war alles. Zumindest, dass Oravisto eine Dummheit beging, wenn sie vom Schicksal ihres Sohnes erfuhr. Er wollte vor Ort sein, falls das geschah.

Ratamo musste den Zündschlüssel dreimal umdrehen, bis der Käfer vom Baujahr 1972 so gnädig war und startete. Am Morgen kam man auf der Sörnäisten rantatie und dem Itäväylä zügig aus dem Zentrum hinaus, aber in der Gegenrichtung wälzte sich ein nicht abreißender Strom von Fahrzeugen dahin. Der Stress ließ ihn auf eine Veränderung in seinem Leben hoffen, was vermutlich kein sehr gutes Zeichen war, wenn man in Betracht zog, dass er erst letzte Woche an die Arbeit zurückgekehrt war. Nelli würde in vier Jahren volljährig. So, wie er seine Tochter kannte, würde sie sobald wie möglich in ihre eigenen vier Wände ziehen. Danach könnte er, wenn er wollte, all das sein lassen.

Er kam in Laajasalo an, bog von der Koirasaarentie auf die Henrik Borgströmin tie ab und schließlich auf die Päätie. Am Ende der Straße stellte er den Käfer ab – in das Villenviertel von Kruunuvuori gelangte man nur zu Fuß. Das mehrere Hektar große verwaldete Gelände eignete sich zwar ausgezeichnet als Versteck, aber die Gegend war in ihrer Abgeschiedenheit auch gefährlich: Es gab niemanden, der die Polizei rufen würde, wenn etwas Unangenehmes geschah.

Aus Richtung der »Villa des Gärtners« hörte Ratamo Arefs und Shirins fröhliche Rufe schon, bevor er das Gebäude sah. Er keuchte von dem Fußmarsch, fühlte sich aber etwas erleichtert: Zumindest war noch nichts Schlimmes passiert. Die Kinder beachteten ihn nicht, als er die Steintreppe zur grünen Haustür hinaufstieg.

Ratamo trat ein und sah überrascht, wie gutgelaunt Tuula Oravisto, Essi Kokko, Neda Navabi und Pater Daniel frühstückten. Der Kaplan trug einen dicken Pullover und Winterhosen und an den vom Rheuma gezeichneten Händen Wollhandschuhe. Auf dem Fußboden des Wohnzimmers standen zwei Gaskocher, auf dem einen dampfte ein Wasserkessel und auf dem anderen dufteten die Reste eines mit Kräutern gewürzten Omelettes. Das Frühstück auf einem Bettlaken anstelle einer Tischdecke sah besser aus als in den meisten Hotels, die sich Ratamo leisten konnte. Die Flamme des großen Petroleumofens glühte hellorange, und auf dem Tisch brannte ein halbes Dutzend Kerzen. Es ärgerte ihn, dass er diesen schönen Augenblick zerstören musste. Niemand mochte den, der schlechte Nachrichten überbrachte.

»Setz dich, zu essen gibt es genug«, sagte Essi Kokko und klopfte mit ihrem Gips auf das Dielenbrett neben ihrem Hintern.

Ratamo überlegte, wie er sein Anliegen vorbringen sollte. »Tuula, kannst du einen Augenblick mit hinauskommen. Es ist etwas passiert.«

Tuula Oravistos ganzes Wesen veränderte sich wie durch einen Zauberspruch. Sie erhob sich vom Fußboden, nahm Ratamo am Ärmel und zog ihn hinter sich hinaus in den Garten der Villa.

»Es ist nicht angenehm, diese Nachricht zu überbringen, aber du hast das Recht, es zu wissen. Sie haben deinen Sohn geholt.«

Sie schaute ihn mit vor Schreck geweiteten Augen an. »Wo? Und wer ...«

»Vom Hof der Kita in Iivisniemi. Niemand hat den oder die Täter gesehen. Aber du errätst sicher, worum es geht.«

Für einen Augenblick sah es so aus, als würde Tuula Oravisto auf der Stelle zusammenbrechen. Sie wurde von einem lautlosen Weinkrampf geschüttelt, immer wieder, schließlich wandte sie Ratamo den Rücken zu und ging, ohne jede Erklärung, zu dem Pfad, der hinunter an einen Teich, den Kruunuvuorenlammi, führte.

Ratamo eilte ihr hinterher und legte eine Hand auf ihre Schulter. »Die Polizei klärt die Angelegenheit. Ich glaube nicht, dass man deinem Jungen Schaden zufügen wird. Sie wollen nur dich in ihre Gewalt bekommen.«

Tuula Oravisto blieb stehen und schob Ratamos Hand entschlossen von ihrer Schulter. »Ich muss nachdenken. Ich will allein sein.«

Ratamo zögerte einen Augenblick, entschied sich dann aber, ins Haus zurückzukehren, nachdem er sich vergewissert hatte, dass im Zündschloss von Essi Kokkos Peugeot kein Schlüssel steckte.

Die Stimmung in der Villa war gedrückt, als Ratamo die Neuigkeit überbracht hatte. Pater Daniel wollte Tuula Oravisto hinterhergehen, um ihr beizustehen, aber den anderen gelang es, ihn daran zu hindern: Der Pfad zu dem Teich war steil und schwer begehbar.

Ratamo nahm eine Tasse mit dampfendem Tee und schmierte sich ein Butterbrot. Die Zeit verging, während sie über mögliche Alternativen sprachen. Ratamo fühlte sich ratlos. Er war jetzt gezwungen, seine Informationen jemandem zu übergeben, und zwar bald, bevor dieses ganze Knäuel völlig außer Kontrolle geriet. Vielleicht hatte er schon zu lange gezaudert. Sorgenvoll schaute er zur Tür, Tuula Oravisto dachte jetzt schon bald eine halbe Stunde lang nach.

Die Gespräche in dem Raum endeten schlagartig, als Tuula Oravisto endlich die Villa betrat. Sie sah, sofern das möglich war, noch niedergeschlagener aus als vor ihrem Spaziergang, wich den Blicken der anderen aus, schaute immer wieder verstohlen auf die Uhr und wies die Versuche ihrer Freunde ab, sie zu trösten.

Plötzlich kamen Shirin und Aref mit erschrockenem Gesicht hereingestürmt, alle erhoben sich. Ratamo musste Pater Daniel hochhelfen. Der alte Mann atmete schwer und sah verängstigt aus.

Ercan Şentürk erschien in der Tür der Villa, den verweinten Valtteri Oravisto hielt er im Genick fest. Der Türke stellte seine Stofftasche auf die Dielen und zeigte seine Waffe.

»Das Telefon?«, sagte Ratamo mit bestürzter Miene zu Essi Kokko, die auf ihre Taschen klopfte, den Blick über den Fußboden wandern ließ und schließlich Tuula Oravisto anschaute.

Die sah sie um Verzeihung bittend an und warf ihr das Handy hin. Sie trat auf ihren Sohn zu, blieb aber stehen, als Şentürk seine Waffe schwenkte. »Du hast versprochen, meinen Sohn freizugeben und alle anderen in Ruhe zu lassen, wenn ich mitgehe. Das war eine Vereinbarung.«

»Ich habe gelogen«, antwortete Şentürk, ließ aber trotzdem Valtteri los. Der laut weinende Junge rannte in die Arme seiner Mutter, so schnell ihn seine Beine trugen.

Ercan Şentürk betrachtete prüfend den Anblick, der sich ihm bot, und nickte schließlich anerkennend. »Besser hätte ich es selbst kaum machen können. Ein Heizgerät, das mit Benzin funktioniert, Kerzen, ein altes, verlassenes Holzhaus ... Das wird ein schöner Scheiterhaufen. Ein tragisches Unglück, wird es heißen. Eine bessere Konstellation kann man sich bei dem engen Zeitplan nicht erhoffen.«

Der Türke holte aus seiner Tasche eine Rolle Klebeband und ein Teppichmesser. »Du kannst die anderen fesseln«, befahl er Ratamo und warf ihm die Rolle und das Messer vor die Füße.

»Wenn du uns fesselst, wird die Wahrheit schnell herauskommen«, rief Ratamo.

»Vielleicht kann ich das Klebeband noch entfernen, sobald das Kohlenmonoxyd seine Aufgabe erfüllt hat. Oder eben nicht. Die Ermittlungen zu diesem Fall werden nicht die allergründlichsten sein, ich weiß schon, wer sie leiten wird. Und ich bin dann schon weit weg von Finnland. Hoffentlich für immer.«

Ratamo wurde klar, dass jeder von ihnen einen Grund hatte, hier zu sein: Alle drei Frauen versteckten sich, Pater Daniel war der Freund von Oravisto und Navabi, und er selbst untersuchte gegen den ausdrücklichen Befehl seiner Vorgesetzten Verbrechen, die mit Neda Navabi zusammenhingen. Virta, Lukander und ihre Leute würden den Brand und ihren Tod als ein Unglück darstellen und die Schuld irgendwem in die Schuhe schieben.

»Und die Entführung des Jungen?«, fragte Essi Kokko.

»Diese Glanzleistung wird hoffentlich seiner Mutter angelastet«, sagte Şentürk. »Niemand hat mich gesehen. Ich bin ein Profi.«

Tuula Oravisto trat näher zu Şentürk hin. »Lass die Kinder gehen, sie sind in keiner Weise an all dem beteiligt. Sie wissen nichts.«

Die Situation spitzte sich zu, die Atmosphäre war so angespannt, dass man sie fast greifen konnte. Valtteri Oravisto weinte nun noch lauter und steckte auch Aref Navabi an.

»Der Alte kann Benzin auf den Fußboden und die Wände gießen. Du wirst wenigstens nicht versuchen zu fliehen«, befahl Şentürk lächelnd.

Neda Navabi schien zu zögern, als sie auf Şentürk zutrat. »Ich habe Informationen, die du dir anhören solltest.«

Der Türke forderte sie mit einer Handbewegung auf fortzufahren.

»Mein Mann ist Reza Fatehi.«

Ercan Şentürk wirkte für einen Augenblick konsterniert, dann fluchte er laut.

»Ich glaube nicht, dass sich Reza freut, wenn du seine Familie umbringst«, sagte Neda Navabi. »Lass uns gehen.«

Ratamo spürte, dass die Stimmung nicht mehr so bedrohlich war. »Wer ist dein Mann?«, fragte er.

»Der Kommandeur der iranischen Grenzwacht und einer der wichtigsten Kooperationspartner der Şentürks. Dank Reza können die Şentürks alles aus dem Iran in die Türkei schmuggeln, als gäbe es keine Grenze.«

»Du lügst! Du bist nicht seine Frau«, rief Ercan Şentürk.

»Willst du das Risiko eingehen? Navabi ist mein Vatername, ich habe ihn verwendet, weil ich nicht will, dass mein Mann erfährt, wo ich bin.«

Eine Weile hörte man in der Villa nur Valtteri Oravistos Schluchzen.

»Ich will, dass du uns alle gehen lässt«, wiederholte Neda Navabi ihre Forderung. »Glaubst du, ich würde dir das alles sagen, wenn ich nicht dazu gezwungen wäre? Jetzt wird mein Mann von dir erfahren, wo wir sind, und man wird uns in den Iran abschieben, das ist mein …«, Neda verstummte mitten im Satz. Sie wollte vor ihren Kindern nicht sagen, was sie im Iran erwartete.

Tuula Oravisto trat mit ihrem Sohn zur Haustür. Essi Kokko schaute Ratamo an, als erwartete sie von ihm die Erlaubnis, die Villa zu verlassen.

»Na gut. Du und der Junge, legt euch vor der Tür auf den Bauch. Ich nehme euch mit«, sagte Şentürk zu Neda Navabi und sorgte mit einem Schuss in die Dielenbretter dafür, dass die Proteste verstummten.

»Schütte das Benzin auf den Fußboden«, befahl der Türke Pater Daniel.

Der für einen Moment entzündete Hoffnungsfunke in Daniel Lamennais erlosch. Er starrte mit ausdruckslesrem Gesicht Ercan Şentürk an, den Mann, der, ohne mit der Wimper zu zucken, fünf Menschen, auch ein Kind, töten wollte. Pater Daniel wurde klar, dass er dem Tier schon zum zweiten Mal in seinem Leben begegnete, und auch diesmal bat es ihn um seine Hilfe. Der alte Mann nahm einen der beiden 15-Liter-Kanister, auf dem zu lesen war *Kamin X-Lampenpetroleum*, er öffnete den Deckel, hob den Plastikkanister mühsam hoch und schüttete den stinkenden Brennstoff auf die Dielenbretter.

»Welche Finnen sind an alldem beteiligt?«, fragte Ratamo. »Virta, Toikka, Lukander, Aitaoja ...«

»Und viele, viele andere«, antwortete Şentürk nur. Dann schwang er seine Waffe und trieb ihn an: »Fessle sie.« Der bittere Gestank des Petroleums hing in der Luft.

Ratamo überlegte fieberhaft, was er tun könnte, während er gleichzeitig mit ruhigen Bewegungen Essi Kokkos Handgelenke auf dem Rücken umwickelte. Wenn er sich auf den Türken stürzte, würde er nur sein Leben verlieren.

Pater Daniel hatte den ersten Kanister ausgeschüttet und öffnete jetzt den zweiten. Er goss das Petroleum auf den Boden und ging dabei langsam weiter, erst trat er neben Şentürk und dann hinter ihn.

Als Ercan Şentürk bemerkte, dass sich zu seinen Füßen etwas bewegte, schaute er genauer hin und begriff, dass er in einer Petroleumpfütze stand. Er kam nicht dazu, irgendwie zu reagieren, denn plötzlich traf ihn etwas am Kopf, eine stinkende Flüssigkeit ergoss sich über seine Haare, und er schrie vor Schmerz auf, als ihm das Petroleum in die Augen floss ...

Pater Daniel, der sich selbst mit Petroleum vollkommen durchnässt hatte, murmelte etwas, als er das Feuerzeug anzündete, das er in der Hand hielt. Er stand sofort in Flammen, legte beide Arme um Ercan Şentürk, und im selben Augenblick brannten beide Männer schon wie Fackeln und stürzten zu Boden. Die Flammen loderten hoch und breiteten sich rasend schnell aus, ein widerlicher Gestank erfüllte die Luft, und die Temperatur stieg sofort an, es wurde quälend heiß.

Şentürk brüllte vor Schmerzen und versuchte, sich aus dem Griff von Pater Daniel zu befreien, während Essi Kokko und Tuula Oravisto, vor Angst schreiend, zur Tür rannten. Ratamos Schuhsohlen qualmten, das Flammenmeer erfasste schon die ganze Villa. Der lichterloh brennende Türke löste sich aus Pater Daniels Griff, erhob sich auf die Knie und suchte ein Ziel für seine Waffe.

Ratamo holte eine Baodingkugel aus seiner Tasche und warf die zweihundert Gramm schwere Metallkugel auf den Mann, der etwa zwei Meter entfernt in Flammen stand. Blut spritzte, als die Kugel die Zähne des Mannes traf. Şentürk schrie vor Schmerzen. Ratamo holte die andere Kugel aus der Tasche und hielt sie so in der Hand, dass die Hälfte zwischen Zeige- und Mittelfinger herausschaute. Er stürzte auf Şentürk zu und schlug dem auf den Knien liegenden, hin und her schwankenden Mann die Faust mit aller Kraft gegen die Schläfe. Der Türke stürzte bewusstlos zu Boden. Dann drehte sich Ratamo zu Pater Daniel um und sah das Gesicht des alten Mannes – die offenen Augen des Toten starrten ins Leere und zeigten eine erschütternde Ruhe.

55

Montag, 2. September

Die schwarzweißgefleckten Holstein-Rinder auf der Weide in der Nähe des Dorfes Ramesloh wussten nicht, dass sie nur einen Kanonenschuss weit von Hamburg entfernt waren, im Gegensatz zu John Jarvi, der in einem ICE der Deutschen Bahn an den Wiederkäuern vorbeiraste. Er schloss die drahtlose Internetverbindung und dann seinen Laptop und war mit sich selbst ungewöhnlich zufrieden. Nach dem Verlassen des Hauses von General Terpin hatte er mit dem Fernglas beobachtet, wie die von Baranski angeworbenen Soldaten einer nach dem anderen eintrafen. Einschließlich der von Terpin erwähnten Namen glaubte er nun die Identität der meisten Soldaten zu kennen, die angeheuert worden waren, um die Physiker umzubringen. Jarvi hatte die Namensliste dem Pentagon geschickt in der Hoffnung, dass der Befehl, ihn zu töten, aufgehoben werde.

Im Laufe der letzten drei Stunden hatte Jarvi dem Verteidigungsministerium per E-Mail noch mehr geschickt: all seine Informationen über die Zusammenarbeit von Commander Baranski und General Terpin mit den Türken, über den Menschenschmuggel, den Auftrag der von Baranski angeworbenen Soldaten und dazu die Aufzeichnung der Geständnisse Terpins in seinem Stuttgarter Haus. Seine eigenen Äußerungen hatte er natürlich herauseditiert. Außerdem hatte er seine Informationen und Fotos über die illegalen und geheimen Gefangenenflüge der CIA anonym nach Finnland, Schweden, Norwegen und Dänemark geschickt. Es waren nicht viele, aber doch ausreichend Beweise. Während der Gefangenenflüge der CIA hatte er Fotos von so gut wie jedem Flughafen gemacht, auf dessen Rollbahn er in einer Maschine gesessen und auf den Start gewartet hatte. Das war eine Angewohnheit aus seiner Zeit bei den SEALs, wo die

Kamera zur Standardausrüstung der Soldaten gehörte. Ihre selbst aufgenommenen Fotos waren oft die einzigen Beweise dafür, dass sie die Zielobjekte im feindlichen Hinterland zerstört hatten.

Jarvi hoffte, dass ihn das Verteidigungsministerium nun in Ruhe lassen würde, obwohl es ohnehin extrem unwahrscheinlich war, dass jemand den Weg in den Nationalpark von Patvinsuo und zu seiner Blockhütte am Ufer des Koiterejärvi fand. Er hatte niemandem von seinem Versteck erzählt, nicht einmal Commander Baranski. John Jarvi wollte in die Leere zurückkehren.

Seine Zufriedenheit verflog sofort, als er an Michael Terpin und Rick Baranski dachte. Diese habgierigen Mistkerle hatten ihre legale Operation dazu genutzt, zusammen mit den Şentürks und den türkischen Behörden eine Organisation für den Menschenschmuggel aufzubauen. Die Hände bis zu den Ellbogen im Blut, hatten Terpin und Baranski Millionen verdient. An Emily wollte er jetzt nicht einmal denken. Dazu wäre er erst irgendwann in ferner Zukunft imstande, wenn überhaupt.

Der Zug verlangsamte seine Geschwindigkeit, und Jarvi schaute auf die Uhr. Es blieb genug Zeit, um essen zu gehen, der Zug nach Kopenhagen fuhr in einer guten Stunde. Er nahm seine Tasche aus dem Gepäcknetz und ging, da der Zug gerade bremste, leicht vorgebeugt zur Waggontür. Die gläserne Wand des Hamburger Hauptbahnhofs war schon zu sehen.

Bevor der Zug anhielt, warf Jarvi kurz einen Blick hinaus: Auf dem Bahnsteig links von ihm standen viele Leute, aber der Bahnsteig auf der rechten Seite, an dem man nach der Durchsage des Schaffners aussteigen sollte, war gähnend leer.

John Jarvi wurde klar, dass er in der Klemme saß, als der Zug anhielt, die Türen verriegelt blieben und Dutzende Polizisten auf den Bahnsteig rannten.

* * *

Es war kurz vor 3 Uhr nachmittags, als Arto Ratamo aus dem Schubfach seines Schreibtischs im Gebäude der SUPO zwei Schmerztabletten herausnahm. Der Tag war bei der KRP mit der Auswertung der Ereignisse von Kruununvuori vergangen. Pater Daniel hatte sein Leben für seine Freunde geopfert. Das war eine Tatsache, und wer ihre Tragweite verstand, wurde ganz still. Ratamo bereute es nicht im Geringsten, dass er beim Tod von Ercan Şentürk nachgeholfen hatte. Vielleicht würde das Schuldgefühl irgendwann später erwachen oder auch nicht. Jetzt blieb nur zu hoffen, dass die Ereignisse keine bleibenden Narben in der Psyche von Valtteri, Aref und Shirin hinterließen.

Ratamo schaltete seinen Computer an und ahnte, dass es ein langer Tag werden würde. Neda Navabi, Essi Kokko und Tuula Oravisto waren jetzt Markus Virta von der KRP ausgeliefert. Er musste seine Informationen weitergeben, bevor den Frauen etwas passierte, was sich nicht mehr rückgängig machen ließ. Ihn beschäftigte die bohrende Frage, ob Pater Daniels Tod seine Schuld war. Hatte er seine Informationen zu lange zurückgehalten?

Ratamo wartete darauf, dass sein Computer hochfuhr. Es verwunderte ihn, dass der Chef sich nicht bei ihm gemeldet hatte. Und niemand hatte ihm mitgeteilt, was jetzt mit der Befragung von Tuula Oravisto geschehen sollte. Er beschloss, seinen Poststapel durchzugehen, und fand obenauf ein zusammengefaltetes Blatt:

Dein Computer wurde während Deiner Auslandsreise am letzten Freitag um 19:41 Uhr gestartet und eine Stunde später ausgeschaltet. Dein E-Mail-Fach und Dein Textverarbeitungs- und Tabellenprogramm wurden geöffnet.

Reicht das?

Piirala

Ratamo fluchte laut. Jemand hatte also die Nachricht von Essi Kokko auf seinem Computer vernichtet. Er war Piirala dankbar. Allerdings war er nun auch wütend und enttäuscht, dass er von jetzt an einige seiner Kollegen als Kriminelle verdächtigen musste. Er griff nach dem obersten Brief auf dem Poststapel: Er war unfrankiert, dick und weiß und ohne Absender.

Ratamo riss das Kuvert auf und begriff auf den ersten Blick, dass er genau das in den Händen hielt, worauf er sehnlichst gewartet hatte – Beweise. Fotos von Markus Virta und Ercan Şentürk bei einem gemeinsamen Essen, Virta in der Unterkunft der Menschen ohne Papiere im Türkischen Laden und ein Foto, auf dem Virta mit einer Gruppe von mehreren Dutzend illegalen Einwanderern sprach. Auf die Rückseite war in Englisch geschrieben: *Markus Virta von der KRP bei der Abholung von Einwanderern ohne Papiere in Stockholm und Tallinn.* Dann bemerkte Ratamo den Memorystick.

Er steckte ihn in den USB-Port, öffnete die erste Datei und hörte zunächst die Stimme von Markus Virta, dann die von Arttu Lukander:

»... Menschenskind, Neda Navabi ist verschwunden! Die Frau kann alles kaputtmachen. Toikka wurde umgebracht, und diese freie Journalistin weiß, dass ich etwas mit den Leuten ohne Papiere zu tun habe. Wer eine illegale Einreise organisiert, kann im schweren Fall sechs Jahre Knast kriegen, wie du verdammt gut weißt. Und wenn die ganze Sache auffliegt, ist die Zugehörigkeit zu einer kriminellen Vereinigung noch ein straferschwerender Umstand.«

»So weit lassen wir es nicht kommen. Schließlich erhalten wir nötigenfalls von den großen Jungs jede Unterstützung, die wir brauchen.«

Mehr brauchte Ratamo nicht zu hören. Er wusste, dass er jetzt Beweise besaß, auf die der Justizkanzler, der Ombudsman des Parlaments oder die Generalstaatsanwaltschaft reagieren mussten. Die Beweise hatte ihm Bruce Turner, der Chef der CIA-Residentur in Helsinki, geschickt, da gab es keinen Zweifel. Gott sei Dank durfte man in Finnland bei Gericht auch illegal beschaffte Beweise vorlegen.

In dem Poststapel fand sich sonst nichts Interessantes, also öffnete Ratamo sein E-Mail-Fach. Er ging den Ordner der Eingänge durch, bis er eine Nachricht entdeckte, die »unknown@gmail.com«

geschickt hatte. Die Überschrift des ersten Anhangs der Nachricht lautete: Bei den Gefangenenflügen der CIA genutzte Flugplätze – Finnland. Ratamo öffnete den Anhang:

Flugzeugkennzeichen/Typ Flugroute Datum

N960BW, CASA C-212-CC Bergen–Kruunupyy- 3.–4. 10. 2004
Aviocar 200 Moskau
N88ZL, Boeing 707 Kabul–Lettland–Turku- 20.–21. 9. 2004
Guantanamo
N787WH, Boeing 737 Kruunupyy–Stockholm 29. 4.–1. 5. 2006
N8213G, C-130 Hercules Kabul–Athen–Tel Aviv- 15. 5.–17. 5. 2003
Jerewan–Frankfurt–Pori–
Stockholm–Frankfurt–
Algier–Ponta Delgada
N510MG, Gulfstream IV Cleveland–Kruunupyy- 7. 3. 2004
Tunesien
N510MG, Gulfstream IV Tunesien–Pori–Cleveland 11. 3. 2004
N1HC, Gulfstream V Kabul–Kruunupyy–Tulsa 9. 7. 2005

Ratamos Puls beschleunigte sich, als er weitere Anhänge öffnete und Fotos von Flugzeugen fand, die auf den Flugplätzen von Kruunupyy, Pori und Turku standen. Jemand hatte ihm umfassende Beweise dafür geschickt, dass Finnland die von der CIA organisierten illegalen Gefangenenflüge akzeptiert hatte. Die Folterungen während der Flüge wurden als schwere Menschenrechtsverletzungen angesehen.

Ratamo war für einen Augenblick perplex und überlegte dann, was eine Veröffentlichung dieser Informationen alles bewirken würde. Dann machte er sich an die Arbeit. Er versuchte gar nicht erst, aus dem Material auf seinem Computer eine übergreifende, logisch aufgebaute Darlegung abzufassen, sondern stellte die in Ville-Veikko Toikkas Wohnung gefundenen Unterlagen, Turners Informationen sowie die Dokumente aus der anonymen E-Mail zu einer umfangreichen Nachricht zusammen. In die Empfängerzeile schrieb Ratamo die E-Mail-Adressen aller Minister der finnischen Regierung und des Justizkanzlers, des Ombudsmanns, der Generalstaatsanwaltschaft und seines Vorgesetzten Otto Hirvonen. Er zögerte nur kurz, dann schickte er die Nachricht ab.

Ratamo war sich vollkommen sicher, dass mit diesen Beweisen Virta, Lukander und die anderen Polizisten, die Einwanderer ohne Papiere ausgenutzt hatten, für ihre Taten zur Verantwortung gezogen würden. Ende gut, alles gut. Jetzt musste man nur abwarten.

56

Montag, 2. September

Die normale Reisegeschwindigkeit des Businessjets vom Typ Gulfstream V betrug knapp tausend Kilometer in der Stunde, aber dank des Rückenwinds hatte der Flug von Hamburg nach Washington D. C. weniger als sechs Stunden gedauert. John Jarvi erkannte die Hauptstadt sofort an ihren Monumenten: dem Capitol, dem Washington-Obelisken und natürlich dem Verwaltungsgebäude des Verteidigungsministeriums, dem fünfeckigen Pentagon. Er hatte keine Ahnung, warum man ihn hierhergeflogen hatte und nicht nach Jordanien, in den Irak oder nach Saudi-Arabien wie so viele andere vor ihm, die von den Vereinigten Staaten zum Schweigen gebracht werden sollten. Wollten die zuständigen Instanzen, dass sein Fall vor Gericht behandelt und in den Medien durchgehechelt wurde? Das war sehr unwahrscheinlich. Es verwunderte ihn auch, warum man ihn während des Fluges wie einen Passagier der ersten Klasse behandelt hatte. Aber auch ein zum Tode Verurteilter bekam ja als letzte Mahlzeit, was er sich wünschte. Eines zumindest stand fest, seine Tage als freier Mann waren unwiederbringlich vorbei.

Der Flughafen »Ronald Reagan« befand sich direkt neben dem Pentagon, also dauerte die Autofahrt durch einen unterirdischen Tunnel bis in das Gebäude des Verteidigungsministeriums nur ein paar Minuten. Am Ziel führten ihn sechs Marineinfanteristen – Jarvi vermutete, dass er mit den meisten von ihnen zur gleichen Zeit im Irak gedient hatte – in einen Besprechungsraum im Kellergeschoss. Im Pentagon war alles groß: Soweit sich Jarvi erinnerte, arbeiteten in dem Büroriesen über 24 000 Menschen. Er überlegte, ob es ein gutes oder schlechtes Vorzeichen war, dass man sein Gesicht nicht auf den Fluren des Pentagon zeigen wollte.

Jarvi wurde ein allein stehender Stuhl mitten im Raum zugewiesen, dann postierten sich die Soldaten an der Tür und warteten. Er hatte nur kurz Zeit, die Porträts von General Dwight D. Eisenhower und General Douglas MacArthur, der mit Sonnenbrille, seinem Markenzeichen, und Maiskolbenpfeife im Mund posierte, und die Gegenstände in den Vitrinen aus Edelholz zu betrachten, dann hörte er Schritte näher kommen. Die Männer, die eintraten, setzten sich an den Tisch vor Jarvi wie Schöffen, die über sein Schicksal entscheiden würden. Jarvis Verblüffung nahm noch zu, als er sah, was für hochrangige Leute die CIA, das Verteidigungsministerium und auch die Kommandozentrale für Spezialeinsätze seinetwegen hierhergeschickt hatten. Noch merkwürdiger war, dass die Generale und Chefs ihn voller Anerkennung anschauten.

Nachdem alle Platz genommen hatten, wurden die Türen des Besprechungsraums geschlossen, und der hochrangigste Militär der Vereinigten Staaten, der Vorsitzende des Vereinigten Generalstabs, stellte die Anwesenden vor.

»Wir alle sind stolz darauf, was du getan hast, und zutiefst davon beeindruckt. Dein Plan war tollkühn, aber geradezu genial« sagte der Vorsitzende, und man hörte im Raum beifälliges Gemurmel.

John Jarvi war so verwirrt wie noch nie in seinem Leben.

»Wir benötigen natürlich einen umfassenden Bericht von dir über alles, was geschehen ist, aber für den Anfang möchten wir eine Antwort auf einige der drängendsten Fragen«, sagte der Vorsitzende und fing sofort damit an:

»Deine zielstrebige Entschlossenheit ist ohnegleichen. Du bist für drei Jahre untergetaucht, um dein Vorgehen zu planen. Sagst du uns, wie du damals vor langer Zeit so schnell erfahren hast, dass Commander Baranski und General Terpin für den Tod deiner Frau verantwortlich waren?«

Jarvis Gehirn arbeitete auf Hochtouren. Er musste irgendetwas antworten. Nach dem Tod von Baranski und Terpin war niemand mehr da, der die Wahrheit sagen würde, er könnte fast alles Mögliche behaupten. »Ich habe die Fakten, die ich in verschiedenen

Quellen fand, miteinander in Verbindung gebracht. Etwas wusste ich schon vor Emilys ... vor dem Tod meiner Frau, und in ihrem Nachlass habe ich die restlichen Beweise gefunden, die erforderlich waren.«

»Warst du den gesetzwidrigen Geschäften von Baranski und Terpin auch schon damals, vor drei Jahren, auf die Spur gekommen? Wusstest du bereits damals, dass Baranski und Terpin für ihre eigenen Zwecke zusammen mit den Şentürks und den türkischen Behörden eine Organisation für den Menschenschmuggel aufbauten?«, fragte der für die operative Tätigkeit zuständige Vizedirektor der CIA.

»Meine Frau wusste fast alles über die Aktivitäten der beiden«, antwortete Jarvi. Allmählich verstand er, worum es ging: Sie glaubten, dass seine Absicht nicht nur darin bestanden hatte, Emilys Tod zu rächen, sondern auch die illegalen Unternehmungen von Baranski und Terpin aufzudecken.

»Dir gelang es nicht nur, Baranski und Terpin zu stoppen, sondern auch die Namen der Soldaten jener ... Truppe zu ermitteln, die sie zusammengestellt hatten. Wie ist das passiert? Nur Terpin und Baranski kannten die Namen aller Soldaten, und ohne dich wären sie jetzt unerreichbar und außerhalb jeder Kontrolle«, sagte der Vorsitzende.

»Meine Vergangenheit war mir dabei ziemlich von Nutzen. Viele von Baranski angeworbene Männer sind Bekannte von mir.«

»Warum hast du nicht sofort damals, vor drei Jahren, das alles uns oder den Vorgesetzten von Baranski und Terpin gegenüber aufgedeckt? Warum wolltest du die Sache selbst erledigen?«, fragte ein Mann in Zivil, dessen Dienstbezeichnung Jarvi schon vergessen hatte.

»Ich wusste, offen gesagt, nicht mehr, wem man vertrauen konnte, also beschloss ich, mich nur auf mich selbst zu verlassen.«

»Und die Ereignisse in Finnland? Der Tod des polnischen Physikers. Ist dir kein Mittel eingefallen, das zu umgehen, was du in Helsinki dann getan hast?«

Jarvi überlegte so lange, dass die Anwesenden schon die Stirn runzelten. Er war gezwungen, die Wahrheit zu sagen. »Ich hielt das für einen dem Gesetz gemäßen Befehl meines Vorgesetzten. In der Phase wusste ich noch nicht alles über Baranskis Aktivitäten.«

Im Besprechungsraum herrschte für eine Weile Schweigen, das schließlich in einem immer lauter werdenden Stimmengewirr unterging.

Jarvi räusperte sich. »Auch ich habe ein paar Fragen.«

Der Vorsitzende bedeutete Jarvi, fortzufahren.

»Was geschieht jetzt?«

Der Vizechef der CIA wirkte nachdenklich. »Für deine Taten in der Türkei und in Deutschland gibt es keine Außenstehenden als Zeugen. Die Ereignisse in London lassen sich bestimmt regeln, wenn wir sagen, worum es bei alldem geht. Großbritannien ist schließlich unser engster Verbündeter, und Emily Jarvi ... deine Frau war britische Staatsbürgerin. Aber in Hinsicht auf Finnland könnten sich Probleme ergeben.«

»Vielleicht bekommen wir auch die geregelt«, sagte der Vorsitzende. »Im Falle des polnischen Physikers beruhen die Beweise der Finnen auf der Identifizierung von Jarvis' DNA, die ihnen die Deutschen geschickt haben. Ich würde denken, dass wir unsere deutschen Kollegen von der Notwendigkeit der Vernichtung dieser DNA-Probe überzeugen können. Und die einzige Verbindung zwischen Jarvi und dem Mord an dem finnischen Polizisten ist der Pass des Opfers. Das reicht nicht für ein Urteil, vermutlich nicht einmal für die Anklageerhebung.«

»Und wenn trotzdem jemand meine Auslieferung verlangt?«, fragte Jarvi.

»Von wem?«, antwortete der Vizechef der CIA. »Niemand weiß, wo du bist. Es ist bei uns nicht üblich, Informationen über die Angehörigen unserer Spezialeinheiten offenzulegen.«

Jarvi hatte noch eine Frage. »Was passiert jetzt mit der Operation, die Baranski und Terpin geleitet haben? Die Sache mit den Physikern und den neuen Kernwaffenstaaten?«

Der Vizechef der CIA schaute kurz in die Runde, alle nickten. »Diese Aktivitäten gehen natürlich weiter, allerdings in etwas anderer Form. Doch ein neues Programm braucht einen neuen Koordinator, und dir würden die Männer, die für diese Operation ausgewählt werden, sicher vertrauen. Wärst du interessiert, wenn alles andere geregelt wird?«

»Natürlich«, antwortete Jarvi und begriff, dass er vielleicht drei Mordanklagen entgehen würde. Möglicherweise hätte er genug Zeit, zu fliehen, bevor die Wahrheit herauskam.

Das ist aber gut gelaufen, dachte der Vizechef des CIA, genau so, wie es sollte.

57

Montag, 2. September

Es war kurz vor fünf Uhr nachmittags. Arto Ratamo saß auf dem Sofa im Wohnzimmer von Pater Daniel und betrachtete ein kunstvoll kopiertes Ölgemälde, auf dem Gott, nach klassischer Art mit weißem Bart abgebildet, am Wolkenrand den Teufel zurechtwies, der ebenso traditionell mit Hakennase und dunkler Haut dargestellt wurde. Es war unmöglich, dabei nicht an Pater Daniel und Ercan Şentürk zu denken.

In dem Zimmer herrschte eine niedergeschlagene Stimmung. Valtteri Oravisto war in die Obhut seines Vaters gebracht worden, Shirin und Aref Navabi schliefen. Man hatte den schockierten Kindern eine kleine Dosis eines leichten Beruhigungsmittels gegeben. Aus irgendeinem Grund sprach niemand über Pater Daniel. Dankesworte hätten unnatürlich gewirkt, schließlich hatte der Mann für sie das äußerste aller Opfer gebracht.

»Weißt du schon, wie dein Exmann auf ... all das reagiert hat?«, fragte Ratamo Tuula Oravisto, die erschöpft aussah.

»Überraschend gut, er hat sich sogar am Telefon gemeldet, als ich anrief. Anscheinend begreift er, dass all das, was Valtteri geschehen ist, nicht meine Schuld war.«

»Hat er immer noch die Absicht, dir zu erlauben, dass du Valtteri künftig normal sehen kannst?«, fragte Neda Navabi.

Tuula Oravisto gelang es, zu lächeln, als sie nickte. »Und ich habe vor, als Lehrerin zu arbeiten. In der Hauptstadtregion gibt es angeblich einen großen Mangel an Physiklehrern. Und du? Was passiert jetzt mit euch?«

Neda Navabi zuckte die Achseln, aber ihr Gesichtsausdruck war hoffnungsvoll. »Bei der KRP haben sie gesagt, ich könne aus humanitären Gründen eine Aufenthaltserlaubnis beantragen und ein persönliches Motiv angeben. Die Bearbeitung dauert angeblich lange, aber das ist egal. Nach Şentürks Tod wird niemand Reza erzählen, dass ich mit den Kindern in Finnland bin.«

Einer nach dem anderen im Zimmer wandte sich nun Essi Kokko zu, die im Lotussitz auf einem Sessel saß und mit einem Stift ihre eingegipste Hand kratzte. Sie schreckte hoch, als sie die Blicke der anderen spürte. »Ich bin Journalistin. Ich beabsichtige natürlich, über all das zu schreiben.«

Ratamo zog die Brauen nach unten. »Hoffentlich nichts, was den anderen schaden könnte.«

»Du kannst die Story vorab lesen, wenn du willst. Es könnte auch nützlich sein, dass du bestimmte Fakten überprüfst.«

»Soweit es sich mit den dienstlichen Vorschriften in Übereinstimmung ...«, sagte Ratamo und hörte sein Handy klingeln.

* * *

Arto Ratamo saß im Dienstzimmer von Otto Hirvonen, dem Chef der SUPO, in der Hand hielt er das Anschreiben der E-Mail, die er den obersten Gesetzeshütern und den Mitgliedern der finnischen Regierung geschickt hatte, und sein Gesichtsausdruck verriet, dass er abwartete. Zu seiner Verwunderung wirkte Hirvonen ganz ruhig.

»Offen gesagt ist deine Zusammenfassung ein verdammt schweres Kaliber. Ich erwarte voller Interesse deinen Bericht darüber, wie du an diese Informationen herangekommen bist. Inwieweit du dich dabei an die Gesetze gehalten hast, wird man dann beurteilen, wenn zugleich die Aktivitäten aller anderen Polizisten und Beamten untersucht werden. Wer so eine Bombe explodieren lässt, kann sicher sein, dass er auch selbst ein paar Splitter abbekommt.« Hirvonen deutete mit der Hand auf seinen Computer. »Warte nur, was für einen Aufruhr das geben wird, wenn dieser ganze Wirrwarr zu den Medien durchsickert.«

»Willst du nach wie vor, dass ich krankgeschrieben werde?«, fragte Ratamo.

»Auf alle Fälle. Ruhe dich etwas aus, die letzte Woche dürfte für deine Hüfte ziemlich hart gewesen sein«, sagte Hirvonen und schaute ungeduldig auf seine Uhr. »Vesa Kujala hat das alles voll im Griff. Virta und Lukander wurden schon zum Verhör geholt.«

Ratamo verstand überhaupt nichts mehr.

Hirvonens Miene wurde ernst. »Ich habe gleich am Anfang empfohlen, dass du die Finger von den Ermittlungen zu den Leuten ohne Papiere lässt. Und dafür gab es gute Gründe. Kujala untersucht schon seit über einem Jahr mit zwei von seinen Männern die Aktivitäten von Ville-Veikko Toikka, Markus Virta und Arttu Lukander. Einem seiner Männer gelang es, sich als illegaler Einwanderer in die Truppe der Türken einzuschleusen. Für diese verdeckte Operation wurden natürlich ordnungsgemäß alle erforderlichen Genehmigungen eingeholt.«

Im selben Moment betrat Vesa Kujala den Raum mit triumphierendem Gesichtsausdruck.

»Da kommt ja der Held des Tages. Verdammt gute Arbeit«, sagte Hirvonen voller Begeisterung.

Ratamo versuchte verzweifelt zu verstehen, was er da eben gehört hatte.

»Mit den Aktivitäten der Türken in Finnland ist jetzt Schluss«, verkündete Kujala. »Und auch einige Polizisten kommen wahrscheinlich vor Gericht. Wir werden ja doch einige Beweise zusammenbekommen, obwohl Ercan Şentürk tot und der Komplize Hakan Töre in die Türkei zurückgekehrt ist. Neda Navabi kann gegen Virta aussagen, es sei denn, sie wird schon vor dem Prozess in den Iran abgeschoben. Und dann sind da noch die Gesprächsmitschnitte, die Ratamo gefunden hat. Die könnten gut für eine Verurteilung von Virta und Lukander reichen, falls das Gericht auf rechtswidrige Art beschafften Beweisen einen Wert beimisst. Woher hast du die übrigens bekommen?«, fragte Vesa Kujala lächelnd.

Ratamo antwortete nicht. Er roch Vesa Kujalas Rasierwasser, und plötzlich fiel ihm ein, wo er diesem Duft auch begegnet war – in seinem Zimmer, als er an seinem Computer Essi Kokkos verschwundene Nachricht gesucht hatte. Und ihm wurde zugleich klar, dass Kujala beabsichtigte, alle Beweise zu untergraben, die für ihn selbst gefährlich werden konnten.

Diese Ermittlungen waren noch nicht zu Ende.

TAAVI SOININVAARA
Rot
Leo Kara ermittelt
Übersetzt von Peter Uhlmann
459 Seiten
ISBN 978-3-7466-2892-9
Auch als E-Book erhältlich

Blut ist rot

Leo Kara wird von Albträumen geplagt. Die Erinnerung an das tragische Schicksal seiner Familie kehrt zurück und er möchte Gewissheit, ob er Schuld am Tod seiner Mutter trägt.
Dabei könnte ihm auch sein neuer Auftrag helfen: Ein Anwalt aus Helsinki vertritt eine Mandatin, Frau Vanhala, die im Besitz des sogenannten Smirnow-Materials ist, das die Tätigkeit prominenter finnischer Politiker für den KGB beweist. Leo Kara soll das Material den Behörden übergeben. Doch wem kann er trauen? Einmal mehr gerät Kara selbst in Gefahr. Denn Mundus Novus hat schon den kirgisischen Hitman Manas, Mörder von Karas Mutter, beauftragt, alle Mitwisser zu liquidieren.

Was Jussi Adler-Olsen für Dänemark und Stieg Larsson für Schweden sind, das ist Taavi Soininvaara für Finnland: der erfolgreichste Krimiautor. Leo Karas dritter Fall ist ein atemberaubender Thriller, der die dunkle Welt des organisierten Verbrechens ausleuchtet und die blutrote Vergangenheit eines Mannes.

Mehr Informationen erhalten Sie unter www.aufbau-verlag.de oder in Ihrer Buchhandlung.

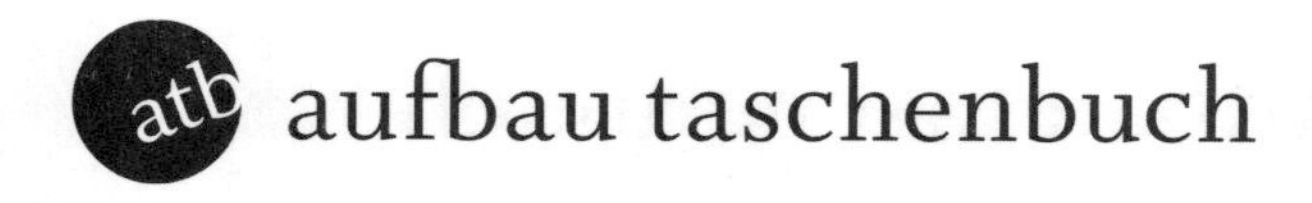

TAAVI SOININVAARA
Tot
Leo Kara ermittelt
448 Seiten
ISBN 978-3-7466-3035-9
Auch als E-Book erhältlich

Fulminantes Finale

Seit Leo Kara weiß, dass sein Vater niemand anderes als der Strippenzieher der Geheimorganisation Mundus Novus ist, steht er unter Schock. Dann entpuppt sich auch noch seine vermeintliche Tante als russische Agentin, und er kommt nur knapp mit dem Leben davon. Seine Partnerin Kati Soisalo dagegen steht kurz davor, endlich ihre Tochter aus der Gewalt der Entführer zu befreien. Doch es geht nicht mehr nur um Leos und Katis Zukunft. Denn Kara kennt das Ziel von Mundus Novus – und weiß, dass es um die Zukunft der ganzen Welt geht.

Mehr Informationen erhalten Sie unter www.aufbau-verlag.de oder in Ihrer Buchhandlung.

atb aufbau taschenbuch

ANN ROSMAN
Die Wächter von Marstrand
Kriminalroman
Übersetzt von Katrin Frey
400 Seiten
ISBN 978-3-7466-3059-5
Auch als E-Book erhältlich

Die Tote aus dem Moor

Nichtsahnende Spaziergänger entdecken im Moor von Klöverö eine weibliche Leiche mit einem toten Säugling im Arm. Kommissarin Karin Adler wird hinzugerufen. Für die Gerichtsmedizin ist die Sache klar: Die Moorleichen liegen schon eine halbe Ewigkeit dort. Die Akte wird daraufhin geschlossen. Doch einige Tage später wirft ein weiterer Todesfall neue Fragen auf: Eine Frau auf einem nahe gelegenen Gutshof wird tot aufgefunden. Nur ein Zufall? Oder haben die beiden Toten eine gemeinsame Geschichte? Der Fall lässt Kommissarin Adler nicht mehr los, denn sie vermutet mehr dahinter. Bei ihren Ermittlungen stößt sie bald auf ein tief bewegendes Frauenschicksal – die Spur führt zurück bis ins 18. Jahrhundert, in eine Zeit der Seeräuber, Schmuggler und Mörder im Freihafen von Marstrand.

»Ann Rosman lässt mit Karin Adler eine schwedische Ermittlerin die Bühne betreten, die so süchtig macht wie der berühmte Wallander.«
Cosmopolitan

Mehr Informationen erhalten Sie unter www.aufbau-verlag.de oder in Ihrer Buchhandlung.

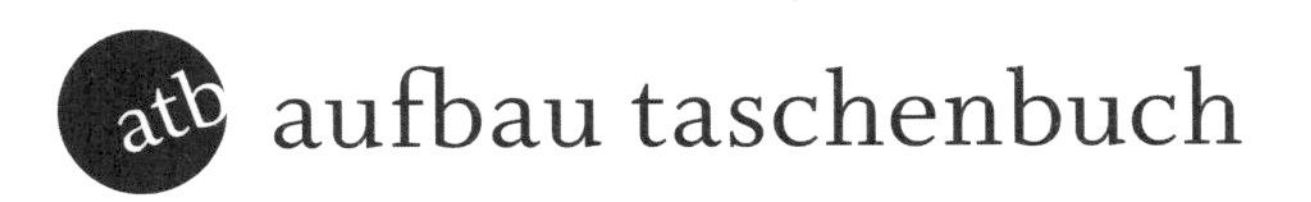